Juliane Michel

Wir fangen das Glück

Roman

WILHELM HEYNE VERLAG
MÜNCHEN

Penguin Random House Verlagsgruppe FSC® N001967

Originalausgabe 04/2025
Copyright © 2025 dieser Ausgabe
by Wilhelm Heyne Verlag, München,
in der Penguin Random House Verlagsgruppe GmbH,
Neumarkter Str. 28, 81673 München
produktsicherheit@penguinrandomhouse.de
(Vorstehende Angaben sind zugleich
Pflichtinformationen nach GPSR)

Redaktion: Friederike Arnold
Umschlaggestaltung: t.mutzenbach design
unter Verwendung von Arcangel (Joanna Czogala),
akg-images (Tony Vaccaro), Shutterstock.com (_OLeksiiTooz)
Satz: Uhl + Massopust, Aalen
Druck und Bindung: GGP Media GmbH, Pößneck
Printed in Germany
ISBN: 978-3-453-42586-6

www.heyne.de

Für Barbara und Silvia

Songliste

Give me five minutes more, Tex Beneke
Harlem-Swing, Scott Wood
It don't mean a thing (if it ain't got that swing),
    Duke Ellington
Swing, brother, swing, Billie Holiday & Count Basie
Minor Swing, Quintette du Hot Club de France
The Jitterbug, Larry Clinton
Honeysuckle Rose, Coleman Hawkins and his all-star »Jam«
    Band
Swing that music, Louis Armstrong
Jumpin' at the woodside, Count Basie
Sleep, Benny Carter
Alexander's Ragtime Band, Benny Goodman
All the things you are, Tommy Dorsey
Ain't Misbehavin', Django Reinhardt
Sometimes I'm happy, Lester Young
Caravan, Duke Ellington
Rhapsody in blue, George Gershwin
Take the A-train, Duke Ellington
Pennies from heaven, Billie Holiday
Sing, sing, sing, Benny Goodman and Gene Krupa

Begin the Beguine, Artie Shaw
Minnie the Moocher, Cab Calloway

Ein interaktiver **Stadtplan der Stadt Frankfurt** aus dem Jahr 1946 findet sich auf der Website »Frankfurt 1933–1945« www.frankfurt1933-1945.de/topografie/ plan-von-1946-mit-kriegszerstoerungen

1 – Helga

Februar 1946

Aufgeregt lief Helga quer durchs Westend bis zur Universität. Vor wenigen Tagen war die Hochschule wiedereröffnet worden und Helga wollte sich fürs Jurastudium einschreiben.

Nie hätte sie zu Kriegsende geglaubt, dass der Aufbau so schnell vonstattengehen würde, aber jeder versuchte eben, das Beste aus allem zu machen und den Alltag, das normale Leben wiederaufzunehmen. Die Dozenten und Studenten kehrten allmählich aus der Gefangenschaft zurück, einige Professoren sogar aus der Emigration. Sie alle schienen begierig darauf zu sein, die Universität mit neuem Leben zu erfüllen. So wie Helga.

Aber als sie das Universitätsgebäude in der Mertonstraße erblickte, tat es ihr in der Seele weh. Auf dem Dach des Jügelhauses, dem Hauptgebäude, fehlten die eindrucksvollen Statuen, die Fassade war schwarz vom Rauch und einige der Stufen zum Eingangsportal fehlten. Aber es stand noch und durch die Fenster verbreitete helles Licht die so dringend benötigte Hoffnung an diesem trüben Februartag. Die Hoffnung auf eine Zukunft, auf ein eigenes Leben.

Ein Jeep fuhr vor, ein hochdekorierter amerikanischer Offizier sprang heraus und eilte ins Jügelhaus. Der schwarze

Fahrer blieb zurück und wurde sofort von einigen Kindern belagert, die ihm bittend die Hände entgegenstreckten. Lachend griff der Soldat in seine Hosentasche und verteilte Süßigkeiten.

Zum Glück hatte Helga ihre Leica dabei, stellte schnell Zeit und Blende ein und schaute durch den Sucher, um die Linse scharf zu stellen. Dann drückte sie sanft auf den Auslöser. Das zerstörte Haus und die glücklichen Kinder – ein eindrucksvolles Motiv.

Helga wollte mit ihrer Kamera die Folgen des Krieges dokumentieren. Nicht nur anhand der Häuser, sondern auch anhand der Menschen. Welcher Deutsche hätte sich früher vorstellen können, dass die eigenen Kinder vor lauter Hunger betteln gehen würden? Selbst wenn der GI nur Kaugummis verteilt hatte, so füllten diese doch die leeren Mägen.

Helga war erst zwanzig Jahre alt und hatte hoffentlich noch ein langes Leben vor sich. Und damit es ein Leben im Frieden sein würde, brauchte sie diese Fotos zur mahnenden Erinnerung. Nie wieder Krieg, da war sie sich ganz sicher.

Bei Kriegsbeginn hatte sie sich, ohne darüber nachzudenken, einen stattlichen Vorrat an Filmen angelegt. Wahrscheinlich, weil Mutter und ihre Köchin und Haushälterin Minna Lebensmittel gehamstert hatten, hatte sie alles gebunkert, was sie zum Fotografieren und Entwickeln der Fotos brauchte. Und jetzt zehrte sie davon.

Das Nachkriegsleben war karg, es gab nicht genügend Lebensmittel und überhaupt keine Kohle zum Heizen. Sie alle waren zu Hungerkünstlern und Holzsammlern geworden und froren ständig. Die Wollmütze, die ihre Freundin

Elfie ihr zu Weihnachten gestrickt hatte, zog Helga am liebsten gar nicht mehr aus.

Frankfurt wurde von der amerikanischen Militärregierung und einem deutschen Oberbürgermeister regiert, die gemeinsam versuchten, die Stadt wieder zum Laufen zu bringen. Es gab Fortschritte, wie die Öffnung der Universität, Helga hatte auch schon beim Trümmerräumen geholfen. Aber sie sehnte sich danach, am Aufbau eines neuen Staates mit mehr als ihren bloßen Händen mitwirken zu können.

Re-Education war das Zauberwort der Stunde. Im Keller der Börse hatten die Amerikaner eine kleine Bibliothek mit politischen Büchern und englischsprachigen Romanen eingerichtet, und sobald Helga nur ein bisschen Zeit hatte, bildete sie sich dort in Sachen Gerechtigkeit weiter. Auch einen Vortrag über die amerikanische Demokratie hatte sie sich angehört. Der Schrecken über das Ausmaß des Unrechts der Hitlerzeit saß ihr in den Knochen und wollte nicht nachlassen, je mehr sie darüber aus den Zeitungen oder von Betroffenen erfuhr. Damit das nie wieder geschah, hatte Helga fest vor, Rechtswissenschaften zu studieren.

Und deswegen öffnete sie jetzt klopfenden Herzens die schwere Eichentür des Jügelhauses.

Die vertrauten roten Sandsteinsäulen der Eingangshalle standen noch, der heimelige Duft nach Bohnerwachs und altem Papier aber war verschwunden. Und geheizt wurde offensichtlich auch nicht. Aber wer brauchte schon gemütliche Wärme, wenn es endlich voranging!

Helga hatte sich schon immer gerne in der Universität aufgehalten, vor allem im Büro ihres Vaters, des Mathematikprofessors Ferdinand Sartorius. Leider war auch dieses zerbombt worden. Und ihr Vater war wegen seiner Parteizugehörigkeit entlassen worden. Dass die Universität ohne ihn wiedereröffnet worden war, hatte ihm beinahe das Herz gebrochen.

Ob er jemals wieder seine Studenten unterrichten durfte?

Doch Helga wollte keinen trüben Gedanken nachhängen, sondern sich einschreiben. Da, an einer Wand hing ein handschriftlicher Belegungsplan. Elf Unterrichtsräume konnten genutzt werden, dazu die Aula im ersten Stock und ein weiterer Saal. Zusätzlich gab es eine Menge Ausweichquartiere. Zur Anmeldung musste sie in die Registratur gleich hier im Erdgeschoss.

Davor hatte sich bereits eine Schlange junger Kerle in viel zu großen Mänteln und von Männern mit hageren Gesichtern gebildet. Bekannte waren leider keine darunter.

»Was will die denn hier?«, flüsterte einer mit tief in die Stirn gezogenem Hut.

»Wir Männer brauchen die Studienplätze«, antwortete ein anderer. »Wir haben für alle den Kopf hingehalten, wir haben es uns verdient!«

In Helgas Nacken kribbelte es, aber sie hielt lieber den Mund. Sonst würden die Männer noch denken, sie hätte gelauscht.

Die Nazis hatten Frauen vom Studium abgehalten, schließlich sollten sie viele Kinder kriegen. Sogar auf dem Gymnasium war allen Mädchen klar gewesen, dass sie nicht studieren würden, sondern nur genug lernen sollten, um ihren gebildeten Ehemännern zur Seite stehen zu können. »Eine Arztfrau sollte wissen, wo der Blinddarm ist«, hatte ihr Biologielehrer immer lachend behauptet, wenn er nicht zum wiederholten Male Rassenkunde gelehrt hatte.

»Die sucht bestimmt nur einen Mann«, vernahm Helga.

»Studierte Mannweiber will aber keiner haben.« Alle lachten lauthals, und sie hörte noch viele ähnliche Kommentare, bis sie zu guter Letzt an der Reihe war und die Bürotür öffnete.

Freundlich lächelte sie den verfrorenen Beamten mit den fingerlosen Handschuhen an, der den Blick nicht von seinem Schreibtisch hob.

»Name des Studenten?«, fragte er mürrisch.

»Helga Sartorius.«

Erstaunt starrte er sie aus müden rot geränderten Augen an. »Fräulein Sartorius, es tut mir leid. Sie sehen ja, wie beengt wir hier sind. Leider können wir im ersten Nachkriegssemester nicht genügend Studienplätze für alle zur Verfügung stellen, und deshalb haben die Männer Vorrang. Die Universität muss sich um die heimkehrenden Soldaten kümmern, damit diese sich mit ihren Familien ein neues Leben aufbauen können.«

Sie traute ihren Ohren nicht. »Aber Frauen dürfen studieren«, brachte sie mit piepsiger Stimme hervor und zupfte sich vor lauter Nervosität am Ohrläppchen.

Der Beamte gähnte. »Sie wissen, dass bei erfolgreicher Immatrikulation eine Studiengebühr von achtzig Reichsmark pro Semester und ein Unterrichtsgeld von 2,50 Reichsmark je Wochenstunde und Semester fällig werden?«

»Selbstverständlich.«

»Zeigen Sie mal Ihr Reifezeugnis, ein Abschluss einer Hauswirtschaftsschule reicht sowieso nicht aus.«

Ihre Hände zitterten, als sie ihm ihr Zeugnis vom Viktoria-Gymnasium aushändigte, auf dem sie als Jahrgangszweite abgeschlossen hatte. Wenn das ihn nicht überzeugte!

Sie ließ ihr Ohrläppchen los und räusperte sich. »Ich möchte Rechtswissenschaften studieren.«

Ohne ein Zeichen der Regung las der Beamte sich das Zeugnis durch. Dann spannte er mit einem großen Seufzer ein Formular in seine Schreibmaschine und fragte nach ihren persönlichen Angaben.

Na also, hatte sie es sich doch gedacht. Vielleicht konnte er andere mit seinem Vortrag abschrecken, aber Helga nicht. Sie streckte das Rückgrat durch und hob ihr Kinn. Wer als Anwältin oder Richterin arbeiten wollte, musste selbstsicher auftreten.

»Bescheid spätestens in vier Wochen«, sagte er und rief den nächsten Bewerber herein.

Das war es schon? Einfach nur ein Formblatt ausfüllen? Dabei bedeutete dieser Moment so viel für Helga. Endlich Studentin sein, endlich würde ein neues Leben beginnen. Als sie auf den Gang trat, stolzierte sie hocherhobenen Hauptes an den Männern vorbei. Sie würde denen schon zeigen, dass sie einen Studienplatz verdiente.

2 – Helga

Sobald Helga den Briefträger auf seinem quietschenden Rad in der Lindenstraße hörte, ließ sie alles stehen und liegen, ganz egal, ob sie Näharbeiten verrichtete, Minna beim Waschen half oder ihrem Vater bei der Organisation seiner Nachhilfe. So schnell es ging, flitzte sie nach draußen, um die Post in Empfang zu nehmen.

Seit Wochen wartete sie nicht nur sehnsüchtig auf ihre Studienplatzzusage, sondern vor allem auf einen Brief ihres Freundes Walter, der in russischer Kriegsgefangenschaft war. Hoffentlich ging es ihm gut. Wie sehr sie ihn vermisste!

Unkraut vergeht nicht, versuchte Elfie sie stets zu beruhigen, wenn Helga sich wieder zu viele Sorgen machte. Dabei war Walter ihr Bruder. Zu gerne hätte Helga genauso viel Zuversicht wie sie besessen. Sie wussten noch nicht einmal, wo er in Gefangenschaft war. Die Sowjetunion war riesig, und bislang hatte er nur eine kurze Karte an seine Familie schreiben können, auf der anstelle eines Absenders eine Nummer gestanden hatte.

Helga hatte gleich darauf einen sehnsuchtsvollen Brief verfasst und jede Nacht träumte sie von Walter, seinen humorvollen Augen und dem sanften Gefühl seiner Lippen auf ihrem Mund.

Nach einigen Wochen reichte ihr der Postbote zumindest einen Umschlag mit dem Stempel der Johann Wolfgang Goethe-Universität.

Sofort klopfte ihr Herz wie wild. Schnell eilte sie in ihr Zimmer, schlitzte den Umschlag fein säuberlich mit dem Brieföffner auf und entfaltete das Schreiben:

… mit Bedauern müssen wir Jhnen mitteilen, dass …

Schon die ersten Worte reichten und Helga fühlte sich so elend wie schon lange nicht mehr. Laut schluchzend warf sie sich auf ihr Bett. Aus der Traum, geplatzt wie eine Seifenblase. Und sie hatte sich selbst schon in einer Richterrobe gesehen! So gute Noten, alles umsonst. Am liebsten hätte sie laut losgeschrien.

Auf einmal ging leise die Tür auf. Helga fuhr erschrocken herum, aber es war nur Elfie, die zum Mittagessen nach Hause gekommen war. Seit einem großen Streit mit ihrer Mutter lebte sie bei Helgas Familie.

»Du siehst so verheult aus, was ist denn, Helga?«, fragte sie, strich sich die braunen Haare hinters Ohr und setzte sich in ihrer grauen Arbeitshose und dem tannengrünen Pullover aufs Bett.

Anstelle einer Antwort reichte Helga Elfie den Brief.

Ein Blick genügte und Elfie nahm sie tröstend in den Arm. Helga musste schon wieder weinen. Es dauerte, bis sie sich beruhigt hatte.

»Ich verstehe das nicht.« Elfie sah sie nachdenklich mit ihren dunklen Augen an. »Liegt es daran, dass du nur ein Notabitur gemacht hast?«

»Deswegen wollte ich doch das vorgeschriebene Vorsemester besuchen. Hatte der Beamte auch so notiert.«

Der Gong erklang. So, wie Helga aussah, konnte sie unmöglich zum Essen erscheinen. Trotzig wischte sie sich die Tränen aus dem Gesicht und kämmte sich die völlig außer Form geratenen blonden Haare.

»Aber dass deine Noten für den Studienplatz nicht gereicht haben sollen, ist schon merkwürdig, oder?«, meinte Elfie.

»Ich glaube nicht, dass es an den Noten lag. Sie bevorzugen Männer, garantiert.«

»Ehrlich?« Elfie sprang vom Bett auf. »Die spinnen ja wohl! Ändert sich denn gar nichts? Wir Mädchen haben auch unsere Chance verdient.«

Helga warf ungehalten die Bürste auf den Frisiertisch. »Bestimmt entscheiden noch die gleichen Männer. Es sind ja nicht alle entlassen worden.«

Gleich zu Beginn der amerikanischen Besatzung hatten sie alle Beamten, die in der Partei gewesen waren, entlassen. Manchmal wurden sie jedoch vereinzelt wieder eingestellt.

»Vielleicht sollten die mal in diese Vorträge zur *Re-Education* gehen«, versuchte ihre Freundin sie wie so oft mit einem Scherz aufzuheitern, aber Helga war nicht nach Witzen zumute.

Da erklang der Gong ein zweites Mal und sie gingen hinüber ins Wohnzimmer. Der Rest der Familie hatte sich bereits um den polierten Eichentisch versammelt. Neben Helga und ihren Eltern lebte seit ihrer Ausbombung auch Tante Alice, die Schwester ihrer Mutter, mit ihren beiden kleinen Töchtern sowie Helgas Großeltern bei ihnen.

Und natürlich Elfie. Aber ihren Eltern war jeder Gast willkommen, solange es kein Fremder war, den ihnen das Wohnungsamt zuwies.

Minna trug gerade die Suppe auf. Wie immer stand das herrliche Meissener-Porzellan auf dem Tisch, die Brokatvorhänge vor den Fenstern schimmerten, die alten Ölgemälde erzählten von der Familiengeschichte.

Auf den Tellern jedoch befand sich nur eine Sauerkrautsuppe. Trotzdem entstand sofort eine ungewohnte Stille. Normalerweise war es nie leise im Hause Sartorius, aber wenn es ums spärliche Essen ging, genoss jeder still die sämige Suppe und das harte Brot dazu.

Als alle aufgegessen hatten, fasste Helga sich ein Herz und erzählte den Eltern von der Absage der Universität.

»Das ist so ungerecht«, rief sie.

»Nimm es nicht so schwer, mein Kind.« Clara Sartorius, Helgas Mutter, legte ihre Serviette auf den Tisch.

Das war alles, was ihr dazu einfiel? Niemand bedauerte Helga oder teilte ihren Ärger.

Elfie brachte bereits die Suppenteller in die Küche und Helgas schlechtes Gewissen meldete sich. Schnell trug sie die leere Suppenschüssel hinaus. Es war ihr ein Rätsel, wie Minna es trotz der Lebensmittelknappheit schaffte, dass jeden Tag etwas Schmackhaftes auf dem Tisch stand, und sie unterstützte sie gerne.

In der Küche berührte Elfie Helga leicht am Arm. »Wie wäre es, wenn ich mal rumfrage, ob bei den Amerikanern Stellen frei sind?«

»Danke«, sagte Helga leise und ging mit ihr zur Garderobe,

wo Elfie ihre Arbeitsjacke wieder überstreifte. Die Vorstellung, genauso wie ihre Freundin einen der raren Arbeitsplätze bei den Amerikanern zu ergattern, tröstete sie ein bisschen.

Elfie war Hilfsgärtnerin im benachbarten Palmengarten. Der große Park mit seinen Gewächshäusern voller seltener Pflanzen war von der Army besetzt worden und im dazugehörigen Gesellschaftshaus feierten die Soldaten im Palmgarden Red Cross Club. Das Beste war, dass es dort unglaublich viel und sehr gutes Essen gab, wenn auch nur für die Soldaten. Aber es wurde vieles weggeworfen und Elfie schmuggelte immer wieder halbe Brotlaibe raus. Oder sie stibitzte von dem Gemüse, das im Park für die Amerikaner angebaut wurde.

Helga war sich nicht sicher, ob sie das auch schaffen würde.

»Ich habe aber gar keine Ahnung von Gartenarbeit«, sagte sie.

»Keine Angst, das bringe ich dir bei.« Mit einer tröstenden Umarmung verabschiedete sich Elfie.

Wieder zurück im Wohnzimmer, in dem ein Paravent nur notdürftig die Habseligkeiten ihrer Tante und ihrer Cousinen verbarg, wischte Helga den Tisch ab. Im ehemaligen Esszimmer hatten ihre Großeltern sich gerade zu einem Mittagschläfchen unter ihre dicken Federbetten verkrochen. Im Haus war es kalt, sie heizten nur sehr sparsam, damit der Holzvorrat bis zum Frühling reichte.

Helgas Vater präsidierte bereits im gemütlichen Lehnstuhl und betrachtete kritisch seine Nichten Eva und Regine, die auf dem Perserteppich ein Puzzle legten. Helgas Mutter blätterte gemeinsam mit Tante Alice auf dem Sofa durch irgendeine alte Illustrierte.

Schnell brachte Helga den Lappen in die Küche und setzte sich zwischen Mutter und Tante Alice aufs Sofa.

»Bist du enttäuscht von mir?«, wandte sie sich an ihren Vater.

»Nein, und das solltest du auch nicht sein. Du hattest dir eben ein zu hohes Ziel gesetzt.«

»Vati, ich glaube, sie verweigern mir den Platz nur, weil ich eine Frau bin. Ich habe alle Papiere, ausgezeichnete Noten und die Gebühren hätten wir auch bezahlen können.«

Er nahm die randlose Brille ab und begann, sie gründlich mit seiner Seidenkrawatte zu putzen. Ein untrügliches Zeichen, dass er ausgiebig nachdachte.

»Wenn es zu viele Bewerber gibt, muss eben ausgewählt werden«, sagte er.

»Dann soll es nach Leistung gehen und nicht nach Geschlecht. Sonst ist es ungerecht.«

»Frauen erhalten erst dann einen Platz, wenn nicht genügend männliche Bewerber vorhanden sind.«

Helga richtete sich auf. »Wusstest du das?« Wieso hatte er sie dann bei ihren Studienplänen unterstützt?

»Vielleicht irre ich mich auch«, versuchte er, sich rauszureden. »Und wie das jetzt gehandhabt wird, entzieht sich meiner Kenntnis.« Er setzte seine Brille wieder auf.

»Aber ich dachte, dass sich jetzt alles ändert!«, rief Helga aufgebracht.

»Du musst das verstehen.« Helgas Mutter ließ die Illustrierte sinken. »Die Männer müssen für sich und ihre Familien so schnell wie möglich ein neues Leben aufbauen.«

»Ich will mir auch ein Leben aufbauen!«, erwiderte Helga.

»Du klingst sehr selbstsüchtig, Kind!«, mischte Tante Alice sich ein und zupfte ihre makellos weiße Bluse zurecht.

Selbstsüchtig. Der schlimmste Vorwurf, den Helga kannte. Aber war sie das wirklich?

»Ich will Rechtswissenschaften studieren, um neues Unrecht zu verhindern und die Demokratie mit aufzubauen. Was ist daran selbstsüchtig?«

»Es reicht doch, wenn du deine Kinder zu Demokraten erziehst«, versuchte Mutter, sie zu trösten.

Kinder? Wie kam sie denn darauf? Von Walter wusste Mutter noch gar nichts. Wollte sie sie etwa verheiraten? Bloß das nicht. »Ihr versteht mich nicht.«

»Das stimmt, Liebes.«

Wenn Helgas Mutter *Liebes* sagte, bedeutete das nichts Gutes. Helga hielt die Luft an in Erwartung dessen, was jetzt kam.

»In normalen Zeiten hätte ich nichts gegen ein Studium«, begann ihre Mutter. »Aber es hat sich nun mal alles geändert. Wir müssen den Gürtel enger schnallen und Träume aufgeben.«

»Du klingst, als wärst du über die Absage froh, Mutti.«

»Solange dein Vater nicht rehabilitiert ist, müssen wir eben jeden Pfennig zweimal umdrehen, bevor wir ihn ausgeben.«

»Aber das ist höchstens noch eine Frage von Tagen, Clara!«, regte Vater sich auf.

Da erschien Minna mit einem Tablett voller Tassen, aus denen es nach Malzkaffee duftete. Helga füllte zwei Löffel Zucker und Kondensmilch in eine Tasse und reichte sie ihrem Vater.

»Helga, mach dir keine Sorgen um die Semestergebühren, die können wir uns immer leisten.« Er nahm ihr die Tasse ohne ein Wort des Dankes ab. »Aber du kannst nicht der Universität oder meinen Herren Kollegen die Schuld zuschieben. Die Universitätsverwaltung kann ja nur deshalb so wenige Studenten zum Studium zulassen, weil die amerikanische Militärverwaltung die Professoren nicht lehren lässt.« Langsam redete er sich in Rage.

Helga nahm sich ebenfalls eine Tasse. »Das hast du bestimmt bald überstanden, Vati.« Noch ein bisschen Zucker, so schmeckte der Kaffee-Ersatz eigentlich ganz gut.

»Sie werden schnell merken, wie sehr du fehlst, Ferdinand«, sagte Helgas Mutter. »Mathematik ist eine exakte Wissenschaft und kein faschistisches Lügengebilde.«

»Die Kollegen unterrichten jetzt in einer Villa in der Schumannstraße«, erklärte ihr Vater. »Stellt euch vor, die Vorlesungen sollen im Speisesaal stattfinden. An Ausstattung fehlt es auch, sie brauchen jetzt ausgerechnet *meine* Tafel.« Er wies durch die offen stehenden Schiebetüren in sein Arbeitszimmer, in dem eine über und über mit mathematischen Formeln beschriebene Schultafel hing. »Ich habe dem Dekan aber damit gedroht, dass ich sie erst zu meiner ersten Vorlesung mitbringen werde.«

»Das kannst du nicht machen, Ferdinand! Die armen Studenten.«

Helga hörte nur mit halbem Ohr zu, sie konnte sich einfach nicht mit der Absage abfinden. Sie hatte gedacht, es würde sich etwas ändern, jetzt, wo die Nazis weg waren. Zu früh gefreut. Was sollte sie denn jetzt mit ihrem Leben anfangen?

Auf einmal klingelte es. Helga vernahm Minnas eifrige Schritte im Flur. Dann klopfte es an die Wohnzimmertür und ein Mann im blauen Kittel erschien mit dem Hut in der Hand und grüßte schüchtern. Seufzend schob Vater seine Brille zurecht. »Deshalb wird die Tafel auch gerade abgeholt, Clara. Wir brauchen gute Mathematiker.« Er erhob sich und führte den Hausmeister in sein Arbeitszimmer.

»Was soll ich denn jetzt ohne Studienplatz machen?« Helga legte sich ein Kissen auf den Bauch, das fühlte sich irgendwie tröstlich an.

»Nimm es nicht so tragisch. Als studierte Frau ist es viel schwerer, einen passenden Mann zu finden. All diese gefallenen Soldaten ...« Clara machte eine kurze Denkpause. »Wir hatten es nach dem Ersten Weltkrieg auch nicht leicht, nicht wahr, Alice?«

Helgas Tante zog die Augenbrauen hoch. »Du vielleicht, Clara, ich auf gar keinen Fall!«

Helga war der Tonfall ihrer Mutter aufgefallen. »Bist du etwa froh, dass die Uni mir abgesagt hast, Mutti? Dabei ist es gerade jetzt, weil so viele Männer fehlen, wichtig, dass wir Frauen einen Beruf haben, um selbstständig zu sein.«

»Sei nicht so trotzig, das steht dir nicht.« Mutter nahm ihr das Kissen ab und drapierte es ordentlich neben sie.

»Ich bin kein Kleinkind mehr«, erwiderte Helga. »Ich habe keine Angst mehr, meine Meinung zu sagen, seit es die Gestapo nicht mehr gibt.«

Unwillkürlich sah sie durchs Wohnzimmerfenster zur Villa gegenüber, von der aus bis vor einem knappen Jahr die Gestapo Angst und Schrecken verbreitet hatte.

»Mutti, ich hatte so viel Hoffnung, als der Krieg zu Ende war. Aber jetzt bin ich nur am Warten. Ob in diesen ewigen Schlangen vor den Ämtern für Marken oder den Geschäften für Essen, auf meinen Studienplatz, Vaters Entnazifizierung oder auf einen Brief von Walter.«

Oh Mist, jetzt hatte sie sich verraten. Mutter sollte doch gar nichts von ihren Gefühlen wissen.

»Ob es heute Nachmittag regnet?«, wechselte sie hastig das Thema.

Natürlich völlig vergeblich.

»Walter?« Ihre Mutter stellte die Kaffeetasse weg und schaute sie streng an. »Meinst du etwa Elfies Bruder?«

»Elfie ist ganz in Sorge um ihn«, versuchte Helga, sich rauszureden, und konnte ihrer Mutter nicht ins Gesicht sehen.

»Dir scheint er aber genauso wichtig wie dein Studium zu sein. Helga? Schau mich an!«

Mutter packte sie am Kinn. »Bist du … seid ihr …«

Zaghaft nickte Helga.

»Walter Fischer?« Ihre Mutter schnappte nach Luft. »Der war gerade mal auf der Volksschule, oder?«

Tante Alice kicherte leise. »Solche Verehrer hatte ich allerdings nicht.«

Was mischte die sich eigentlich hier ein? Helga verschränkte die Arme vor der Brust.

»Ist seine Schulbildung denn ausschlaggebend?«

»Natürlich. Es geht um deine Zukunft! Hat er denn vor der Wehrmacht noch irgendwas gelernt?«

»Er hat eine Lehre zum Steuerfachgehilfen gemacht. Und

wenn er sich beweist und Kurse macht, dann kann er auch Steuerberater werden.«

»Gehilfe.« Mutter sackte in sich zusammen. »Hast du ihm was versprochen? Hat er Erwartungen, wenn er wieder heimkehrt? Ansprüche?«

Jetzt hielten sogar Helgas Cousinen in ihrem Spiel inne und schauten neugierig zu ihnen hinüber.

»Geht nach draußen, ihr zwei«, forderte Tante Alice Eva und Regine auf, blieb aber selbst sitzen. Maulend gingen die beiden, und Helga überlegte krampfhaft, wie sie sich verteidigen könnte.

»Mutti …«, begann sie, doch diese hob die Hand und Helga verstummte.

»Liebes, glaubst du denn, er wird dir dein Studium finanzieren können, wenn ihr verheiratet seid? Hundert Reichsmark pro Semester!«

»Wir müssen ja nicht gleich heiraten.« Das war ein schwaches Argument. Wenn er kein Geld für ein Studium hatte, wie sollte er dann später ihren gemeinsamen Lebensunterhalt finanzieren? Den Eltern wollte er bestimmt nicht auf der Tasche liegen.

»Aber wieso ausgerechnet Walter?« Mutter schüttelte den Kopf.

»Versteh mich bitte!« Helga gab sich einen Ruck und nahm Mutters Hände in ihre. »Ich – ich liebe ihn!«, gestand sie, was sie ihm noch nie gesagt hatte.

Ihre Mutter zog empört die gezupften Augenbrauen nach oben.

»Aber, Kind! Liebe, was weißt du schon davon.« Sie zog

ihre Hände weg. »Walter – hast du nicht erzählt, dass er diesen Odeon-Club gegründet hatte? Um verbotene Musik zu hören? Und damit Elfie und dich ständig der Gefahr ausgesetzt hat, von der Gestapo erwischt zu werden. Du weißt, dass Elfie deswegen im Gefängnis landete. Für all das ist ihr Bruder verantwortlich, er hat euch dazu verführt!«

»Nein, daran waren die Nazis schuld, die haben uns verboten, Swing zu hören. Oder dazu zu tanzen. Sie haben uns vorgeschrieben, was wir anziehen und ob wir uns schminken dürfen. Die sind an allem schuld. Und Vati war sogar in der Partei, wie schrecklich.«

»Das verstehst du nicht.«

Ihre Mutter hielt sie offensichtlich noch immer für einen naiven Backfisch.

»Aber Walter die Schuld dafür in die Schuhe schieben, nur weil wir mal Spaß haben wollten.« Helga lief zum Radio, schaltete es ein und schob den Regler auf Frankfurt, wo AFN – American Forces Network sendete. Der Sprecher kündigte gerade den erfolgreichen Hit *Give me five minutes more* von Tex Beneke an. Schon erklangen drei kurze Bläserfanfaren, zackig auf den Punkt gespielt, so, wie Helga es liebte. Als das Schlagzeug einsetzte, wippte Helga unwillkürlich auf und ab, zu gerne hätte sie gleich hier im Wohnzimmer getanzt.

»Walter und Elfie haben mir gezeigt, dass es neben dem Stumpfsinn beim BDM, neben Marschmusik, Durchhalteparolen und Luftschutzübungen, auch noch eine bunte Welt gibt, eine Welt voller Fantasie und Spaß am Leben.«

»Mach diesen Krach aus«, verlangte Mutter, aber Helga wiegte weiterhin ihren Körper im Takt.

»Clara«, schrie Tante Alice, dabei war die Musik gar nicht so laut. »Diese Elfie übt einen schlechten Einfluss auf deine Tochter aus. Vielleicht sollte sie sich besser eine andere Unterkunft suchen. Ich will nicht, dass meine Töchter auch so verrohen.«

Das konnte ja wohl nicht wahr sein! Konnte die sich nicht einfach raushalten?

»Und du willst auf Corned Beef und Kohlrabi verzichten, Tante Alice?«, wehrte Helga sich. Sie schien ins Schwarze getroffen zu haben, so grimmig, wie ihre Tante sie jetzt anstarrte und mit ihrer Goldkette herumspielte.

»Wie wäre es mit Dr. Siebert anstelle des Steuerfachgehilfen, Clara?«, fragte sie und ein Lächeln zeichnete sich auf ihrem Gesicht ab, das Helga nur als *fies* bezeichnen konnte. »Hast du nicht erzählt, seine Mutter sei adelig, Clara?«

»Er ist in französischer Gefangenschaft.« Mutter schaute Helga nachdenklich an. »Bestimmt wird er bald entlassen. Du erinnerst dich vielleicht, wie sehr er immer von dir angetan war, *Liebes*.«

Helga schüttelte es innerlich. Julius Siebert stammte aus reichem Elternhaus und war früher Doktorand ihres Vaters gewesen. Aber Helga interessierte sich nicht die Bohne für ihn und sein schleimiges Grinsen.

»Ich will nicht heiraten!«

»Und was ist mit Walter?«

»Das ist was anderes«, entgegnete Helga. Wenn sie einmal Juristin werden wollte, musste sie eindeutig besser argumentieren lernen. »Ich meine, ich will nur denjenigen heiraten, den ich liebe.«

Kopfschüttelnd stand Mutter auf und schaltete das Radio aus. »Das werden wir ja sehen.«

»Und Elfie?«

»Natürlich kann sie bleiben, wo soll denn das arme Kind hin, wir können sie ja schlecht auf die Straße setzen. Und für ihr Elternhaus kann sie nichts. Aber Walter ... wer weiß, ob die Russen ihn je nach Hause lassen. Du solltest ihn vergessen und nach vorne schauen.«

3 – Helga

Wie konnte Mutter nur so etwas verlangen! Walter zu vergessen war für Helga unmöglich. Sie spürte, wie ihr schon wieder die Tränen in die Augen stiegen, und rannte in ihr Zimmer. Mutter verstand sie einfach nicht. Helga wollte nicht die brave Ehefrau eines angehenden Professors werden wie sie. Sie wollte etwas aus ihrem Leben machen und vor allem wollte sie selbst darüber entscheiden.

Ob Walter wirklich nicht zurückkommen würde? Wer wusste schon, wie die Russen mit ihren Gefangenen umgingen. Noch gab es kaum Informationen, nur eine Menge Gerüchte von Erschießungen oder Tod durch Verhungern.

Helgas Körper verkrampfte sich vor Angst und sie verbot sich jeden Gedanken an seinen Tod. Walter würde wiederkommen! Auf jeden Fall.

Aber es funktionierte nicht.

Schon den ganzen Krieg über war sie von diesen Gedanken verfolgt worden. Walter saß der Schalk im Nacken, weshalb sie ihn ja auch so liebte. Wie oft er sie früher zum Lachen gebracht hatte! Die Kehrseite der Medaille war allerdings, dass er sich ungern an Regeln hielt und ständig in Schwierigkeiten brachte.

Ob die Sowjets Spaß verstanden, bezweifelte sie.

Schnell zog sie ihr Tagebuch aus ihrer Nachttischschublade, in dem ein Foto von Walter von einem Fahrradausflug auf den Lohrberg steckte. Walter trug sein kariertes Hemd bis zur Brust aufgeknöpft, der Fahrtwind hatte seine braunen Haare zerzaust, die Sonne die Wangen gerötet, und er lächelte sie so verschmitzt an, dass Helga ganz wehmütig wurde.

Sanft legte sie ihre Lippen auf das Bild und hoffte, er könnte den Kuss spüren.

Erneut rannen ihr Tränen die Wangen hinab, aber nicht mehr vor Zorn oder Enttäuschung, sondern vor überbordender Sehnsucht.

So war es auch schon bei ihrer allerersten Begegnung gewesen. Elfie und sie hatten sich gerade erst kennengelernt. Helga war damals zwölf Jahre alt, trug stolz ihre langen blonden Zöpfe und kam mit Elfie gerade vom Federballspielen im Grüneburgpark zurück, als ihnen mitten auf der Siesmayerstraße ein Junge freihändig auf dem Rad entgegenkam. Er kümmerte sich überhaupt nicht um die Straße, sondern breitete die Arme aus und lächelte Helga an, als gäbe es niemand anderen auf der Welt.

Und schon war es um sie geschehen.

Mit einem Mal fuhr er über einen Stein, kam ins Straucheln, fing sich aber wieder.

Elfie hatte nur die Augen verdreht und ihm hinterhergerufen: »Ich kann viel besser freihändig fahren als du.«

Helga hätte sich das bei einem fremden Jungen nie getraut. Aber Elfie war viel mutiger als sie.

»Gibt nicht so an, Schwesterherz«, rief der Junge und kam mit dem Rad wieder auf sie zu.

»Das ist dein Bruder?«, fragte Helga ungläubig.

»Darf ich vorstellen: Walter.« Mit einer theatralischen Geste wies Elfie auf den vielleicht zwei Jahre älteren Jungen. »Nichts als Unfug im Kopf.«

Wie gut er aussah. Groß und sportlich, mit einem Muttermal am Kinn und einem umwerfenden Lächeln.

Und seitdem schlug ihr Herz jedes Mal bis zum Hals, wenn sie Walter nur von Weitem erblickte.

Leider hatte sie lange gebraucht, bis sie sich traute, ihm ihre Gefühle zu zeigen, und er brauchte fast genauso lange, um ihre zaghaften Hinweise zu verstehen. Bis dahin hatte er sie wohl eher als zweite Schwester angesehen. Aber zum Glück hatte er seine Gefühle für sie noch entdeckt, bevor er an die Front musste.

Wie verändert er damals aus dem Wehrertüchtigungslager zurückgekommen war, so ernst und in sich gekehrt. Helga hatte ihn mit Elfie vom Bahnhof abgeholt und gleich dort, auf dem Bahnsteig, hatte er sie gefragt, ob er ihr von der Front schreiben dürfe. Ob sie seine Freundin sein wolle.

Als sie mit klopfendem Herzen bejahte, zog er sie an sich und legte seine warmen und weichen Lippen auf ihre. Er wirkte ein wenig traurig. Als hätte er begriffen, was der Fronteinsatz bedeuten würde.

Drei Wochen später war er unterwegs an die Ostfront. Gesehen hatte sie ihn seitdem nur ein einziges Mal bei seinem Heimaturlaub im Sommer vor drei Jahren.

Der letzte Brief stammte vom Januar 45 aus der Nähe von Königsberg in Ostpreußen. Sie konnte ihn schon auswendig, so oft hatte sie ihn gelesen. Walter hatte hier das erste Mal von Liebe gesprochen.

Ach, wenn es doch ein Lebenszeichen von ihm gäbe!

Behutsam legte sie das Bild und den Brief wieder in ihr Tagebuch und verschloss es mit dem kleinen Schlüssel. Das Büchlein versteckte sie unter ihrem Kopfkissen, den Schlüssel in ihrem Federmäppchen auf dem Schreibtisch.

Daneben lag das Schreiben der Universität. Ob Walter auch so denken würde? Dass ihr kein Studienplatz zustand, sondern zuerst die Männer dran waren?

Am Nachmittag verteilte sie im Schulamt und an anderen strategisch günstigen Plätzen kleine Werbezettel für Vaters Nachhilfe in Mathematik. Ostern würden die Oberschulen wieder öffnen, und es gab genügend Schüler, die in ihrer Zeit als Flakhelfer oder den Wirren des ersten Friedensjahres den Satz des Pythagoras völlig vergessen hatten. Helga war stolz, dass ihr Vater nach vorne blickte, Übergangslösungen bis zu seiner Rehabilitierung suchte und nicht wie Mutter die Hände in den Schoß legte. Genauso wollte sie ihr Leben auch gestalten.

Auf dem Rückweg hielt sie am Checkpoint an der Bockenheimer Landstraße, der den Zutritt vom deutschen Teil Frankfurts in den amerikanischen Sperrbezirk regelte. Hier im sogenannten *compound* lebten die Offiziere hinter Stacheldraht in den von Bomben verschonten, bürgerlich prächtigen Gründerzeithäusern, deren Bewohner im Mai 45 einfach rausgeworfen worden waren. Auch Elfie und ihre Mutter hatten ihre Hausmeisterwohnung verlassen müssen.

Und trotzdem arbeitete Elfie jetzt im *compound*, denn der Palmengarten war genauso wie das nördliche Westend hinter dem Stacheldraht verschwunden.

»*Hi, sweetheart.*« Am Schlagbaum grüßte sie Corporal Taylor, der wachhabende MP-Offizier mit den dunklen Augen und der Waffe am Gürtel, und lächelte sie fast so verschmitzt wie Walter an.

»*Hello, Corporal*«, grüßte sie und suchte vergeblich unter den auf die Kontrolle wartenden Gärtnern nach Elfie.

»*Want some chewing gum?*« Er zog eine der beliebten weißen Wrigleys-Packungen aus seiner Uniformtasche. »*And tonight some dancing?*« Er zwinkerte ihr zu.

»*No, thank you*«, lehnte sie höflich ab. Schon seit etlichen Wochen *versuchte* er, Helga zu einer Verabredung zu bewegen, aber sie hatte bis jetzt immer eisern Nein gesagt. Das wollte sie Walter nicht antun.

»*You are such a lovely girl. Just one dance!*«

Helga schüttelte so vehement den Kopf, dass ihre blonden kinnlangen Haare hin und her flogen.

Die Gärtner begannen zu murren, weil Taylor lieber mit ihr flirtete, als sich um die Auslasskontrolle zu kümmern. Schnell trat Helga zur Seite und Corporal Taylor winkte endlich den ersten Mann zu sich heran.

Plötzlich erklang ein Pfiff. Die Anfangstakte des Harlem-Swings, dem Erkennungsmerkmal der Frankfurter Swing-Freunde! Zwar war es nicht Walter, sondern nur Elfie, die pfiff, aber die Erinnerungen an den Odeon-Club verschönten Helga den Alltag.

Vor allem jetzt, nachdem ihr Traum vom Studium geplatzt war.

Schon hatte der gut aussehende Taylor Elfies Namen auf der Liste abgehakt und ließ sie durch. Danach trat der dunkelhaarige Klaus in seiner abgetragenen Straßenkleidung an den Schlagbaum. Wie Elfie war er Hilfsgärtner und seit fast einem Jahr waren die beiden ein Liebespaar. Taylor kontrollierte ihn genauso nachlässig, man kannte sich, und er drückte wohl auch ein Auge zu, wenn Elfie und Klaus Lebensmittel aus dem Sperrgebiet schmuggelten. Aber wenn ein Fremder versuchte, in den *compound* zu gelangen, konnte Taylor fürchterlich streng sein. Ohne Zutrittsgenehmigung lief da gar nichts.

»Tut mir echt leid, dass du nicht studieren kannst«, sagte Klaus nach einer kurzen Begrüßung. »Kannst du dich nächstes Jahr wieder bewerben?«

»Keine Ahnung«, antwortete Helga. Brachte ja doch nichts. Bis dahin waren bestimmt noch mehr Männer aus der Gefangenschaft zurück und ihre Chancen wurden immer geringer.

»Wer weiß, was bis dahin alles noch passiert.« Elfie hängte sich bei Helga ein und zu dritt überquerten sie die Bockenheimer Landstraße. Direkt gegenüber lebte Klaus in einem Keller unter einer Ruine. Früher hatte dort eine Familie Engel gewohnt, weshalb die drei sie Engelruine nannten.

»Wollen wir heute Abend ins Café Jäger gehen?«, fragte Elfie.

»Mir ist die Lust aufs Tanzen vergangen«, sagte Helga.

»Ach komm, du kannst ja sowieso nichts mehr ändern. Und wie kann man besser vergessen als beim Swing-Tanzen?« Elfie ergriff ihre Hand und drehte sie einmal im Kreis. »Vielleicht treffen wir ja auch den hübschen Taylor.« Sie wandte sich zum Checkpoint und winkte.

»Elfie!« Entrüstet stemmte Helga die Arme in die Seiten. »Ich werde Walter auf gar keinen Fall untreu werden.«

»Es geht doch nur ums Tanzen, Helgalein. Um mehr nicht.«

»Lieber schreibe ich Walter von meiner Absage.«

»Besser nicht«, meinte Klaus. »Schlechte Nachrichten sind nichts für einen Gefangenen.«

Helga schaute ihn nachdenklich an. Er musste es wissen, er hatte während des Krieges seine ganz eigenen Erfahrungen mit Gefangenenlagern machen müssen, am besten befolgte sie seinen Rat.

Elfie öffnete ihren Rucksack. »Ich habe noch was für dich organisieren können.« Sie zog einen der beliebten Hershey-Schokoladenriegel hervor.

»Wo hast du denn den her?« Schon beim Anblick lief Helga das Wasser im Mund zusammen.

»Ich habe Sergeant Campbell wegen einer Stelle für dich gefragt. Er hat leider nichts, wollte dir aber damit die Absage versüßen. Eine Packung Milchpulver hat er mir auch noch in die Hand gedrückt. Und er hat mir erzählt, dass Frauen in Amerika ohne Probleme einen Studienplatz kriegen, dort gibt es sogar extra Colleges für Frauen.«

»Der Vergleich hinkt doch«, meinte Klaus. »Die wurden ja auch nicht bombardiert.«

»Von einer Universität nur für Frauen habe ich ja noch nie gehört.« Für Helga klang das sehr verlockend.

Andächtig packte sie den Riegel aus. Sofort lag ein unwiderstehlicher Schokoladenduft in der Luft. Sie teilte ihn in drei gleiche Stücke und dann kauten sie langsam und genüsslich. Echte Schokolade! Helga entfuhr ein Seufzer.

Auch Elfie und Klaus brummten völlig verzückt. »Wenn

du nicht studieren kannst, was willst du denn stattdessen machen?«, fragte Klaus.

»Keine Ahnung. Ich hätte so gerne eine Aufgabe. Etwas, das meinem Leben Sinn verleiht. Vermisst ihr das nicht?«

»Was hast du gegen Gartenarbeit?« Klaus zog ärgerlich die Augenbrauen hoch. »Im Palmengarten ist es unglaublich interessant! Was ich schon alles über die exotischen Pflanzen gelernt habe … am liebsten würde ich eine Lehre zum Gärtner machen.«

»Ich finde Gartenarbeit auch äußerst sinnvoll.« Elfie rieb sich grinsend den Bauch.

»So habe ich das nicht gemeint. Aber du wolltest früher doch auch studieren, Elfie.«

»Früher, ja. Aber jetzt ist es nicht möglich, dafür fehlt mir das Geld und mein Abitur müsste ich erst nachholen. Da kümmere ich mich lieber um das Gemüse. Wir haben schon Salat gesät! Natürlich im Gewächshaus, die Pflanzen kommen erst nach den Eisheiligen raus.«

»Und später?«

»Mir geht Bobbys Idee einer Tanzschule nicht aus dem Kopf.«

»Ernsthaft?« Helga musste grinsen – die aufmüpfige und freche Elfie als Benimmlehrerin! Aber Elfie träumte bestimmt eher vom Swing-Tanzen als vom Anstandsunterricht.

»Wenn die Lage sich bessert, will ich jedenfalls raus aus dem Palmengarten. Irgendwas wird sich schon finden, da bin ich mir sicher.«

»So sorglos wie du möchte ich auch gerne sein«, sagte Helga.

»Na ja, manchmal wäre es besser, ich würde mehr nach-denken.« Elfie warf Helga einen amüsierten Blick zu, und beide wussten, was Elfie damit meinte. »Wir können uns ja ergänzen. Du hilfst mir, verantwortungsbewusster zu sein, und ich heitere dich auf, wenn du es brauchst. Und deshalb sollten wir heute Abend ins Café Jäger gehen. Bobby hat er-zählt, dass Schorschi heute Platten auflegt.«

Schorschi, ebenfalls Mitglied im Odeon-Club, hatte von allen die größte Sammlung Swing-Platten besessen und sie bei seiner Oma im Taunus gelagert, um sie vor den Bombar-dierungen zu schützen.

»Ich habe trotzdem keine Lust«, meinte Helga. »Mir ist einfach nicht nach Feiern.«

»Hat eigentlich mal wieder jemand was von Dandy ge-hört?«, fragte Elfie.

»Ich habe Bobby letztens mal gefragt«, sagte Helga. »Er glaubt nicht, dass Dandy wieder da ist, sonst wäre er be-stimmt mal bei einem Konzert gewesen.«

»Dandy war der beste Tänzer von allen«, schwärmte Elfie.

»Na hör mal!« Klaus stupste sie in die Seite.

»Du warst damals ja noch nicht dabei.« Elfie legte ihren Arm um Klaus' Taille und sah ihn verliebt an.

»Dandy war der Schwarm aller Swing-Girls«, erklärte Helga. »Kein Wunder, bei seinen blauen Augen und den schillernden blonden Haaren, die so lang waren, dass sie den Hemdkragen berührten.«

»Wenn wir wenigstens seinen richtigen Namen wüssten, dann könnten wir besser rumfragen«, sagte Elfie.

Helga nickte. Ihre englischen Spitznamen gehörten damals einfach dazu, genauso wie die elegante amerikanische Mode, die kurzen Tanzröcke oder der knallrote Lippenstift. Und eine gute Tarnung waren sie auch gewesen.

Aber jetzt?

4 – Peter

Der Ofen knackte behaglich. Peter streckte seine langen Beine aus und genoss die Wärme, die von ihm ausging. Den ganzen Nachmittag hatte er in den Anlagen Holz gesammelt, die nasse Winterkälte steckte ihm noch immer in den Gliedern. Wurde Zeit, dass sich der März etwas frühlingshafter zeigte.

Leider hatte er nicht besonders viel gefunden. Auch heute Abend würden sie kein neues Holz mehr nachlegen können, damit sie auch in den nächsten Tagen noch heizen konnten. Aber jetzt war es warm und gemütlich.

Seine Mutter Sophie Winkler lag behaglich unter einer dicken Wolldecke auf dem kleinen Sofa. Schon immer zart und zerbrechlich, hatten die letzten Jahre ihr sehr zugesetzt. Die ehemals kastanienbraunen Haare waren grau geworden, tiefe Falten kerbten sich in ihre eingefallenen Wangen. Ängstlich blieb sie fast immer im Haus und entspannte sich eigentlich nur noch, wenn sie wie jetzt klassische Musik im Radio hören konnte.

Peters Vater Richard Winkler war wie er in ein Buch vertieft. Während Peter versuchte, seine Physik-Schulkenntnisse aufzufrischen, las sein Vater in Goethes Gedichten. Auch er war alt geworden, der Rücken gebeugt, die blonden Haare wurden allmählich weiß, und sein Beinstumpf, Folge einer Verletzung aus dem Ersten Weltkrieg, entzündete sich ständig. Morgen musste Peter sich nach einem Heilmittel für ihn umschauen.

Aber sie waren alle beisammen. So hätte es immer sein müssen. Peter war es egal, dass sie nicht mehr in der hochherrschaftlichen Sieben-Zimmer-Wohnung in der Rothschildallee lebten, sondern bei Tante Meta in Bockenheim auf dem Sofa schliefen. Es zählte nur, dass sie wieder in Ruhe und Frieden vereint waren. Die Wohnung war klein, aber immer eine rettende Insel im Meer der Grausamkeiten gewesen.

Aber er sollte nicht an die letzten Jahre denken, das brachte nichts. Heute ging es um die Wärmelehre, auch Thermodynamik genannt, und die Frage, wie man Wärme in mechanische Kraft umsetzen kann. Entgegen seinen früheren Interessen lernte Peter auf einmal gerne. Manchmal beschlich ihn der Verdacht, erwachsen geworden zu sein. Verantwortungsbewusst. Wer hätte das gedacht.

Vielleicht sehnte er sich aber auch nur nach Wärme.

Er strich sich die blonden Haare aus der Stirn, als jemand an die Wohnungstür hämmerte. Peters Blick huschte erst zum Eingang, dann zu den Eltern.

Seine Mutter hatte vor Angst die Augen weit aufgerissen, sein Vater wollte sich bereits trotz seines schmerzenden Beines aus dem Sessel quälen.

Schnell sprang Peter auf. »Ich geh schon.«

»Ist nicht schon Sperrstunde?« Die Stimme seiner Mutter zitterte. Nicht lange her, da hatte ein Hämmern in der Nacht Verhaftung, Misshandlung, schlimmstenfalls: Deportation bedeutet.

Aber Peter schob die Erinnerungen beiseite. »Vielleicht ist es ja ein Nachbar.« Trotzdem blickte er sich suchend um, während er die wenigen Schritte vom Wohnzimmer zur Eingangstür ging. Da, sein Regenschirm, der hatte eine Metallspitze. Schnell ergriff er ihn.

»Wer ist da?«, rief er laut.

»Ich bin es! Alwin!«, rief eine wohlbekannte Stimme und Peter öffnete die Tür einen kleinen Spalt.

Ein junger Mann mit schwarzen welligen Haaren und nussbraunen Augen lächelte ihn an.

»Du bist es«, rief Peter erfreut. »Mensch, Alwin, was machst du denn hier so spät? Du hast uns ja zu Tode erschreckt.«

Endlich sah er seinen Freund wieder. Seit ihrer Rückkehr nach Frankfurt hatten sie sich aus den Augen verloren, obwohl ihre gemeinsamen Erlebnisse sie zusammengeschweißt hatten.

»Hast du keine Angst, von der MP ins Gefängnis gesteckt zu werden, wenn sie dich zu dieser Uhrzeit erwischen?«

»Die Sperrstunde wird sowieso bald abgeschafft. Außerdem ging es nicht anders.« Mit zerknirschtem Blick betrat Alwin in einem gepflegten Mantel und geputzten Schuhen die Wohnung.

»Entschuldigen Sie die späte Störung, Herr Winkler, Frau Winkler.« Er nahm den Hut ab und nickte ihnen grüßend zu. »Tut mir leid, die Klingel funktioniert nicht.«

Er wirkte ehrlich schuldbewusst.

»Du kennst den Eindringling, Peter?« Jetzt war der Vater doch aufgestanden.

Peter zögerte. Über seine Zeit im Harz redete er nicht gerne.

»Wir waren zusammen in Grauwald«, erklärte er daher nur knapp.

»Im Arbeitslager für die jüdischen Mischlinge?« Richard Winkler kam näher.

»Gestatten, Alwin Decker ist mein Name, ich bin der Sohn von Herrmann Decker und Rosalie, geborene Bernstein.« Alwin reichte Vater die Hand.

»Rosalie!« Mutter richtete sich auf, ihre Hände zitterten. Sie war mit Alwins Mutter zusammen zur Schule gegangen. Peter hatte Alwin allerdings erst im Lager kennengelernt.

»Wie …« Vor lauter Angst konnte sie kaum den Satz beenden.

Alwin brauchte nur leicht den Kopf zu schütteln, da sackte Mutter wieder in sich zusammen und griff nach Alwins Hand. »Bitte setzen Sie sich. Eine Tasse Tee?«

Und schon humpelte Vater zum Eichenschrank und nahm eine Tasse von Metas gutem Porzellan heraus. Peter und die Eltern begnügten sich sonst immer mit dem angeschlagenen Steingut.

Schnell holte Peter die Kanne mit selbst gesammeltem Kamillentee. Alwin hatte unterdessen seinen Mantel ausgezogen. Sein Anzug passte ihm wie angegossen, es musste ihm gut gehen.

»Aber was führt dich zu so später Stunde noch zu uns, Alwin?«, fragte Peter und schenkte ihm Tee ein.

»Ich will niemandem zur Last fallen, aber es geht nicht anders, die Nächte sind so bitterkalt …« Resigniert zuckte

Alwin mit den Schultern und wärmte sich die Hände an der Tasse.

»Sag bloß, du hast keine Bleibe?« Kein Wunder, Wohnungen waren rar und Alwin ohne Familie, die ihm beistehen konnte. Sein Vater war gefallen und die gesamte Familie Bernstein im KZ umgebracht worden.

»Du schläfst hier, das ist ja wohl klar!«, meinte Peter.

»Wir müssen erst Meta fragen«, sagte sein Vater. »Es ist ihre Wohnung. Wissen Sie, Herr Decker, Meta ist meine Cousine.«

»Nur für eine Nacht oder zwei, Herr Winkler, länger will ich Ihnen auf keinen Fall zur Last fallen. Ich finde dann schon was Neues.«

»Wo waren Sie denn bislang?«, fragte Peters Mutter.

»Bei – einer Freundin.« Alwin grinste. »Als ihr Mann heimkam, war kein Platz mehr für mich.« Wieder dieses Grinsen, das hoffentlich nur Peter verstand. Seine Eltern wären entsetzt, wenn sie wüssten, dass Alwin es sich zum Ziel gesetzt hatte, aus Rache für die Judenverfolgung seinen Samen in so viele arische Frauen wie möglich zu pflanzen.

Aber seine Mutter guckte auch so schon ganz pikiert.

»Du schläfst in meinem Bett und ich ziehe auf die Küchenbank. Ich bin sowieso immer als Erster wach«, entschied Peter. »Wir können dich ja schlecht wegschicken, bis Tante Meta wiederkommt. Sie ist über Nacht bei einer Freundin in Wiesbaden.«

»Mir reicht auch der Fußboden in deinem Zimmer, dann musst du nicht die Küche blockieren.«

»Mein Zimmer?« Unwillkürlich musste Peter kichern.

»Welches Zimmer?« Er bedeutete Alwin, ihm zu folgen. Die Zeiten, als er ein eigenes Zimmer hatte, waren schon lange vorbei.

Die Küche war klein – Herd, Spüle, ein Vorratsschrank, eine Eckbank und ein Tisch mit einer Wachstuchdecke. Und hinter dem Vorhang ein Holzgestell. »Mein Feldbett stelle ich mir immer hier auf, die Bank ist zu kurz für meine langen Beine. Meine Eltern schlafen im Wohnzimmer.«

Ohne sich groß über die Betteneinteilung zu wundern, deutete Alwin auf die Bank. »Dann schlafe ich dort, ich bin kleiner als du. Mensch, danke, du rettest mir das Leben! Wieder einmal.«

»Psst«, machte Peter und schaute sich um. »Meine Eltern wissen nicht, was wir wirklich in Grauwald erlebt haben. Ich will sie damit nicht belasten.«

Alwin nickte. Keiner redete gerne über die Strapazen, die er hatte erleiden müssen. Wozu auch? Wichtig war nur gewesen zu überleben, trotz der täglichen Qualen, der Arbeit und dem steten Hunger.

Als die Eltern sich zum Schlafen zurückgezogen hatten, zauberte Alwin eine angebrochene Flasche Schnaps aus seinem Rucksack. Sie tranken ein Gläschen auf die Zukunft, und Peter erzählte vom Vorbereitungskurs für die Opfer des Nationalsozialismus, den er gerade in der Sophienschule absolvierte. Ostern plante er, wieder auf die Oberschule zu gehen. Er war zwar schon einundzwanzig, da er zu Beginn der Unterprima wie alle *Mischlinge* aus der Schule geworfen worden war, aber das spielte keine Rolle. Noch zwei Jahre und er hatte sein Abitur in der Tasche.

»Das Schulgeld bezahlt mein Großvater«, sagte Peter.

»Der, der wegen der Nürnberger Rassegesetze den Kontakt zu euch abgebrochen hat?«

»Ich weiß. Lieber wäre es mir auch, es ginge ohne ihn. Aber soll ich mir aus Stolz meine Zukunft verbauen?«

»Hast du auch wieder recht. Knöpf ihm am besten so viel Geld ab, wie du nur kannst! Rache muss sein.«

So konnte man es auch sehen. Bis jetzt hatte Peter Skrupel gehabt, von jemandem Geld anzunehmen, der sie in der Zeit der größten Not im Stich gelassen hatte.

Alwin wies auf das Physikbuch, in dem Peter gelesen hatte. »Auf die Schule bringen mich keine zehn Pferde mehr. Vielleicht in Amerika. Aber hier nicht.« Er stürzte den nächsten Schnaps hinunter. »Willst du denn nicht weg?«

»Mein Vater hat schon seine Fühler nach seiner alten Stelle ausgestreckt. Er war früher Finanzberater.«

»Bis die Nazis ihn rausgeworfen haben. Ist doch überall das Gleiche. Und jetzt will er denen wieder in den Arsch kriechen?«

»Leise, Alwin!« Peter wollte nicht, dass sein Vater das hörte. »Ich bin ja deiner Meinung, aber nachdem sie ihn in der Bank entlassen hatten, musste er als Vertreter übers Land tingeln. Und das mit seinem Bein!« Er trank sein Glas leer. Der Schnaps brannte in seiner Kehle. »Ich glaube, er will sich erst mal beweisen, dass er es noch kann.«

»Aber die Banken sind alle zerschlagen worden, der Aktienhandel ist verboten, wer weiß, wie's weitergeht. In Amerika hingegen ...«

»Hast du denn Verwandte drüben?«

»In Boston.« Alwin schenkte schon wieder nach, aber Peter rührte das Glas vorerst nicht an. Er war so viel Alkohol gar nicht gewöhnt.

»Wir nicht. Wir sind im Moment nur froh, noch zu leben. Auswandern, das ist so ein großer Schritt, der will gut überlegt sein. Ich glaube, meine Eltern müssen zuerst wieder zu Kräften kommen. Vertrauen entwickeln. Die lange Zeit des Versteckens war für meine Mutter sehr belastend.«

Ein tiefer Seufzer entfuhr Peter. Er verstand bis heute nicht, wie seinem Vater und ihm das überhaupt gelungen war. Zuerst hatte Mutter ihren Selbstmord vorgetäuscht und sich auf dem Dachboden verborgen, als sie noch in der Altstadt gewohnt hatten. Später dann versteckte sie sich tagsüber in Metas Wohnung in einer Truhe, bevor sie sie in den Wirren nach einer besonders verheerenden Bombardierung mit falschen Papieren versehen nach Oberhessen schicken konnten.

»Aber wie wollt ihr Vertrauen entwickeln, wenn die ganzen Nazis noch frei herumlaufen?«

»Ich weiß es nicht.« Jetzt trank Peter doch noch einen Schluck.

»Dann geh alleine! Du bist doch schon volljährig, oder?«

Peter nickte. »Aber ich kann sie nicht zurücklassen. Und will es auch gar nicht. Ich glaube, wir brauchen einfach nur Zeit.«

»Geduld? Nicht mit mir«, erwiderte Alwin. »Die wurde uns so lange gepredigt, *wart ab, mein Bubbeleh, bald wird es besser*, nee, vergiss es. Mein Antrag ist schon gestellt.«

»Aber wird er bewilligt werden? Du warst nie Mitglied der Jüdischen Gemeinde.«

Alwin und Peter waren beide evangelisch getauft und hatten einen christlichen Vater. Die vom Judentum konvertierte, getaufte Mutter hatte den Nazis gereicht, um sie als *Mischling ersten Grades* abzustempeln. Anfangs wurden sie besser behandelt als die Volljuden, um die arischen Elternteile nicht zu verärgern. Aber nachdem die jüdische Verwandtschaft emigriert oder ermordet worden war, kamen auch sie an die Reihe. In Grauwald ärgerten die Wärter sie immer damit, sie auch ins Gas zu schicken, sobald der Krieg gewonnen worden war.

»Aber ich kann nachweisen, dass meine Mutter in Auschwitz ermordet wurde. Das sollte ja wohl ausreichen.«

»Und bis es so weit ist, kannst du gerne hierbleiben.« Zur Bestätigung legte Peter seine Hand auf Alwins Arm. »Und jetzt will ich hören, welcher Frau du die letzten Wochen den Hof gemacht hast.«

»Den Hof gemacht? Nee, die wurde nach allen Regeln der Kunst flachgelegt.« Alwin grinste zufrieden.

»Wusste sie, wer du bist?«

»Dieses Mal nicht. War mir zu riskant, ich wollte dort unbedingt bleiben. Ihre Eltern haben eine Gastwirtschaft, die jetzt als Volksküche der Massenspeisung dient. Da fiel für mich immer genug ab.« Er klopfte sich den Bauch. »Und du? Bist immer noch alleine?«

Peter zuckte mit den Schultern. »Und wenn?«

»Also hast du sie nicht gefunden.«

Wieso hatte er Alwin nur von seiner ersten großen Liebe erzählt? Als er sich gefühlt hatte, als könnte er schweben? Lizzy hatte einer schillernden Sternschnuppe geglichen, aber leider war auch sie am Himmel verglüht.

Er kippte den restlichen Schnaps hinunter und sagte so unbekümmert, wie er nur konnte: »Sie ist umgekommen.«

»So was passiert«, meinte Alwin lakonisch und schenkte ihnen nach. »Ach komm, lass den Kopf nicht hängen. Morgen suchen wir beide dir ein hübsches Mädchen, das dich auf andere Gedanken bringt.«

Sie waren ja noch nicht einmal ein Liebespaar gewesen. Nur beste Freunde. Aber er hatte immer Hoffnung gehabt. Vielleicht vermisste er sie genau deshalb so sehr.

»Ich brauche keine Freundin. Meine Eltern sind krank, ich kümmere mich um alles, Lebensmittel, Holz, ich habe nur abends Zeit zu lernen. Bald sind Prüfungen.«

»Wie kann man sein gerettetes Leben nur so verschwenden, Peter«, meinte Alwin.

In der Nacht lauschte Peter Alwins alkoholgetränktem Schnarchen. Er fand nicht, dass er sein Leben verschwendete, dafür war es viel zu wertvoll. Er hatte überlebt, und es war seine Pflicht, etwas aus seinem Leben zu machen. Er musste für seine ermordeten Onkel und Tanten leben, für seine Großeltern, für die ganze Familie. Was, wenn die Amerikaner nur wenige Wochen später gekommen wären und die Gestapo seine Mutter trotz alledem noch gefunden hätte? Ihr Überleben war reines Glück gewesen.

Sein Leben hingegen – er hatte als halber Arier immer Privilegien genossen. Seine Cousins waren elendig in den Vernichtungslagern gestorben. Er lebte noch und er wollte für seine Eltern sorgen und ihnen allen ein gutes Leben aufbauen.

Sein Vater war von den Nazis fast gebrochen worden, als sie ihn von Mutter trennen und zur Scheidung drängen wollten. Eine Scheidung hätte für sie die Deportation bedeutet. Nur für die Ehefrau eines Ariers, die ihren früheren Glauben nicht mehr praktizierte, galt der Schutz einer sogenannten privilegierten Mischehe.

Nein, jetzt war es an Peter, sich um alle zu kümmern, und das möglichst unauffällig. Antisemiten gab es noch, die hatten ja nicht alle auf einmal am 8. Mai ihre Meinung geändert. Und deshalb sollte niemand wissen, was er erlebt hatte. Wer er war. Im Vorbereitungskurs redete keiner der wenigen Mitschüler über sein Schicksal, obwohl sie alle dort jüdische Wurzeln hatten. Ob sie sich ebenfalls schuldig fühlten, weil sie überlebt hatten?

Auf die jetzige Anmeldung für die Oberschule hatte Peter bei der Konfession *evangelisch* eingetragen. So glaubte und so fühlte er sich.

Erinnerungen über Erinnerungen überfluteten ihn. Früher hatte er so viele Freunde gehabt. Aber er vermisste sie nicht. Das war ein altes, ein anderes Leben gewesen, wie der Tanz auf dem Vulkan. Er hatte die Gefahr einfach nicht ernst genommen. Das hatte er noch nie, auch als kleiner Junge nicht.

Wenn er da an Josef und die Streiche dachte, die sie sich immer ausgedacht hatten. Damals, als er Alwin noch nicht gekannt hatte und Josef sein bester Freund gewesen war.

5 – Peter

Januar 1933

Peter und Josef waren damals zwei richtige Lausbuben gewesen. Jedenfalls bezeichneten die Eltern und Lehrer sie immer so. Sie sahen wie Brüder aus – beide blond mit roten Wangen vom Rennen und blauen Augen, in denen der Schalk saß. Seit sie an ihrem ersten Schultag in der Günthersburgschule nebeneinandergesetzt worden waren, gingen sie durch dick und dünn.

Viele Nachmittage lang spielten sie Räuber und Gendarm und wetteiferten miteinander, wer die meisten Zigarren-Sammelkarten hatte, am schnellsten rennen konnte und die besten Streiche verübte. Sogar Blutsbrüder waren sie, genauso wie Winnetou und Old Shatterhand.

Wenn er ehrlich war, so bewunderte Peter Josef, der meistens die Nase vorn hatte. Kein Wunder, war der mit drei größeren Brüdern aufgewachsen, Peter hingegen war Einzelkind. Lehrer Beyerlein machte ihm das immer zum Vorwurf, da er Einzelkinder ohne den Wettstreit der Geschwister untereinander für verwöhnt und verweichlicht hielt.

Aber das wollte Peter auf gar keinen Fall sein.

Am Tag nach der Machtübernahme Hitlers trug Lehrer Beyerlein auf einmal einen *Bonbon*, also ein Hakenkreuzabzeichen am Revers und gab stolz damit an, schon seit Jahren die nationalsozialistische Bewegung unterstützt zu haben.

Peter und Josef, erst neun Jahre alt, hatten keine Ahnung, was eine Machtübernahme bedeuten oder wozu ein Reichskanzler gut sein sollte. Sammelbildchen gab es jedenfalls keine von ihm. Nur den Fackelzug von SA und SS über die Zeil hätten sie gerne gesehen. Josefs ältere Brüder hatten geschwärmt, wie überwältigend dieser Anblick gewesen war, und sich über ihren jüngsten Bruder lustig gemacht, der um diese Uhrzeit bereits im Bett hatte sein müssen.

Die Eltern schickten Peter nach dem Abendessen ebenfalls auf sein Zimmer und sprachen dann lange über Hitler. Peter hatte gelauscht, bis Hausmädchen Bertha ihn verscheuchte. Verstanden hatte er nichts. Nur die Sorge der Eltern gespürt. Aber warum? Alle Welt freute sich doch!

Gleich am nächsten Morgen schlitterten Peter und Josef auf dem Schulweg über die gefrorenen Pfützen und überlegten dabei fieberhaft, wie sie ihrem Lehrer einen Streich spielen könnten.

Der dicke Herr Beyerlein war nicht besonders beliebt, dazu war er viel zu ungerecht. Wobei Peter nie so richtig kapierte, wer aus welchen Gründen von ihm bevorzugt wurde. Es waren nicht die guten Schüler oder die besonders braven, auch nicht die reichen. Aber der Lehrer hatte seine Lieblinge.

Peter und Josef gehörten leider nicht dazu. Und deshalb war der Bonbon als Trophäe ein sehr verlockendes Ziel.

Sein Jackett zog Herr Beyerlein eigentlich nie aus. Außerdem war er viel größer als Peter. Wie sollte er da rankommen?

Aber Peter wollte es unbedingt schaffen. Letztens erst hatte Josef einen Regenwurm gegessen, und Peter war nichts eingefallen, mit dem er ihn hätte übertrumpfen können.

Also musste es das Abzeichen sein.

Auf dem Gang fielen Peter Jungs aus den älteren Klassen auf, die stolz ihre Jungvolk-Uniform trugen. Peter und Josef waren noch zu klein dafür, man musste zehn Jahre alt sein, um ein Pimpf werden zu dürfen. Josefs Brüder stolzierten ja auch schon mit dem Braunhemd durch die Schule, und auch Peter und Josef wollten unbedingt bei der Pimpfenprobe, der Aufnahme in die Hitlerjugend, zeigen, wie sportlich und unerschrocken sie waren.

Vor dem Unterricht keilten sich ein paar Jungs in der Klasse, als Lehrer Beyerlein mit hochrotem Kopf im Klassenzimmer erschien. Sofort stürmten alle zu ihren Bänken und stellten sich stramm daneben.

»Guten Morgen, Herr Beyerlein«, riefen sie im Chor.

»Ihr seid alle völlig unfähig!«, schrie er sie an. »Wie heißt das?«

»Guten Morgen, Herr Beyerlein«, riefen sie noch lauter.

»Das heißt *Heil Hitler* und sonst gar nichts, ihr Dummköpfe!«

Peter kannte den sogenannten *deutschen Gruß* natürlich, es gab immer mehr Menschen, die bei der Begrüßung den Arm reckten. Seine Eltern hielten nichts davon. Mutter behauptete sogar, von dem martialischen Geschrei Kopfschmerzen zu bekommen.

Schon antworteten die ersten »Heil Hitler« und reckten den Arm in die Luft.

Sollte Peter mitmachen? Oder sich weigern? Josef blieb bei »Guten Morgen«, also tat Peter es ihm nach und grinste seinen Freund verschwörerisch an.

»Alle!« Beyerleins Arm schnellte nach vorne. »Die Hand auf Augenhöhe vor sich ausstrecken.« Mit der linken Hand wies er auf die Haltung seines rechten Arms.

»Noch mal! Und zwar laut!« Jetzt hob er sogar wie ein Dirigent seine Hände.

Wieder grinste Peter Josef an und beide stellten sich beim nächsten Versuch extra dämlich an. Josef hob den Arm, als wollte er sich melden, Peter piekste seinen Vordermann in den Nacken.

Immer wieder schrie die Klasse *Heil Hitler*, aber nie waren Beyerlein die Arme schräg genug, der Takt der zwei Worte gehalten oder die Inbrunst stimmig. Er echauffierte sich so sehr, dass er zu schwitzen begann, während er Kopfnüsse verteilte.

Als er sein schäbiges Jackett auszog, sah Peter seine Chance gekommen. Beim nächsten *Heil Hitler* verschränkte er die Arme vor der Brust. Sofort schlug Beyerlein ihm ins Gesicht und schickte ihn in die Ecke. Auf Höhe des Lehrerstuhls stolperte Peter absichtlich und zog die Anstecknadel aus dem Stoff.

Währenddessen schrie die Klasse wieder *Heil Hitler*.

Und endlich war der Lehrer zufrieden. Danach hielt er Vorträge über die Bedeutung der Hitlerjugend. Peter hörte kaum hin, sondern fühlte die Nadel mit dem Hakenkreuz in seiner Hand und war überglücklich.

Als er sie in der Pause Josef zeigte, wurde dieser blass vor

Neid. Er schlug sie ihm aus der Hand, die Nadel fiel auf den Boden und landete direkt vor ein paar sehr bekannten braunen Straßenschuhen.

Herr Beyerlein bückte sich und klaubte sie ruhig vom Boden auf.

»Ihr Lausbuben!«, brüllte er. »Das war ja nicht anders zu erwarten, ihr verwöhnten Bengel, aber jetzt können euch eure reichen Eltern auch nicht mehr retten. Die Zeiten, in denen jeder machen kann, was er will, sind ein für alle Mal vorbei.«

Er zog sie an den Ohren bis zum Büro des Rektors und verlangte *Relegation*, was auch immer das bedeuten sollte.

»Solange Schulpflicht besteht, können wir sie nicht verweisen, Herr Beyerlein«, sagte der Rektor.

Peter kam es so vor, als würde dieser sich ein Grinsen verkneifen.

»Nachsitzen wird wohl ausreichen. Und ein Eintrag ins Klassenbuch.«

»Das genügt auf keinen Fall! Ich verlange zusätzlich eine Mitteilung an die Eltern«, schrie Herr Beyerlein. »Ich wurde bestohlen!«

Mit einem blauen Brief im Ranzen machten Peter und Josef sich auf den Heimweg und überlegten, welche Strafen sich wohl ihre Eltern ausdenken würden.

Josef war überzeugt, die übliche Tracht Prügel zu bekommen. »Das macht mir aber gar nichts aus«, prahlte er.

Peter wurde nie geschlagen und rechnete mit einer Gardinenpredigt, wie immer, wenn er irgendwas angestellt hatte.

Meistens hörte er gar nicht genau hin, sondern überlegte derweil, was für einen Unfug er als Nächstes anstellen konnte.

In der Rothschildallee umringte ein Trupp SA-Männer einen Mann auf einer Leiter. Im Näherkommen erkannten Peter und Josef, dass er das Straßenschild austauschte.

»Karolingerallee«, las Peter vor. »Bei Hitler wird wohl alles anders, nicht nur, wie man sich grüßt. Was sind denn Karolinger? Oder ist das auch ein Name wie Rothschild?«

»Das waren ehrliche Deutsche und die Rothschilds sind alles verkommene Juden. Willst du etwa in einer Straße wohnen, die nach solchen Parasiten benannt ist?«, rief einer der SA-Männer. Eine gewaltige Bierfahne streifte Peter, beinahe hätte er sich abgewandt, aber er wollte kein Schwächling sein. Also rief er: »Auf gar keinen Fall!«

Der Mann nickte ihm zu und packte die Leiter ein.

»Ob unsere Straße auch einen neuen Namen bekommt?«, fragte Josef und rannte zurück Richtung Germaniastraße, in der seine Familie direkt neben der Schule wohnte. Josef hatte es nie eilig mit dem Nachhauseweg.

Als Peter sein Zuhause mit den Säulen neben dem Hauseingang erreicht hatte, freute er sich aufs Mittagessen. Schnell lief er durchs Treppenhaus nach oben und begrüßte wie immer die römischen Götter, die als Mosaik die Wände zierten. An der Haustür in der Beletage, wie die Eltern den ersten Stock nannten, klingelte er Sturm.

In der Wohnung duftete es nach Bratwurst und Sauerkraut, Peter lief das Wasser im Mund zusammen. Er hatte einen Mordskohldampf.

Da er sich nicht viel dabei dachte, überreichte er seinem Vater noch vor dem Essen den Brief von der Schule. Er kam meistens über Mittag von der Bank nach Hause, um mit der Familie zu essen und Peter nach seinen schulischen Leistungen zu fragen.

Skeptisch wog Vater den blauen Brief in der Hand, obwohl es nicht der erste war. Aber kaum, dass er ihn gelesen hatte, sprang er vom Tisch auf.

»Bist du noch bei Verstand?«, rief er und reichte Peters Mutter den Brief. »Jetzt hast du es wirklich übertrieben!«

Seine Mutter wurde beim Lesen ganz bleich. »Er weiß es doch nicht besser«, entschuldigte sie Peter mit matter Stimme.

»Dann wird es Zeit, dass er es lernt. Komm her!«

Lässig erhob sich Peter, legte die Serviette neben seinen leider noch leeren Teller und trat zu seinem Vater. Jetzt kam bestimmt die gleiche Litanei wie immer. Dass Peter den Lehrern gehorchen und sich im Unterricht mehr anstrengen und der Mutter keine Sorgen bereiten solle.

Aber der Vater sagte gar nichts, sondern schaute ihn nur traurig an. Auf einmal hob er die Hand und schlug Peter ohne eine Erklärung mitten ins Gesicht.

Etwas, das davor und auch danach nie wieder geschah.

6 – Helga

April 1946

Wieder einmal stand Helga in einer Schlange, dieses Mal im Arbeitsamt. Türen gingen auf und zu, langsam rückten die Menschen ein Stück vorwärts.

Wie sehr sehnte sie sich nach einer sinnvollen Arbeit. Die Absage der Universität bereitete ihr noch immer Bauchschmerzen. Nicht studieren zu können, weil sie eine Frau war, erschien ihr hochgradig ungerecht. Genau deshalb wollte sie Juristin werden, um so etwas zu verhindern!

Selbst eine Lehrstelle als Rechtsanwaltsgehilfin hatte sie nicht gefunden. Die wenigsten Anwaltskanzleien arbeiteten bereits wieder. Überall herrschte Stillstand, die seltenen, funktionsfähigen Fabriken wurden demontiert, Waren zum Verkaufen gab es kaum. Bezahlte Arbeit war rar.

Ob sie genauso mutlos dreinsah wie die anderen Menschen um sie herum? Helga hatte nichts gelernt. Nach dem Abitur musste sie als Kindermädchen ihr Pflichtjahr ableisten, danach war der Krieg zu Ende gewesen. Wieder zu Hause hatte sie natürlich überall mit Hand angelegt, wo sie gebraucht wurde. Sogar das Zehnfingersystem auf der Schreibmaschine hatte sie sich beigebracht, um vielleicht eine der begehrten Stellen bei einer Behörde zu ergattern und so bei der Verteilung des Wohnraums oder der Lebensmittelmarken helfen zu können.

Aber viel zu viele Frauen suchten nach Arbeit, da die Männer fehlten und zu Hause die Kinder hungerten.

Ihr Magen knurrte und Helga packte einen Kaugummi aus. Schon beim Rascheln des Papieres schossen die Köpfe der anderen herum. Abschätzige Blicke streiften sie, als hätte sie die Süßigkeit für irgendetwas Unsittliches erhalten.

Verstohlen steckte sie sich den Streifen Wrigleys in den Mund, dabei war der Kaugummi von Elfie, und nicht von Taylor oder irgendeinem anderen GI. Die hielt sie auf Abstand.

Als sie dran war, drückte ihr der ältere Beamte mit den Ärmelschonern überm Wintermantel drei Zettel in die Hand. Aufräumarbeiten in einem metallverarbeitenden Betrieb, einer Möbelfabrik oder im Zoologischen Garten.

Sie lief sofort los, aber sobald sie sich dort vorstellte, schüttelte ein Vorarbeiter nach dem anderen den Kopf.

»Wir brauchen Männer, die anpacken können, und keine mageren Mädscher.«

»Aber die sind alle noch in Gefangenschaft«, wagte Helga, sich zu beschweren. »Ich habe Kraft!«

Offensichtlich glaubte ihr das nur keiner.

Deprimiert ging sie jedes Mal noch im Büro vorbei, doch bevor sie ein Wort über ihre Fähigkeiten verlieren konnte, wurde sie auch schon mit »Alles besetzt« abgespeist.

Die reinste Zeitverschwendung. Morgen würde sie lieber wieder zum Hamstern in die Wetterau fahren. Dann stand sie am Ende des Tages wenigstens nicht mit leeren Händen da. Oder sie ging auf den Schwarzmarkt. Wer gut handeln konnte, verdiente dort sowieso mehr als mit jeder ehrlichen Arbeit.

Als Helga pünktlich um sechs zum Abendessen zu Hause war, schien alles wie immer zu sein. Oma Ullmann saß bereits erwartungsvoll am gedeckten Tisch, während Tante Alice die kleinen Cousinen zum Händewaschen schickte und Opa Ullmann in ein Buch vertieft war.

Im Herbst 44, nach dem großen Feuersturm, der ihre Heimat Stuttgart dem Erdboden gleichgemacht hatte, standen sie auf einmal vor der Tür. Durch den Verlust ihres Zuhauses innerlich schwer angeschlagen, hatten die Eltern ihrer Mutter ständig mit irgendwelchen Krankheiten zu kämpfen, und sie glaubten nicht mehr an eine Rückkehr nach Hause. Mutters Schwester Alice war da zuversichtlicher. Sie war überzeugt, dass ihr Mann alles wiederaufbauen werde, sobald er aus der französischen Gefangenschaft entlassen worden sei. Bis dahin blieben sie eben in Frankfurt und ließen sich von Minna bedienen. Eva und Regine, zehn und acht Jahre alt, drückten bald in Frankfurt die Schulbank. Nur noch zwei Wochen, und die Grundschulen öffneten wieder.

Da betrat Vater das Wohnzimmer. Noch immer stand kein Essen auf dem Tisch. So spät war Minna doch sonst nicht dran? Vielleicht konnte Helga helfen. Schnell ging sie in die Küche.

Dort erwartete sie anstelle von Minna in strahlend weißer Schürze, die das Brot in exakt gleichen, dünnen Scheiben abschnitt, Helgas Mutter. Mit dem Brotmesser in der Hand.

»Wo ist Minna?«, fragte Helga.

Anstelle einer Antwort kniff Mutter die Lippen zusammen und setzte das Brotmesser an. Heraus kam eine wellige, viel zu dicke und bröselige Scheibe.

»Ist sie krank?«, fragte Helga erstaunt. Sie konnte sich nicht erinnern, dass Minna jemals gefehlt hatte.

»Sie hat uns verlassen«, sagte Mutter.

»Verlassen?« Panik stieg in Helga auf. Es klang, als ob Minna gestorben sei. Aber würde Mutter dann seelenruhig hier stehen und Brot schneiden?

»Urlaub«, erklärte diese. Helga entschlüpfte ein Stoßseufzer. Der guten Seele war zum Glück nichts passiert!

»Aber warum denn so plötzlich?«, fragte sie und holte die Margarine aus dem Schrank.

»Ihre Schwester ist krank geworden, sie muss sich um ihre Nichten und Neffen kümmern.«

Kein Wunder, dann wäre Helga auch sofort abgereist.

Die nächste Brotscheibe sah nicht viel besser aus, da mussten sie wohl Krümel essen. Schade um das kostbare Brot.

Mit einem Ruck wurde die Küchentür geöffnet, Elfie war von der Arbeit zurück und brachte einen Hauch von Kernseife mit.

»Guten Abend!«, rief sie fröhlich, bevor sie verdutzt Helgas Mutter anblickte. »Was ist denn hier los?«, fragte auch sie sofort.

»Minna pflegt ihre kranke Schwester in der Rhön«, sagte Helgas Mutter.

Wortlos streckte Elfie die Hand nach dem Messer aus und sie reichte es ihr bereitwillig.

Helga spürte, wie sie rot wurde. Sie hatte nicht versucht, Mutter von ihren erfolglosen Versuchen abzuhalten, weil sie es auch nicht besser hinbekam.

»Elfie, könnte Helga vielleicht für dich im Palmengarten arbeiten, und du ersetzt uns Minna?« Ein um Zustimmung heischendes Lächeln zeichnete sich auf Mutters Gesicht ab.

Ohne auf ihre Frage einzugehen, schnitt Elfie die Scheiben genauso makellos wie Minna, und schlagartig wünschte sich Helga, nicht mit Personal aufgewachsen zu sein, das einem jeden Handgriff abnahm. Früher hatten sie neben Minna als Köchin noch ein Dienstmädchen und sogar ein Kindermädchen beschäftigt.

Elfie hatte als Hausmeistertochter immer mithelfen müssen, nicht nur im Haushalt, um ihre Mutter zu entlasten, die als Näherin Geld dazuverdiente, sondern auch bei Kleinreparaturen im Haus, als ihr Vater an der Front war. Und im Arbeitsdienst hatte sie in der Landwirtschaft auf dem Feld geholfen, weshalb Obergärtner Lenze sie überhaupt erst eingestellt hatte.

Helga hatte noch nicht einmal im Pflichtjahr etwas gelernt. Sie hatte es bei ihrem ehemaligen Kindermädchen abgeleistet, um deren Kinder zu hüten, aber eigentlich nichts zu tun gehabt. Helga war für sie noch immer das Professorentöchterchen, das sich die Finger nicht dreckig machen sollte.

»Die nehmen mich im Palmengarten nicht, ich habe gar keine Ahnung von Gartenarbeit«, dämpfte Helga die Erwartungen. »Wann Minna wohl zurückkommt?«

»Wenn überhaupt.« Clara Sartorius ließ den Kopf sinken. »Ihre Schwester hat eine schwere Lungenentzündung und ihr

Mann ist noch in Gefangenschaft. Minna wird sich um die Kinder kümmern.«

Elfie ließ das Messer sinken und auch Helga rutschte das Herz in die Hose. Eine Lungenentzündung überlebte so gut wie niemand.

»Die arme Frau«, sagte Helga. »Und die armen Kinder! Wie können wir helfen, Mutti?«

»Das tun wir ja schon, wir haben Minna gehen lassen«, stieß die Mutter erbost hervor, doch dann zog sie die Nase hoch. Weinte sie etwa? War ihre Ruppigkeit nur vorgetäuscht?

»Ich werde Minna auch vermissen.« Elfie legte Helgas Mutter die Hand auf den Unterarm. »Die Wohnung wird ohne sie leer sein.«

»Zwölf Jahre war sie bei uns! Zwölf Jahre! Und dann geht sie von einem Tag auf den anderen.« Jetzt holte Mutter ein Taschentuch hervor und begann hemmungslos zu weinen. Der plötzliche Abschied schien ihr stärker auf der Seele zu liegen, als es den Anschein gehabt hatte.

»Sie geht davon aus, für immer dort zu bleiben, ihr Schwager wird vermisst. Aber das habe ich ihr ausgeredet. Sie kann unbezahlten Urlaub nehmen, solange sie ihn braucht, und soll wissen, dass sie jederzeit zu uns zurückkehren kann.«

Das wünschte Helga sich auch. Minna war wie eine zweite Mutter für sie gewesen, hatte ihr die aufgeschlagenen Knie verarztet und ihr Lieblingsessen gekocht, wenn sie schlechte Noten nach Hause brachte. Ein Leben ohne sie konnte sie sich nicht vorstellen. »Zu schade, dass ich mich gar nicht verabschieden konnte!«

»Der Brief hat fünf Tage gebraucht, wer weiß, ob ihre

Schwester überhaupt noch lebt. Und bei den desolaten Zugverbindungen – da ist sie besser sofort aufgebrochen. Es tut ihr auch sehr leid und ich soll dich ganz herzlich grüßen.«

»Aber Sie finden bestimmt schnell eine neue Hilfe«, versuchte Elfie zu trösten.

Helga nickte. Wenn sie da an die Schlange beim Arbeitsamt dachte.

»War deine Arbeitssuche denn erfolgreich, Helga?«, fragte Mutter, schnäuzte sich die Nase und holte Rübensirup aus dem Schrank.

Wieder keine Wurst, schoss es Helga hungrig durch den Kopf. »Leider nicht.«

»Umso besser. Ein paar Kosten zu sparen, kann nicht schaden. Diese Entnazifizierung dauert viel zu lange, und das bisschen Geld, das Vater mit der Nachhilfe verdient … Nein, Helga, jetzt sind wir gefragt. Minnas Gehalt war höher, als das wenige, das du verdient hättest. Du wirst dir keine Stelle suchen, sondern im Haushalt helfen.«

»Aber …« *Ich kann das doch gar nicht,* wollte sie sagen.

»Keine Widerrede. Wir müssen alle zusammenhalten. Ohne deine Hilfe haben wir ja gar keine Zeit für die Lebensmittelbeschaffung.«

Entgeistert starrte Helga ihre Mutter an, die noch Salz und Pfeffer zum Würzen der Margarinebrote aufs Tablett stellte, falls jemand keine Lust auf Sirup hatte.

Natürlich würde sie ihre Pflicht erfüllen. Bestimmt würde Elfie ihr alles beibringen. Sie wollte kein verwöhntes Professorentöchterchen mehr sein. Aber es war nicht die Art von Arbeit, nach der sie sich gesehnt hatte.

7 – Helga

»Wenn das so weitergeht, melde ich mich bei den Volksküchen an.« Helga kickte aufgebracht einen Stein vor sich her.

Hungrig stromerte sie mit Elfie durchs zerbombte Bahnhofsviertel auf dem Weg zum Nizza, einem von der Sonne verwöhnten, ziemlich verwilderten Park am Mainufer. Langsam wurde es Frühling, heute war Palmsonntag, und die Sonne strahlte so stark vom klarblauen Himmel, dass sie beide das erste Mal dieses Jahr Sommerkleider trugen – Elfie das blau gemusterte und Helga ihr korallenfarbenes mit den Puffärmeln.

Den Gürtel hatte sie schon wieder ein Loch enger machen müssen, so wenig gab es zu essen. Und Mutter ließ es dann auch noch anbrennen.

»Die Volksküchen schicken dich wieder weg, die sind nur für Leute ohne Küche.« Elfie grinste.

»Ich weiß.« Um sich von ihrem Ärger auf Mutter abzulenken, schaute Helga sich nach Fotomotiven um. Ihre Leica hatte sie wie immer dabei.

Zwischen den Ruinen war es sehr still. Nur ein Lachen ab und an oder ein bellender Hund. Hier hausten tatsächlich noch Menschen, wie die Wäsche auf der Leine und die Vorhänge vor den Fenstern verrieten.

Was für ein quirliges Leben früher im Bahnhofsviertel geherrscht hatte! Autos, rufende Zeitungsverkäufer und laute Musik, die die Menschen in die Restaurants und Cafés lockte. Damen mit mondänen Pudeln an der Leine, Herren mit Spazierstock und dazwischen Kinder mit Bällcheneis in der Hand. Bällcheneis! Schon beim Gedanken daran lief Helga das Wasser im Mund zusammen.

»Wenn Mutter wenigstens dich kochen lassen würde«, sagte sie zu Elfie.

»Ich rechne ihr hoch an, dass sie es lernen will und mich nicht als Minna-Ersatz betrachtet, schließlich bleibt mir nur der Sonntag, um meine Wäsche zu waschen. Und diese falschen Frikadellen aus Grünkern waren sehr anspruchslos zuzubereiten, man darf sie halt nur nicht in der Pfanne vergessen. Dein Löwenzahnsalat war jedenfalls lecker«, versuchte Elfie, sie zu besänftigen.

»Mutter hat er nicht geschmeckt. Immer meckert sie an mir herum.«

»Weil sie unsicher ist. Es ist ihr Haushalt, eigentlich müsste sie jetzt alles regeln und deine Oma guckt ihr ganz schön auf die Finger. Und dein Vater!«

»Apropos Mutter.« Helga deutete auf ein Paar, das ein Stück vor ihnen gerade eine Ebbelwoi-Kneipe verließ. Unverkennbar Elfies Mutter mit Tirolerhut im Lodenmantel, neben ihr ein groß gewachsener, breitschultriger Mann im doppelreihigen Anzug. Herr Mauersberger, für den Elfies Vater früher gearbeitet hatte.

»Offensichtlich geht es meiner Mutter gut«, sagte Elfie abfällig. »Während mein Vater irgendwo in England in Gefangenschaft ist!«

»Sie kann ja nicht die ganze Zeit trauernd im Bunker herumsitzen.«

»Natürlich nicht. Aber sie hat sich doch mit einigen der Frauen dort angefreundet, sie könnte ja auch mit denen sonntags spazieren gehen.«

Frau Fischer hängte sich an Herrn Mauersbergers Arm und gemeinsam kamen sie auf Helga und Elfie zu.

Notgedrungen gingen sie ihnen entgegen.

Früher hatte Helga Elfies Mutter, Frau Fischer, sehr geschätzt. Aber seit dem Streit mit Elfie letzten Sommer sah sie deren Mutter mit anderen Augen.

Sie nickten sich höflich zu. Helga fiel auf, dass Frau Fischer nicht so schmal geworden war wie die meisten. Ob Herr Mauersberger immer noch so erfolgreich auf dem Schwarzen Markt handelte?

Nach den ersten Begrüßungsworten, die Elfie sichtbar schwerfielen, erkundigte sich Helga nach Herrn Mauersbergers Firma. Früher war er ein sehr erfolgreicher Stoffhändler gewesen.

»Meine Liebe, wie nett, dass Sie fragen.« Er war charmant wie immer. »Leider sind vielfach die Stofffabriken zerstört worden oder werden von den Besatzern demontiert, aber ich habe bereits wieder erste Kontakte zu früheren Lieferanten aufbauen und in mühevoller Arbeit die ersten Lieferungen vereinbaren können.« Er wippte erfreut auf den Zehenspitzen.

Helga war sicher, dass er maßlos übertrieb.

»Herr Mauersberger arbeitet unermüdlich, damit unser Volk wieder wärmende und schützende Kleidung zur Verfügung hat«, fügte Frau Fischer hinzu.

In ihrem Blick lag mehr als Anerkennung. Bewunderung? Dieses Lächeln ... trug sie nicht sogar einen Hauch Lippenstift? Den sie früher immer so verteufelt hatte? Auf einmal verstand Helga Elfies Sorgen.

Herr Mauersberger räusperte sich. »Fräulein Elfriede, Sie sollten Ihre Mutter häufiger besuchen, sie macht sich immer so viele Gedanken um Sie. Ich habe Ihrem Herrn Vater versprochen, mich um Sie beide zu kümmern, aber wie soll das denn gehen, wenn Sie bei fremden Leuten wohnen?«

Helga starrte ihn an. Fremde Leute? Was erlaubte der sich eigentlich?

»Wenn Sie sich wirklich Sorgen machen, dann besorgen Sie meiner Mutter eine Wohnung«, wehrte sich Elfie. »Ist in Ihrer Villa im Taunus kein Zimmer mehr für sie frei?«

»Elfie«, zischte Frau Fischer. »Das gehört sich nicht!«

»Lassen Sie sie ruhig, liebste Dora.« Sein gönnerhafter Blick ließ Helga erschaudern. »Ihrem Fräulein Tochter fehlt die nötige Erziehung. Es wird Zeit, dass ihr Vater wiederkehrt.« Er tätschelte Frau Fischers Hand, die noch immer in seiner Armbeuge ruhte. »Ihre Mutter möchte lieber in Ihrer Nähe bleiben, aber Sie schätzen dieses Opfer überhaupt nicht.«

Elfies Augen funkelten, aber sie kniff die Lippen zusammen.

Möglichst auffällig schaute Helga auf ihre schmale Armbanduhr. »So spät schon! Es war schön, Sie wiederzusehen, Frau Fischer, aber leider müssen wir gehen, wir haben eine wichtige Verabredung.«

»Mit wem ...«, begann Frau Fischer, doch Elfie ging mit einem kurzen Gruß weiter.

»Auf Wiedersehen, Herr Mauersberger«, sagte Helga und folgte Elfie hastig, die erst stehen blieb, als die beiden sich außer Hörweite befanden.

»Danke«, sagte Elfie. »Länger hätte ich diese Selbstbeweihräucherung nicht mehr ausgehalten. Seit wann redet er denn meine Mutter mit dem Vornamen an?« Mit verkniffenem Gesicht warf sie ihrer Mutter noch einen Blick über die Schulter zu.

»Wird es nicht langsam Zeit, dich mit ihr auszusöhnen?« Helga würde solch einen dauerhaften Zwist mit ihrer Mutter nie und nimmer aushalten.

»So weit bin ich noch nicht. Weißt du, wieso sie in der Kneipe gewesen sind?« Sie wies mit dem Kopf zu dem sandfarbenen Haus. Aber Helga war nichts aufgefallen.

»Da hing ein Zettel an der Tür«, erklärte Elfie. »*Heute Treffen der Liberaldemokratischen Partei.*«

Seit letztem Herbst erlaubte die amerikanische Militärregierung die Bildung von Parteien, bald fand in Frankfurt die Wahl zur Stadtverordnetenversammlung statt.

»Wofür steht denn die LDP eigentlich?«, fragte Elfie.

»Sie kämpfen für die Freiheit«, antwortete Helga, die sich an einen Artikel in der *Frankfurter Rundschau* erinnerte. »Gegen die Zwangsbewirtschaftungen, gegen staatliche Bevormundung, so was in der Art.«

»Und da geht ausgerechnet meine Mutter hin?« Elfie schüttelte den Kopf. »Freiheit, das ist für sie doch ein Fremdwort.«

»Herrn Mauersberger ist bestimmt wichtig, dass die LDP die einzige Partei ist, die für einen freien Markt eintritt.«

»Hauptsache, er verdient viel Geld.« Elfie spie die Worte

aus. »Oder er zieht andere Leute über den Tisch wie den Freund deines Vaters, dem er sein Haus abgeluchst hat.«

Helga nickte. »Professor Stern will übrigens dafür kämpfen, sein Haus von Herrn Mauersberger zurückzuerhalten. Der Verkauf war unrechtmäßig, sagt er, weil Mauersberger seine damalige Notlage schamlos ausgenutzt und nur einen Bruchteil des Wertes bezahlt hat.«

»Richtig so. Der Mauersberger war früher nur ein kleiner Händler, der ist erst durch Hitler reich geworden.«

Sie waren langsam weitergegangen. Plötzlich torkelte ein Mann im pelzbesetzten Mantel aus einer Tür und starrte sie lüstern an.

Schnell gingen sie ums Eck in die Taunusstraße, bis die Schritte des Mannes verklangen. Helga hatte immer so ein Kribbeln im Nacken, wenn sie durch die Stadt lief. Als ob jederzeit etwas passieren könnte. Auch Elfie drehte sich immer wieder um.

Früher fühlten sie sich sicherer, da war die Polizei ständig Streife gelaufen. Jetzt gab es nur noch wenige Polizisten, zudem erlaubte die Militärregierung ihnen nicht, Waffen zu tragen.

Als sie den nächsten Häuserblock erreichten, waren sie sich sicher, dass sie den Mann abgehängt hatten.

Die dunklen Mauerreste vor dem tiefblauen Himmel erinnerten Helga an Theaterkulissen. Wer wohl in den Häusern gelebt hatte? Und wie viele waren dort gestorben? Wer wird sich noch an sie erinnern, wenn auch alle Fotos, Tagebücher oder Briefe darin verbrannt sind? Am Ende bleiben nur Schutt und Asche.

Und ein Foto.

Kurzerhand kletterte sie im Innenhof auf einen Schutthügel aus Ziegeln, Sandstein und dürrem Wintergras. Helga liebte es, Aufnahmen von oben zu machen. Zu gerne würde sie mal von irgendeinem Kirchturm aus die Stadt betrachten.

Von hier aus hatte sie auch eine viel bessere Sicht auf eine Gruppe Mädchen, die sich im Kreis an den Händen hielten und Ringelreihen spielten, dass die Zöpfe nur so flogen. Sie lachten und neckten sich und schienen die trostlose Umgebung überhaupt nicht mehr wahrzunehmen. Ihre zerrissene Kleidung, die aufgeschlagenen Knie, die großen Hungeraugen.

Vorsichtig klappte sie die lederne Schutzhülle ihrer Leica auf, nahm die Schutzkappe vom Objektiv und zog es heraus. Ein Blick durch den Sucher – was für ein herrliches Bild. Schnell wählte sie die passende Blende und Zeit und stellte den geschätzten Abstand ein.

Genau in diesem Augenblick blieben die Kinder lachend stehen und Helga drückte ab.

»Hoffentlich ist das Bild was geworden, das sieht wunderschön aus. So hoffnungsvoll«, sagte Elfie.

»Hoffnung kann ich auch gebrauchen«, erwiderte Helga und verschloss das Objektiv sofort wieder, um es vor Staub zu schützen.

Dabei erspähte sie ein Stück Holz zwischen den Steinen. Sie wollte es schon ergreifen, um es zu Hause zu verheizen, als ihr die Form auffiel. Das war kein Holz.

Sondern ein Knochen.

Ein Schauer lief ihr über den Rücken, kurz blitzten die Bilder der Brandbombennächte vor ihrem Auge auf, Feuer und Rauch, umherirrende Gespenstermenschen, Schreie und ein Gestank …

Sie schüttelte sich und versuchte, die Erinnerungen tief in sich zu begraben.

»Ist was?«, fragte Elfie und kletterte ebenfalls den Berg hoch.

»Da liegt ein Knochen.« Helgas Hand zitterte, als sie darauf deutete. Doch dann fiel ihr auf, was für ein eindrückliches und wahrhaftiges Fotomotiv der Knochen inmitten der Trümmer darstellte. Sie musste ihn unbedingt für die Nachwelt festhalten.

Gewissenhaft stellte sie die Kamera ein. Besser, sie verlängerte die Zeit und verkleinerte die Blende, dann wurde das Bild schärfer. Das Ding bewegte sich ja nicht mehr.

»Du willst den Knochen fotografieren?«, rief Elfie entsetzt.

»Wieso denn nicht? Eine bessere Dokumentation über den Irrsinn eines Krieges gibt es nicht.«

Sie atmete aus und hielt ganz still, damit sie die Aufnahme nicht verwackelte. Dann hörte sie wieder die Kinder lachen und drehte sich, sodass sie im Hintergrund die spielenden Mädchen mit auf das Foto bekam. Zwar leicht unscharf, aber der Effekt war enorm.

»Manchmal bist du ganz schön hartgesotten«, sagte Elfie, während Helga die Kamera wieder ordentlich verstaute.

»Entschuldigen Sie?« Ein Mann im grauen Staubmantel und mit ebenso grauem, leicht verknautschtem Hut war unten vor dem Berg stehen geblieben und musterte Helga mit wachen Augen.

»Knochenfunde müssen der Polizei gemeldet werden.«

»Natürlich«, sagte sie leicht verunsichert. Der Mann mit dem runden glatt rasierten Gesicht und der braun gemusterten Krawatte strahlte eine starke Autorität aus.

»Und Sie haben den Knochen fotografiert?«

»Ist das verboten?«, mischte Elfie sich ein.

»Na ja, man könnte von der Störung der Totenruhe sprechen, andererseits würden die Kollegen bestimmt auch ein Foto vom Fundort machen, wenn unser Fotograf nicht noch in Gefangenschaft und die Ausrüstung verbrannt wäre. Gestatten, mein Name ist Thieme, Kripo Frankfurt.« Er hielt ihr einen Ausweis hin.

Oh Gott. Ärger mit der Polizei wollte Helga auf keinen Fall haben. »Es tut mir leid, ich wusste nicht, dass es verboten ist.« Sie blickte scheu zu ihm rüber. Er war vielleicht vierzig Jahre alt, hatte schütteres Haar und war ziemlich mager. Sah nicht so aus, als ob er seine Position für illegale Geschäfte ausnutzte.

»Ich wollte nur ein Bild von der Sinnlosigkeit des Krieges machen ...« Fahrig deutete sie zu den Kindern, die schon wieder verschwunden waren. Was redete sie denn da? Das interessierte den Kommissar bestimmt nicht.

»Wie heißen Sie denn, mein Fräulein?«, wollte der wissen.

»Helga Sartorius.« Beinahe hätte sie geknickst, entschied sich dann aber lieber, den Berg hinunterzukraxeln. Elfie folgte ihr. »Und das ist meine Freundin Elfriede Fischer.«

»Ist das Ihre Kamera, Fräulein Sartorius?«

Was ... glaubte der etwa ... »Natürlich! Ich habe sie zu meiner Konfirmation von meinen Eltern geschenkt bekommen«, entrüstete sie sich.

»Konfirmiert«, wiederholte der Polizist.

Helga nickte ängstlich. Hoffentlich sprach das nicht gegen sie. Aber diese Zeiten waren ja eigentlich vorbei.

»Und mutig«, sagte er.

Jetzt verstand sie gar nichts mehr.

»Gehen Sie einer geregelten Beschäftigung nach?«

»Ist das ein Verhör?«, fragte Elfie aufgebracht.

»Lass nur.« Helga legte ihr die Hand auf die Schulter. Sie hatte nichts zu verbergen. »Ich bin arbeitslos«, erklärte sie.

»Und Ihre Fotos, wo lassen Sie die entwickeln?«

»Das mache ich selbst.«

Erstaunt schob er sich den Hut aus der Stirn.

»Ich habe einige Chemikalien – auf Vorrat beschafft.«

»Auf dem Schwarzmarkt?«

»Nein, wirklich nicht. Und die Apparaturen …«

»Auch zur Konfirmation«, schoss er ins Schwarze.

Sie nickte und senkte beschämt den Kopf. Manche hatten nur das Hemd auf dem Leib retten können und sie lebte im Luxus.

»Ich brauche Ihre Hilfe.« Er räusperte sich. »Könnten Sie sich vorstellen, für die Polizei zu arbeiten?«

»Für die Polizei?«, riefen Elfie und Helga wie aus einem Munde.

»Als Polizeifotografin.«

Helga traute ihren Ohren nicht.

»Sie müssen nur politisch unbelastet sein und Ihre eigene Ausrüstung mitbringen. Filme, nehme ich an, haben Sie auch gehamstert?«

Helga spürte, wie sich die Röte auf ihren Wangen vertiefte.

»Aber, wieso, was …?«

»Was wären denn ihre Aufgaben?«, wollte Elfie wissen.

»Ich bin bei der Mordkommission und wir brauchen Tatortfotos für die Ermittlungsarbeiten und auch für einen späteren Prozess als Beweismittel. Aber wie Sie wahrscheinlich wissen, wurde das Präsidium stark beschädigt, die Kriminaltechnik ist ausgebrannt und neue Gerätschaften sind schwierig zu beschaffen. Eine einzige funktionsfähige Kamera hatten wir die ganze Zeit, doch selbst die ist jetzt kaputt gegangen.« Er griff in seine Manteltasche und holte ein verknittertes Zigarettenpäckchen heraus. »Ein Hilfspolizist hat sie fallen lassen.«

»Oh nein!«, rief Helga. Die Optik einer Kamera war viel zu empfindlich und überstand einen Sturz nicht.

Er bot ihr eine Zigarette an, sie schüttelte den Kopf. Elfie jedoch griff zu. Es waren selbst gedrehte, wie Helga erkannte. Eine Lucky-Strike-Packung, in der aus dem Tabak weggeworfener Zigarettenstummeln und dünnen Buchseiten gedrehte Kippen steckten.

Hoffentlich hatte *Mein Kampf* dran glauben müssen, schoss es Helga durch den Kopf.

»Fräulein Sartorius, ich nehme an, dass Ihnen so etwas nicht passieren wird. Schließlich haben Sie Ihre Kamera durch den Krieg gerettet. Und Sie können damit umgehen, unser Fotograf ist leider noch in Gefangenschaft.«

»Und ich fotografiere dann – Leichen?«

»Ich hoffe, Sie nehmen es mir nicht übel, dass ich Sie angesprochen habe. Aber Ihre Reaktion auf den Knochenfund hat mich neugierig gemacht. Besonders zimperlich scheinen

Sie mir nicht zu sein, und das ist gut so! Sie würden natürlich auch Tatortspuren dokumentieren, Fußabdrücke, Schleifspuren und dergleichen. Beweise sind wichtig, um die richtigen Täter dingfest zu machen und nicht auf Mutmaßungen angewiesen zu sein oder willkürlich zu handeln.«

»Waren Sie schon immer Polizist?«, fragte Elfie geradeheraus. Hoffentlich nahm er die Frage nicht krumm. Elfie hatte schlechte Erfahrungen mit der Polizei gemacht.

»Bis 33, dann wurde ich entlassen«, erklärte der Kommissar und zog heftig an seiner Zigarette.

Sofort stieg er in Helgas Ansehen und bestimmt auch in dem von Elfie. Entweder war er Kommunist, Sozialdemokrat oder Jude. Wie er es wohl geschafft hatte, zu überleben?

»Denken Sie darüber nach, Fräulein Sartorius. Müssen Sie noch Ihre werten Eltern um Erlaubnis fragen?«

Sie nickte. »Ich bin erst zwanzig Jahre alt.«

»Dann besprechen Sie das doch mit ihnen. Das Gehalt beträgt hundertdreißig Reichsmark im Monat.«

Da verdiente Elfie als Aushilfsgärtnerin mehr. Und hatte täglich die Chance auf nahrhafte Schmuggelware.

»Viel ist es nicht«, gab der Kommissar zu. »Aber wir brauchen eine funktionierende Polizei, um unseren Staat neu aufzubauen!« Er sah sie eindringlich an. »Ich will nicht verhehlen, dass es als Frau in unserer Männerwelt schwierig sein kann. Kommen Sie einfach ins Präsidium und schauen Sie es sich an. Hauptkommissar Thieme ist mein Name. Um die Meldung des Knochenfundes kümmere ich mich natürlich.«

Grüßend lüpfte er den Hut und ging Richtung Hauptbahnhof davon.

»Helga, das ist deine Chance, der Küchenhölle zu entkommen!« Elfie stupste Helga in die Seite. »Aber wenn du geschickt kompensierst, verdienst du auf dem Schwarzmarkt an einem Tag mehr als bei denen in einem Monat.«

»Ich kann aber nicht gut handeln.«

»Leider. Aber kannst du Blut sehen?«

»Geht so. Nach den Bombardierungen …« Wieder sah sie die Brandopfer vor sich. »Wir haben mit dem BDM geholfen, Wasser ausschenken und so.«

Elfie schaute sie mitfühlend an, dann stahl sich ein Lächeln in ihr Gesicht.

»Da war die Sirene in ihrem Element, oder?« Typisch Elfie, sie mit einem Scherz aufheitern zu wollen. Genau dafür liebte Helga sie.

Sirene, eigentlich Irene, war ihre BDM-Scharführerin gewesen. Wie lange Helga an sie nicht mehr gedacht hatte. Elfie und sie hatten sich immer lustig über sie gemacht.

»Die arbeitete da schon als Lazaretthelferin«, schmunzelte Helga. »Aber die Neue war genauso hundertfünfzigprozentig gewesen.«

»Zum Glück fallen keine Bomben mehr«, meinte Elfie. »So schlimm wird es wohl nicht werden. Traust du dir denn zu, Polizeifotografin zu werden?«

Der Kommissar hatte nett gewirkt, trotz seiner etwas strengen Art. Und suchte sie nicht nach einer sinnvollen Aufgabe? Mörder zu fangen, war auf jeden Fall sinnvoll. Recht nicht zu lernen, sondern anzuwenden. Wenn sie nur daran dachte, verspürte sie im ganzen Körper ein freudiges Kribbeln.

»Auf jeden Fall!«

8 – Peter

Peter trat aus der Haustür und stellte frustriert fest, dass die Schlange vor den Titania-Lichtspielen schräg gegenüber unermesslich lang war, trotz des strahlenden Sonnenscheins.

Er reihte sich hinter zwei jungen Frauen ein, die ihn verschämt anlächelten. Weiter vorne war die hohe Stimme von Frau Völker zu hören, seiner Nachbarin, die lauthals meckerte, weil der Kartenschalter noch nicht geöffnet war. Die zänkische Frau mit dem gebeugten Rücken war eine üble Denunziantin. Unbewusst ging er ihr immer aus dem Weg, obwohl er gar nichts mehr zu verbergen hatte.

Auch Dr. Oswald, Tante Metas Arzt, hatte sich gemeinsam mit seiner Frau vor dem Kino angestellt und nickte Peter zu.

Peter wollte sich hier mit Alwin und dessen neuester Flamme treffen. Sie musste irgendetwas Besonderes an sich haben, die anderen Mädels hatte Alwin Peter vorenthalten. Nur deshalb wartete er hier, der Film interessierte ihn überhaupt nicht.

Er würde viel lieber durch die Wiesen spazieren, sich von der Sonne wärmen lassen, die Weite genießen und den zwitschernden Lerchen über den Feldern zuhören. Gestern hatte er den Vorbereitungskurs für die Opfer des Nationalsozialismus beendet. Heute war Palmsonntag, und er hatte zwei Wochen frei, bis er wieder ein Unterprimaner sein durfte.

In den Ferien wollte Peter sich um seine Eltern kümmern. Holz- und Lebensmittelvorräte anlegen, Medizin für
Vaters wunde Stelle am Bein besorgen, mit Mutter viel ins
Freie gehen, damit sie wieder ihren Lebenswillen fand. Mit
ihr sollte er durch die Wiesen streifen! Die Weidenkätzchen
blühten, die hatte sie früher so gerne als Osterstrauß ins Fenster gestellt. Auch noch, als Hitler sie längst zur Jüdin erklärt
hatte, obwohl sie eine gläubige Christin war.

Mutter hatte diese schreckliche Zeit nur überlebt, weil sie
sie versteckt hatten, zuletzt dank der Hilfe von Dr. Oswald in
Oberhessen. Er hatte die Mutter ärztlich versorgt, als es längst
verboten war, und seine Frau hatte ihr im Versteck Lebensmittel vorbeigebracht. Später besorgten sie ihr die falschen
Papiere, mit deren Hilfe sie fliehen konnte.

Aber was war mit den anderen Menschen? Mit Frau Völker? Zum Glück wohnte sie erst seit wenigen Wochen bei
ihnen, sie hätte garantiert Mutters Versteck erraten.

Ach, warum beschäftigte ihn das immer noch. Es brachte
doch nichts, sich immer wieder an diese Schreckenszeiten
zu erinnern.

Vielleicht war ein Film zur Ablenkung keine schlechte
Idee. Sich wie alle anderen verhalten, in der Menge unter-
tauchen. Und die Leute gingen wieder wie früher sonntag-
nachmittags ins Lichtspieltheater.

Das Titanium hatte den Krieg gut überstanden und als
eines der ersten Kinos eine Lizenz der Amerikaner erhalten.
Ohne Erlaubnis ging gar nichts. Zwar mischten sie sich auch
ins Programm ein, aber das hieß nicht, dass deshalb ein amerikanischer Spielfilm gezeigt wurde. Stattdessen lief schon

wieder *Die Drei von der Tankstelle* mit Heinz Rühmann, den Peter schon viel zu oft gesehen hatte.

Aber er wollte seinen Freund nicht hängen lassen. Manchmal verschwand Alwin tagelang, schlief bei seiner neuesten Eroberung und kam mit einem riesigen Kater zurück. Oder er hatte sich offensichtlich geprügelt. Auch die Schwarzmarktgeschäfte, die er betrieb, handelten ihm manche Schramme ein. Alwin aber tat immer so, als würde ihm das nichts ausmachen, sang sich ein Liedchen und trank zu viel Schnaps.

Alwin war wie ein loses Blatt im Wind, dem der Halt am familiären Baum fehlte, und Peter machte sich Sorgen um ihn.

Mittlerweile hauste er nicht mehr bei Tante Meta auf der Küchenbank, sondern im zugigen Gartenschuppen. Aber er lieferte immer seine Marken und Lebensmittel bei Meta ab und aß mit ihnen. Heute Mittag war er nach der Graupensuppe ohne Fleischeinlage noch mal abgedüst.

Peter hatte sich lieber aufs Bett verzogen und *Die Räuber* von Schiller gelesen. Er gab es ungern zu, aber er hatte ein bisschen Bammel vor dem ersten Schultag und lernte wie ein Besessener, dabei waren es nicht seine Leistungen, die ihn innerlich beschäftigten.

Ob die anderen wegen des Altersunterschieds ahnen würden, wer er war? Ob sie ihn wieder beschimpften? Die Lehrer ihn anders behandelten, gar schikanierten?

Endlich tauchte in der Menge Alwins dunkler Lockenkopf auf. Er trug einen neuen bunt geringelten Pullunder über dem Hemd und winkte ihm zu.

»Du glaubst nicht, wen ich gerade gesehen habe«, rief er schon von Weitem. »Josef!«

Unwillkürlich hielt Peter die Luft an und schaute sich um, ob sie belauscht wurden. Aber die anderen Menschen interessierten sich überhaupt nicht für Peter. Oder Josef. Sie hatten keine Ahnung, was für ein Geheimnis sich hinter dessen Namen verbarg.

»Ist mein Mädel noch nicht da?« Alwin reckte neugierig den Kopf und blickte über die Schlange. »So eine heiße Blondine?«

Plötzlich lächelten die beiden jungen Frauen vor ihnen Alwin neckisch an, aber entgegen seiner Art beachtete er sie gar nicht.

»Frauen verspäten sich gerne, um Erwartungen zu schüren«, sagte Peter.

»Die aber nicht, sie kommt nie zu spät.« Nervös schaute Alwin Richtung Innenstadt.

»Dann hat sie dich wohl versetzt.« Peter knuffte Alwin in die Seite.

»Das kann sie mir doch nicht antun ...« Verzweifelt blickte Alwin sich wieder nach seiner Flamme um, die Mädchen in der Schlange hinter ihnen kicherten schon.

Jedes Mal war er bis über beide Ohren verliebt, um dann tief zu fallen. Wieder musste Peter an das Bild des im Wind treibenden Blattes denken, das sich verzweifelt irgendwo festzukrallen versuchte.

»Zurück zu Josef.«

Schon beim Gedanken an ihn machte sich ein klammes Gefühl in Peters Magengegend breit. »Bist du dir denn sicher, dass er es war?«

»Natürlich«, fuhr Alwin fort, »ich hab am Hauptbahnhof vor dem *Railway Transportation Office* auf Amis gewartet. Beim Koffertragen kann man immer gut ein paar Luckies verdienen. Da schleicht auf einmal Josef übern Hindenburgplatz Richtung Haupteingang.«

Du hilfst mir später, gell?, hörte Peter Josef flüstern, als würde er direkt vor ihm stehen. So, wie er in seinen schlimmsten Träumen immer flüsterte. *Du hilfst mir später, gell?*

Ein merkwürdiges Gefühl überkam ihn. Angst? Panik? Oder war es Erleichterung?

Alwin redete unterdessen weiter. »Josef warf immer wieder einen Blick über die Schulter. Einen zerdrückten Koffer hat er dabeigehabt. Ich bin ihm sofort hinterher, obwohl gerade so ein Ami im Maßanzug nach einem Kofferträger rief. Josef sieht mich und rennt in die Eingangshalle. Obwohl er immer noch hinkt, war er ganz schön schnell, das muss ich zugeben. Bis zum Gitter der Bahnsteigkontrolle war ich ihm auf den Fersen. Anstatt eine Fahrkarte vorzuweisen, ist er drübergesprungen. Der Bahnbeamte hat wie wild gepfiffen, jemand hat mich gehindert, ebenfalls über die Absperrung zu gelangen. Und weg war er.« Enttäuscht hob Alwin die Hände und ließ sie kraftlos fallen.

Es kam Bewegung in die Schlange, der Kartenschalter war geöffnet worden. Peter rückte automatisch nach.

»Wo ging der Zug denn hin?«

»Über Bad Homburg nach Friedberg. Wir müssen ihm hinterher, Peter.«

»Wie stellst du dir das denn vor? Ich muss mich um meine Eltern kümmern, ich kann nicht einfach so abhauen.«

»Aber, Mensch, der Zug braucht doch nur eine halbe Stunde bis Bad Homburg.« Alwin wirkte ungeduldig, als ob er am liebsten sofort losrennen würde, aber Peter wollte nicht.

»Was willst du überhaupt machen, wenn du ihn erwischst?«

»Verprügeln, was sonst. Das hat dieser Scheißkerl verdient.«

»Josef gehört nach Darmstadt ins Internierungslager«, meinte Peter.

»Erst wenn er vor lauter Schmerzen nach seiner Mutti jammert.«

»Dann sind wir aber nicht besser als er. In einem Rechtsstaat entscheiden Gerichte über Schuld und Strafe.«

Alwin schnaubte abfällig. »Den haben wir aber nicht. Wenn wir uns nicht selbst um Gerechtigkeit kümmern, geschieht gar nichts.«

Er wandte sich zum Gehen.

Peter zögerte immer noch. »Und was ist mit deiner Freundin?«

»Bestimmt ist ihr was dazwischengekommen, ich glaube nicht, dass sie noch kommt. Josef ist auch wichtiger«, erwiderte Alwin.

Er meinte es wirklich ernst.

»Aber was, wenn Josef bis Friedberg gefahren ist?«, sagte Peter nachdenklich.

Alwin packte ihn an der Hand und wollte ihn wegziehen, aber Peter befreite sich. »Und wo sollen wir dort suchen?«, fragte er. »Vergiss es, der ist schon längst über alle Berge.«

»Willst du ihn überhaupt finden, Peter? Oder bist du doch

noch sein Freund? Nach allem, was er getan hat?« Alwin versetzte ihm einen Schlag auf die Schulter. »Bist du etwa feige und willst ihm eine weiße Weste bescheinigen?«

»Niemals!«, wehrte sich Peter.

»Bist du dir da wirklich sicher? Oder hat er dir mit dem ganzen Brot den Schneid abgekauft?« Noch ein Schlag auf die Schulter. »Dass der dein Freund war!«

»Alwin!« Jetzt boxte Peter zurück. Als Feigling ließ er sich nicht bezeichnen!

»Gib es zu, du kannst deinem *Blutsbruder* nicht böse sein! Wer weiß, vielleicht steckt ja auch ein verkappter SSler in dir!«

Da holte Peter aus und scheuerte Alwin eine. Der wehrte sich, doch bevor die Keilerei richtig losgehen konnte, mischte sich ausgerechnet Dr. Oswald ein und hielt sie beide mit kräftigen Armen auf Abstand.

»Herr Winkler!«, sagte er erstaunt. »Das hätte ich von Ihnen nicht gedacht. Ich denke, es ist besser, wenn Sie gehen und Ihr Gemüt abkühlen.«

»Ja, Herr Doktor.« Peter warf Alwin einen scharfen Blick zu, dieser befreite sich blitzartig aus dem Griff von Dr. Oswald und rannte davon.

»Entschuldigen Sie vielmals«, sagte Peter betreten. Sich ausgerechnet gegenüber Mutters Retter wie ein streitsüchtiger kleiner Junge aufzuführen, beschämte ihn.

»Von dem Gesocks war nichts anderes zu erwarten«, keifte da Frau Völker. Wenn die Schwatzbase den kleinen Streit mit angesehen hatte, wusste morgen gleich die ganze Nachbarschaft davon! Bestimmt machten die Eltern sich dann wieder unnötig Sorgen.

Peter wandte sich ab und ging nach Hause. Die Lust aufs Kino war ihm vergangen. Am besten redete er noch mal mit Alwin. Doch der war weder im Schuppen, in der Wohnung noch an ihrem Lieblingsplatz gegenüber in der Ruine.

Sei es drum. Dann machte er eben einen Spaziergang mit seinen Eltern. Die freuten sich, aber obwohl Peter sich vorhin so nach Sonne und dem ersten Frühlingsgrün gesehnt hatte, wäre er jetzt lieber mit Alwin ins Kino gegangen.

Noch nie hatte er sich mit ihm gestritten. Und dann ausgerechnet wegen Josef.

Als sie vom Spaziergang nach Hause kamen, war Alwin noch immer nicht zurück. Ob er sich tatsächlich auf die Suche nach Josef gemacht hatte? Peter hoffte eher, dass er zu seiner neuesten Flamme gerannt war und sich von ihr trösten ließ.

Nach dem Abendessen ging er zu ihrem Geheimversteck in der Ruine gegenüber. Aber Alwin kam nicht.

Aus dem Nachbarhaus erklangen Trompeten. Einer spielte auf meisterliche Art immer und immer wieder *It don't mean a thing (if it ain't got that swing)*, und ein anderer versuchte, es nachzuspielen. Eine Nachbarin keifte, sie sollten mit der Katzenmusik aufhören, aber Peter gefiel es. Es erinnerte ihn an längst vergessene Zeiten.

Leider führten die schönen Erinnerungen mal wieder zu den hässlichen. Warum war er mit Alwin nicht mitgegangen? Josef zu finden, das wäre doch einen Versuch wert gewesen, oder? Wieso hatte er sich geweigert? Weil es aussichtslos war? Er hasste Josef weiß Gott genauso wie Alwin für das, was er getan hatte.

9 – Peter

September 1935

Kaum hielt die Tram vor dem Goethe-Gymnasium, stürmten Peter und Josef schon hinaus. Der Herbst war da, und sie wollten noch schnell vor der ersten Stunde in der Hohenzollernanlage Kastanien suchen. Wer die erste Kastanie des Jahres fand, hatte gewonnen. Wobei es eigentlich gar keine Kastanien waren, sondern Goldnuggets. Josef und er liebten Abenteuerromane übers Goldsuchen in Amerika.

Elf Jahre waren sie jetzt alt und gingen seit Ostern auf die neusprachliche Goethe-Oberschule für Jungen. Vater wollte, dass Peter Französisch und Englisch lernte. Darauf käme es in der Geschäftswelt von morgen an.

Hauptsache, Josef besuchte die gleiche Schule. Peter liebte besonders den langen Schulweg quer durch die Stadt, da konnte man wunderbar viele Abenteuer erleben. Doch egal, wie viele Stöcke er an diesem sonnigen Herbstmorgen in den Baum warf oder am Stamm rüttelte, die Kastanien blieben in ihren grünen Hüllen an den Zweigen hängen.

Plötzlich hörte er Geschrei. Klang nach einer Rauferei. Ein Blick zu Josef, sie rannten los. Vielleicht konnten sie ja mitmachen. Schon von Weitem erkannte Peter, dass der massige Otto aus der Quinta den kleinen Arno im Schwitzkasten hatte.

Arno saß in Peters Klasse ganz hinten. Dort, wohin Lehrer Kröger alle Juden verbannt hatte, die noch nicht aufs Philanthropin, die jüdische Oberschule, gewechselt hatten. Natürlich trug er keine HJ-Uniform so wie Otto oder Peter und Josef, sondern eine lange Hose und einen dunkelblauen Mantel. Und er blutete an der Stirn.

Als die nächste Tram eintraf, verteilten sich weitere Jungs auf dem Gehsteig. Einige Erwachsene schauten zu Otto und Arno, aber keiner griff ein.

Peter konnte Otto nicht leiden. Er hatte bei einem Zeltlager aller Jungvolk-Stämme Frankfurts den Schwanz einer Katze in Brand gesteckt. Der schmächtige Brillenträger Arno hatte gegen ihn keine Chance. Er keuchte und strampelte, aber Otto schlug immer weiter zu und lachte, als ob er auf Beifall warten würde.

Dabei war es geradezu erbärmlich, auf einen Wehrlosen einzuprügeln.

Die anderen jubelten, aber Peter schwieg und schaute Josef eindringlich an, der daraufhin auch seine Klappe hielt. Und als Otto ihnen zu nahe kam, gab Peter vor, seinen Schuh binden zu müssen, und stellte Otto beiläufig ein Bein.

Otto fiel hin und ließ Arno dabei los. Der erkannte sofort seine Chance und flitzte trotz Hupkonzert, ohne nach rechts und links zu schauen, über die vierspurige Straße hinüber zur Schule.

»Blödmann«, schrie Otto und wollte schon auf Peter losgehen.

Sofort stellte Josef sich breitbeinig neben Peter. »Lass gut sein, Otto.«

»War keine Absicht.« Trotz der Entschuldigung hob Peter abwehrbereit die Fäuste.

Beide waren groß für ihr Alter, und Peter erkannte genau den Moment in Ottos Augen, als der sich seine geringen Chancen im Kampf gegen Peter und Josef ausrechnete.

Er täuschte einen linken Haken vor, dann lachte er übers ganze Gesicht. »Dem habe ich's gegeben, oder? Wird Zeit, dass das Judenpack endlich die Schule verlässt.«

Später, als Lehrer Kröger ihnen anstelle von deutscher Grammatik mal wieder einen Vortrag über die deutsche Ehre und den sittlichen Wert des Gehorsams hielt, wagte Peter nicht, in die letzte Reihe zu Arno zu sehen. Es reichte, das nervöse Tippen seines Fußes zu hören.

Arno erinnerte Peter an seine jüdischen Cousins. Denen hätte er auch geholfen, obwohl es gefährlich war. Juden waren schließlich der erklärte Feind.

Aber Otto eben auch. Jedenfalls für Josef und ihn. Ehrensache, ihm ein Bein zu stellen.

Mit einem Mal knallte Kröger mit dem langen Lineal auf Arnos Tisch, zog ihn am Ohr nach vorne bis vors Lehrerpult und statuierte ein Exempel an ihm, sprich: Er schlug ihm wegen Ruhestörung mit dem Lineal auf die ausgestreckten Hände, bis diese bluteten, und schickte ihn dann in die Ecke.

»Und wehe, ich höre dich noch einen Mucks machen!«

Wie der Beyerlein in der Volksschule hatte Klassenlehrer Kröger seine Lieblinge und merkwürdigerweise gehörten Peter und Josef dieses Mal dazu. Lieblingsschüler zu sein, waren sie gar nicht gewöhnt.

Dann klingelte es und die Stunde war zu Ende. Der Lehrer verließ den Raum, Peter und die anderen Jungs flitzten über die Bänke, bewarfen sich mit Papierfliegern und bissen in ihre Leberwurstbrote.

Kurz darauf gongte es wieder, schnell räumten sie alles auf, und als Kröger wiederkam, standen sie wie die Zinnsoldaten neben den Bänken und grüßten ihn im Chor, als sähen sie ihn zum ersten Mal heute.

Nur Arno gab in seiner Ecke keinen Mucks von sich.

Mit zackigen Bewegungen hängte Kröger eine Schautafel an den Ständer und wies mit dem Lineal auf die dort abgebildeten weißen, grauen und schwarzen Kreise.

»Das Blutschutzgesetz. Arno, setz dich, besonders für Leute wie dich ist das eine wichtige Lektion.« Triumphierend reckte sich der dürre Lehrer, während er ihnen die Regeln der verschiedenen Rassen ins Schulheft diktierte. Wobei es eigentlich nur zwei Rassen gab: Deutschblütige und Juden.

Als er bei den Mischlingen angekommen war, lief es Peter kalt den Rücken runter. Wenn zwei Großelternteile jüdisch waren, war der Enkel ein *Mischling ersten Grades*.

Genau wie bei ihm. Die Eltern seiner Mutter waren Juden. Opa Bauer trug eine Kippa und betete am Sabbat, also samstags, in der Synagoge am Börneplatz.

Peters Mutter aber hatte sich vor der Heirat taufen lassen, sonntags ging sie mit Vater und Peter in den Gottesdienst der Lutherkirche. Früher nur selten, aber in letzter Zeit immer häufiger.

Aber die Taufe ändere nichts an der Rasse, erklärte der Lehrer mit strenger Stimme.

Peter beugte sich über sein Heft und schrieb so ordentlich, wie er konnte, während ihn die Erkenntnis, ein Mischling zu sein, bis ins Mark erzittern ließ. Mischling, das klang nach einem Straßenköter. Einem Hund, der nichts wert war.

Ob Kröger von Peters Mutter wusste? Ob er ihn gleich als halben Juden bloßstellen und beschimpfen würde?

»Folgende Heiratsregeln gelten ...«

Die Klasse begann zu kichern. »Wer will denn schon freiwillig heiraten«, flüsterte Josef und warf Peter einen verschwörerischen Blick zu.

»Mädchen sind doch eklig.« Peter versuchte, sich wie immer zu verhalten. »Denk nur an Mechthild und Ruth mit ihren Puppen.« Beide taten so, als ob sie sich übergeben müssten. Die Mädchen wohnten im gleichen Haus wie Peter und waren eindeutig die dümmsten Zimperlieschen, die sie sich vorstellen konnten.

Auch die anderen Jungs kamen aus dem Kichern nicht mehr heraus, bis Kröger ein Donnerwetter losließ und in ihre Hefte diktierte, dass jedweder Geschlechtsverkehr mit einer Jüdin Rassenschande sei.

Beging sein Vater Rassenschande, wenn er und seine Mutter ..., überlegte Peter, aber nein, die machten das bestimmt nicht mehr, die waren ja viel zu alt dafür.

Aber er fühlte sich auf einmal, als hätte er einen Stempel auf der Stirn. Als könnte ihm jeder ansehen, dass er nichts wert war.

Kröger diktierte weitere Merksätze, aber Peter hörte kaum noch zu. Auf einmal freute er sich, dass seine Großeltern so einen unauffälligen Namen hatten. Bauer. So konnte auch ein Deutscher heißen.

»Peter!« Irgendjemand stieß ihn in die Seite. »Träumst du?« Josef packte bereits seine Hefte ein, die anderen Jungs rannten nach draußen. »Du hast es überstanden. Ich fand den Kröger wieder so stinklangweilig!«

In Leibeserziehung spielten sie Völkerball. Wie immer blieb Arno als Letzter beim Mannschaftswählen übrig und kam zu Josef und Peter. Natürlich versuchte die gegnerische Mannschaft die ganze Zeit, Arno abzuwerfen, aber er konnte gut ausweichen.

Auf einmal ertrug Peter es nicht mehr, in dessen Nähe zu sein. Am liebsten hätte er ihn selbst abgeworfen. Vielleicht wusste Arno, wer Peters Großeltern waren! Ob seine Armbanduhr vielleicht aus dem Juwelierladen der Großeltern an der Konstablerwache stammte? Schließlich durften Juden nur noch bei Juden einkaufen.

Das nächste Mal, wenn Otto Arno verprügelte, würde er mitmachen. Sicher war sicher. Was, wenn Otto von Peters Großeltern erfuhr?

Da traf ihn der Ball mit voller Wucht in den Rücken, Peter ging stöhnend in die Knie und kam wieder zur Besinnung. Sofort streckte er sich und stellte eine lustige Siegerpose zur Schau, als er als Erster den Platz verließ. Die Gegner johlten, seine Kameraden fluchten.

Was für eine Schande, früher als Arno rausgeworfen worden zu werden.

Auf der Bank sollte er eigentlich seine Mannschaft anfeuern, aber ihm ging immer noch nicht der *Mischling* aus dem Kopf. Hatte der Vater das Wort nicht auch gemurmelt, als er die gestrige Zeitung vor ihm versteckt hatte? Das machte er sonst nie. Peter brauchte sie doch, um den Käfig von Hansi damit auszulegen. Der war jedenfalls kein Mischling, sondern ein reinblütiger Wellensittich.

Bestimmt hatte der Vater ihn vor diesem Gesetz schützen wollen. So was passierte in letzter Zeit häufiger. Die Eltern flüsterten mit sorgenvoller Miene, aber Peter gegenüber taten sie so, als wäre alles in bester Ordnung. Vor allem, seitdem Großvaters Geschäft von der SA mit Hetzparolen beschmiert worden war. Auch ein Fenster war eingeschlagen worden. Jetzt versuchten sie, den Laden zu verkaufen.

Aber mit Peter sprach niemand darüber.

Dabei spürte man den Hass gegenüber Juden überall! Nur dass Peter bislang nicht begriffen hatte, dass das auch für ihn galt. Dass er gar kein Deutscher, sondern nur so was Komisches in der Mitte war. Ein halber Arier. Als wäre er nur ein halber Mensch. Und dann auch noch ein halber Jude.

Als Josef und Peter den Schulhof betraten, tröpfelte es leicht, aber Peter tat ungerührt. So ein bisschen Wasser macht doch einem deutschen Jungen nichts aus. Hart wie Kruppstahl und zäh wie Leder!

Überhaupt versuchte er, sich von seinen Ängsten nichts anmerken zu lassen. Josef war sein bester Freund, er wollte ihn auf gar keinen Fall verlieren. Zum Glück hatte der Lehrer nicht davon gesprochen, dass Mischlinge nicht mehr zum Jungvolk gehören dürfen. Jüdischen Kindern war das verboten.

Peter war so gerne beim Jungvolk. Das Gemeinschaftsgefühl, die Zeltlager und Sportwettkämpfe, all das imponierte ihm.

Ob er Josef von Oma und Opa Bauer erzählen sollte? Er hatte ihn noch nie angelogen. *Treue ist das Mark der Ehre,* sagte der Führer ihrer Jungenschaft immer. Aber wem sollte Peter treu sein? Den Eltern? Oder Josef? Was bedeutete das alles?

Seinen Vater konnte er nicht fragen, er hatte die Zeitung schließlich vor ihm versteckt. Und seine Mutter wollte er nicht verletzen, er liebte sie ja, auch wenn sie ihn immer wie einen kleinen Jungen behandelte.

»Der Ludwig hat mich am Sonntag versucht reinzulegen, du glaubst es nicht!« Ludwig war der nächstältere Bruder von Josef, gerade dreizehn geworden und hatte es faustdick hinter den Ohren.

»Hat behauptet, wir hätten eine jüdische Großmutter!« Josef lachte, als wäre es der beste Witz seit Langem. »Mutti wäre in Wirklichkeit ein Adoptivkind und würde von Juden abstammen! Sogar einen Namen hat er sich ausgedacht. Rachel Rothschild.« Hemmungslos lachend stupste er Peter in die Seite, sodass dieser zu kichern begann.

Mehr brachte er nicht zustande.

»Stell dir das mal vor! Ich habe ihm natürlich kein Wort geglaubt. Hat schon mal jemand einen blonden Juden gesehen?« Er zog sich an den kurzen Haaren.

»Ludwig macht echt die besten Witze«, sagte Peter voll gespielter Inbrunst.

Da näherte sich die ratternde Tram. Es war die 12 zur Karolingerallee und Peter rannte los, Josef hinterher.

»Dich hätte er nicht damit ärgern können.« Josef blieb im Gang stehen. Sitzen war was für Frauen und alte Leute, sagte er immer, und Peter machte es ihm natürlich nach, dabei hatte er weiche Knie.

»Du bist auf jeden Fall ein Arier.« Josef lachte. »So, wie der Kröger immer von deinem germanischen Schädel schwärmt!«

Peter knuffte ihn in die Seite, Josef wehrte sich, und schon war die schönste Balgerei im Gange, bis ein Mann mit einer Aktentasche unterm Arm sich beschwerte und sie sich wieder halbwegs gesittet verhielten.

»Rachel Rothschild«, kicherte Peter, als wäre allein schon der ausgedachte Name ein Witz.

»Wollen wir heute Nachmittag Räuber und Gendarm spielen?«, fragte Josef, Peter nickte.

Als sie an der Karolingerallee ausstiegen, beschimpften zwei Jungs auf der Straße ein Mädchen als *Judensau*. Peter erkannte sofort, dass es die kleine Ruth aus dem zweiten Stock war.

»Die Ruth ist Jüdin?«, fragte Josef ungläubig. »Kein Wunder, so, wie die aussieht. Die hätte ich sowieso nie geheiratet!« Josef spie vor ihr aus.

Und in diesem Moment wusste Peter, dass er Josef nie von den Großeltern erzählen würde. Nein, die Kraft dazu hatte er nicht.

Er wollte, dass alles so blieb, wie es war. Josef und er, sie sahen doch wie Brüder aus. Niemand würde es merken, dass Peter nur ein halber Arier war.

Aber er fühlte sich beklommen, als er die Treppe hochstieg. Bertha öffnete, es duftete köstlich wie immer.

»Geh schon mal die Hände waschen, deine Mutter kommt gleich, dann gibt es Essen. Spießbraten mit Bohnengemüse.«

Peter hatte keinen Hunger, er warf seinen Ranzen in die Garderobe und legte sich, noch immer schockiert von den Erkenntnissen des Schultages, auf sein Bett.

Sein Blick fiel auf sein Fahrtenmesser, das einen Ehrenplatz in seinem Regal über dem Bett hatte.

Das dolchartige Messer gehörte zur HJ-Uniform und wurde mit einer Schlaufe am Koppelschloss des Gürtels befestigt. Selbst als zehnjähriger Pimpf durfte man es schon tragen und auch benutzen. Beim Jungvolk traute man ihnen wenigstens etwas zu! Seine Mutter war entsetzt gewesen, als sie es am Tag seiner Pimpfenprobe gesehen hatte, und wollte es nicht im Haus haben, wie lächerlich.

Peter holte das Messer aus der Scheide und betrachtete lange den eingravierten Spruch *Blut und Ehre*. *Blut und Ehre dem deutschen Volk* schworen sie beim Jungvolk immer. Er wusste gar nicht so richtig, was das bedeuten sollte. Nur dass er unbedingt beim Jungvolk bleiben und kein Ausgestoßener wie Arno sein wollte.

Aber so richtig froh machte ihn der Gedanke nicht. Noch immer sah er diese Schautafel vom Kröger vor sich und merkte, wie sich sein Magen verkrampfte.

Der Gong rief zum Essen. Peter legte das Messer in seine Schreibtischschublade, wusch sich noch schnell die Hände, und als er am Esstisch vor dem vollen Teller saß und nichts anrührte, musterte ihn seine Mutter.

»Wieso isst du nichts? Wirst du krank?«, fragte sie, stand auf und legte ihm die Hand auf die Stirn.

Wie gut sie duftete und wie zärtlich sich ihre Hand anfühlte. Unwillkürlich lehnte er sich leicht nach hinten an ihren warmen Körper. Sie strich ihm über die Wange, und eine warme Welle voller Liebe und Zuneigung für sie, für Sophie Winkler, die Jüdin, durchflutete ihn.

Aber sagen konnte er noch immer nichts. Männer redeten nicht über Gefühle. Und er wollte so gerne ein Mann sein. Wie sein Vater. Der war zum Essen heute mit Geschäftsfreunden verabredet.

Es ging ihm ja auch schon besser. Auf einmal stieg Peter der verführerische Duft der Markklößchensuppe in die Nase, und als er den ersten Löffel probierte, brüllte sein Magen förmlich vor Hunger.

Als Peter nach den Hausaufgaben mit Josef spielte, fühlte sich alles an wie immer. Von der Schule redeten sie nicht, dafür fand Josef im Holzhausenpark die erste von vielen Kastanien, und sie versanken ganz in ihrem Spiel vom Goldsuchen.

Abends dann rief ihn der Vater ins Arbeitszimmer.

Auf dem großen Eichenschreibtisch mit den aufwendig verzierten Beinen verbreitete eine grüne Lampe gemütliches Licht. Worin genau die Arbeit seines Vaters bestand, wusste Peter nicht. *Finanzberater* stand auf seinem Briefbogen, aber was das sein sollte, wusste er nicht.

Wie immer, wenn er ihn zurechtweisen wollte, forderte der Vater Peter mit einer Handbewegung auf, vor dem Tisch stehen zu bleiben, und sah ihn streng mit zusammengezogenen Augenbrauen an. Peter wurde ganz mulmig. Er hatte doch gar nichts angestellt.

»Was ist heute passiert?«, fragte sein Vater ohne Umschweife.

»Nichts!«, sagte Peter geradeheraus.

»Du verschweigst mir etwas. Strafarbeiten? Nachsitzen? Was ist es?«

»Nichts, Vater!«

Aber der schüttelte den Kopf, als wäre er enttäuscht. »Bring mir deinen Ranzen.«

Sofort flitzte Peter los und reichte ihn ihm.

Heft für Heft blätterte der Vater durch und suchte offensichtlich die Mitteilung eines Lehrers, eine schlechte Note oder Ermahnung, aber er fand nichts.

Als er bei Biologie angekommen war, stutzte er. Sah zu Peter, wieder ins Heft. Las alles gründlich durch, setzte die Lesebrille ab, schaute wieder Peter an.

Dem rutschte das Herz in die Hose.

»Darum geht es, oder?«

Jetzt war jegliches Leugnen zwecklos. Ein Seufzer entfuhr Peter, er nickte zaghaft.

»Dir kann nichts geschehen. Ich habe einen Ariernachweis bis zurück ins achtzehnte Jahrhundert, habe unserem Vaterland in den Schützengräben in Frankreich mein halbes Bein geopfert und mir nie irgendetwas zuschulden kommen lassen! Verstehst du das?«

Wieder nickte Peter.

»Vielleicht schaffen wir es ja, dich arisieren zu lassen. Ich habe gehört, dass das möglich sein soll. Dann steht dir eine große Zukunft bevor. Wissen denn deine Klassenkameraden, wer deine Großeltern sind? Wirst du gehänselt?«

»Nein, Vater.«

»Gut. Wenn du Sorgen hast, kannst du immer zu mir kommen, Peter. Ich regle das dann schon. Bei meinen Beziehungen ist das kein Problem. Aber die Zeit der Lausbubenstreiche ist vorbei.« Er drohte mit dem Zeigefinger.

Peter merkte, wie ihm eine große Last von den Schultern fiel. Sein Vater verstand ihn und seine Sorgen, ohne dass Peter sie aussprechen musste.

»Dann erzähl es niemandem. Versuch, dich einfach aus allem rauszuhalten.« Er lächelte.

Sein sonst so strenger Vater lächelte ihn an.

»Der Spuk wird auch wieder ein Ende haben. Und wenn du dich irgendwann in ein arisches Mädchen verliebst, habe ich genügend Beziehungen, um dir eine Heiratserlaubnis zu besorgen, keine Bange.«

10 – Helga

Palmsonntag, 1946

Helga konnte es kaum erwarten, ihren Eltern von dem aufregenden Stellenangebot zu erzählen. Polizeifotografin! Sie freute sich unbändig darauf. Endlich eine Aufgabe, die der Gemeinschaft diente, die ihrem Leben Sinn verlieh.

Um Mutter nicht vom Zubereiten einer herzhaften Quarkspeise fürs Abendessen abzulenken, hielt sie die frohe Botschaft aber erst mal zurück, nicht dass der kostbare Quark am Schluss versalzen war.

Da betrat Tante Alice mit ihrem Rucksack in den Händen die Küche.

»Schau dir meine Fingernägel an!«, rief ihre Mutter auf einmal, ließ den Rührlöffel sinken und wedelte vor Tante Alice' Nase herum. »Ich musste sie ganz kurz schneiden, so zerschunden waren sie, nachdem ich die Pfanne geschrubbt hatte.«

Erstaunt blickte Helga zu ihrer Tante. Eigentlich war sie fürs Spülen zuständig.

»Clara, es war dein Fehler, schließlich hast du das Essen anbrennen lassen, also kannst du es hinterher auch beseitigen«, verteidigte sich diese und stellte ungerührt ihren Rucksack auf den kleinen Küchentisch.

»Und, war dein Ausflug in den Taunus erfolgreich?« Die Stimme von Helgas Mutter klang eisig.

»In der Tat!« Als Alice ihn öffnete, erkannte Helga, dass er randvoll mit Kartoffeln war. Dann steckte ihre Tante die Hände hinein und förderte zwei große Gläser mit eingekochter Leberwurst zutage.

Helga johlte begeistert, nur Mutter verzog ihr Gesicht. Obwohl Clara und Alice schon über vierzig Jahre alt waren, konkurrierten die beiden Schwestern noch immer miteinander, und Helga ahnte, dass das wohl nie aufhören würde.

Das Öffnen des ersten Glases oblag Tante Alice, und als der verführerische Duft nach grober Leberwurst, Zwiebeln und Thymian die Küche erfüllte, wurde Helga beinahe schlecht. Richtige Wurst, ganz ohne Weizengrütze oder Sägespäne! So was Gutes hatten sie nur noch selten auf dem Tisch.

Mit der Briefwaage teilte ihr Vater unbestechlich jedem der großen Familie den gleichen Anteil zu, Elfie mitgerechnet, obwohl Tante Alice protestierte. Er reichte genau als Belag für eine Scheibe Kommissbrot.

Bedächtig schnupperte Helga jedes Mal, bevor sie ein kleines Stückchen abbiss und genussvoll kaute.

Auch Mutters Quark war sehr lecker geworden. Hinterher waren sie alle in Hochstimmung. Helga und Elfie kümmerten sich um den Abwasch, während die kleinen Cousinen ins Bett mussten und die Großen im Wohnzimmer dem Wunschkonzert im Radio lauschten.

Danach setzte Helga sich zu ihrer Familie und freute sich schon auf das Lob ihrer Eltern für ihre neue Arbeit.

»Auf gar keinen Fall!«, rief ihre Mutter empört, kaum, dass

Helga das Wort *Polizeifotografin* ausgesprochen hatte. »Das ist viel zu gefährlich.«

»Du bist zu jung für so eine große Aufgabe«, stellte Helgas Oma fest.

»Eine Frau bei der Polizei schickt sich nicht.« Tante Alice schüttelte missbilligend den Kopf. »Mit was für Gesindel du da Umgang hättest!«

Wieso freute sich denn keiner? Hielten sie sie wirklich nur für ein dummes, kleines Mädchen, das man beschützen musste? Mit so einer Gegenwehr hatte Helga nicht gerechnet.

Auch Elfie schaute sich entgeistert um.

Bisher hatte Vater nichts gesagt, dabei war seine Meinung die einzige, die zählte. Sein Fuß wippte. Also dachte er nach.

»Die Arbeit wird bezahlt. Hundertdreißig Reichsmark im Monat«, sagte Helga. »Als Schreibkraft verdiene ich auch nicht viel mehr.«

»Aber du hast wenigstens gescheiten Umgang«, erwiderte ihre Mutter. »Willst du den ganzen Tag mit Ganoven und Halsabschneidern zu tun haben? Und mit diesen rüpelhaften Polizisten?« Völlig undamenhaft verschränkte Mutter die Arme vor der Brust.

»Das macht mir nichts aus.«

»Aber mir!«

Noch immer schwieg Vater.

»Wer ist dieser Kommissar überhaupt?«, fragte Tante Alice. »Thieme? Kennt ihr den? Ihr hattet doch die Polizei direkt vor der Nase.«

»Das war die Gestapo, Schwesterchen, da gibt es schon einen Unterschied.«

Auf einmal räusperte sich ihr Vater. »Warum will er ausgerechnet dich als Fotografin? Was hat er davon?«

»Helgas Kamera«, mischte Elfie sich ein. »Und ihr Wissen, natürlich. Aber wenn der Kriminalpolizei noch nicht einmal so dringend benötigte Dinge wie ein Fotoapparat zur Verfügung steht, wie soll sie da ihre Aufgabe erfüllen? Zudem die amerikanischen Soldaten ganz verrückt nach deutschen Leicas sind und die Schwarzmarktpreise deswegen ständig steigen. So moderne Kameras haben die in den Staaten anscheinend nicht.«

»Ich verkaufe meine nicht«, sagte Helga sofort und betrachtete die Stelle auf Tante Alice' Pullover, wo sonst immer deren goldene Brosche gesteckt hatte.

»Du meinst also, dieser Thieme will nicht meine Tochter einstellen, sondern ihr eigentlich die Kamera abkaufen?« Vater hob entrüstet die Augenbrauen.

»So habe ich das nicht gemeint!«, ruderte Elfie zurück. »Er war auch von ihrer unerschrockenen Art beeindruckt.«

»Unerschrocken?« Er schob die Brille hoch. Wenn er das tat, war er noch lange nicht überzeugt.

»Weil sie keine Angst davor hatte, einen menschlichen Knochen zu fotografieren ...«

»Meine Güte!«, riefen Mutter, Alice und Oma entsetzt. »Wie konntest du nur!«

»Aber dass er gar keine Arbeitsproben verlangt, das macht mich stutzig«, meinte Helgas Vater.

»Doch, ich soll ihm ein paar meiner Fotografien vorbeibringen«, antwortete Helga.

Beruhigt lehnte er sich zurück. »Nun, deine Bilder sind

immer tadellos scharf, da wird er sich nicht beschweren können.«

Helga spürte, wie sie vor Stolz über das unerwartete Lob rot wurde.

»Aber was ist das für ein Mann, der am heiligen Sonntag junge Frauen ohne männlichen Schutz auf offener Straße anspricht?« Sein Fuß hörte auf zu wippen.

Helgas Zuversicht schwand.

»Jemand, der verzweifelt ist«, meinte Elfie.

»Daran ist die Militärregierung schuld«, regte er sich auf. »Die musste ja jeden Polizisten, der in der SS gewesen ist, entlassen. Anscheinend wussten sie nicht, dass Göring mit einem Erlass die gesamte Polizei, jeden kleinen Schupo oder Kriminaltechniker, in die SS eingegliedert hat, ohne dass die sich dagegen wehren konnten. Kein Wunder, dass es viel zu wenig Polizisten gibt und die Gewalt auf den Straßen blüht.«

»Umso wichtiger, dass Helga sie dabei mit ihrem Können unterstützen kann. Damit sich alle wieder alleine im Dunkeln draußen sicher fühlen«, entgegnete Elfie.

Helga war so froh über ihre Unterstützung. Sie selbst hätte sich nie so loben können wie ihre Freundin.

»Wenn die Polizei nicht ordentlich arbeiten kann, sperrt sie wieder die Falschen ein«, ergänzte sie. »So ein Polizeifotograf ist unglaublich wichtig.«

»Das ist unbestritten, Helga. Aber wer ist dieser Thieme?«, fragte der Vater.

Elfie zuckte mit den Schultern, und Helga beschrieb sein unauffälliges Äußeres, bis ihr das wichtigste Detail wieder einfiel: »Er wurde 33 entlassen. Er war also bereits früher Polizist.«

»Mmmh.« Vater wiegte seinen Kopf hin und her. Auch der Fuß fing wieder an zu wippen. Bestimmt dachte er über dasselbe nach, was ihr vorhin eingefallen war: Entweder war Thieme Jude, was Vater nicht stören würde. Oder ein Sozialdemokrat, was Bedenken auslösen würde, oder, das Allerschlimmste, jedenfalls in Vaters Augen: Kommunist.

»Professor Sartorius«, sagte Elfie. »Was ist denn die Tätigkeit als Polizeifotografin anderes als eine Vorbereitung auf das Jurastudium? Helga wird Zeugin, wie das Recht angewandt wird und vor welchen Problemen und Aufgaben Polizei und Staatsanwaltschaft gerade jetzt in der Umbruchzeit stehen. Welcher Student hat dazu schon die Möglichkeit? Diese Arbeit wird für sie von Vorteil sein.«

Langsam griff er zu seiner Zigarrenkiste. Das war ein gutes Zeichen! Schnell reichte Helga ihm die Streichhölzer vom Beistelltischchen.

Genüsslich entzündete er einen der wenigen Stumpen, die er noch besaß, nahm einen Zug und genoss es sichtlich, dass ihn alle so erwartungsvoll beobachteten.

»Na gut, es sei dir erlaubt«, entschied er. »Aber ich begleite dich morgen aufs Präsidium, um zu sehen, ob alles mit rechten Dingen zugeht.«

»Vati!«, rief Helga entsetzt. »Muss das sein? Das sieht dann aus, als wäre ich noch ein kleines Mädchen!«

»Jetzt sei zufrieden, dass er nicht Nein gesagt hat, Liebes.« Mutter hob pikiert die Augenbrauen.

»Wenn dieser Kommissar Thieme ein verantwortungsbewusster Mann ist, wird er verstehen, wieso ich dich hinbringen werde.« Wieder zog Vater genüsslich an der Zigarre. »Und nun genug von diesem Thema. Gleich kommen die Nachrichten.«

Helga schaute zu Elfie, sofort rannten beide in ihr Zimmer und Helga fiel Elfie um den Hals.

»Danke«, sagte sie und strahlte, »ohne dich hätte ich das nie geschafft!«

11 – Peter

Januar 1939

Mit Hansis Vogelkäfig auf dem Schoß saß Peter in Vaters kleinem Opel und schaute dem schäbigen Umzugswagen vor sich zu, wie er sich einen Weg durch die engen Altstadtgassen suchte.

Nichts von dem, was sein Vater versprochen hatte, war eingetreten. Aber es war nicht seine Schuld, das wusste Peter. Nachts hatte er die Eltern belauscht und so Dinge erfahren, die sie vor ihm eigentlich geheim halten wollten, wie beispielsweise die Flucht seines Onkels in die Niederlande, angeblich hatte er dort eine bessere Arbeit gefunden. Als wäre Peter mit vierzehn noch immer zu jung, um die Welt zu verstehen.

Jüdische Beamte und Ärzte hatten ihre Arbeitsplätze verloren, jüdische Künstler durften nicht mehr auftreten oder veröffentlichen, sie durften keine Geschäfte mehr führen, ins Kino gehen oder in den Palmengarten, was seine Mutter besonders schmerzte.

Eines Abends war ein Kollege seines Vaters auf einen Brandy erschienen, beide hatten sich sofort in Vaters Arbeitszimmer zurückgezogen. Das kam Peter komisch vor und so lauschte er wie immer mit dem Wasserglas am Ohr an der Tür.

Und er hörte etwas schier Unglaubliches. Der Kollege riet seinem Vater, sich scheiden zu lassen! Die Kunden würden ihm nicht mehr trauen. Er solle *den Klotz am Bein loswerden*, hatte er wörtlich gesagt, während sich in Peter alles vor Entsetzen zusammenzog. Dann stünde dem Vater eine große Karriere in der Bank bevor, er sei schließlich makelloser Abstammung, ein dekorierter Kriegsheld und angesehener Finanzexperte. Ein Eintritt in die Partei könne das Ganze sogar noch beschleunigen.

Schritte hinter der Tür, Peter konnte sich gerade noch hinter einer Vitrine verstecken, als Vater den Kollegen hochkant rauswarf.

Und dann wurde er arbeitslos.

Aber scheiden ließ er sich nicht.

Eine neue Stelle zu finden, war schwierig, keiner wollte einen *jüdisch Versippten* einstellen. Vater musste sogar seine teure Adler-Limousine verkaufen, bis er schließlich eine Stelle als Handlungsreisender fand.

Jetzt fuhr er mit einem alten Opel Laubfrosch durch die Lande und versuchte, die Hausfrauen von der Qualität seiner Aussteuerwäsche zu überzeugen. Und das mit seiner Unterschenkelprothese! Aber dafür hatte er keine Kollegen mehr, die ihn wegen Mutter beschimpften, und die Frauen auf dem Land wussten nichts über seine Ehe und kauften gerne bei dem blonden und charmanten Mann, der von seinen Auszeichnungen im Weltkrieg erzählte.

Peter fiel auf, dass seine Eltern sich viel häufiger als früher berührten, manchmal nahmen sie sich vor ihm sogar in den Arm. Vorhin, als sie alle gemeinsam die große Wohnung verlassen mussten, da hatte er Mutter sogar geküsst. Obwohl Peter danebengestanden hatte.

Beinahe wären ihm vor Rührung die Tränen in die Augen gestiegen.

Vater hielt vor einem alten Fachwerkhaus. Der schäbige Umzugswagen mit den nötigsten Habseligkeiten parkte bereits dort. Den Rest ihres Besitzes, die Ölgemälde und Perserteppiche, alten Eichenmöbel und Mutters Schmuck, hatte Vater in den letzten Jahren Stück für Stück verkaufen müssen.

Bedrückt schaute Peter die schrägen Wände hoch zum zweiten Stock. Das war also ihr neues Zuhause. Im Treppenhaus roch es muffig, und in den Wänden raschelte es, als ob dort Mäuse leben würden. Eine Nachbarin steckte neugierig den Kopf durch die Tür, zog ihn aber schnell wieder zurück, als Peter sie grüßte.

Wütend über ihre Unhöflichkeit, rannte er so schnell die knarzende Treppe hoch, dass Hansi laut piepsend von der Leiter fiel. Da hielt er inne und ging langsam weiter. Hansi konnte ja nichts dafür.

Im Gegensatz zum Haus wirkte die Wohnung hell und freundlich. Durch den Verkauf eines Ölgemäldes hatte Vater die Vierzimmerwohnung weiß streichen lassen können und Lampen gekauft. In seinem Zimmer stellte Peter den Käfig mit Hansi ans Fenster, der sofort fröhlich draufloszwitscherte.

Wenigstens einer, der noch mit ihm redete. Seitdem Arno die Schule hatte verlassen müssen, hatte der Kröger Peter im Visier. Jetzt musste der *Mischling ersten Grades* in der letzten Bank sitzen und Josef sprach kein einziges Wort mehr mit ihm. Vorbei die Blutsbruderschaft.

Wahrscheinlich müsste Josef sich vor Ekel übergeben, wenn Peter ihn daran erinnern würde.

Schon seit Langem spielte Peter nicht mehr auf der Straße, sondern nur noch im Haus. Der Schulweg war zum reinen Spießrutenlauf geraten, aber er wehrte sich, wo er nur konnte. Auch gegen Josef, dessen blonde Haare seit dem Stimmbruch immer dunkler wurden. Peter hingegen sah noch immer wie der perfekte Arier aus.

Wie es ihm wohl hier in der Altstadt ergehen würde?

Hansis Zwitschern riss ihn aus seinen Gedanken. Kurz sprach er behutsam auf ihn ein, dann ging er nach unten.

Seine Mutter wuchtete gerade einen großen Koffer durch die Tür.

»Lass doch, ich mach das schon!« Schnell nahm er ihr das schwere Ding aus der Hand. »Du sollst nicht schwer heben!«

Seine Mutter war in letzter Zeit kränklich. Die Nerven, sagte ihr Arzt. Wer konnte es ihr verdenken.

»Wie schön, dass wir jetzt bei den Großeltern in der Nähe wohnen.« Peter lächelte seine Mutter aufmunternd an.

»Das ist nett, dass du das sagst, mein Junge.« Sie erwiderte das Lächeln, erste Falten zeigten sich in ihren feinen und schönen Gesichtszügen.

Wenn die SA jemals seine Mutter angreifen würde, dann würde er sich schützend vor sie stellen, dachte er nicht das erste Mal. In der *Reichskristallnacht* hatten sie nicht nur jüdische Geschäfte geplündert und Synagogen verbrannt, sondern auch Jagd auf Juden gemacht, um sie zu verprügeln und zu verhaften. Noch ein Grund, weshalb Mutter sich Sorgen machte.

Sein Opa hatte nur voller Galgenhumor gesagt, er sei froh, dass er sein Geschäft vorher bereits verkauft habe. Sonst wäre er vielleicht wie viele andere dort erschlagen worden. Der Alte nahm vieles mit Humor und Peter bewunderte ihn dafür.

Als alle Möbel an ihrem Platz standen und Mutter die Wäsche aus einer großen Holztruhe holte, schickte sie ihn nach draußen. »Hier gibt es so viele Kinder, bestimmt findest du bald neue Freunde!«

Freunde. Das Wort hatte einen bitteren Beigeschmack.

Vor dem Haus spielten zwei kleine Mädchen mit einer Puppe. Viel Platz zum Toben war hier nicht. Also lief er durch die Altstadtgassen vorbei an hohen, reich verzierten Fachwerkhäuschen. Schief und krumm und voller Werbeschilder für Nähereien, Waffengeschäfte und Bürstenbinder. In der Luft lag der Duft nach gekochten Würsten, frischem Waschpulver und fauligem Unrat. Frauen jeden Alters mit Einkaufskörben und quengelnden Kleinkindern am Rockzipfel eilten durch die schmalen Wege, Männer mit gebeugtem Rücken schoben Karren voller Gemüse oder Kohlen.

Irgendwann fand Peter tatsächlich einen kleinen Platz, auf dem eine Bande von einem guten Dutzend Jungs unterschiedlichen Alters Fußball spielte.

Sie musterten ihn misstrauisch. Wie gut, dass Peter seine HJ-Uniform angezogen hatte. Auch die anderen trugen größtenteils Braunhemden.

Als er fragte, ob er mitspielen dürfte, winkte der Anführer ihn zu sich, fragte ihn nach seinem Namen und schickte ihn als Torwart vor eine Mauer.

Zwei Bälle hielt Peter, aber nur, weil er sich ohne Rücksicht auf Verluste auf den Boden warf. Um hier anerkannt zu werden, würde er alles machen.

»Gut gehalten«, sagte der Anführer, als sie sich alle auf ein Mäuerchen setzten. »Wo kommst'n her?«

»Kaffeegasse.« Peter deutete vage in irgendeine Richtung.

Der Junge grinste. War wohl die falsche gewesen. »Und vorher? Dich habe ich hier noch nie gesehen.«

Sollte er zugeben, woher er stammte? Lieber nicht. Also zuckte er nur mit den Schultern. »Ist doch egal.«

Der andere nickte. »Du bist einer von uns, das ist das Wichtigste. Die HJ ist judenfrei!«

Unwillkürlich hielt Peter die Luft an. Nach der Abmeldung bei seinem Fähnleinführer musste er sich hier neu melden. Vielleicht gelang ihm ja dadurch, seinen Makel für sich zu behalten.

»Wir sehen uns«, sagte der Junge zum Abschied. Er hatte noch nicht mal seinen Namen gesagt. Wahrscheinlich ging er davon aus, dass ihn sowieso jeder kannte. Der oberste Anführer. Mit ihm musste man sich gut stellen.

Dieser Umzug bot Peter endlich die Gelegenheit, wieder eine reine Weste zu haben. Er wollte wieder der arische Peter sein, ein aufrechter Hitlerjunge, einer, den alle mochten und der nicht ständig verprügelt wurde.

Es reichte, wenn es seine Mitschüler wussten, aber die Genugtuung, ihn rausgeekelt zu haben, würde er ihnen nicht verschaffen. Und die Prügel auf dem Schulhof, die hielt er locker aus. Er hatte das Recht, eine höhere Schule zu besuchen. Zu lernen, später zu studieren, zu heiraten, ein Leben aufzubauen.

Auf einmal drang Musik durch ein geöffnetes Fenster. Schwungvolle Musik in einem ungeahnten Rhythmus. Trommeln, die die Melodien vor sich hertrieben, stöhnende und jauchzende Trompeten und eine Sängerin, die locker und leicht all diese Teile mit ihrer rauchigen Stimme zusammenhielt.

So etwas hatte er noch nie gehört. Früher hatte Mutter gerne Chopin- oder Tschaikowsky-Platten aufgelegt. Jetzt liefen nur noch deutsche Komponisten, meistens Bach. Auch sie wollte um keinen Preis auffallen. Und im Radio hörten sie Nachrichten oder Schlager von Marika Rökk.

Da wurde das Fenster geschlossen, die Musik erstarb. Aber in seinem Kopf spielten die Bläser und das Schlagzeug immer weiter, und Peter wollte unbedingt wissen, wie man diese Art von Musik nannte, wo man sie hören konnte.

Neugierig öffnete er die Kneipentür. Drinnen herrschte dicke Zigarrenluft, es roch abgestanden nach Zwiebeln. Hinterm Tresen zapfte ein dicker Mann mit Soßenflecken auf dem Hemd Bier.

»Klasse Lied«, sagte Peter. »Welcher Sender war das?«

»Swing ist verboten, mein Junge«, sagte der Mann mit lauerndem Blick.

»Swing?«

»Buschtrommeln und anderes degeneriertes Zeug aus Amerika.«

Der Mann wirkte nicht, als ob er an das glaubte, was er sagte. Eher, als ob er Angst hätte, Peter würde ihn verpfeifen. Bei der HJ wurden sie ja bei jedem Treffen gefragt, ob irgendetwas zu melden sei. Ob die Eltern Feindsender hörten oder sich abfällig über Hitler äußerten. Peter schwieg da immer.

»Ach so«, sagte er, beugte sich zur Seite, um den Sender zu erkennen. Doch der bullige Mann stellte sich mit bedrohlichem Blick direkt vor den Volksempfänger.

Peter blieb nichts anderes übrig, als auf dem Absatz kehrtzumachen und die Kneipe zu verlassen.

Wieder zu Hause drehte er langsam den Sendeknopf ihres Radiogeräts von Städtename zu Städtename und lauschte den unterschiedlichen Klängen aus dem Äther. Bellende Sprecher, sanfte Walzer, Knacken und Krächzen, und auf einmal: Wieder dieser Rhythmus, den er noch immer im Kopf hatte.

Er konnte kaum stillsitzen, so sehr begeisterte ihn diese Musik. Dieses Mal gab nicht das Schlagzeug, sondern eine Gitarre den Rhythmus vor und eine Geige spielte die Melodie.

Der Sender saß in Luxemburg, der Ansager sprach Französisch. Kein Problem für Peter, Französisch war sein Lieblingsfach. Gespielt hatte das aus Paris stammende Quintette du Hot Club de France das Stück *Minor Swing*.

Begeistert hörte er weiter zu, bis der Schlüssel in die Haustür gesteckt wurde. Um seine Mutter nicht zu verärgern, stellte er den Sendersuchlauf wieder auf Berlin und schaltete das Radio aus.

Aber er wusste genau, dass er diesen Sender hören würde, sooft es nur ging. Swing, das war doch etwas ganz anderes als Bach oder die Marschmusik bei der HJ. Diese Musik war der Trost, den er so dringend brauchte, um den Stumpfsinn des Alltags durchzustehen.

12 – Helga

April 1946

Es nervte Helga unglaublich, dass Vater seine Ankündigung wahr machte und sie zum Präsidium begleitete. Und dann diese besorgten Fragen die ganze Zeit, ob sie ihre Arbeitsproben und die Kamera dabeihätte, als wäre sie sechs Jahre alt und es ihr erster Schultag. Dabei begannen viele andere heute ihr Studium an der Universität. Aber Helga hatte beschlossen, der Sache nicht mehr nachzutrauern. Brachte ja doch nichts.

Verstohlen gähnte sie. In der Nacht waren die Uhren mal wieder für die Sommerzeit vorgestellt worden, ihr fehlte eine Stunde Schlaf.

»Helga!«, rief ihr Vater. »Wehe, du gähnst während deines Vorstellungsgesprächs!«

Endlich erreichten sie den Platz der Republik und das ehemals so beeindruckende Polizeipräsidium. Das Dach fehlte, die Fassade war teilweise zerstört, aber die Giebel standen noch, auch das Stahlgerippe des Funkturms, und die intakten Reste wirkten gesichert und funktionsfähig.

Auf einmal bekam Helga weiche Knie, dabei war sie den Anblick doch gewöhnt. Auf dem Weg zum Hauptbahnhof kam sie jedes Mal am Präsidium vorbei. Direkt nach dem Krieg hatte sich hier eine Dienststelle der Militärregierung befunden, sie erinnerte sich an die amerikanischen Fahnen vor dem Haus.

Jetzt hing dort wieder ein Metallschild – ein schwarzer, sechseckiger Polizeistern auf weißem Grund, in der Mitte der Frankfurter Adler, darüber stand *Polizeipräsidium Frankfurt am Main*. Mit seinen abgestoßenen Ecken wirkte es, als stammte es noch aus der Zeit der Weimarer Republik.

Ihre Nervosität stieg.

»Wie heißt der noch mal?«, fragte Vater, bevor er die schwere Holztür öffnete und seinen frisch ausgebürsteten Hut abnahm.

»Thieme. Hauptkommissar Thieme.«

Sie betraten die Eingangshalle. Die matte Glühbirne an der Decke erhellte kaum den dunklen Raum, erst auf den zweiten Blick erkannte Helga die mächtigen Säulen in der Mitte. Sämtliche nackten Fenster waren mit Pappe vernagelt.

»Wohin wollen Sie?«, herrschte sie ein älterer Mann hinter einem Empfangstresen mit einer grünen *Hilfsgendarmerie*-Armbinde über dem abgetragenen Anzug an.

»Zu Kommissar …«, begann Helga.

»Mordkommission«, unterbrach Vater sie. Als ob sie nicht selbst antworten könnte! Das fing ja gut an.

»Soll das Fräulein Tochter nicht besser hier warten?«, fragte der Hilfspolizist.

»Wieso?«, erwiderte Helga und kam ihrem Vater zuvor.

»Vielleicht möchten Sie nicht, dass sie bei Ihrer Aussage dabei ist, Herr …«

»Ich habe heute ein Vorstellungsgespräch«, stellte sie klar. Der Mann kratzte sich erstaunt am Kopf, dann wies er wortlos zur Treppe mit dem auffällig schönen, fein ziselierten Eisengeländer und nannte eine Zimmernummer.

Vater ging voran und schaute sich bei jedem Riss in der Wand um, als würde das Haus gleich einstürzen, und als ein Schupo in der neuen dunkelblauen Uniform und mit der gelben *MG-Police-Polizei*-Armbinde an ihm vorbeiging, zuckte er ängstlich zusammen. Aber auch bei Helga löste sich mit jedem Schritt ihre Vorfreude mehr und mehr in Luft auf und Vaters Nervosität übertrug sich auf sie.

Die Tür war schnell gefunden, Vater klopfte und sie wurden hereingebeten.

Hinter einer Schreibmaschine saß eine Frau, umringt von drei Männern in Zivil. Alle starrten neugierig auf ein längliches Stück Papier in ihren Händen.

Ob das ihre zukünftigen Kollegen waren?

»Helga Sartorius«, sagte sie schnell, bevor Vater wieder das Wort ergreifen konnte. »Hauptkommissar Thieme erwartet mich. Es geht um die Stelle als Polizeifotografin.«

»Einen Moment bitte, Fräulein Sartorius.« Die Sekretärin erhob sich.

»Und Sie wünschen?«, wandte sie sich an Vater.

»Professor Sartorius, ich bin der Vater.«

Die Männer schmunzelten, schnell sah Helga zu Boden. Wenn Vater so weitermachte, konnte sie die Stelle vergessen, dann würde sie hier niemand ernst nehmen.

Die Sekretärin brachte sie beide ins Nebenzimmer, einen quadratischen Raum mit Aktenschränken, in dessen Mitte der Kommissar hinter einem wuchtigen Schreibtisch saß und bei ihrem Eintreten ein Schreiben sinken ließ.

»Fräulein Sartorius!« Er erhob sich und reichte ihr die Hand.

Sein Händedruck war fest, genauso, wie sie es erwartet hatte. »Guten Morgen, Herr Hauptkommissar!«

»Wie schön, dass Sie gekommen sind.«

Seine freundlichen Worte ließen sie aufatmen. Sein kompakter, viereckiger Schädel, die schütteren, leicht ergrauten Haare, der gütige Blick aus den grauen Augen – ihre Erinnerung hatte sie nicht getäuscht, er war ein Mann, in dessen Nähe sie sich wohlfühlte.

Thieme wandte sich Vater zu.

»Gestatten.« Vaters Hand schnellte vor. »Mein Name ist Professor Sartorius, ich bin ihr Vater.«

Auf dem Gesicht des Kommissars breitete sich ein Lächeln aus. »Sie wollen sich vergewissern, dass alles mit rechten Dingen zugeht, das verstehe ich, Professor Sartorius.«

Er klang so jovial, als ob er Vater gleich auf die Schulter klopfen und ihm einen Stuhl sowie eine Zigarre anbieten wollte.

Aber nichts dergleichen geschah. Kommissar Thieme forderte Helga auf, ihm in die Dunkelkammer zu folgen, und ließ ihren Vater solange auf dem Gang warten.

Thieme öffnete eine Tür und drückte den Lichtschalter. Weißes Licht erstrahlte den kleinen Raum, dabei nutzte Helga zu Hause ein Rotlicht fürs Entwickeln. Erstaunt sah sie sich um und erkannte, dass man vor die Glühbirne verschiedene Farbfilter je nach zu entwickelndem Film oder verwendeten Vergrößerungspapieren stecken konnte.

»Die Dunkelkammer hat es zum Glück nicht erwischt, nur

unsere Kameras, aber das wissen Sie ja bereits«, sagte der Kommissar.

Helga erkannte einen Vergrößerungsapparat, daneben Zubehör wie Lupen, Schalen, Pinzetten, Kartons mit Fotopapieren und Flaschen voller Entwickler- und Fixierflüssigkeiten.

»Aber …« Sie deutete auf den Vergrößerer. »Der ist für Großformatkameras und ich verwende eine Kleinformatkamera.«

Verdutzt betrachtete er zuerst den Apparat und dann Helga. Von Fotografie hatte Kommissar Thieme offensichtlich wenig Ahnung.

»Ich verwende einen 35-mm-Kleinbildfilm«, erklärte sie. »Der ist für diesen Apparat viel zu schmal.«

»Ist das etwa ein Problem?«, fragte er ratlos.

»Nun, ich könnte meinen eigenen Vergrößerer mitbringen«, überlegte sie.

Auf sein Gesicht schlich sich ein gütiges Lächeln. »Würden Sie das tun?«

»Aber was ist mit meinen Privataufnahmen?«, sagte Helga. »Kann ich die auch hier im Präsidium vergrößern oder muss ich den Focomat ständig hin- und herschleppen?«

»Nein, auf keinen Fall, das ist viel riskant. Sie brauchen ja nur über ein Schlagloch zu stolpern, und dazu die vielen Diebe.« Er seufzte. »So unterbesetzt, wie wir sind, bekommen wir das alles überhaupt nicht in den Griff. Es gibt böse Stimmen, die Frankfurt schon als *Klein-Chicago* bezeichnen, weil die Verbrecher natürlich wissen, wie schlecht wir aufgestellt sind. Sie reisen von überallher mit der Bahn an und der Schwarzmarkt explodiert förmlich! Nein, ein Schupo wird Sie begleiten, wenn Sie den Apparat hierherbringen, und dann bleibt der Vergrößerer hier. Sicher ist sicher, und selbstverständlich dürfen Sie private Aufnahmen entwickeln. Außerhalb Ihrer Dienstzeit. Für das Material bekommen Sie den Ladenpreis ersetzt.«

Das war Musik in Helgas Ohren. Früher hatte sie fürs Entwickeln das Gästezimmer genutzt, seit dem Einzug der Großeltern und Tante Alice blieb ihr nur die Küche, und es gab immer Ärger, wenn sie sie zu lange blockierte.

»Das ist doch selbstverständlich«, antwortete sie und lächelte Thieme an.

»Wenn wir es uns leisten könnten, würde ich Ihnen den Apparat abkaufen. Erstaunlich genug, dass Sie so ein teures technisches Gerät besitzen.«

Thieme deutete mit dem Kopf Richtung Flur. »Welch ein Glück, dass er so fürsorglich ist. Was ist denn sein Fachgebiet, falls mir die Frage erlaubt ist?«

Sofort war Helga klar, warum er das wissen wollte.

»Er ist Mathematiker«, antwortete sie so neutral wie möglich.

Thieme sah sie erwartungsvoll an.

»Und zurzeit beurlaubt, da er in der Partei gewesen ist.«

Nachdenklich wiegte er seinen Kopf hin und her. »Haben Sie den neuen Fragebogen der Amerikaner schon gesehen? Hunderteinunddreißig Fragen! Die meinen es mit der Entnazifizierung wirklich ernst.« Er strich sich über das Kinn.

»Muss ich den auch ausfüllen?« Helgas Stimme klang schriller, als sie beabsichtigt hatte. Machte ihr dieser Fragebogen etwa einen Strich durch die Rechnung?

»Natürlich. Alle Deutschen ab achtzehn Jahren. Aber darüber wollen wir uns in Ihrem Fall erst mal nicht den Kopf zerbrechen. Viel wichtiger ist die Qualität Ihrer Arbeit. Sind das Ihre Aufnahmen?«

Er deutete auf den Papierumschlag unter ihrem Arm.

Sie nickte und holte ihre besten Bilder heraus. Elfie und ihre Mutter, die im Sonnenschein vor dem Hochbunker in Griesheim sitzen und Kartoffeln schälen. Klaus, wie er vor seiner Kellerwohnung an der Bockenheimer Landstraße Wäsche aufhängt. Corporal Taylor am Schlagbaum, der die deutschen Arbeiter beim Betreten des Sperrgebiets kontrolliert.

»Sehr gut. Alles scharf, gut belichtet und übersichtlich. Darauf kommt es an, auf den Bildern darf nichts vom Wesentlichen ablenken.«

Er gab ihr die Fotos zurück und trat mit ihr wieder auf den Flur. Ein Telefon klingelte.

»Die anderen …«, setzte Thieme an, als plötzlich ein Kollege von ihm auf dem Gang erschien. Er war groß und hager.

»Leiche in Bockenheim, Basaltstraße.«

»Danke, Warnke. Ausgerechnet jetzt.« Thieme schaute sich suchend um und deutete dann auf Helgas Kameratasche. »Noch genügend Bilder auf dem Film?«

Automatisch nickte sie. Es sollte jetzt schon losgehen? Einfach so?

»Was ist hier los?«, mischte Vater sich ein und stand von seinem Stuhl auf dem Flur auf.

»Darf Ihre Tochter bei uns arbeiten? Ja oder nein?«

Wenn er jetzt ablehnte … Helga sah ihren Vater eindringlich an. In der Öffentlichkeit wollte sie ihn nicht direkt darum bitten, das fasste er meist als Kritik auf und lehnte dann aus Prinzip ab.

»Wir brauchen sie. Die Gerechtigkeit braucht sie!« Kommissar Thieme sah nicht aus, als ob er gerne solche pathetischen Reden schwang. Aber sie wirkten.

»Ja«, sagte Vater zögerlich.

»Meine Sekretärin gibt Ihnen die Papiere zum Unterschreiben. Wir müssen los.«

Nur wenige Minuten später bestaunte Helga im Innenhof den provisorischen Mordwagen – ein altes Feuerwehrauto mit Reserverad und Leiter auf dem Dach und einem großen Scheinwerfer an der Beifahrerseite. Einer der Männer aus dem Sekretariat stellte gerade zwei Taschen in den Laderaum, in dem Helga Schaufeln, Absperrkegel, Stromkabel und zwei Scheinwerfer erkennen konnte.

»Warnke, das ist Fräulein Sartorius, unsere neue Fotografin.«

Warnke, ein Mann in Thiemes Alter, trug seine braunen Haare mit Brillantine streng nach hinten gekämmt, und trotz des frischen Aprilmorgens nur seinen braunen Anzug und keinen Mantel darüber. Seine Hand war so kalt wie der Blick, den er ihr zuwarf.

»Der Tank ist voll?«, fragte Thieme.

»Jawohl, Herr Hauptkommissar«, antwortete Warnke.

»Fräulein Sartorius, Sie setzen sich auf die Rückbank. Ihre Kennkarte haben Sie hoffentlich dabei? Manchmal werden wir von der MP kontrolliert.« Er stieg auf der Beifahrerseite ein, Warnke fuhr.

Er brauchte drei Anläufe, bis der Motor mit lautem Getöse ansprang. Auf dem Kopfsteinpflaster im Innenhof schepperte es, und als sie vom Platz der Republik in die Moltkeallee Richtung Bockenheim abbiegen wollten, gab der Motor röchelnd seinen Geist auf.

Warnke sprang aus dem Wagen, öffnete die Haube und klopfte mit einem Schraubenschlüssel auf den Motor, während Thieme den Anlasser betätigte. Und das mitten auf der Straße! Sobald GIs in ihren Jeeps vorbeifuhren, amüsierten sie sich prächtig.

Es dauerte zehn Minuten, bis das Auto wieder reagierte.

»Warnke, Sie sind der Beste!«, lobte Thieme.

»Chef, manchmal glaube ich, Sie haben mich nur eingestellt, weil ich mal Automechaniker gewesen bin«, entgegnete sein Kollege.

Noch einer mit einer interessanten Vorgeschichte. Helga hätte ihn zu gerne gefragt, aber anstatt durch Neugier wollte sie lieber durch Können auffallen. Also überlegte sie schon einmal, mit welchen Lichtverhältnissen sie an diesem trüben Tag rechnen musste und welche Kameraeinstellung wohl die beste wäre.

Während am Rande der Schlossstraße nur noch schemenhafte Überbleibsel der früheren Häuser standen, besserte sich die Lage, je weiter sie nach Bockenheim hineinfuhren. Rund um die Friesengasse hatten die Häuser nur leicht Schaden genommen und waren bereits notdürftig instand gesetzt worden.

In der Nähe der Titania-Lichtspiele sah es fast wie zu Friedenszeiten aus. Ein Schupo schickte sie zum Hinterhof eines weißen Mietshauses mit hübschen Gardinen an den Fenstern. Die Hofeinfahrt war eng, Helga befürchtete schon, der Mordwagen würde nicht hindurchpassen, doch dann war es geschafft und Warnke stoppte den röchelnden Motor.

Gegenüber ragten ausgehöhlte Baukörper in den grauen Aprilhimmel. Wieder einmal lagen Glück und Unglück nur wenige Schritte voneinander entfernt.

Neben einer krumm gewachsenen und kahlen Buche drängten sich einige angerostete und baufällige Wellblechschuppen aneinander, die Tore waren fest verschlossen. Weiße Bettlaken trockneten an zwischen dem Haus und den Schuppen gespannten Leinen.

Thieme und Warnke schnappten sich die beiden braunen Ledertaschen, Helga schulterte ihre Kamera und zusammen folgten sie dem sommersprossigen Schupo an der Buche vorbei hinter die Schuppen. Eine kleine Gruppe Schaulustiger, Frauen in Kittelschürzen und Kopftüchern mit Besen oder Einkaufskörben, wurde von einem zweiten Polizisten im Zaum gehalten.

Dahinter lag ein Mann im dunklen Mantel auf dem Rücken. Helga fiel der geringelte Pullunder auf, der unter dem offen stehenden Mantel zu erkennen war. Zwischen den bunten Reihen waren einfache Norwegermuster eingestrickt worden, Punkte und Zackenreihen. Eine sehr schöne Strickarbeit, die sie am liebsten die ganze Zeit bewundert hätte, damit sie dem Toten nicht ins Gesicht schauen musste.

»Das Opfer«, erklärte ein Schupo, ein magerer junger Kerl mit Sommersprossen. »Ein Zeuge hat ihn gefunden und uns sofort gerufen. Ein Herr Winkler.«

»Hat er Ihnen gesagt, ob er die Leiche bewegt hat und welche Spuren von ihm stammen?«

»Noch nicht …« Der Polizist wirkte verunsichert.

Thieme schaute sich suchend um. »Wer war es?«

»Der in der karierten Jacke.«

Thieme rief ihn zu sich, aber der Mann reagierte nicht. »Herr Winkler!«, wiederholte er ungeduldig.

Jetzt löste sich ein junger Mann aus der Menge, bei dessen Anblick Helgas Herz unwillkürlich zu pochen begann. Seine schlaksige Körperhaltung, sein tänzelnder Gang, selbst die Art, wie er sich mit dem Handrücken über die Augen wischte, kamen ihr unglaublich bekannt vor. Und als er vor Thieme grüßend seine Schiebermütze vom Kopf zog, war sie endgültig sicher.

»Dandy!«, rief sie laut.

Abrupt wandte er sich um und schaute erstaunt zu ihr rüber. Helga wäre ihm fast um den Hals gefallen, wenn Thieme und Warnke sie nicht mit skeptischen Blicken bedacht hätten.

»Helga«, sagte sie und streckte die Hand aus. »Die Zeit für Spitznamen ist vorbei, oder?«

Eine wulstige Narbe zog sich über seine linke Wange. Aber sein Lächeln war genauso schön wie früher.

»Peter«, sagte er und ergriff ihre Hand.

»Fräulein Sartorius, Sie kennen den Herrn?« Thieme packte seine Polizeimarke und den Ausweis wieder ein.

»Ja! Wir …« Wie sollte sie das dem Kommissar nur erklären?

»Wir waren als Jugendliche befreundet, haben uns aber aus den Augen verloren«, sprang Dandy ihr bei.

Seine Augen schimmerten. Ob er den Toten gekannt hatte?

»Fräulein Sartorius, bitte kümmern Sie sich um Ihre Pflichten!«, sagte Thieme barsch. »Und Sie kommen mit mir, Herr Winkler.«

Er trat mit Dandy ein paar Schritte zur Seite.

»Sie haben die Leiche gefunden?«, fragte Thieme ihn und Dandy wurde ganz blass.

Nicht Dandy, sondern Peter. Natürlich tat er Helga leid, denn egal, ob er das Opfer gekannt hatte oder nicht: Einen Toten zu finden, war schrecklich.

Aber es war so schön, dass sie sich wiedergefunden hatten! Drei Jahre hatte sie ihn nicht mehr gesehen. Letztens erst hatte sie sich gefragt, ob es ihm gut geht. Oh, Elfie wird ganz aus dem Häuschen sein! Wo er wohl die ganze Zeit gesteckt hatte? Immer und immer wieder musste Helga zu ihm hinüberschauen.

Aber sie sollte sich konzentrieren. Die vielen Schaulustigen machten sie nervös, darauf war sie nicht gefasst gewesen. Als sie sich dem Opfer näherte, wollten die beiden Uniformierten sie verscheuchen.

»Aber ich bin …« Sie hielt die Kamera hoch, doch die beiden reagierten nicht, bis Warnke sie aufklärte.

»Kein schöner Anblick für eine junge Dame«, meinte der sommersprossige Schupo und grinste über das ganze Gesicht.

»Stell dich lieber hinter sie, falls sie ohnmächtig wird!«, spottete der andere, ein kleiner Kerl mit Aknenarben.

Helga versuchte, sie zu ignorieren und sich vorzustellen, der Mann dort auf der Erde schlafe nur. Aber als sie die Blutlache und die offene Schädelwunde bemerkte, wurde ihr schlagartig übel. Mit letzter Kraft wandte sie sich ab und rannte ein paar Meter zur Seite, bevor sie sich übergab.

Wie peinlich.

Als ihr Magen sich beruhigt hatte, zog Helga ihr Taschentuch aus der Manteltasche und wischte sich über den Mund. Jetzt stellte Thieme sie bestimmt nicht mehr ein. Aber sie würde trotzdem versuchen, unter diesen Umständen so gute Fotos wie möglich zu machen. Das war sie dem Toten schuldig.

Und so leicht gab sie auch nicht auf.

Sie richtete sich auf, nahm die Schultern zurück und ging mit hoch erhobenem Kopf zurück.

Die beiden Schupos machten sich erneut über sie lustig, als sie wieder zur Leiche trat. Helga reckte ihr Kinn. Bloß nicht auf die jungen Männer hören.

Also blieb sie erst einmal hinter der Absperrung stehen und zog das Objektiv aus der Kamera. Dann sah sie wieder hinüber zur Leiche, doch den Anblick des blutigen Kopfes ertrug sie immer noch nicht und sie schloss die Augen.

Plötzlich breitete sich Panik in ihr aus und Erinnerungen überfluteten sie. Sirengeheul. Schreie. Prasselndes Feuer. Aschewolken. Nebel. Und dazwischen die verkohlten Leichen. Sogar der Geruch verbrannten Fleisches stieg ihr wieder in die Nase. Sie zwang sich, die Augen zu öffnen.

Die Luft war klar und voller Vogelgezwitscher, sanfte Stimmen erklangen hinter ihr, sie war in Sicherheit. Und als Helga wieder zum Opfer hinüberschaute, hatte sie sich gefasst.

Der Mann war nicht wesentlich älter als sie und hatte hübsche kastanienbraune Haare. Seine Kleidung wirkte gepflegt, der selbst gestrickte bunte Pullunder sah neu aus. Soweit sie es erkennen konnte, war er gut genährt. Erstaunlich in diesen Tagen. Aber er trug keine Armbanduhr. Auch die Aktentasche, die neben ihm lag, sah leer aus. Raubmord?

»Machen Sie mal Platz, junge Dame.« Auf einmal tauchte neben ihr ein älterer Mann mit Nickelbrille, Spitzbart und teurem Tweedmantel auf und stellte eine Arzttasche neben sich.

»Dr. Hoppe, das ist Fräulein Sartorius, unsere neue Polizeifotografin«, sagte Warnke. »Dr. Hoppe ist der Gerichtsmediziner.«

Helga nickte und wandte sich ab, doch er bat sie zu bleiben. Dann zog er schwarze Gummihandschuhe an, untersuchte die Leiche gründlich und forderte sie ab und an auf, von besonderen Details Aufnahmen zu machen.

Wieder der Brechreiz, aber sie unterdrückte ihn und konzentrierte sich auf die Frage, welche Blende und welche Zeit die beste wären, hielt den Belichtungsmesser mal hier-, mal dorthin, und mit der Zeit gelang es ihr, das Blut zu ignorieren. Und auch die ausgetretene Hirnmasse.

Dann trat Thieme zu ihnen.

»Morgen, Dr. Hoppe, wie kommen Sie denn so schnell hierher?«, fragte Thieme.

»Ich wohne in der Nähe, und als ich die Schupos sah …«

»Gut, dass Sie da sind.« Thieme blickte in seinen Notizblock, der aussah, als hätte jemand alte Schulheftseiten zusammengeklammert. Der Papiermangel betraf offensichtlich auch die Polizei.

»Das Opfer heißt Alwin Decker, zweiundzwanzig Jahre alt,

geboren und wohnhaft in Frankfurt.« Er schaute prüfend zur Leiche. »Wissen Sie schon was?«

»Auf den ersten Blick keine Fremdeinwirkung feststellbar«, erklärte der Arzt. »Bestimmt ein Freitod.«

»Ich weiß nicht.« Thieme wies auf die Ruine, auf der sich gerade ein paar Tauben niedergelassen hatten. »Wir brauchen ebenfalls Fotos von dort oben.«

Dann blickte er Helga etwas skeptisch an. »Eine Skizze reicht auch. Warnke, Sie gehen! Und Sie machen hier unten weiter, Fräulein Sartorius.«

»Ich brauche die Leiter«, forderte sie einen der Schupos auf. Die machten wieder Witze, holten dann aber die Leiter vom Dach des Mordwagens und stellten sie sogar nach ihren Anweisungen auf. Dabei war Helga gar nicht so sicher, von wo aus sie am besten fotografieren sollte, und probierte notgedrungen mehrere Standorte aus, bis sie den richtigen gefunden hatte.

Als sie den perfekten Abstand gefunden hatte, um die durch den Sturz lädierten und verdrehten Gliedmaßen abzulichten, stellte sie den Belichtungsmesser ein und übertrug die ermittelten Werte auf die Kamera. Dann konzentrierte sie sich und betätigte ruhig den Auslöser. Verwackelte Fotos waren das Letzte, was sie gebrauchen konnte.

»Sind Sie fertig?«, fragte Thieme streng. Bestimmt hatte er bemerkt, dass sie sich übergeben hatte.

»Das nächste Mal warten Sie mit den Fotos bitte, bis ich die Leiche freigegeben habe. Sie könnten sonst Spuren vernichten, Fräulein Sartorius.«

»Aber Dr. Hoppe ...«

Wieder so ein eisiger Blick von Thieme. Sie verstand: Er war der Chef hier und niemand anderes.

»Aber wenigstens waren Sie geistesgegenwärtig genug, nicht auf die Leiche zu kotzen.«

Schon wieder grinsten die Schupos. Helga ermahnte sich, nicht darauf einzugehen.

»Kann der Bestatter den Leichnam mitnehmen?«, fragte Hoppe.

»Nein, sie kommt besser zu Ihnen in die Gerichtsmedizin. Irgendwas stimmt hier nicht.«

»Meinen Sie?« Dr. Hoppe schien nicht dieser Ansicht zu sein.

»Sicher ist sicher. Wahrscheinlicher Todeszeitpunkt?«

»Früher Abend. Näheres nach der Autopsie.«

»Na gut.« Thieme schaute sich um und winkte Warnke zu sich.

»Meiner Einschätzung nach ist das Opfer von dort oben gefallen.« Warnke wies auf die Ruine. »Eine Menge Spuren, sieht aus, als ob sich dort häufig Menschen aufhalten. Zigarettenasche, so was in der Art. Habe das Wichtigste skizziert, Proben gesammelt und Fingerabdrücke von einer Ebbelwoi-Flasche genommen. Eine Totale wäre gut.«

Wieder schaute Thieme Helga mit undurchdringlichem Blick an. Doch bevor sie etwas sagen konnte, fragte der Kommissar: »Sie haben den mutmaßlichen Tatort, wo das Opfer von der Ruine fiel, von hier unten festgehalten?«

Helga nickte.

»Das reicht. Hauptsache, die Fotos sind scharf.«

»Das sind sie«, versprach Helga.

13 – Peter

Peter kämpfte mit den Tränen. Sein Freund, sein allerbester Freund, hatte ihn verlassen. Alwin war tot.

Nur mit allergrößter Mühe unterdrückte er das Schluchzen, das sich den Weg durch seine Kehle bahnte, und konnte den Blick nicht von Alwins Schuhen abwenden. Knöchelhohe Wanderschuhe aus braunem Leder, die er auch in Grauwald jeden Tag geputzt hatte, und wenn nur mit einem Lumpen und seiner Spucke. Gute Schuhe, mit dicker Sohle und festen Nähten, die er beim Schlafen unter sich vergraben hatte, damit sie ihm niemand klaute. »Ohne die überlebe ich nicht«, hatte er immer gesagt.

Aber mit ihnen hatte er es auch nicht geschafft.

Der Knoten in Peters Magengegend wurde immer härter, aber er konnte den Blick nicht von den Schuhen wenden. So staubig, wie sie waren, hätte Alwin sie bestimmt wieder abends mit einem fröhlichen Lied auf den Lippen ordentlich abgebürstet.

Als Peter sich Alwins Gesicht vorstellte, sein Lachen, seine Zuversicht, schob sich die Erinnerung an seinen zertrümmerten Schädel davor und …

»Herr Winkler!«

Von weiter Ferne drang sein Name zu ihm. Er hob abrupt den Kopf, schaute sich verwirrt um und erkannte einen

Mann im grauen Mantel, der mit einer Polizeimarke in der Hand nach ihm rief.

Kraftlos trottete er auf ihn zu. Doch bevor er ihn erreicht hatte, rief auf einmal die junge Frau neben dem Kommissar »Dandy«.

War das nicht – *Annie* vom Odeon-Club? Was machte sie denn hier? Sie stellte sich als Helga vor, aber bevor sie sich richtig unterhalten konnten, fragte der Kommissar, ob Peter die Leiche gefunden habe, und bat ihn etwas abseits zu einem Gespräch.

Peter folgte ihm, hatte aber nur noch Augen für Helga, wie sie da in ihrem hellen Sommermantel und ihren flachsblonden Haaren in der Sonne stand. Wie ein Engel mitten in der Hölle, schoss ihm durch den Kopf. Sie ausgerechnet hier, zwischen all den Polizisten und Alwins Leiche wiederzusehen, war merkwürdig. Wohnte sie in der Nachbarschaft? Oder hatte sie jemanden besucht?

Aber der Kommissar hatte sie mit ihrem Namen angesprochen. *Fräulein Sartorius.* Als würde er sie kennen. Jetzt ging sie hinüber zu Alwin, um ihn genau zu betrachten, und holte irgendetwas aus ihrer Tasche.

»Sie haben die Leiche gefunden?«, riss der Kommissar ihn aus seinen Gedanken.

»Ja«, antwortete Peter und musste sich räuspern. Dahinten lag sein toter Freund und er dachte über ein Mädchen nach. Wie treulos. Wobei – Alwin hätte das gefallen. Helga hätte ihm gefallen. Aber Peter fühlte sich, als würde er den Freund verraten.

So viel hatte Alwin in seinem kurzen Leben schon überstanden, und jetzt, wo alles gut aussah, da starb er einfach? Wie sinnlos. So verdammt sinnlos.

»Ja.« Er musste sich sammeln. »Ich wollte weiter umgraben, da kommen ein paar Beete hin.« Er wies auf den Spaten, der auf dem harten Streifen Erde vor der Mauer zum Nachbargrundstück lag. Hier wollte er eigentlich Kartoffeln anpflanzen und vielleicht auch ein paar Salatköpfe. Einen Teil hatte er schon umgegraben – genau dort, wo jetzt Alwin lag, mit verdrehten Gliedmaßen.

Als hätte man eine Marionette fallen lassen.

»Wie weit sind Sie an ihn herangetreten? Haben Sie ihn bewegt?«

»Natürlich habe ich seinen Puls gefühlt!«, rief Peter. »Obwohl mir schnell klar war, dass er nicht mehr lebte.« Nicht bei dieser offenen Schädelwunde. Als er sie bemerkte, hatte er keine Luft mehr bekommen und war weggerannt, und erst, als er wieder atmen konnte, hatte er nach Hilfe geschrien. Ein Nachbarsjunge war zum Revier gelaufen. Peter hatte bei Alwin gesessen und auf dessen Schuhe gestarrt.

»Herr Decker liegt auf frisch umgegrabener Erde. Sie müssen bei den Kollegen einen Schuhabdruck machen lassen.«

Peter nickte.

»Sie kannten das Opfer?«

»Alwin Decker, er ist, nein, er war ein Freund von mir. Er hat bei uns gewohnt.« Peter deutete auf die Zimmer ihrer Wohnung im dritten Stock. Hinterm Küchenfenster zog seine Mutter gerade den Vorhang zu.

»Wer ist wir?«

»Meine Eltern Richard und Sophie Winkler und Meta

Schörken, eine Cousine meines Vaters. Hauptmieter ist Hagen Schörken, ihr Mann, er wird in Italien vermisst. Alwin schlief seit ein paar Wochen auf der Küchenbank, und manchmal auch hier im Schuppen.« Er wies auf die Wellblechschuppen unter der krummen Buche.

Der Kommissar schrieb alles fein säuberlich auf.

»Wann haben Sie Alwin Decker das letzte Mal gesehen?«

»Gestern Nachmittag vor den Titania-Lichtspielen. Wir haben dort auf eine Freundin von ihm gewartet, und als sie nicht kam, haben wir das Kino gestrichen. Ich bin dann mit meinen Eltern spazieren gegangen.«

»Und Sie haben sich keine Sorgen gemacht, als er abends nicht heimkam?«

»Seit die Ausgangssperre der Militärregierung aufgehoben wurde, kam er oft abends erst spät, deshalb schlief er ja im Schuppen, um Tante Meta und meine Eltern nicht zu stören.«

Auf der Stirn des Kommissars bildeten sich Falten.

»Welcher Beschäftigung ging Herr Decker nach?«

Peter überlegte kurz, was er antworten sollte. Der Polizei traute er nicht, zu oft war er von ihr enttäuscht oder schikaniert worden, zu lange hatte er seine Mutter vor ihr verstecken müssen.

»Keiner bestimmten. Aushilfsarbeiten, wo er was finden konnte.« Die brauchten nicht zu wissen, dass Alwin sich von Frauen hatte aushalten lassen.

»Und Sie, Herr Winkler?«

Wieso war das denn wichtig? Aber er hatte auch gelernt, dass man der Polizei keine Antwort verweigern durfte. »Deutsche Oberschule für Knaben. Ab nächster Woche.«

Auf einmal bemerkte Peter, wie Helga wegrannte und sich übergab. Wer konnte es ihr verdenken, ihm war vorhin selbst beinahe schlecht geworden.

Der Kommissar schaute ebenfalls hinüber und klappte seinen Notizblock zu.

»Dann belassen wir es erst mal dabei, junger Mann. Aber bitte gehen Sie nicht weg, ich habe noch weitere Fragen.«

Der Kommissar ließ ihn stehen und ging zu dem älteren Mann, der gerade seinen Arztkoffer auspackte.

»Was hat der Kommissar gesagt?« Auf einmal zupfte seine Mutter an seinem Jackenärmel. Ihre Augen waren vom Weinen gerötet, ihre Unterlippe zitterte. In den wenigen Wochen, die sie Alwin gekannt hatte, war er ihr ans Herz gewachsen. Immer wieder hatte sie seine Wange getätschelt und betont, wie ähnlich er seiner Mutter sehe. Es war ihr auch gar nicht recht gewesen, dass Alwin in den Schuppen zog, sie fand es viel zu gefährlich, allein zu schlafen. Aber er fühlte sich dort freier.

»Bekommen wir Ärger?« Sie schaute sich ängstlich um. Automatisch folgte Peter ihrem Blick und erkannte Frau Völker in ihrer braunen Kittelschürze in der Menge der Schaulustigen. Die geschwätzige Frau hatte ihm gerade noch gefehlt.

»Nein, Mutti alles in Ordnung.« Peter legte ihr behutsam die Hand auf den Rücken. Sie trug nur eine dünne Strickjacke und zitterte. »Er hatte nur ein paar Fragen wegen Alwin.«

»Der arme Bub! Jetzt lebt keiner mehr von Bernsteins, es ist eine Tragödie, ich hätte auf Rosalies Sohn besser aufpassen sollen.« Sie tupfte sich die Augen mit einem Taschentuch.

»Aber wie denn, Alwin war ein erwachsener Mann«, meinte Peter.

»Der arme Junge!« Ihre Stimme bebte. »Und du kommst besser rein, sonst gibt es bloß Ärger.«

»Geh ruhig vor, ich muss noch bleiben, der Kommissar hat weitere Fragen.« Er deutete zu ihm.

»Peter!«, rief sie verzweifelt.

»Ich pass schon auf mich auf, Mutti.« Er schickte sie mit einer Handbewegung weg. Oben bei Vater würde sie sich viel wohler fühlen.

Was der Kommissar denn noch von ihm wissen wollte?

Für Peter sah Alwins Tod nach einem Unfall aus. Wer hätte auch schon einen Grund, ihn von dort oben runterzustoßen? Und für einen Freitod war Alwin viel zu lebenslustig, er hatte so viele Pläne gehabt.

Nein, bestimmt hatte der silbrig weiße Vollmond Alwin zur Ruine gelockt. Peter war ja selbst kurz oben gewesen. Wäre er Alwin doch bloß begegnet! Oben trank Alwin gerne, fühlte sich dann unbesiegbar und stellte sich zu nahe an die Abbruchkante. Vielleicht hatte er einfach das Gleichgewicht verloren.

Der arme Alwin. Was für ein sinnloser, überflüssiger Tod.

Der Kommissar redete nach wie vor mit dem anderen Kollegen, während der sich Notizen machte. Helga schien sich wieder gefangen zu haben und unterhielt sich mit dem Gerichtsmediziner. Die Schupos machten sich lustig über sie, weil sie sich hatte übergeben müssen.

Aber, was machte sie denn da? War das ein Belichtungsmesser, den sie dem armen Alwin direkt vors Gesicht hielt?

In der anderen Hand hatte sie eine Kamera. Wollte sie ihn etwa fotografieren?

Früher war sie ihm gar nicht so unerschrocken vorgekommen. Unwillkürlich strich er sich durch die Haare, als ob er immer noch die lange Swing-Mähne hätte. Helga zu sehen, stellte einen Lichtblick an diesem trüben Tag dar.

Plötzlich eilte sie auf ihn zu.

»Kanntest du den armen jungen Mann?«, fragte sie.

Wieder krochen ihm die Tränen die Kehle hoch und er konnte sie kaum unterdrücken. Beim Kommissar hatte er sich im Griff gehabt, wieso denn nicht jetzt?

Helga legte ihm die Hand auf den Unterarm. »Mein Beileid, Peter. Er scheint dir viel bedeutet zu haben.«

Ihre sanfte Stimme klang tröstlich, und als er sie ansah, hatte er das Gefühl, als sähe er sie zum ersten Mal, diese bernsteinfarbenen, freundlichen Augen, ehrlich und ohne Argwohn. Dabei hatte er früher oft mit ihr getanzt.

»Er war mein bester Freund«, flüsterte er.

»Sie müssen ihn verhaften«, schrie da auf einmal Frau Völker und deutete mit dem Finger auf ihn. »Die haben sich gestern Abend geprügelt, Herr Kommissar!«

Sofort stand dieser Thieme vor ihm.

»Eine Prügelei? Davon haben Sie eben gar nichts gesagt.« Der Kommissar musterte ihn mit zusammengezogenen Augenbrauen.

Was sollte er nur erwidern? Dass er sich von Alwin im Streit getrennt hatte, warf kein gutes Licht auf ihn. Andererseits hatte er sich nichts vorzuwerfen.

»Vielleicht haben wir uns mal gestupst«, antwortete Peter,

»ich weiß es nicht mehr. So wichtig war die Sache nicht. Alwin war ein wirklich guter Freund von mir.«

»Damit hätten Sie gleich rausrücken sollen, junger Mann!« Der Kommissar klang aufgebracht.

»Bei den Juden ist ja nichts anderes zu erwarten«, keifte Frau Völker weiter. »Die denken, sie können jetzt machen, was sie wollen.«

Ein Raunen ging durch die Menge. Verunsichert starrte Peter auf seine Fußspitzen und spürte, wie ihn alle anstarrten.

Der Kommissar zog seine Notizen wieder heraus. »War Alwin Decker Jude?«

»Nein«, sagte Peter.

»Lügner«, zischte Frau Völker.

»Wir sind beide getaufte Christen, nur die Nazis, die nannten uns *Mischling ersten Grades*.«

»Na, dann eben Halbjude«, meinte Frau Völker. »Ist doch egal.«

Sie war ihm so zuwider. Am liebsten hätte er noch etwas zu seiner Verteidigung gesagt, allerdings kam ihm der Kommissar zuvor: »Junger Mann, wir sehen uns morgen früh um zehn im Präsidium.«

14 – Helga

Bebend vor Empörung, starrte Helga den Hauptkommissar an. Glaubte er allen Ernstes, dass Peter seinen Freund umgebracht hatte?

Außerdem schockierte es sie, dass Peter ein Mischling war, gleichzeitig verstand sie gar nicht, wieso sie das so aus der Fassung brachte. Weil Peter blond war und blaue Augen hatte?

Die kleine zänkische Frau meckerte immer noch über die Juden. Am liebsten hätte Helga etwas gesagt, traute sich aber nicht.

»Nehmen Sie ihn mit?« Warnke wies auf Peter.

Meinte er das ernst? Sie konnten ihn doch nicht einfach so verhaften, nur weil eine alte Frau ihn beschimpfte?

Thieme runzelte die Stirn. »Warnke, die Zeiten sind vorbei. Wir brauchen Beweise, damit der Staatsanwalt einen Haftbefehl ausstellen kann. Haben Sie welche?«

Helga atmete auf. Thieme stand auf der richtigen Seite und Warnke schwieg mit hochrotem Kopf und half auf einmal dem gerade eingetroffenen Bestatter.

Der schweigende Peter schaute auf seine Füße. Ob es stimmte, was die Frau gesagt hatte, und er sich mit seinem Freund geprügelt hatte?

Aber Helga merkte, dass einige Schaulustige Peter unverhohlen anstarrten. Bestimmt, weil er ein Jude war. Andere gaben vor, sich gar nicht für ihn zu interessieren, um dann doch ständig verstohlen zu ihm hinüberzuschauen. Sogar die beiden Schupos.

Die alte Hexe hörte gar nicht mehr mit ihren Beschimpfungen auf. Mittlerweile unterstellte sie Winklers, sie würden Rache üben und müssten wegen der guten Beziehungen der Juden zu den Amis keine Strafe befürchten.

»Aber wir kleinen Leute müssen hungern, während die Rothschilds …«

Wieso verteidigte Peter sich nicht? Helga ertrug die Anschuldigungen nicht mehr.

»Seien Sie endlich still«, rief sie. »Haben Sie denn aus Auschwitz gar nichts gelernt?«

Da hob die Frau den Kopf, drehte sich auf dem Absatz um und stolzierte hochmütig davon.

Helga schlug das Herz bis zum Hals. Wo hatte sie nur auf einmal den Mut hergenommen, so etwas auszusprechen? Sogar der Kommissar zog erstaunt die Augenbrauen hoch.

Nur auf Peters Gesicht zeichnete sich ein Lächeln ab.

»Wir sind hier fertig«, sagte Thieme. »Warnke, alles einpacken, wir fahren.«

Jetzt schon? Sie wollte so gerne noch weiter mit Peter sprechen.

»Swing heil«, sagte er plötzlich, es war der alte Gruß vom Odeon-Club. Und sie antwortete wie früher mit »Heil Hotler« und beobachtete Thiemes Reaktion.

Dem fielen vor Erstaunen fast die Augen aus dem Kopf.

»Komm doch mal ins Café Jäger in der Gutleutstraße«, fuhr sie mit innerer Genugtuung fort, »da sind wir ganz oft.

Schorschi legt Platten auf, und manchmal spielt Bobby mit seiner Combo, wenn er nicht gerade auf Tour durch die amerikanischen Clubs ist.«

»*Hot*«, sagte Peter und sein Lächeln wurde immer breiter. Auf einmal musste Helga daran denken, wie Peter immer Lizzy angehimmelt hatte. Besser, sie erzählte ihm nichts von ihrem Tod im Erziehungsarbeitslager der Gestapo. Peter musste gerade genug durchmachen.

»Ich freue mich, dass wir uns wiedergesehen haben« sagte er.

»Ich auch«, erwiderte sie.

Es hupte, der Mordwagen. Helga winkte Peter noch einmal zu. Kaum, dass sie im Auto saß, fuhr Warnke los.

»Liebeleien am Arbeitsplatz können wir nicht gebrauchen«, brummte er.

»Ach, Warnke, waren Sie nie jung?«, erwiderte Thieme.

Helga spürte, wie sie rot wurde. Wie kamen die denn auf so etwas? Nur weil sie mit Peter drei Worte gewechselt hatte?

»Kannten Sie denn auch das Opfer?«, fragte Thieme und drehte sich zu ihr um.

»Nein. Nur Peter, und ich weiß eigentlich gar nichts von ihm.«

»Aber Sie würden gerne mehr wissen, oder?« Warnke konnte es einfach nicht lassen.

Helga ordnete ihre Haare und beschloss, sich von ihm nicht mehr aus der Ruhe bringen zu lassen. Schließlich hatte sie es geschafft, die Leiche mit *offener Schädelfraktur und austretender Hirnmasse*, wie Dr. Hoppe es genannt hatte, zu fotografieren.

An der nächsten Kreuzung röchelte der Wagen verdächtig und blieb wieder stehen. Schnell holte Warnke einen Kanister Benzin von der Ladefläche.

»Ach, noch eines, Fräulein Sartorius.« Thieme blickte sie an, seine Augen wurden schmal.

»Wegen Frau Völker – das nächste Mal halten Sie sich bitte raus!«

»Aber wieso haben Sie sie denn nicht zum Schweigen gebracht?«, fragte Helga entrüstet.

»Nur Geduld. Warten ist eine der wichtigsten Polizeitugenden. Noch zwei, drei Sätze mehr, und ich hätte sie vielleicht wegen Beleidigung drankriegen können. Eigentlich ist es ja Volksverhetzung, aber da wird wohl keiner der derzeitigen Richter mitmachen.«

Verlegen schaute sie ihn an. »Entschuldigung.«

Aber sie merkte sich, was er eigentlich gemeint hatte: dass es Richter brauchte, die die Juden schützten.

Da Helgas Zuhause in der Lindenstraße auf dem Rückweg ins Präsidium lag, holten sie ihren Focomat-Vergrößerer gleich mit dem Mordwagen ab, damit Thieme schnell die Tatortfotos bekam.

»Nette Nachbarschaft«, meinte er und wies auf das herrschaftliche Gebäude gegenüber, in dem der Oberbürgermeister residierte. Sein Unterton verriet, dass er eher an die vorherigen Besitzer dachte. Auf einmal musterte er Helga kritisch. Ein Blick, der Unbehagen bei ihr auslöste.

Mit lautem Getöse sprang der Wagen wieder an.

»Wir haben schon lange vor der Gestapo hier gewohnt«,

antwortete sie schnippisch. Sie war es leid, immer verdächtig zu sein.

Thieme nickte, als ob er sie verstehen könnte.

Beruhigt prüfte sie im Geiste, ob sie auch nichts an Dunkelkammerzubehör vergessen hatte. Zur Sicherheit hatte sie auch ihre Chemikalien eingepackt und natürlich alle Papier- und Filmvorräte.

Doch kaum eine Stunde später musste sie entsetzt feststellen, dass sie zwar bestens ausgestattet war – aber keine frisch angesetzte Entwickler- oder Fixierflüssigkeit und auch nicht ihr moderner Focomat hatten verhindern können, was ihr schon sehr, sehr lange nicht mehr passiert war.

Denn egal, wie lange sie mit der Lupe auf den Negativstreifen schaute oder auf das Positiv, das der Vergrößerer automatisch scharf zu stellen versuchte, musste sie sich eingestehen, dass die Aufnahmen verschwommen geworden und zu nichts zu gebrauchen waren.

Und sie hatte vorhin noch großspurig behauptet, die Fotos würden auf jeden Fall scharf. Was Thieme jetzt sagen würde? Auf einmal bekam sie keine Luft mehr und ihr wurde schwindelig. Alles in ihr zog sich zusammen, ihr Herz raste, am liebsten hätte sie sich in irgendeine Ecke verkrochen, doch noch immer konnte sie nicht atmen. Wie damals im Luftschutzkeller. Da hatte Mutter sie angeschrien und ihr eine Ohrfeige verpasst, bis Helga wieder zu sich kam.

Unwillkürlich schlüpfte sie vom Stuhl auf den kalten Steinboden, kauerte sich zusammen wie ein Säugling und schrie dann ihre ganzen aufgestauten Gefühle hinaus. Danach schöpfte sie wieder Luft und fühlte sich besser.

Aber die Bilder waren leider immer noch unscharf.

Sie hatte versagt.

Nicht nur, dass ihr schlecht geworden war. Nein, offensichtlich hatte sie die Bilder verwackelt. Wegen der schlechten Lichtverhältnisse hatte sie eine relativ lange Zeit wählen müssen. Wobei sie die Kamera normalerweise eine Vierzigstelsekunde locker ruhig halten konnte.

Aber es war eben nichts normal, wenn man einen toten Mann fotografieren musste.

Wie sollte sie das nur Thieme erklären? Der Rauswurf wäre nicht das Schlimmste, sondern dass sie die Ermittlungen im Mordfall Alwin Decker behinderte. Alwin, der ein Freund von Peter gewesen war. Von Dandy, dem besten Tänzer des Odeon-Clubs.

Während Helga ein schlechtes Gewissen plagte, bemühte sie sich, die bestmöglichen Abzüge herzustellen. Dann trocknete sie sie in der Schnellpresse und ging damit zum Hauptkommissar.

Sie musste warten, er telefonierte. Als er sie hereinbat, schaute er sie so erwartungsvoll an, dass ihr Mund ganz trocken wurde, so sehr grauste es ihr davor, ihm die Wahrheit zu sagen.

Aber es half alles nichts.

»Es tut mir leid.« Ihr Magen fühlte sich wie ein harter, kalter Knoten an, trotzdem schaute sie ihm fest in die Augen. »Die Bilder sind unscharf.«

»Unscharf?« Er sprang so abrupt auf, dass der Stuhl klappernd ans Aktenregal hinter ihm stieß.

»Verwackelt.«

Sie duckte sich innerlich, gleich würde er losschreien. Aber sie durfte auf gar keinen Fall weinen!

Unvermittelt brach er in schallendes Gelächter aus.

Perplex blickte Helga ihn an. Sogar Warnke und zwei weitere Kollegen sowie die Sekretärin schauten neugierig in Thiemes Büro. Es kam wohl nicht oft vor, dass der Kommissar lachte.

»Verwackelt«, rief er und die anderen begannen ebenfalls zu lachen.

Was für eine Schmach. Jetzt musste Helga doch mit den Tränen kämpfen. Sie vor allen Kollegen so bloßzustellen!

»Es tut mir leid«, murmelte sie ein letztes Mal und wandte sich zum Gehen. Wieder eine Arbeit, die sie verloren hatte.

»Wo wollen Sie denn hin, Fräulein Sartorius?«, rief Thieme ihr hinterher.

»Meine Sachen packen und verschwinden.«

»Nein, nein, so schnell geben wir nicht auf. Es war nur eben zu lustig, dass nach all dem Ärger, den meine Vorgesetzten mir machen, weil sie keine Frau in der Mordkommission dulden wollen und ich wegen der Unabdingbarkeit Ihrer Anwesenheit von Ihrem Können geschwärmt habe, als wären Sie Leni Riefenstahl persönlich …« Wieder begann er zu kichern, doch dann fasste er sich und schaute sie aus seinen gütigen Augen an. »Es ist noch kein Meister vom Himmel gefallen, Fräulein Sartorius. Ich bin schon froh, dass Sie beim Anblick des Opfers nicht auf und davon gerannt sind. Gleich am ersten Morgen so eine verunstaltete Leiche, so hatte ich mir das nicht vorgestellt. Und Sie bestimmt auch nicht.«

Thieme schloss die Tür und bot Helga einen Stuhl an.

Dann erklärte er in aller Ruhe, wie sie sich das nächste Mal verhalten solle.

»All den Männern da draußen und übrigens auch mir ist beim ersten Leichnam schlecht geworden. Was wären wir denn für Menschen, wenn uns so etwas kaltließe. Warnke hat dabei übrigens wichtige Spuren vernichtet. Also, tief durchatmen, Ruhe bewahren, nachdenken. Das nächste Mal wird es bestimmt besser.«

»Aber das Gericht, wird das denn die Fotos überhaupt als Beweismittel zulassen?«

»Na, zeigen Sie mal her!«

Als Helga abends kurz vor sechs endlich nach Hause kam, lag einer der schrecklichsten und zugleich aufregendsten Tage seit Langem hinter ihr. Erst der grausame Anblick des Toten und dann der verzweifelte Versuch, die Schärfe der Bilder mit kontrastreicherem, sprich härterem Papier zu verbessern. Wenigstens konnte man darauf für die Ermittlungen genug erkennen, und Warnke hatte eine ausführliche Skizze vom Fundort und der Stelle in der Ruine gemacht, wo Alwin wahrscheinlich hinuntergestürzt war. Das habe in den Wochen, in denen sie keine Kamera besessen hätten, schließlich auch gereicht, hatte Thieme sie beruhigt.

Und dann hatte sie auch noch Dandy wiedergetroffen. Wirklich merkwürdig das alles.

Aus dem Wohnzimmer drangen Stimmen. Schnell wusch sich Helga, zog frische Kleidung an und ging zu ihrer Familie. Alle waren sie versammelt und schauten sie erwartungsvoll an, nur die kleinen Cousinen fehlten.

»Da bist du ja!« Mit besorgter Miene erhob Mutter sich vom Sofa. »War es sehr schlimm? Dein Vater meinte, du musstest einen Toten fotografieren.«

»Ach was, das war überhaupt kein Problem für mich«, schwindelte Helga notgedrungen. Nicht, dass Mutter noch nachträglich ein Veto einlegte.

Die Mutter ergriff ihre Hand. »Komm, setz dich zu mir aufs Sofa«, sagte sie, »jetzt erzähl, wie war es?«

»Du musst es ihr verbieten, Ferdinand, das ist nichts für sie«, mischte Oma sich ein.

»Ich würde meinen Töchtern so etwas nicht zumuten, Clara.« Tante Alice kniff die Lippen zusammen.

»Lass sie erst mal zu Wort kommen, sonst können wir das doch gar nicht beurteilen«, meinte Mutter.

Ob Helga von Dandy erzählen sollte? Lieber nicht. Auf den Odeon-Club war Mutter nicht so gut zu sprechen.

»Die Kollegen waren sehr nett und haben mir alles genau erklärt«, versuchte sie, das Gespräch in ein sicheres Fahrwasser zu lenken.

»Mir aber nicht«, rief ihr Vater plötzlich und eine tiefe Zornesfalte bildete sich zwischen seinen Augen. »So kann der Herr Kommissar vielleicht mit Verbrechern umgehen, aber nicht mit mir! Er hat mir ja förmlich die Pistole auf die Brust gesetzt.« Er schlug die Zeitung auf seinem Schoß zusammen.

»Wieso, was war denn?«, fragte Helga erstaunt.

»Ich hatte gar keine Bedenkzeit! Und auch kaum Informationen, er musste dich ja gleich ins kalte Wasser werfen und mit an einen Tatort nehmen, das ist doch kein Benehmen!«

»Das war gar kein Problem, ich habe …«

»Aber für mich, Helga!« Er wedelte mit der Zeitung in der Luft herum. »So lasse ich mich nicht behandeln, er hatte mir gegenüber überhaupt keinen Respekt!«

Dabei war Thieme so nett zu Helga gewesen. Aber sie wusste, was los war: Er hatte Vater wortlos auf dem Gang stehen lassen.

»Wer konnte auch ahnen, dass wir sofort einen Notfall haben«, versuchte Helga, ihren Vater zu beschwichtigen.

»Notfall? Der Mensch war schon tot, oder? Da kann man ruhig ein paar Minuten warten und mir alles erklären!«

»Aber er hat es mir erklärt, und das reicht, oder etwa nicht?«, entgegnete Helga empört. »Wärst du auch mit mir zur ersten Vorlesung gegangen?« Vater traute ihr einfach nichts zu.

»Das ist doch etwas anderes!«

»Aber wieso? Es ist meine Arbeit und ich habe sie zu seiner vollsten Zufriedenheit erledigt.«

»Ja, aber was machst du dort überhaupt?«

Hatte er ihr überhaupt nicht zugehört? »Ich fotografiere! Die Leiche im Ganzen, die tödliche Wunde und weitere Details nach Anordnung des Gerichtsmediziners sowie den Fundort. Danach entwickele ich den Film und mache Vergrößerungen der Fotos.« Was alles schiefgegangen war, verschwieg sie besser.

Er zuckte mit den Schultern. »Das hätte mir der Herr Kommissar ja ruhig auch sagen können.«

»Aber wozu? Ich habe es dir erzählt. Reicht das denn nicht?«

Beinahe hätte Helga mit dem Fuß aufgestampft.

Aber sein Blick machte auch so klar, dass sie den Nagel auf den Kopf getroffen hatte. Was sie sagte, zählte für ihn nicht. Und sie war so dumm und hoffte sogar auf ein Lob von ihm!

»Liebes, beruhige dich«, mahnte Mutter.

Aber Helga lief wütend und sehr hungrig in die Küche, warf ein kleines Scheit Holz in den Ofen und setzte den Wasserkessel für einen Tee auf. Ein Blick in die Speisekammer. Nichts. Frustriert schlug sie die Tür zu.

»Na, du hast ja eine Laune!« Elfie stürmte mit einer kleinen Papiertüte in die Küche. »War es so schlimm bei der Polizei?« Sie packte die heutige Beute aus dem Palmengarten aus: frische Petersilie, ein halbes Weißbrot und eine angebrochene Dose mit Schinken.

»Komm, erzähl!« Sie reichte Helga ein kleines Stückchen Brot.

»Danke!« Der frische Hefeduft und der süße Geschmack trösteten Helga sofort über den Ärger mit ihrem Vater hinweg.

»Wir hatten gleich morgens einen Leichenfund und rate mal, wen ich dort getroffen habe.« Genüsslich kauend setzte sie sich auf den Küchenstuhl.

»Keine Ahnung.« Auch Elfie genehmigte sich eine winzige Portion Brot.

»Dandy!«, platzte Helga heraus.

»Ist nicht wahr!« Elfie schlug vor Begeisterung die Hand vor den Mund. »Dandy! Ach schön. Er lebt!« Dann stockte sie kurz und fragte leise: »Oder war er der Tote?«

»Nein, nein, keine Angst. Dandy ist gesund und munter. Er heißt Peter Winkler und wohnt in Bockenheim in der Basaltstraße. Der Tote war ein Freund von ihm, die Sache ist ihm sehr nahegegangen.«

»Verstehe, der arme Kerl.« Einen Augenblick lang wirkte Elfie bedrückt, doch dann strahlte sie mit einem Mal übers ganze Gesicht. »Wieder einer heil und lebendig zurück!« Sie holte das Brotmesser aus der Schublade und schnitt das Brot in dünne Scheiben.

Helga löffelte getrocknete Kamillenblüten in die Kanne und füllte sie mit kochendem Wasser. Dann stellte sie den Topf mit dem restlichen Eintopf vom Mittag auf die Ofenplatte. Kartoffelsuppe. Dazu passte frische Petersilie.

»Da war eine Frau, die hat Sachen gesagt …« Während Helga ein Küchenmesser und ein Holzbrett aus dem Schrank holte, um die Petersilie klein zu hacken, überlegte sie, ob sie es Elfie erzählen durfte. Thieme hatte ihr im Mordwagen einen langen Vortrag über die Verschwiegenheit der Polizei gehalten. Aber Peter hatte es ja in aller Öffentlichkeit gesagt, also war es kein Dienstgeheimnis.

»Peter ist Halbjude.«

»Deshalb …« Elfie ließ das Messer sinken. »Dandy war ja immer der Verschwiegenste von allen. Ich meine, Freddy und Schorschi haben uns zu sich nach Hause eingeladen und Bobby erzählte immer von seinen Lehrern auf der Wöhlerschule. Aber von Dandy wussten wir gar nichts.«

»Mutig, dass er überhaupt dabei war, ich meine, die HJ-Streife hatte uns ja ständig im Visier, genauso wie die Gestapo.«

Elfie nickte nachdenklich. »Aber so wie die Juden wurden die Mischlinge doch gar nicht verfolgt, oder? Auf seinem echt englischen Mantel hatte er jedenfalls keinen Judenstern.«

Daran konnte Helga sich nicht erinnern. So sehr hatte sie früher nicht auf Peter geachtet, sondern immer nur Walter im Kopf gehabt. Jedenfalls war Dandy kein Musiker wie Bobby oder ein Liebhaber bestimmter Interpreten wie Walter oder Freddy gewesen, sondern hatte am liebsten getanzt, und das immer und ausdauernd, egal, welches Stück gespielt wurde.

»Hat er nach Lizzy gefragt?«, fragte Elfie.

Helga schüttelte den Kopf. »Wir konnten uns nur ganz kurze Zeit unterhalten.«

»Na, dann müssen wir mal nach Bockenheim und ihn besuchen, oder?«, meinte Elfie.

»Gerne«, sagte Helga. Die Petersilie verbreitete einen wunderbar frischen Duft in der Küche. Sie füllte sie in ein Schälchen, damit jeder sich nach Belieben etwas aufs Brot oder die Suppe streuen konnte. Und dazu der Schinken. Margarine war auch noch da. Es würde wohl jeder satt werden.

»Und wie war es, eine Leiche zu fotografieren?«

Helga verzog das Gesicht. »Ich musste mich übergeben und wurde von den Männern dafür ausgelacht. Und dann sind auch noch die Bilder unscharf geworden.«

»Oje!« Elfie schaute sie mitfühlend an. »Und ist dein Vater wirklich mitgegangen?«

»Das war so peinlich, sage ich dir.«

Elfie schaute sich verstohlen um. »Ich glaube, er wäre am liebsten wieder der große Geldverdiener und könnte deine Mutter und dich verwöhnen. Jetzt schrubbt sie die Wäsche, bis ihr die Haut von den Knöcheln platzt, und du kümmerst dich um blutende Leichen. Das kratzt an seinem Selbstbewusstsein.«

»Meinst du?« Helga kratzte sich am Kopf. »Ich dachte, er traut mir einfach nichts zu. Aber wenn es das ist … dann kann ich seine übertriebene Fürsorge aushalten.«

»Dein Vater ist ein guter Mann«, betonte Elfie.

»Der Kommissar auch. Ich dachte ja erst, ich werde nach dem Debakel entlassen, aber ich kriege noch eine zweite Chance.« Hungrig rührte sie die Suppe um.

Auf einmal pfiff Elfie den Harlem-Swing.

Helga ließ wehmütig den Löffel sinken. »Weißt du noch, wie wir Peter kennengelernt haben?«

15 – Helga

Herbst 1941

»Walter, du spinnst doch, da gehe ich niemals rein!« Helga deutete auf den kleinen Trödelladen in der schummerigen Altstadtgasse. Beim Anblick eines Puppenwagens voller ausgestopfter Tiere im Schaufenster lief es ihr kalt den Rücken runter. Und was raschelte hier eigentlich so in den dreckigen Hausecken?

»Aber wieso denn nicht?« Er stemmte die Hände in die Hüften und funkelte sie mit seinen grauen Augen an. Sie fühlte sich schwach und elend, weil er so aufgebracht war, und hatte Angst, er könne sie nicht leiden.

Seit Jahren war sie in ihn verschossen, aber gesagt hatte sie ihm das natürlich nie. Schließlich war sie erst fünfzehn und er bereits siebzehn, hatte ein breites Kreuz und musste sich täglich rasieren.

»Ist er dir nicht fein genug? Oder hast du Angst?«

»Nein«, versuchte sie abzuwiegeln und zupfte wie so oft vor lauter Nervosität an ihrem Ohrläppchen.

Es war der Herbst 1941. Durch die Einführung des Judensterns hatte sich die Stimmung in der Stadt geändert, das früher latente Misstrauen jedem Menschen mit einer großen Nase gegenüber war offenem Hass auf jeden Sternträger gewichen. Auch die Fremdarbeiter aus Polen und den anderen besetzten Gebieten mussten Schilder auf der Kleidung tragen, die ihre Herkunft offenbarten. Die anonyme Masse der Großstadt gab es nicht mehr.

Letzten Sommer hatten Walter und sein bester Freund Freddy den verbotenen Odeon-Club gegründet, und seit ein paar Monaten waren auch Elfie und Helga im Swing-Fieber, gingen zu den verbotenen Treffen, tanzten ausgelassen und zogen sich möglichst amerikanisch-elegant an. Aber sie mussten gut aufpassen. Der Gestapo waren die unangepassten jugendlichen Swing-Freunde ein Gräuel, die Musik galt als entartet. Weshalb Helga so Angst hatte.

»Du willst im Ernst verbotene Platten kaufen und durch die ganze Stadt tragen? Wegen deiner langen Haare hat dich die Gestapo doch sowieso schon im Visier.« Unwillkürlich betrachtete sie Walters Nacken, wo seine Haare es wagten, den Hemdkragen zu berühren.

»Helga, reg dich ab, das merkt keiner. Die Plattenfirmen schreiben überall zur Tarnung Foxtrott drauf, auch wenn es eigentlich Swing ist.«

»Meinst du, die wissen nicht langsam, dass die Platten falsch etikettiert sind? Bobby hat erzählt, dass es schwarze Listen gibt.«

»Beruhigt euch«, mischte Elfie sich ein. »Schauen wir erst mal, ob es überhaupt was gibt. Und wenn, können wir uns ja immer noch überlegen, wie wir es nach Hause kriegen. Vielleicht hat der Ladenbesitzer ja auch eine gute Tarnung zu verkaufen. Wir könnten die Platten in einem Puppenwagen verstecken!« Sie deutete grinsend aufs Schaufenster.

Aber Helga hatte noch immer Angst. Irene, ihre BDM-Führerin, von allen wegen ihrer schrillen Stimme *Sirene* genannt, hatte letztens stolz von einer Gestapo-Razzia bei einem Swing-Konzert in Hamburg erzählt, bei der das *asoziale Gesindel* verhaftet, die Jungs zur Strafe an die Front und die Mädchen ins Erziehungslager geschickt worden waren.

Und was würde ihnen passieren, wenn man sie mit den Platten erwischte?

Walter öffnete bereits die quietschende Tür und trat ein, Elfie folgte ihm. Die hatte vor nichts Angst. Helga bewunderte ihre Freundin fast noch mehr als Walter. Aber alleine wollte sie auf keinen Fall in der stinkenden Gasse draußen stehen bleiben, also kam sie notgedrungen mit.

Drinnen führte ein kleiner vollgestopfter Raum in den nächsten. Schiefe Regale voller Bücher, alter Uhren und Nippes, falsche Orientteppiche, gebrauchte Kleider, sogar Musikinstrumente standen hier rum. Wertvoll sah nichts davon aus und der süße Duft türkischer Zigaretten konnte kaum den Schimmelgestank überdecken.

Zielstrebig steuerte Walter den letzten Raum an, in dem ein blonder Junge vor einem Grammofon stand. Ob ihm zu trauen war? Da hörte Helga schon, wie Walter die ersten Takte des Harlem-Swing pfiff, der Erkennungsmelodie der swingbegeisterten Jugendlichen Frankfurts.

Und wie der Junge antwortete. Aber Helga war sich noch immer nicht sicher.

Der Verkäufer, ein alter Mann mit krummem Rücken und einem Monokel, holte eine Holzkiste voller Schellackplatten aus einer Truhe. Sofort blätterten Walter und der Junge sich durchs Angebot.

Elfie beugte sich zu Helga. »Kennst du den?«, fragte sie leise.

Helga schüttelte den Kopf. Der Junge, vielleicht so alt wie Walter, trug eine lange, Ton-in-Ton karierte braune Hose, die ihn eindeutig als anglophilen Swing-Freund auswies. Gerade strich er seinen kinnlangen blonden Pony mit einer auffälligen Handbewegung aus der Stirn. Walter bändigte seine Swing-Mähne mit Brillantine und kämmte sie immer stark nach hinten.

Irgendwie erinnerte der Junge sie an einen Dandy, wie er in den verbotenen Büchern von Thomas Mann oder Oscar Wilde geschildert wurde. Helga hatte diese Bücher in einer Kiste auf dem Speicher gefunden und auch gelesen, aber das durfte niemand wissen.

Der Junge sah mindestens so gut aus, wie sie sich Felix Krull oder Dorian Gray immer vorgestellt hatte. Strahlend blaue Augen, hohe Wangenknochen, ein starkes Kinn und dazu eine makellose Haut. Und diese Körperhaltung – aufrecht wie ein Sportler und doch irgendwie lässig. Walter redete ganz unbefangen mit ihm und Helga überwand sich und ging zu ihnen.

Der Junge reichte dem Ladeninhaber eine Platte, dieser warf das Grammofon an. Ein schmissiges Schlagzeug erklang.

»… ich bin Jimmy«, erklärte Walter gerade seinen Spitznamen. Zur Tarnung und auch, weil es viel Spaß machte, redeten alle Swing-Freunde sich mit einem englischen Namen an.

»Das ist Annie.« Walter wies auf Helga.

»Und ich bin Ivie, wie die Frau von Louis Armstrong«, erklärte Elfie. »Und du?«

»Freddy. Wie Fred Astaire.«

Elfie verschränkte mit mürrischem Gesicht die Arme vor der Brust. »Sorry, schon vergeben, du musst dir was anderes ausdenken.« Sie schwärmte für Freddy, der mittlerweile mit Generalleutnant Rommel in der afrikanischen Wüste kämpfen musste. Hoffentlich war er bald wieder zurück.

»Du siehst wie ein Dandy aus«, traute Helga sich zu sagen.

»Dandy«, wiederholte er. »*Sounds great!*« Er lächelte sie freundlich an. »Genauso wie *The Jitterbug* hier.«

»Von Larry Clinton!«, las Walter das Etikett vor. »Kannst du tanzen? Ich bringe es dir gerne bei.« Er breitete die Arme aus und vollführte eine elegante Drehung.

»Na klar!« Schon wieder schob Dandy die Haare aus dem Gesicht und Helga stieg der Duft von Lavendelseife in die Nase.

Dann machte er zwei schwungvolle Ausfallschritte, bewegte die Arme rhythmisch im Takt und ergriff Helgas Hand. Die Musik schoss in Helgas Füße, Dandy wirbelte mit ihr im Kreis herum. Dann ließ er sie los, hüpfte ausgelassen vor und zurück, und Helga machte es ihm nach, konnte dabei den Blick nicht von ihm abwenden. Einfach hot, wie er mit einem grandiosen Taktgefühl seine Beine hin- und herschlenkerte und sogar seine Hüften bewegte … so etwas hatte sie noch nie gesehen.

Walter offensichtlich auch nicht, er schrie auf vor Freude und versuchte, es nachzumachen. Und wie er ihn dabei anlächelte … wenigstens war er ein guter Verlierer.

Auf einmal hob der Verkäufer mitten im Lied den Tonarm von der Platte, in der plötzlichen Stille näherten sich Schritte. Helga wandte sich einer Porzellanschale mit goldenen Rosen zu und mimte wie die anderen die interessierte Käuferin.

»Mensch, habe ich gebraucht, euch zu finden!«

Erleichtert drehte Helga sich um. Es war nur Lizzy, ebenfalls Mitglied im Odeon-Club und wie immer mit dunkelrotem Lippenstift, langen Wimpern und in einer weiten Marlenehose.

Helga fiel auf, wie Dandy Lizzy bewundernd anstarrte. Lizzy hatte diese Wirkung auf Jungs. Nur Walter war zum Glück immun gegen Lizzy. Stotternd stellte Dandy sich mit seinem neuen Namen vor und machte Lizzy Platz am Grammofon.

Diese warf ihm mit ihren blauen Augen einen ihrer vielsagenden Blicke zu. Da war es unverkennbar um ihn geschehen.

The Jitterbug erklang zum zweiten Mal. Dandys Hand zuckte vor, als ob er sie zum Tanzen auffordern wollte, blieb dann aber halb in der Luft hängen.

Doch Lizzy ergriff sie und drehte ihn um die eigene Achse. Wieder schlenkerte er mit seinen Hüften.

»Hot!«, rief sie und klatschte in die Hände. Sofort färbten Dandys Wangen sich rot.

Vielleicht sollte Helga sich wie Lizzy auch tagsüber schminken und ihre Tanzkleidung tragen, den weiten, kurzen Rock, die schimmernde Bluse. Vielleicht würde Walter sie dann auch so ansehen. Aber das würde sie sich nie trauen, schließlich wussten ihre Eltern nicht, wie oft sie mit Elfie und

Walter durch die Cafés zog, anstatt mit Elfie zu *spielen*, wie ihre Eltern es nannten. Als ob sie mit fünfzehn noch mit Puppen spielen würden!

Aber sie wollte sie nicht enttäuschen. Und bestraft werden auch nicht. Was, wenn sie ihr Hausarrest erteilten oder die Kamera wegnahmen, die sie ihr letztes Jahr geschenkt hatten?

Walter würde schon noch begreifen, was für ein nettes Mädel sie war und wie sehr sie ihn liebte.

»Nehmt ihr die Scheibe?«, mischte sich der Verkäufer ein. »Vorkriegspressung von der Electrola. Zehn Mark.«

»Zehn?«, rief Dandy.

»Die ist selten.«

»Für fünf nehme ich sie«, sagte Walter.

»Acht.«

Sie einigten sich auf sieben.

Helga beäugte das Etikett. Zum Glück stand schon *Foxtrott* drauf. Hoffentlich reichte das, damit sie keinen Ärger bekamen, schließlich waren der Name des Orchesters und des Liedes auf Englisch.

»Was ist eigentlich ein *Jitterbug*?«, fragte sie.

»Ein Zappelphilipp«, meinte Elfie.

»So nennen die Amerikaner den Swing-Tanz«, erklärte Dandy ehrfürchtig.

Helga deutete auf die Platte. »Das Lied stammt aus dem Film *Wizard of Oz*, den kenne ich gar nicht.«

»Komischer Name für einen Film«, sagte Walter. »Aber ein gutes Lied.«

»Zum Tanzen könnte es ruhig etwas schneller sein.« Lizzy prüfte in einem Handspiegel ihren Lippenstift.

»Ich finde es *hot*«, lobte Dandy.

»Wenn du sie mal anhören willst …« Sie klimperte mit den Wimpern. »Du triffst uns am besten in der Rokokodiele, da dürfen wir unsere eigenen Scheiben auflegen. Oder irgendwo rund um die Hauptwache. Ich freu mich schon.«

Elfie stupste Helga in die Seite. »Und schon hat sie wieder ein neues Opfer gefunden«, flüsterte sie.

»Solange es nicht Walter ist, ist mir alles recht.«

»Keine Angst, Helga. Walter hat noch nie ein anderes Mädel als dich angeschaut.«

»Ehrlich?« Helga spürte, wie sie rot wurde.

Walter fiel das zum Glück nicht auf, sondern er öffnete seine Stofftasche, um die Platte zwischen das bereits gekaufte Gemüse zu schieben. Dann drückte er Elfie die Tasche in die Hand und hakte sich bei Helga unter. Sie sahen wie ganz normale Jugendliche aus, die auf dem Heimweg von der Schule noch für Muttern einkaufen gegangen waren.

Nur Lizzy fiel in ihren Hosen viel zu sehr auf, um die Platte an den Polizisten vorbeizuschmuggeln. Deshalb verabschiedete sie sich bereits an der Ladentür. Dandy begleitete sie.

Und Helga hoffte, dass Walter sich nicht nur zur Tarnung bei ihr untergehakt hatte.

16 – Peter

April 1946

Erschüttert von Alwins Tod, versammelte sich Peters Familie im Wohnzimmer und nippte am Weinbrand, den Tante Meta zur Stärkung der Nerven spendiert hatte. Alle schwiegen trübsinnig, während aus dem Volksempfänger getragene Klaviermusik erklang. Mutter hielt Peters Hand umklammert.

In der Mitte stand stumm das Fußbänkchen, auf dem Alwin meist gesessen hatte.

Bald gingen alle ins Bett und Peter war endlich allein. Der Vollmond schien durchs Küchenfenster. Kurz entschlossen verließ er so leise wie möglich das Haus und kletterte auf der anderen Seite des Hinterhofs in den obersten Stock der Ruine. Dorthin, wo Alwin und er vor wenigen Tagen gemeinsam bei einem Ebbelwoi die erste Frühlingssonne genossen hatten und von wo aus er wahrscheinlich in den Tod gestürzt war.

Und hier im Mondschein, wo ihn niemand sehen oder hören konnte, ließ er seinen Gefühlen freien Lauf und gab sich all seinem Schmerz hin, bis nur noch ein unendlich tiefes Loch in seinem Herzen übrig blieb.

Warum nur, warum hatte Alwin sterben müssen? So viel hatten sie gemeinsam in diesem beschissenen Lager durchgemacht, Hunger, Kälte, Schmerz. Aber sie hatten überlebt und Alwin war voller Pläne gewesen – und dann dieses sinnlose Ende.

Beim Frühstück bekam Peter keinen Bissen seines Marmeladenbrotes runter. Um zehn Uhr musste er zu diesem Kommissar ins Präsidium. Seine Eltern wussten nichts von seinem Streit mit Alwin, weswegen seine Aussage überhaupt vonnöten war. Die beiden glaubten, er müsse nur beschreiben, wie er die Leiche gefunden hatte. Trotzdem machten sie sich Sorgen.

»Soll ich mitkommen?«, fragte sein Vater. Er trug sogar schon seinen letzten guten Anzug. »Damit du nicht grundlos verhaftet wirst. Der Kriminaler, der uns befragt hat, war ein ganz harter Hund.«

»Er wollte alles über Alwins Familiengeschichte wissen«, klagte seine Mutter mit rot verweinten Augen. »Als ob er wegen seiner Großeltern ermordet worden wäre. In diesem Land wird sich nie etwas ändern.«

Nachdenklich trank Peter seinen Kaffee aus. »Du glaubst, er ist ermordet worden?«

»Ich habe keine Ahnung. Aber du musst damit rechnen, dass die Kripo dahingehend ermittelt. Alwin machte auf mich nicht den Eindruck, als wäre er ... du weißt schon ... aus Verzweiflung selbst gesprungen. Das haben wir dem Beamten auch gesagt«, betonte Mutter. »Und was denkst du, Peter?«

Er seufzte. Die ganze Nacht hatte er sich den Kopf darüber zerbrochen, aber letztendlich blieb er bei dem, was ihm als Erstes durch den Kopf gegangen war. »Ich befürchte, es war ein Unfall. Bestimmt hatte er getrunken, die Balance verloren und ist hinuntergestürzt.«

Wieder sah er Alwins Leiche vor sich und schob den Teller mit dem Marmeladenbrot endgültig von sich.

»Gründlich waren sie ja«, sagte sein Vater. »Nimm dich in Acht, die führen irgendwas im Schilde. Warum sollten die Schupos sonst den ganzen Hinterhof und unseren Schuppen durchsuchen?«

»Hauptsache, du wirst nicht verdächtigt, ihn hinuntergestoßen zu haben!« Mutter schenkte ihm eine weitere Tasse Muckefuck ein.

»Ich bin aber unschuldig«, rief Peter. Seine Eltern brachten ihn ganz durcheinander.

»Das wissen wir doch«, versuchte Vater, ihn zu beruhigen. »Deshalb will ich ja mitkommen.«

»Aber wirkt das nicht erst recht so, als ob ich etwas zu verbergen hätte?«

»Das sehe ich auch so«, meinte Tante Meta. »Welcher deutsche junge Mann, der eine Leiche findet, würde zur Zeugenaussage ins Präsidium schon seinen Vater mitnehmen.«

»Ich bin auch Deutscher.«

»Natürlich, Peter.« Meta legte ihre Hand auf seine und drückte sie leicht. »Aber sieht das die Polizei genauso? Du musst auf alles gefasst sein und dich so normal wie möglich geben. Sonst sitzt du im Kittchen, ob schuldig oder nicht.«

»Die glauben uns sowieso nicht«, sagte Mutter.

Nachdenklich wärmte Peter seine Hände an der Tasse. Normal, das hieß deutsch. Er versuchte ja, so zu sein. Aber ging das überhaupt?

Manchmal wurde er gefragt, wo er an der Front gewesen sei. Meistens erfand er dann irgendetwas, damit sie ihn für einen der ihren hielten. Nur wenn er zugab, nicht gedient zu haben, war klar, dass mit ihm etwas nicht stimmte. Entweder war er ein Drückeberger – oder ein Jude. Auch Halbjuden hatte man den Zugang zur Wehrmacht verwehrt.

Aber ein Jude war er nicht, hatte nicht das Leid der Volljuden teilen müssen, war privilegiert gewesen, wie es die Nazis so schön genannt hatten: die *privilegierte Mischehe* der Eltern, der arische Vater, die christliche Erziehung als der vermeintliche Schutzschild. Kinder aus einer Mischehe, die im jüdischen Glauben erzogen worden waren, galten als Juden. Nein, er war kein Opfer, er hatte überlebt, es wäre anmaßend, das Leid der anderen für sich zu beanspruchen.

Und wieder spürte Peter diesen Zwiespalt, der ihn schon seit viel zu vielen Jahren begleitete.

Nicht zu wissen, wer er war.

Er fühlte sich hundeelend, als er wenig später auf dem Stuhl gegenüber von Thieme saß. Das kleine Büro war erfüllt vom Rauch schlechter Zigaretten, der Schweigsamkeit des Kommissars und der miesen Laune seines Assistenten, eines gewissen Warnke, der Protokoll führte. Nach den ersten Formalien wollte Thieme wie erwartet wissen, worüber Alwin und Peter sich vor den Titania-Lichtspielen gestritten hatten.

»Sie sollen den Verstorbenen geschlagen haben.«

»Das war nur ein Klaps. Wir waren uns in einer Sache eben nicht einig. Alwin rempelte mich an der Schulter an, ich wehrte mich. Das war alles.«

»Eine Zeugin sprach von einer Prügelei.«

»Da übertreibt Frau Völker aber gewaltig. Fragen Sie doch den Eintrittskartenverkäufer, der wird es Ihnen bestätigen. Alwin war mein bester Freund.«

»Das haben Sie jetzt schon häufiger gesagt. Aber auch der erwähnte Mitarbeiter bezeichnet das Handgemenge als Schlägerei. Sie mussten getrennt werden!« Kommissar Thieme beugte sich zu ihm vor. »Ging es um eine Frau? Herr Decker soll im Gartenschuppen Damenbesuch empfangen haben, wir haben dort einen Ohrring gefunden.«

Der Protokollführer grinste Peter verschlagen an. Sollte er die Gelegenheit ergreifen und vorgeben, sie hätten sich um ein Mädchen gestritten? Um diese Flamme von Alwin, auf die er umsonst gewartet hatte?

»Alwin war versetzt worden«, sagte er daher, fühlte sich angesichts dieser Antwort aber nicht wohl. Was, wenn die Polizei Alwins unbekannte Freundin fand? Wie sollte er begründen, sich wegen ihr geprügelt zu haben?

»Aber darum ging es nicht«, gab er zu und rutschte auf dem Stuhl hin und her. Alles hier machte ihn nervös – die Dienstwaffe an Thiemes Oberkörper, der Tisch, auf dem ein Tintenfass und andere Gerätschaften darauf warteten, seine Fingerabdrücke abzunehmen, die Gesetzestexte aus der NS-Zeit im Regal.

»Es ging um den SS-Mann Berninger«, gab er zu.

Warnke hielt kurz inne, dann schrieb er weiter.

Aber wie sollte Peter erklären, was in ihm vorgegangen war, was konnte er sagen, ohne sich zu belasten?

»Berninger«, wiederholte Thieme.

Peter nickte und konnte den Kommissar nicht mehr ansehen. Unwillkürlich griff er sich an die Narbe in seinem Gesicht.

»Er … er war Lagerleiter in Grauwald.« Jetzt war es heraus.

»Grauwald?« Der Kommissar lehnte sich über den Tisch. »Noch nie gehört.«

Das wunderte Peter nicht.

»Alwin und ich, wir waren dort zusammen im Lager«, sagte er leise. Da Peter Josef ja bereits als SS-Mann bezeichnet hatte, war hoffentlich allen klar, dass es sich nicht um ein Ferienlager der HJ gehandelt hatte. Dass sie Halbjuden waren, wussten die beiden Kriminaler ja bereits. Den Rest konnten sie sich hoffentlich zusammenreimen.

»Leider muss ich Sie bitten, mehr von dem Lager zu erzählen.« Der Kommissar klang unerwartet mitfühlend. Verständnisvoll.

Auf einmal musste Peter laut aufseufzen. Dann gab er sich einen Ruck. »Ein Zwangsarbeiterlager.« Seine Stimme zitterte. »Im Januar 45 wurden alle Halbjuden in Frankfurt zur Zwangsarbeit verpflichtet.«

Peter sah Alwins Gesicht vor sich, als sie am Hauptbahnhof mitten in der Nacht zusammen in den Waggon gepfercht worden waren. Alwin hatte gelacht, während Peter am liebsten wie die aufgeschreckten Bahnhofstauben davongeflogen wäre. Alwin hatte einen ausgeprägten Galgenhumor besessen und hätte auch noch auf dem Schafott gelacht.

»Wie lange waren Sie in Grauwald?«

»Im April 45 wurde das Lager von der US-Armee befreit. Wir mussten erst zu Kräften kommen, dann machten wir uns nach Frankfurt auf, teils mit Zügen, teils zu Fuß, wie es eben ging. Ende Mai waren wir wieder hier.« Unwillkürlich blickte er aus dem Fenster auf die Ruinen der Stadt.

»Manchmal werden Menschen im Lager Freunde, manchmal Feinde.« Thieme klang, als ob er das selbst erlebt hätte. »Wie war das bei Ihnen?«

»Freunde, das sagte ich doch schon, wir wurden Freunde. Wenn wir uns nicht gegenseitig geholfen hätten, dann hätte ich meine Eltern nie wieder gesehen«, sagte Peter.

Der Stift von Warnke schabte übers Papier, während Thieme Peter eingehend betrachtete.

»Für Sie war es also eine glückliche Heimkehr. Aber wenn ich das richtig sehe, nicht für Herrn Decker, sonst hätte er ja nicht bei Ihnen im Schuppen geschlafen.«

»Seine Eltern haben die wenigen Monate, die Alwin weg war, nicht überlebt. Der Vater wurde eingezogen und kam sehr schnell ums Leben. Seine jüdische Mutter wurde daraufhin deportiert und starb wie ihre gesamte Familie. Verwandte auf der väterlichen Seite hatte Alwin in Frankfurt nicht, nur irgendwo in Ostpreußen. Alwin war auf einmal ganz allein, sein Zuhause ein Opfer der Bomben. Aber er ließ den Kopf nicht hängen.«

Peter fand es wichtig, das zu betonen.

»Wissen Sie, ob er Pläne für die Zukunft hatte?«

»Er war gerade dabei, sich Papiere für Amerika zu besorgen. Ein entfernter Onkel lebt dort. Hierbleiben wollte er auf gar keinen Fall.«

Kommissar Thieme griff zu seiner Zigarettenschachtel. »Wieso stritten Sie sich dann über diesen SS-Mann?«

Sollte Peter wirklich den Grund zugeben? Lügen wollte er aber auch nicht. »Alwin glaubte, ihn am Hauptbahnhof gesehen zu haben.«

Thieme setzte sich interessiert auf.

»Den Leiter des Zwangsarbeiterlagers? Kennen Sie seinen Dienstgrad, Herkunft?«

»Rottenführer der Waffen-SS Josef Berninger. Er stammt aus Frankfurt«, erklärte Peter.

»Frankfurt?«, fragte Thieme mit unverhohlenem Interesse und zündete sich eine Zigarette an. »Und er wurde hier am Hauptbahnhof gesehen?«

»Wie er in den Zug nach Friedberg stieg.«

»Hat er Herrn Decker bemerkt?«

Peter nickte.

»Zu dumm. Dann ist er bestimmt schon über alle Berge.« Ein weiterer tiefer Zug aus der Zigarette. »Aber wieso stritten Sie sich mit dem Mordopfer? Das ist mir immer noch nicht klar.«

»Alwin wollte, dass ich mit ihm zusammen auf die Suche gehen sollte.« Seine Gedanken ratterten. Was sollte er dem Kommissar sagen, was würde ihn zufriedenstellen? »Ich hatte aber keine Lust dazu.«

»Und warum nicht?«

»Weil ich es genauso wie Sie sah«, sagte er auf einmal viel zu laut. Bestimmt fiel das dem Polizisten auf. »Berninger war bestimmt längst entwischt.« Es kostete ihn Mühe, stets von Berninger anstatt von Josef zu sprechen. Aber ihre gemeinsame Vergangenheit würde alles nur unnötig verkomplizieren. »Meine Eltern brauchen mich, sie sind krank, und ich will sie nicht tagelang alleinlassen, zudem fängt nach Ostern die Schule wieder an. Ich kann nicht wochenlang durch die Gegend streifen, nur um einem Phantom nachzujagen.«

»Und ihr Freund war enttäuscht. Verstehe …« Thieme verfiel in Schweigen, und Peter war nicht gewillt, es zu brechen. Seine fadenscheinige Erklärung schien glaubwürdig zu wirken, trotzdem war er auf der Hut.

»Die Suche nach Kriegsverbrechern obliegt dem CIC, dem amerikanischen Nachrichtendienst«, erklärte Thieme nach geraumer Zeit. »Wir werden die Sichtung des Rottenführers melden. Wo liegt denn dieses Grauwald eigentlich? Warnke, den Atlas.« Er streckte die Hand aus.

»Im Harz«, erklärte Peter.

»Gehörte es zum KZ Mittelbau-Dora?« Auf einmal war Thieme wie elektrisiert und konnte es kaum abwarten, bis Warnke die passende Seite aufgeschlagen hatte. Aber das Dorf war klein und nicht verzeichnet. »Mussten Sie dort auch in den Stollen arbeiten?«

»Nein. Grauwald war ein Außenlager.« Ihm schauderte beim Gedanken daran.

»Schade. Ich würde zu gerne mehr erfahren.« Noch ein Zug aus der Zigarette, dann drückte er den winzigen verbliebenen Rest aus. »Aber wir müssen uns um den Mordfall Decker und nicht die Aufklärung der Verbrechen der Nazis kümmern. Die Frage ist immer noch, wo Herr Decker die Zeit zwischen dem Kino und seinem Ableben verbracht hat.«

Das wüsste Peter auch gerne. »Vielleicht hat er seine Freundin besucht.«

»Name? Anschrift?«

Peter zuckte mit den Schultern. »Keine Ahnung, Alwin hat nichts gesagt.«

»Wie sah sie aus, woher kannte er sie?«

»Wirklich, ich weiß nichts. Wahrscheinlich war sie blond.«

Thieme gab Warnke den Atlas zurück. »Mehr wissen Sie nicht? Und das soll ich Ihnen glauben?«

»Alwin und ich saßen oft dort oben in der Ruine«, erklärte Peter, »man hat einen schönen Blick in den Sonnenuntergang.«

»Daher dann wohl die zahlreichen Zigarettenkippen«, mischte Warnke sich ein.

»Letzte Nacht war doch Vollmond. Ich weiß nicht, aber mein erster Gedanke war, dass Alwin von der Ruine aus den Mond angeschaut hat und dann vielleicht einfach hinuntergestürzt ist. Er trank manchmal zu viel.«

»Dr. Hoppe konnte keinen Alkohol im Blut feststellen«, verriet Warnke ihm die Ergebnisse der Obduktion und erntete einen strengen Blick seines Chefs.

Dann war es wohl kein Unfall. Jetzt verstand Peter, warum die Polizei ermittelte.

»Oder er war mit der Frau dort«, meinte Warnke.

»Kann es nicht viel eher sein, dass Sie beide dort oben waren und wieder in Streit gerieten?« Thieme nahm ihn wieder ins Visier. »Das Mordopfer hat ein kleines Hämatom auf der linken Wange, vermutlich von einem Schlag, der ihm mehrere Stunden vor dem Tod zugefügt wurde. Wahrscheinlich von Ihnen, Herr Winkler. Könnte es nicht sein, dass Sie ihn im Zorn gestoßen haben?«

»Stehe ich unter Verdacht?« Das konnte ja wohl nicht wahr

sein! Er sollte Alwin umgebracht haben? Peter rutschte das Herz in die Hose.

»Wo waren Sie in der Nacht von Sonntag auf Montag, Herr Winkler?«

Peter bekam es mit der Angst zu tun. »Ich habe in der Küche geschlafen, so wie immer!«

»Haben Sie Zeugen?«

»Meine Eltern! Und Tante Meta!«

»Keine sehr zuverlässigen Zeugen. Und es wäre einfach gewesen, sich hinauszustehlen, von der Küche aus gelangt man direkt in den Flur und zur Haustür. Offensichtlich haben Sie ja Übung darin.« Mit triumphierender Geste stand Thieme auf. »Auch letzte Nacht waren Sie in der Ruine.«

Beschattete der Kommissar ihn etwa?

»Aber warum sollte ich meinen besten Freund umbringen?«, rief Peter fassungslos.

»Das ist das einzige Problem, das ich habe«, erwiderte der Kommissar. »Das Motiv fehlt noch. Aber glauben Sie mir, ich werde es finden. Solange dürfen Sie Frankfurt nicht verlassen. Warnke, sind Sie fertig?«

Wortlos schob dieser ihm das Vernehmungsprotokoll zu. Mit zitternder Hand unterschrieb Peter, ohne es zu lesen. Er wollte nur noch weg von hier, so schnell wie möglich.

Auf dem Gang begegnete er Helga. »Alles in Ordnung?«, fragte sie.

Verwirrt blieb er stehen. »Was machst du hier?«, fragte er und ärgerte sich sofort. Neugierde konnte gefährlich sein.

»Ich bin Polizeifotografin«, antwortete sie. »Geht es dir

wirklich gut? Du bist ganz blass. Möchtest du einen Schluck Wasser trinken?«

Also arbeitete sie für Thieme. Ob er ihr trauen konnte?

»Danke, Helga, lieber nicht, ich muss gehen.«

Doch ihr mitfühlender Blick erinnerte ihn daran, dass sie noch immer *Annie* war. Eine, auf die man sich verlassen konnte, die nie irgendjemanden verraten hatte. Er gab sich einen Ruck und überwand sein Misstrauen. »Beinahe hätten die mich dabehalten.«

»Ehrlich? Wieso denn?« Sie kam einen Schritt näher.

»Der Kommissar glaubt, ich hätte meinen Freund runtergestoßen.« Seine Stimme zitterte.

»Aber Hoppe hat keine Abwehrspuren an den Händen des Opfers gefunden, ich dachte, es war ein Freitod.«

»Alwin? Nie und nimmer.«

Mit einem Mal öffnete sich die Bürotür, Kommissar Thieme betrat den Flur, Warnke hinter ihm.

»Fräulein Sartorius! Denken Sie an Ihre Schweigeplicht!«

»Herr Winkler hat mich nur nach dem Weg nach draußen gefragt«, schwindelte sie zu Peters großem Erstaunen ihren Chef an. »Ich bringe ihn schnell.«

»Das werden Sie schön bleiben lassen«, brummte Thieme. »Warnke, kümmern Sie sich bitte um Herrn Winkler.«

Der Assistent packte Peter am Ellenbogen.

»Komm doch mal vorbei, ich wohne in der Lindenstraße 28«, rief Helga ihm noch zu.

Notgedrungen folgte Peter dem dürren Mann die langen Gänge entlang und befürchtete trotz allem noch, festgehalten zu werden, so wie bei der Gestapo früher. Die hatte jeden verhaftet, dessen Nase ihr nicht gefiel. Es gab ja genügend Gesetze, die all dem Unrecht den Anschein der Rechtmäßigkeit verliehen.

Seine Eltern waren einige Male ins Judenreferat der Gestapo zitiert worden. Mutter wurde beschimpft und geschlagen, Vater wurden die übelsten Dinge angedroht, damit er sich von Mutter scheiden ließ. Wenn sie nicht ihren Selbstmord vorgetäuscht hätten, wer weiß, was dann geschehen wäre …

Peter hatte die Gestapo-Zentrale in der Lindenstraße zum Glück nie von innen gesehen. Und Helga wohnte tatsächlich in der gleichen Straße?

Wie merkwürdig. Wieder krochen Zweifel in seine Gedanken, schließlich wusste er nichts über ihre Familie. Und wie sehr man selbst von engsten Freunden enttäuscht werden konnte, das wusste Peter. Da musste er nur auf die andere Straßenseite zur Ruine des Goethe-Gymnasiums schauen.

Peter schüttelte den Kopf. Er wollte nicht schon wieder über Josef nachdenken. Das brachte doch nichts. Er sollte zu Hause seiner Mutter bei der Hausarbeit helfen. Von Thiemes Verdächtigungen würde er den Eltern erst einmal nichts erzählen, das würde seiner Mutter das Herz brechen. Aber er musste mit irgendjemandem reden.

Früher wäre er zu Alwin gegangen.

Seine Brust zog sich schmerzhaft zusammen. Wie sehr er ihn vermisste!

17 – Helga

»Sagen Sie, Fräulein Sartorius, was wissen Sie über diesen Winkler.«

Kaum, dass Warnke mit Peter verschwunden war, hatte Thieme sie in sein Büro gebeten, dabei hatte er sie das schon mal gefragt.

»Eigentlich fast gar nichts«, antwortete sie. »Ich weiß nicht mal, wo er zur Schule gegangen ist.«

»Die reinen Fakten kenne ich bereits. Nein, mich interessiert sein Charakter.«

Was sollte sie denn darauf sagen, ohne ihn zu belasten? Jedenfalls nichts von seiner Fähigkeit, Geheimnisse zu bewahren und Gesetze zu brechen, wie sie es alle im Odeon-Club getan hatten.

»Er ist sehr zuverlässig«, sagte sie stattdessen. »Humorvoll. Und ein sehr guter Tänzer.«

»Ein Tänzer!« Thieme schmunzelte. »Frauengeschichten?«

Kurz musste Helga an Lizzy denken, der Peter immer schöne Augen gemacht hatte. Aber der Kommissar hatte bestimmt etwas anderes gemeint.

»Dafür waren wir damals noch viel zu jung. Das war 41, 42, ich war fünfzehn und er etwas älter, so genau weiß ich das gar nicht. Wieso verdächtigen Sie ihn denn?«

»Oh nein, mein liebes Fräulein, Sie sind mir viel zu neugierig! Am Ende verraten Sie ihm meine Erkenntnisse. Wehe, Sie stellen irgendwelche privaten Ermittlungen an, dann entlasse ich Sie umgehend! Sie behindern damit nur unsere Arbeit! Gehen Sie und lesen Sie weiter in den Merkblättern, damit Sie beim nächsten Gewaltverbrechen fit sind!«

Kleinlaut verzog Helga sich in die Dunkelkammer. Widerworte wären fehl am Platz gewesen. Sie war so froh über die zweite Chance, die Thieme ihr gewährte, hoffte aber auch sehr, dass ihr heute kein neuer Einsatz bevorstand. Sie musste erst ihr gestriges Versagen verdauen.

Falls sie doch noch entlassen werden würde, hatte sie am frühen Morgen ihr Eigentum mit Namensschildern versehen, damit sie es zurückbekam. Oder falls die Polizei wieder eine eigene Ausrüstung erhielt. Danach hatte sie gründlich in der Dunkelkammer aufgeräumt. Das war auch dringend nötig gewesen.

Außerdem hatte Thieme ihr einen Ordner voller Merkblätter zur Polizeifotografie in die Hand gedrückt.

Bei photographischer Sicherung einer Spur ist diese so lange zu schützen, bis feststeht, ob die Aufnahme gelungen ist, las sie dort beispielsweise. Das hatte Thieme nicht getan, sondern sich auf Warnkes Skizzen verlassen. Wie gut, dass er so vorsichtig gewesen war.

Ansonsten wurde in diesen Merkblättern erklärt, wie man fotografierte, ohne Spuren zu zerstören, oder wie Spuren aus verschiedenen Blickwinkeln festgehalten werden sollen. Die Kollegen der Spurensicherung versahen die Spuren mit Nummern, die auf allen Fotos natürlich immer die gleichen sein sollten.

Viel stand darin auch über die Aufnahme unter schwierigsten Bedingungen – wenn auch nur für Großformatkameras. Aber es war trotzdem hilfreich. Helga brauchte unbedingt einen Blitz für die Leica, so viel war klar. Die modernen Vacublitze waren ihr bislang zu teuer gewesen und das Arbeiten mit Blitzpulver zu gefährlich.

Sie war völlig unvorbereitet zu dem Vorstellungsgespräch gegangen und hatte leider keinen besonders lichtstarken Film in der Kamera gehabt, aber den hatte sie bereits ausgetauscht. Schließlich besaß sie 20-Din-Filme. Die Vergrößerungen wurden dann zwar etwas grobkörnig, aber wenigstens war etwas darauf zu erkennen.

Außerdem musste sie unbedingt immer ihr Stativ mitnehmen. Am besten, sie deponierte es im Mordwagen.

Dann schweiften ihre Gedanken erneut zu Peter und dem Kommissar. Wie kam er nur darauf, dass Peter seinen Freund umgebracht haben könnte? Worum es wohl bei dieser Zeugenvernehmung gegangen war? Ob sie den Kommissar noch mal fragen sollte? Aber Thieme gab sich immer so verschlossen.

Ach, Peter tat ihr so leid. Wer den Krieg überlebt hatte, der sollte doch ewig leben, oder?

Aber Alwin war tot.

Plötzlich klopfte es und sie schloss die Tür auf. Thieme stand davor.

»Sind Sie fertig mit Aufräumen?«, fragte er und schaute sich neugierig um.

Sie nickte.

»Dann schnappen Sie sich Ihre Kamera!«

Was war los? Wieder eine Leiche? Helga löschte das Licht und folgte ihm neugierig.

Er führte sie einen Stock höher. Aus den Büros erklangen laute Stimmen. Thieme öffnete eine Tür mit der Aufschrift *Erkennungsdienst*.

»Versuchen wir es mal damit.«

Offensichtlich wollte er, dass sie Verbrecherfotos aufnahm. In der Mitte des Raumes stand eine spezielle Großformatkamera, die man für die Seitenaufnahmen nach rechts und links schwenken konnte. Aber sie wusste nicht, wie man diese bedienen sollte, verließ sich lieber auf ihre Leica und nutzte die andere Kamera als Stativ. Sicher war sicher.

Dann kamen die Verdächtigen. Einen nach dem anderen stellten die Polizisten vor eine Messlatte. Es waren schwere Jungs dabei, mit furchterregenden Narben oder Tätowierungen. Leichte Mädchen mit verwischter Schminke und Jugendliche, die noch wie halbe Kinder aussahen.

Eine Aufnahme von vorne, eine im Profil und jedes Mal machten die Männer sich über Helga lustig. Aber mit der Zeit machte ihr das nichts mehr aus.

Als sie abends nach Hause kam, waren alle in den Fragebogen zur Entnazifizierung vertieft. Auch für Helga hatte Vater einen von der Militärregierung aus dem Reuterweg mitgebracht.

Die erste Seite wirkte harmlos. Name, Wohnort, Religion, Schulbildung. Auf der Rückseite ging es um die bisherigen Beschäftigungen beziehungsweise die Militärlaufbahn. Ob dazu auch das Pflichtjahr zählte? Bei Falschaussagen droh-

ten hohe Strafen. Helga nahm sich vor, alles genauestens aus-
zufüllen.

Aber zuerst las sie die Fragen auf dem zweiten Papier-
bogen. *Mitgliedschaft in Organisationen.* Hier musste sie den
BDM angeben, dabei war die Teilnahme doch Pflicht gewesen. Und damit hörten die Fragen nicht auf. Helga musste
nur noch etwas zu ihren Fremdsprachenkenntnissen hin-
schreiben. Ach, und eines hatte sie übersehen: Sie musste
Verwandte angeben, die in einer der gelisteten Organisationen ein wichtiges Amt innegehabt hatten.

»Vati, ist mit Frage 101 Onkel Heinrich gemeint? Und muss
ich bei Frage 125 Reisen ins Ausland unseren Urlaub in Öster-
reich …?«

»Helga, das sind alles nur Nichtigkeiten«, fuhr er ihr über
den Mund. »Aber was ich alles angeben soll! Meine gesamten Veröffentlichungen seit 1933, meine wissenschaftlichen
Reisen ins Ausland.«

»Ferdinand, beruhige dich.« Mutter war unerwartet gelassen. »Die wollen nur wissen, ob du ein Spion gewesen bist.
Und für wen du spioniert hast. Da du aber nichts dergleichen
getan hast, ist das alles doch gar kein Problem! Das Einzige,
das man dir vorwerfen kann, ist deine Parteizugehörigkeit.«

»Weswegen ich entlassen wurde!«

»Offensichtlich suchen sie diejenigen, die Ämter innehat-
ten, in denen sie für andere Menschen verantwortlich waren
und das schamlos ausnutzten. Um sich zu bereichern oder
für Gewaltexzesse. Denk nur an deinen Kollegen Stern, wie
man mit ihm umgesprungen ist. Jetzt werden die Verantwortlichen bestraft!«

»Wenn du meinst ...«, Vater wendete die beiden Papierbögen hin und her. »Wie wollen sie denn all diese Fragebögen bearbeiten? Ich weiß ja nicht, wie viele Menschen über achtzehn in der amerikanischen Zone leben, aber bestimmt Millionen! Du wirst sehen, da schlüpfen bestimmt viele schwarze Schafe durch die Maschen.«

»Hauptsache, du bekommst deinen Lehrstuhl zurück«, erwiderte die Mutter.

»Ich finde es unverschämt, dass wir den Besatzern überhaupt Rechenschaft über unser Leben ablegen müssen.« Tante Alice warf den Fragebogen empört auf den Boden. »Was geht die das an, wer in welchem Verein gewesen ist?«

»Tante, es geht darum, festzustellen, wer Schuld trägt! Also, ich schreibe Onkel Heinrich bei der Frage nach den Angehörigen hin«, rief Helga.

»Du glaubst, mein Mann hat sich schuldig gemacht?« Ihr Blick wurde eisig.

»Natürlich. Er war bei der SS.«

»Was bildest du dir ein, du hast doch gar keine Ahnung!« Helgas Tante fuchtelte mit der Hand in der Luft herum.

»Niemand hat ihn gezwungen, zur SS zu gehen. Er war schließlich Bauingenieur«, erwiderte Helga.

Der Mann von Tante Alice stammte aus einer Familie überzeugter Militaristen und hatte die Abschaffung der Reichswehr nach dem Versailler Vertrag immer als Schande angesehen. Als die SS dem Onkel lange vor der Machtübernahme eine armeeähnliche Tätigkeit anbot, trat er dort sofort ein.

Jetzt war er in Frankreich in Gefangenschaft und musste zur Strafe im Bergbau schuften.

»Du bist so ein unverschämtes Gör, mit dir rede ich kein Wort mehr!« Wutschnaubend verließ Tante Alice das Wohnzimmer und knallte die Tür hinter sich zu.

»Helga, geh ihr nach und entschuldige dich«, sagte Mutter.

»Ich? Sie ist es doch, die die Augen vor der Wahrheit verschließt. Ich entschuldige mich auf keinen Fall.« Helga rannte ebenfalls hinaus.

Draußen an der frischen Luft bekam sie schnell einen klaren Kopf. Gewiss, sie konnte Tante Alice nicht leiden. Aber sie mussten zusammen da durch, es ging nicht anders. Sie nahm sich fest vor, sich gleich nach ihrer Rückkehr bei Tante Alice zu entschuldigen.

Vorher wollte sie Elfie von der Arbeit abholen. Hoffentlich kam sie bald. Zurzeit machten sie viele Überstunden, weil sie den Grüneburgpark für den Gemüseanbau umgruben. Sergeant Campbell hatte dafür in Amerika Samen bestellt.

Helga lief die wenigen Treppenstufen zur Straße hinunter. Etwas weiter entfernt stand ein junger Mann in einer karierten Jacke mit einer Schiebermütze. War das Peter?

Sie winkte ihm zu, er hob nur kurz die Hand und blieb weiterhin stehen.

Bestimmt wegen der ehemaligen Gestapo-Zentrale. Helga hatte gesehen, wie während der Renovierung des immer noch sehr prächtigen Hauses die Arbeiter mit angeekelten Gesichtern die berüchtigten Eisenkäfige weggetragen hatten.

Sie wusste immer noch nicht, was sie davon halten sollte, dass mittlerweile Oberbürgermeister Kurt Blaum seine Amtsräume dort hatte.

Peter wirkte irgendwie verloren, wie er da so stand, und Helga ging schnell auf ihn zu.

»Hallo, Peter.« Sie lächelte ihn aufmunternd an, um ihn auf andere Gedanken zu bringen. »Wolltest du zu mir?«

Er nickte zaghaft und starrte noch immer zur Villa hinüber.

Sie zuckte mit den Schultern. »Seine Nachbarschaft kann sich leider keiner aussuchen.« Dann deutete sie Richtung Bockenheimer Landstraße. »Möchtest du mitkommen? Ich wollte gerade Elfie, also *Ivie*, von der Arbeit abholen.«

»Gerne.« Er sah sie scheu an. »Was arbeitet denn dein Vater?«

Eine merkwürdige Frage. Im Odeon-Club war es völlig egal gewesen, wer aus welcher Familie stammte. Bestimmt ging es wie immer um die Gestapo gegenüber. Helga hatte das Thema allmählich satt.

»Er ist Professor an der Universität«, erklärte sie fast trotzig. »Mathematik. Im Moment allerdings freigestellt, weil er in der Partei gewesen ist.«

Sie schwieg einen Augenblick lang und fuhr dann fort: »Mein Vater ist ein anständiger Mann. Als die Gestapo gegenüber einzog, war das ein Schock für meine Eltern, das kannst du mir glauben.«

»Hattest du nie Angst, in deinen Swing-Klamotten direkt vor der Gestapo herumzulaufen?«, fragte er.

»Natürlich. Elfie und ich haben uns immer hinterm Haus im Gartenschuppen umgezogen und sind dann durch ein Loch im Zaun zum Nachbargrundstück und von dort in die Stadt gelaufen. Oder wir haben uns woanders geschminkt, damit es niemand merkt. Auch unsere Eltern durften davon auf keinen Fall etwas mitbekommen.«

Beinahe hätte sie gefragt, wie seine Eltern mit seiner Swing-Leidenschaft umgegangen waren, konnte sich aber noch rechtzeitig zurückhalten. Seine Eltern waren ein zu heikles Thema. Stattdessen erzählte sie lieber möglichst fröhlich, wie sie Polizeifotografin geworden war.

Wie erhofft wurde Peter lockerer.

»Dann kennst du diesen Thieme noch nicht lange?«, fragte er. »Ich wüsste zu gerne, was das für ein Typ ist.«

»Ein Kämpfer für die gerechte Sache, denke ich. 33 entlassen. Deshalb verstehe ich auch nicht, wieso er dich verdächtigt, deinen Freund umgebracht zu haben.«

Helga beobachtete seine Reaktion ganz genau. Ob Thieme vielleicht recht und Peter etwas zu verbergen hatte …

Peter zog mit grimmigem Blick die Augenbrauen zusammen.

»Der hat sie doch nicht mehr alle«, stieß er hervor.

»Was meinst du denn, was passiert ist?«

»Ich denke, er ist einfach aus Versehen hinuntergestürzt. Da oben ist es eng, und es lockern sich immer wieder Steine aus den Geschossböden.« Er hielt kurz inne. »Weißt du, Alwin hat den ganzen Tag auf eine Frau gewartet. Vielleicht ist sie abends endlich gekommen, und er ist beim romantischen Stelldichein im Mondenschein aus Versehen runtergefallen.«

»Aber müsste die Frau dann das nicht melden? Oder zumindest vor Schreck aufgeschrien haben?«

Sie biss sich auf die Zunge, um keine Ermittlungsergebnisse zu verraten, schließlich hatte keiner der Anwohner einen Schrei gehört.

»Vielleicht hat sie ihn geschubst«, überlegte sie weiter. »Kanntest du sie?«

»Leider nicht. Alwin sprach immer nur von seiner *Flamme*. Ehrlich gesagt hatte er ziemlich viele davon, ich hätte mir die Namen sowieso nicht merken können.«

»Weißt du denn, wo er sie kennengelernt hat? Oder wie sie aussieht? Oder hat er Andeutungen über besondere Merkmale gemacht? Narben, Brille, Figur?«

Schmunzelnd sah Peter Helga von der Seite an. »Die zwei Tage bei der Polizei haben ganz schön abgefärbt.«

»Ach, ich habe schon immer gerne Rätsel gelöst«, wehrte sie ab und hoffte inständig, nicht schon wieder rot zu werden.

»Er hatte schon einen bestimmten Typ«, meinte Peter zögernd. »Aber … sei nicht sauer, bitte, ja?«

Wieso sollte sie ihm böse sein, wenn er ihr Alwins Traumfrau beschrieb?

»Er stand auf typische Arierinnen. Je blonder und blauäugiger, desto besser. Am liebsten waren ihm verheiratete Frauen, deren Männer noch nicht wieder zurück sind.«

Helga beschlich ein Verdacht. »Das klingt, als ob er sich rächen wollte.«

Nachdenklich nahm Peter einen Stein in die Hand, warf ihn in die Luft und fing ihn wieder auf.

»Vielleicht hat ihn doch jemand gestoßen«, sagte Helga. »Wenn so ein Heimkehrer einen fremden Mann im Ehebett findet … und dazu auch noch einen Juden …«

»*Rassenschande*«, sagte Peter verbittert und warf den Stein voller Wut in die nächste Ruine, dass es nur so knallte.

»Entschuldige, so habe ich es nicht gemeint«, sagte sie kleinlaut. Vor Scham wurde ihr plötzlich heiß. »Alwin hat sich da ganz schön in Gefahr gebracht. Das musst du Thieme erzählen!«

Da blieb er stehen und schaute Helga nachdenklich an. »Lieber nicht. Das sieht doch so aus, als ob ich mich nur rausreden wollte. Ich habe ja überhaupt keine Beweise! Außerdem habe ich Thieme von Alwins Freundin erzählt und es hat ihn überhaupt nicht interessiert.«

»Du kennst keine Einzige von diesen Frauen?«, fragte sie ungläubig.

»Nur die erste. Sie heißt Gerlinde und wohnt in Sachsenhausen.«

Mittlerweile war Helga von seiner Unschuld überzeugt. All ihre Fragen hatte er bereitwillig beantwortet und so ehrlich dabei gewirkt. Sie konnte sich nicht vorstellen, dass er sie anlog.

Langsam keimte ein Gedanke in ihr auf. Was, wenn sie ihm half, seine Unschuld zu beweisen? Peter hatte schon genug durchmachen müssen. Hörte die Judenverfolgung denn nie auf? Nein, da machte sie nicht mit.

Voller Mitgefühl umfasste sie Peters Arm. »Kann ich irgendwas für dich tun?«

Plötzlich sah er sie direkt mit seinen strahlend blauen Augen an. Wie ein waidwundes Reh. Ihr wurde ganz flau im Magen.

»Weißt du was, wir suchen diese Gerlinde«, fuhr Helga

fort. »Vielleicht weiß sie ja, wer ihre Nachfolgerin geworden ist.« Ihre Lust, ihm zu helfen, wuchs von Sekunde zu
Sekunde.

»Du willst nach Sachsenhausen?« Er schaute sie ungläubig
an. »Das wird bestimmt schwierig. Gerlinde ist so ein häufiger Name. Das ist nicht nötig.«

»Zu zweit ist es einfacher. Und wer weiß, wenn wir sie
gefunden haben, erzählt sie mir als Frau vielleicht eher von
ihrer Liebelei.«

»Danke!« Langsam zeichnete sich ein dankbares Lächeln
auf seinen feinen Gesichtszügen ab.

»Abgemacht.« Sie hängte sich bei ihm ein. »Und jetzt stell
ich dir meine Freunde vor!«

18 – Peter

Peter erkannte Helga gar nicht wieder. War sie früher nicht das graue Mäuschen an der Seite von Jimmy, dem Anführer des Odeon-Clubs, gewesen? Und jetzt? Sie wirkte erwachsener. Reifer. Und auch ohne Lippenstift und Wimperntusche unglaublich anziehend. Und sie wollte mit ihm auf Mördersuche gehen! Wobei – hilfsbereit war sie früher auch schon gewesen. Aber ein echter Angsthase. Jimmy hatte mit Peter gerne mal irgendeinen Blödsinn angestellt, und Helga hatte immer völlig vergeblich versucht, ihn zurückzuhalten. Was hatte Lizzy sich über ihre Ehrpusseligkeit amüsiert!

Lizzy. So lange hatte Peter sich jeden Gedanken an sie verboten, aber jetzt ging es nicht mehr. Die aufregende und unbezähmbare Lizzy, die er so wahnsinnig vermisste.

Ob Helga von ihrem Schicksal wusste? Bis jetzt hatte sie noch gar nichts dazu gesagt. Und wie würde es sein, die anderen vom Odeon-Club wiederzusehen? Ob sie noch Freunde waren, nach all den Jahren, oder hatte sie nur jugendlicher Wahnsinn, der Hang zum Aufbegehren und die Liebe zum Swing zusammengehalten?

Bislang war er ihnen aus dem Weg gegangen. Wenn er gewollt hätte, hätte er sie mit dem Harlem-Pfiff bestimmt irgendwo gefunden. Er wusste auch nicht, warum. Irgendetwas in seinem Inneren hatte ihn davon abgehalten.

An der Bockenheimer Landstraße lag direkt gegenüber einer der Einlassposten für den amerikanischen Sperrbezirk. Ein fester Gitterzaun, gekrönt von undurchdringlichen Stacheldrahtrollen, trennte die Villengegend vom Rest Frankfurts. Betreten war für Deutsche verboten, es sei denn, man besaß eine der seltenen Sondergenehmigungen.

»Schau, da kommen Elfie und Klaus!« Helga winkte zwei jungen Leuten zu, deren Papiere gerade am Wachhäuschen von einem bewaffneten Offizier kontrolliert wurden, bevor sie am Schlagbaum vorbei den *compound* verließen.

Trotz ihrer grauen Arbeitshose und dem Kopftuch erkannte Peter Ivie sofort. Früher hatte er sehr oft mit ihr getanzt. Neben ihr lief ein langer Schlaks mit braunen Haaren und einem Buch in den Händen.

Es gab ein großes Hallo. Elfie fiel ihm um den Hals, gab ihm einen Kuss auf die Wange und fing sofort an zu erzählen, wie es den anderen vom Odeon-Club ergangen war. Doch auf einmal wurde Elfie ernst.

»Lizzy hat es nicht geschafft«, unterbrach Helga den Redefluss ihrer Freundin.

»Nicht geschafft?«, rief Elfie aufgebracht. »Dieser Kappes hat sie auf dem Gewissen. Er hat sie ins Arbeitserziehungslager der Gestapo nach Salzgitter geschickt. Sie musste dort im Bergbau schuften, bis sie elendig krepiert ist.«

Ein Lager, dachte Peter. Sie war wie er in einem Lager gewesen. Das hatte er nicht gewusst. Nur, dass sie gestorben war.

Die Trauer übermannte ihn wie eine schwarze Wolke. Am liebsten wäre er weggerannt, wollte alleine sein und von Lizzy träumen und dem Hauch ihrer Lippen auf seiner Wange.

Da spürte er Helgas Hand auf seiner Schulter und fühlte sich eigentümlich getröstet.

Elfie redete sich derweil immer weiter in Rage und beschimpfte wortreich diesen Kappes. Peter hatte den Eindruck, dass sie sich viel mehr über ihn aufregte als darüber, dass er Lizzy in ein Erziehungslager geschickt hatte.

»Wenigstens schmort er jetzt im Internierungslager, und das hoffentlich noch sehr, sehr lange«, versuchte Helga, ihre Freundin zu beruhigen.

»Kappes – wer ist das?«, fragte Peter neugierig.

»Er hat bei der Gestapo im Jugendkommissariat gearbeitet und uns bei einer Razzia verhaftet.« Elfie spie die Worte förmlich aus. »Bei Schorschi zu Hause! Wenn nicht …«

»Ist gut, Elfie!«, ermahnte Helga sie wieder.

»Es ist vorbei.« Klaus drückte Elfie an sich.

Offensichtlich war bei dieser Razzia noch mehr passiert. Aber Peter fragte lieber nicht nach, noch eine traurige Geschichte ertrug er nicht.

»Hast du Lizzy nicht gesucht, Peter?«, fragte Elfie.

»Doch«, antwortete er. »Ihre Tante im Ostend hat mir erzählt, dass sie gestorben ist. Das mit dem Lager hat sie mir verschwiegen.« Dafür hatte sie unglaublich viel über Lizzy und ihre Dummheit geschimpft.

»War ihr vielleicht peinlich«, erklärte Helga. »In so ein Erziehungslager kamen doch die angeblich schwer erziehbaren Mädchen mit dem liederlichen Lebenswandel. Ich hoffe ja sehr, dass das jetzt besser wird und man sich wenigstens schminken oder seine eigene Meinung sagen darf.« Alle nickten, jeder mit seinen eigenen Erinnerungen beschäftigt.

Jedes Mal das Gleiche. Da traf man endlich einen lange vermissten Bekannten und könnte sich freuen, erfuhr dann aber vom Tod weiterer Freunde. Und über die wirklich furchtbaren Dinge wurde geschwiegen, weil man nicht die Kraft und manchmal nicht die Worte hatte, sie auszusprechen.

Motorengeräusche brachten Peter in die Gegenwart zurück. Ein Jeep voller lachender GIs fuhr am Checkpoint vorbei auf die Bockenheimer Landstraße.

»Wieso dürft ihr eigentlich dort rein, Elfie?« Er wies mit der Hand Richtung Sperrbezirk.

»Wir arbeiten für die Army im Palmengarten und helfen beim Gemüseanbau«, sagte Elfie. »Jedes Salatblatt, das die Amis hier in Frankfurt verspeisen, wird von uns angebaut!« Sie grinste. »Und manchmal fällt auch was für uns ab.«

»Habt ihr ein Glück«, staunte Peter.

»Mir macht die Gartenarbeit sehr viel Spaß. Ich will später eine Gärtnerlehre machen«, erklärte Klaus und hielt das Buch hoch. Ein Lehrbuch zur Pflanzenkunde. »Im Moment bildet der Palmengarten aber niemanden aus, die Amis bestimmen ja über alles.«

»Und in den Gewächshäusern wird dann auch Gemüse angebaut?«, fragte Peter ungläubig. »Sag bloß, es gibt die Riesenseerosen nicht mehr. Meine Mutter hat sie geliebt!«

»Die größte Anbaufläche wird der Grüneburgpark«, sagte Klaus. »Seitdem die Gärtner die Wiesen umgepflügt haben, legen wir Beete an. Setzlinge ziehen wir zum Teil schon in den Gewächshäusern. Letzten Sommer haben wir auf einer Liegewiese Kartoffeln angebaut und in den Rabatten wuchs das Gemüse zwischen den Blumen.«

»Und wir haben letztes Jahr bei der Reparatur der Gewächshäuser geholfen«, ergänzte Elfie stolz. »Mittlerweile sieht alles aus wie früher. Die Gewächshäuser wurden den ganzen Winter ordentlich mit Kohlen beheizt, sodass bereits die ersten Orchideen blühen! Und überall flanieren die Soldaten herum und bestaunen das Paradies, wenn sie nicht im Palmgarden Red Cross Club im Gesellschaftshaus feiern.«

»Irgendwie merkwürdig«, meinte Peter. »Für die Bevölkerung steht kaum Kohle zum Heizen zur Verfügung, weil die Briten nichts aus den Kohlerevieren in die anderen Zonen liefern, und ihr verschwendet sie und pflegt Orchideen.«

»Die Amerikaner sind eben die Sieger.« Elfie zuckte mit den Schultern. »Und wenn die Sieger es gerne hübsch haben …«

»Jedenfalls konnten wir uns im Winter super in den Gewächshäusern aufwärmen«, sagte Klaus.

»Aber Kohleklauen ging nicht. Sie kontrollieren immer noch ab und an«, sagte Elfie. »Lenze hat mal gesagt …« Sie schaute zu Peter. »Lenze ist der deutsche Leiter des Palmengartens. Es gibt auch noch einen amerikanischen, der das letzte Wort hat. Also, Lenze meinte heute, er sei eigentlich ganz froh, dass der Palmengarten hinterm scharf bewachten Zaun liegt. Überall in den öffentlichen Parks fällen die Leute Bäume und Sträucher, weil sie nichts zum Heizen haben. So sind seine exotischen und uralten Bäume vor Dieben bestens geschützt.«

»Aber wäre es nicht besser, die Menschen zu retten anstelle der Bäume?«, fragte Peter.

»Lass ihn das bloß nicht hören.« Elfie grinste. »Die Bäume sind doch seine besten Freunde.«

Der nächste Jeep mit GIs tauchte auf, schwungvoller Swing erklang.

»Schaut mal, da ist Bobby!« Elfie winkte den Soldaten zu.

Tatsächlich, da saß Bobby auf der Rückbank. Kariertes Hemd, zwei Trommelstöcke in der einen Hand, in der anderen einen Holzkasten, aus dem offensichtlich die Musik kam. War das ein tragbares Radiogerät?

Plötzlich stoppte der Fahrer den Wagen neben ihnen.

»Hallo, Dandy, lange nicht gesehen!«, rief Bobby.

»Ist das nicht *hot*?« Elfie gestikulierte wie wild. »Endlich haben wir ihn gefunden.«

»Peter«, stellte er sich vor und nickte dem früher so schüchternen Bobby zu.

»Ich bleib bei Bobby«, meinte der. »Gefällt mir besser als Sigismund. Wir fahren nach Hanau, die *boys* hier wollen unsere Combo hören. Vielleicht dürfen wir danach mal im Palmgarden Red Cross Club auftreten. Das wär was! Ich bin so froh, dass du wieder da bist, Peter. Aber wir müssen leider weiter.« Der Motor jaulte auf, Bobby winkte mit den Stöcken und zurück blieb nichts als eine Staubwolke.

Früher war er immer so still gewesen, hatte sich nur für sein Schlagzeug interessiert. Jetzt war er richtig aufgeblüht.

»Spielt er wieder in einem Orchester?«, fragte er.

»*Bobby and the hot three*«, sagte Elfie. »Eine kleine Combo, aber die Musik ist echt klasse! Sie haben sogar Auftritte in den Soldatenclubs.«

Erstaunt blickte Peter dem Jeep hinterher, bevor er den

anderen folgte und die Straße überquerte. Klaus deutete auf den Überrest des Eckhauses. »Da im Keller wohne ich, Peter. Mir tut es übrigens sehr leid, dass du deinen Freund verloren hast.« Er streckte Peter die Hand entgegen. »Mein Beileid.«

Der ruhige Klaus machte einen sympathischen Eindruck und Peter ergriff sie gerne.

Auch Elfie drückte ihr Mitgefühl aus. Es schien ihr richtig peinlich zu sein, weil sie vorher anscheinend nicht daran gedacht hatte.

»Weiß die Polizei denn mittlerweile, wie es passiert ist?«, fragte Klaus.

»Die haben da so ihre Theorien«, erklärte Helga. »Aber wenn ihr mich fragt, tappen sie völlig im Dunkeln. Peter und ich wollen jetzt die Frau suchen, die Alwin wahrscheinlich als Letzte gesehen hat. Sag mal, Klaus, du kommst doch aus Sachsenhausen: Kennst du eine Gerlinde?«

»Wahrscheinlich blond«, ergänzte Peter. »Blaue Augen und eine gute Figur. Schätzungsweise Anfang, Mitte zwanzig. Mutter eines kleinen Kindes.«

Klaus kratzte sich am Kinn. »Könnte die Gerlinde bei uns aus der Nachbarschaft sein, die Tochter vom Metzger Nägele. Ist aber verheiratet, wie sie jetzt heißt, weiß ich nicht.«

»Egal. Metzgerei Nägele – da haben wir einen ersten Hinweis!«, strahlte Helga.

19 – Helga

Sofort machten sie sich auf den Weg und holten Helgas Rad aus der Lindenstraße.

Helga setzte sich auf den Gepäckträger und hielt sich am Sattel fest, während Peter kraftvoll in die Pedale trat. Schlaglöchern und anderen Hindernissen wich er geschickt aus. Trotzdem hatte er ein ganz schönes Tempo drauf, aber die wilde Fahrt über die Bockenheimer und die Neue Mainzer Landstraße bis zum Main machte Helga richtig Spaß. Der Wind wehte ihr durch die Haare und blies den Kopf frei.

Es war aufregend, einem Jungen so nahe zu sein. Vielmehr: einem Mann. Peter wirkte nicht mehr wie der freche Junge von früher, sondern wie ein Mann mit ernsten und tiefen Gefühlen. Sie würde ihm so gerne helfen. Es war nicht nur die Lust am Detektivspielen, die sie gepackt hatte. Da war mehr. Und sie fühlte sich merkwürdig geborgen hinter seinem Rücken in der altbekannten karierten Jacke.

Am Untermainkai stoppte Peter das Rad vorsichtig, Helga sprang ab. Und als er beim Absteigen sein Bein über den Sattel schwang, erkannte sie für einen Moment wieder den verwegenen Tänzer in ihm.

Er wies auf die Baukräne, die neben den Resten des Eisernen Steges emporragten. »Ich bin gespannt, wann die neuen

Bauteile kommen. Was für ein Glück, dass es eine Eisengießerei gibt, die sie nach den alten Plänen herstellen kann.«

Seine Hände deuteten auf die Brückenpfeiler und die am Flussufer gelagerten zerstörten Brückenteile, während er ausführlich die Bauweise erklärte. Helga hörte gar nicht so genau hin, sondern beobachtete, wie er auf einmal von innen heraus zu leuchten schien. Als hätte er die Trauer und die Sorgen vergessen und würde nur noch an die Zukunft denken.

»Interessierst du dich für Architektur?«, fragte sie während einer Redepause.

»Weniger für das Entwerfen neuer Gebäude als für die Durchführung. Ich überlege, ob ich nach Darmstadt an die Technische Hochschule gehe und Bauingenieurwesen studiere.«

»Gute Idee! Mit dem Wiederaufbau Deutschlands werden ja noch Generationen beschäftigt sein.«

»Aber erst mal muss ich mein Abitur bestehen.« Er wandte sich von der Brücke ab und schob das Rad in Richtung der von den Amerikanern errichteten provisorischen Pontonbrücke.

»Du gehst noch zur Schule?«, fragte Helga verwundert. Peter war doch bestimmt zwei Jahre älter als sie.

Ein Schwarm Tauben flog auf, er sah ihnen nach. Dann wandte er ihr den Blick zu und wirkte so ernst und verschlossen, dass ihr ganz anders wurde und sie sich auf einmal daran erinnerte, wie ein jüdisches Mädchen nach dem anderen das Viktoria-Gymnasium vorzeitig verlassen hatte. Die Letzte war eine Halbjüdin gewesen, das musste am Ende der Untertertia gewesen sein. Ostern 1940.

»Verstehe«, antwortete sie zerknirscht. »Auf welche Schule gehst du denn jetzt?«

»Helmholtzschule.«

»Ganz schön weit weg von Bockenheim.«

»Aufs Goethe-Gymnasium hätten mich keine zehn Pferde mehr gebracht. Möglichst noch bei den gleichen Lehrern!«

Sie hatten die Pontonbrücke erreicht und ihre Schritte klackerten auf den Holzbohlen.

»Ich will einfach eine zweite Chance haben. Und die ist größer, wenn mich niemand kennt«, erklärte Peter.

»Ist ja sowieso zerbombt«, antwortete sie, aber es fühlte sich nicht gut an. Wie eine fahle Entschuldigung.

Schlimm war das, wenn sich die Opfer noch immer verstecken mussten. Helga hatte in der amerikanischen Bibliothek im Keller der Börse über die Menschenrechte gelesen – dass alle Menschen frei und gleich an Würde und Rechten geboren seien. Genau das erhoffte sie sich für das neue Deutschland auch. Sie nickte. »Hast du uns deshalb nicht gesucht?«

Er ging stur geradeaus.

»Aber wir wussten ja gar nichts über deine Herkunft«, versuchte sie, sich zu verteidigen.

Ein Mann mit offiziell wirkender Kappe stoppte auf einmal alle Fußgänger, die Brücke wurde in der Mitte geöffnet, um einen leeren Lastkahn durchzulassen.

»Darum geht es nicht«, meinte Peter, sah sie dabei aber nicht an.

Aber was hatte ihn denn sonst davon abgehalten, seine Freunde vom Odeon-Club zu suchen? Da kam ihr ein Verdacht.

»Oder hatte es mit Lizzy zu tun?«

Vorsichtig nickte er.

»Das ist für dich bestimmt schwer, gleich zwei gute Freunde zu verlieren. Lizzy und Alwin. Aber jetzt hast du ja uns!« Sie schaute wieder zu ihm, hoffte, ihn trösten zu können. Aber er beachtete sie nicht, sondern prüfte auf einmal mit dem Daumen den Luftdruck ihres Reifens. Sie spürte, dass sie etwas Falsches gesagt hatte und er darüber nicht reden wollte.

Natürlich, seine jüdischen Verwandten. Bestimmt waren viele seiner Angehörigen gestorben. Helga kam sich dumm vor, weil sie nicht gleich daran gedacht hatte.

In ihrer Familie war nur ein Cousin zweiten Grades gefallen, den sie noch nicht einmal gekannt hatte. Als Mathematikprofessor war Vater zu wichtig gewesen und nicht einberufen worden, nur ganz am Schluss zum Volkssturm.

Sie wusste doch gar nicht, was der brutale Verlust von so vielen Verwandten und Freunden bedeutete.

Besser, sie schwieg, und so standen sie wortlos nebeneinander, bis der Kahn vorüber und der Mittelteil der Brücke wieder eingeschwenkt und befestigt worden war.

Die untergehende Sonne spiegelte sich im Flusswasser, davor die schwarzen Baukräne und das längliche Schiff – was für ein schönes Fotomotiv. Vor allem in Farbe! Aber Helga hatte schon seit Jahren keinen der modernen und teuren Farbfilme mehr irgendwo bekommen und ihre Kamera hatte sie auch nicht dabei.

Die Sonne färbte alles golden, die weißen Sandsteinruinen am Sachsenhäuser Ufer genauso wie Peters Haare. Sie fand das Schweigen mit ihm gar nicht unangenehm. Es gab so vieles, über das man dieser Tage nachdenken musste.

»Was sollen wir denn Gerlinde sagen, wenn wir sie finden?«, fragte Peter plötzlich. »›Hallo, Ihr Verflossener ist gestorben, und wir möchten gerne wissen, wer Ihre Nachfolgerin gewesen ist?‹ Da schlägt sie uns glatt die Tür vor der Nase zu.«

»Wir könnten ja einfach fragen, ob sie Alwin kennt.«

»›Kennen Sie den unter unklaren Bedingungen verstorbenen Alwin Decker?‹«, ahmte er Thiemes Stimme nach und lächelte sie verschmitzt an.

Vorbei war die niedergeschlagene Stimmung, sie stupste ihn erleichtert in die Seite.

Als sie endlich die Metzgerei in der Brückenstraße gefunden hatten, war ihnen eine halbwegs plausible Strategie eingefallen.

Vom Haus stand nur noch das Erdgeschoss, aber das Schild *Metzgerei Nägele* hatte kaum einen Kratzer abbekommen. Es war schon nach Ladenschluss und das Geschäft geschlossen, aber an der Tür klebte ein Zettel, für *Privat* sollte man dreimal klopfen.

Wenig später schaute ein Mann mit feistem Gesicht und schmalem Oberlippenbart aus der Tür. Er trug nur ein dreckiges Unterhemd.

Peter fragte nach Gerlinde, während sich im Hintergrund zwei Frauen lautstark stritten.

»Gerlinde?« Helga stieg sein starker Schnapsatem in die Nase. »Die lebt mit ihrem Mann und dem Bobbelsche da hinne.« Er deutete auf ein gut erhaltenes mehrstöckiges Haus. »Was wollt ihr denn von der?«

»Wir suchen eine gemeinsame Freundin«, behalf sich Helga schnell. Den wahren Grund wollte sie diesem Kerl lieber nicht sagen. Außerdem suchte doch jeder irgendjemanden.

»Schellt bei Schmitt, da müsste se zu finne sein.«

Und schon schlug er die Tür ohne ein weiteres Wort zu.

»Puh.« Helga wedelte sich mit der Hand frische Luft zu. »Trug der ernsthaft noch ein Hitlerbärtchen?«

»Da weiß man wenigstens gleich, woran man ist«, meinte Peter sarkastisch und schob das Rad weiter über die unebene Straße.

3. Stock: Schmitt stand auf einem Messingschild, daneben klebten die üblichen Zettelchen einquartierter Menschen. Die Haustür war offen, im Treppenhaus roch es nach Scheuerpulver. Auch die Wohnungstür war gepflegt, der Fußabtreter sauber, dahinter lachten Kinder. Als Peter klingelte, öffnete eine junge Frau. Blonde Locken lugten vorwitzig unter einem Kopftuch hervor, sie trug eine rot gemusterte Kittelschürze über einem dunkelblauen Kleid und ein etwa zweijähriges Kleinkind auf der Hüfte.

»Sie wünschen?«

Schon drängte sich ein Mann im karierten Hemd und heller Hose neben sie. »Lass mich, Schatz!«

Die Hand, mit der er die Tür festhielt, hatte nur drei Finger. Aber er hielt sich aufrecht und duftete nach Kernseife. Was für ein Unterschied zu ihrem Vater, dachte Helga.

»Herr Schmitt?«, fragte Peter, der Mann nickte. »Entschuldigen Sie, mein Name ist Peter Winkler und das ist Helga Sartorius. Wir sind auf der Suche nach Freunden von Alwin Decker.«

»Kenne ich nicht«, sagte Herr Schmitt und wirkte aufrichtig.

»Es ist so«, ergänzte Helga und sah dabei direkt Frau Schmitt in ihre wunderschönen blauen Augen. »Vielleicht möchten Sie ja zu seiner Beerdigung kommen? Er ist vor Kurzem verstorben.«

So hatten sie es sich vorher überlegt. Jetzt kam es auf die Reaktion der Eheleute an.

Herr Schmitt sah ratlos zu seiner Frau. Und sie? Gab mit vor Schreck geweiteten Augen ein jammerndes Geräusch von sich.

»Du kennst diesen Mann? Woher?«

Sie verlagerte das Kind von einer Hüfte auf die andere, und Helga merkte, wie sie verzweifelt nach einer Ausrede suchte. »Er war ein Kunde der Metzgerei«, erklärte sie dann. »Ein guter Kunde.«

Auf einmal drängelte sich ein altes Ehepaar zwischen Helga und Peter in die Wohnung. Herr Schmitt begrüßte sie als Oma und Opa und ging mit ihnen hinein. Endlich, sie waren alleine mit Gerlinde.

»Alwin hat mir von Ihnen erzählt«, sagte Peter leise.

Seufzend klopfte sie dem Kind auf den Rücken. »Woran ist er denn gestorben? Ein Unfall?«

»Leider, ja.«

»Und er hat Ihnen von mir erzählt?« Sie klang unsicher. Helga schätzte sie auf Anfang zwanzig, kaum älter als sie selbst. Eine von den Frauen, die ihren Freund mit achtzehn geheiratet hatten, als dieser an die Front geschickt wurde, und in der Hochzeitsnacht den Nachwuchs zeugten.

»Alwin war so glücklich mit Ihnen!«, flüsterte Peter. »Als er dann verschwinden musste, hat ihm das das Herz gebrochen.«

»Aber nicht für lange«, erwiderte Gerlinde sarkastisch. »Ich habe sie gesehen, Alwin und diese Schnepfe, die er sich danach angelacht hat.« Das Kind fing an zu weinen.

»Kennen Sie Ihren Namen?«, fragte Peter.

»Nein. Aber sie arbeitet als Verkäuferin bei Peek & Cloppenburg. In der Tauschzentrale. Sie wissen schon, wo man seine Kleidung oder Haushaltswaren gegen andere tauschen kann.«

»Danke, Frau Schmitt, das hat uns sehr geholfen«, sagte Helga über den Lärm des jammernden Kindes hinweg. »Haben Sie vielen Dank!«

»Warten Sie! Wann wird die Beerdigung denn sein?«

»Wir haben ja jetzt Ihre Adresse«, sagte Peter. »Ein Termin steht noch nicht fest. Wir melden uns, versprochen.«

Ihre Augen glitzerten, als sie mit einem Nicken die Tür schloss.

Am nächsten Abend fuhr Helga nachdenklich mit dem Rad zur Zeil. Irgendwie verstand sie Gerlinde Schmitt nicht. Wie konnte sie so etwas ihrem Ehemann antun? Helga würde Walter nie mit einem anderen betrügen, und sie waren ja noch nicht mal verlobt, geschweige denn verheiratet. Sie hatte sogar ein schlechtes Gewissen gehabt, als sie sich gestern auf dem Nachhauseweg nicht mehr am Sattel, sondern an Peter festgehalten hatte.

War Alwin so ein großer Charmeur gewesen? Hatte er so viele Lebensmittel wie die Amerikaner besessen, sodass

Gerlinde vor lauter Hunger schwach geworden war? Oder hatte sie geglaubt, ihr Mann wäre gefallen?

Natürlich fühlte Helga sich auch einsam ab und an. Aber sie hatte ja Elfie und ihre Eltern. War diese Einsamkeit vielleicht größer, wenn man verheiratet war? Wenn man sein Leben mit jemandem geteilt, wenn man – Geschlechtsverkehr gehabt hatte?

Helga wurde bereits beim Gedanken daran rot. An diese geheimnisvolle Sache musste sie so oft denken. Niemand redete darüber.

Da fiel ihr mitten auf der leeren Zeil Peter auf seinem Rad auf und ihr Herz begann zu klopfen.

»Hallo, Helga«, begrüßte er sie und sprang vom Rad. Ihr Herzklopfen wurde stärker, ihre Wangen fühlten sich plötzlich warm an. Als hätte er sie bei etwas Verbotenem erwischt.

Sonst hatte er sie zur Begrüßung immer freundlich angelächelt, aber heute wirkte er irgendwie bedrückt.

»Ist alles in Ordnung?«, fragte sie. »Hat es was mit Thiemes Besuch bei euch zu tun?«

Gleich am Morgen hatte sie den Kommissar wieder zu einer Leiche begleiten müssen. Ein junger Mann in einem Kohlenkeller, voller blutender Stichwunden grausam zugerichtet. Es war so furchtbar gewesen, dass sie sich wieder hatte übergeben müssen. Erneut hatte sie unscharfe Bilder geschossen. Allerdings herrschten sehr schlechte Lichtverhältnisse, für die Scheinwerfer gab es keinen Strom.

Auf dem Rückweg hatte Thieme zu Warnke gesagt, er müsse nachmittags noch mal in die Basaltstraße.

»Was wollte Thieme denn?«

»Nichts Wichtiges.« Er schob sein Rad in die Zeil, sie folgte ihm.

»Und deshalb kommt er bis zu euch raus?«

»Ach, es ist nur, es geht um …«, druckste Peter herum. »Er hat sich mit meiner Mutter über die Familie von Alwins Mutter unterhalten, mit der sie gut bekannt gewesen war. Über Alwin als Kind.« Er biss sich auf die Unterlippe. »Er überlegt wohl … weißt du, manchmal geht mir das auch durch den Kopf … ob Alwin freiwillig gesprungen ist.«

Mitfühlend legte Helga ihm die Hand auf die Schulter. »Denk da erst gar nicht dran. Wir finden schon noch heraus, was passiert ist.«

Er nickte, als würden ihre dürren Sätze ihn trösten können.

Nach allem, was er über Alwin erzählt hatte, glaubte Helga nicht, dass er freiwillig gesprungen war. Andererseits wusste man nie, was in einem Menschen wirklich vor sich ging.

In Gedanken versunken, liefen sie weiter bis zum Kaufhaus. Wie alle anderen Geschäfte wirkte Peek & Cloppenburg mit seiner eindrucksvollen und rußgeschwärzten Fassade ausgestorben. Doch dann fiel Helga das Schild der Tauschzentrale auf.

»Hast du ein Fahrradschloss?«, fragte Peter.

»Ja, das hält aber keinen Nachkriegsdieb ab. Ob wir die Räder mit reinnehmen können?«

»Gewagte Idee«, sagte er, hielt ihr aber die Tür auf, und sie schoben beide ihre Räder in den Laden.

Das Erdgeschoss war bereits notdürftig hergerichtet. Die

wenigen flackernden Glühbirnen konnten den Raum aber kaum erhellen. Peter deutete auf eine blonde Verkäuferin, die sich vor einem Regal voller Töpfe mit einer älteren Dame unterhielt.

Als Helga näher kam, erkannte sie an den Töpfen kleine Zettel. *Biete Kochtopf, suche Babystrampler,* stand auf einem oder *Gut erhaltener Kochtopf für Regenschirm abzugeben.*

Da die Reichsmark nur noch wenig wert war und Diebstähle und Schiebereien oft aus reiner Not heraus geschahen, versuchten Stadt und Militärregierung, mit offiziellen Tauschzentralen den Schwarzmarkt auszudünnen.

Aber Helga war sich nicht sicher, ob das wirklich funktionierte. Auch wenn die Bombengeschädigten und die Flüchtlinge bestimmt Kochgeschirr brauchten. Aber auf dem Schwarzmarkt bekam man sicher mehr für einen Topf als einen Regenschirm.

Die Verkäuferin stellte einen weiteren Topf ins Regal. Ihre kinnlangen weizenblonden Wellen hatte sie aus dem Gesicht gekämmt, sodass ihre auffällig blauen Augen gut zur Geltung kamen. Und erspähte Helga da nicht einen Hauch von Lippenstift auf ihren Lippen? Elfie wäre neidisch, wenn sie das sähe. Die Preise für Lippenstifte auf dem Schwarzmarkt waren unerschwinglich und Elfie liebte Lippenstift.

»Sie wünschen?«, fragte die Verkäuferin mit freundlicher Stimme.

Peter stellte Helga und sich vor.

»Mein Name ist Frau Wienert«, erwiderte sie. »Suchen Sie etwas Bestimmtes?« Sie lächelte erwartungsvoll.

Neue Kunden strömten in die Tauschbörse und sahen sich

nach einer Verkäuferin um. Helga zögerte. Sollten sie etwa hier ihr die traurige Botschaft überbringen?

»Können wir uns irgendwo in Ruhe unterhalten?«, fragte sie.

»Natürlich.« Frau Wienert schien sich über die Bitte nicht zu wundern. »Hier entlang.« Sie wies in eine Ecke, in der keine Waren standen.

Helga musste sich kurz sammeln. Sie hasste es, schlechte Nachrichten zu überbringen, auch wenn es für einen guten Zweck war.

»Wir möchten Sie gerne zu einer Beerdigung einladen«, begann sie vorsichtig. »Von Alwin Decker.«

»Alwin?« Schlagartig entwich Frau Wienert sämtliche Freude aus ihrem Gesicht. »Alwin ist …?«

Helga und Peter nickten und schon rannen ihr die Tränen über die Wangen. Verschämt wandte sie sich ab und suchte in ihren Kitteltaschen nach einem Taschentuch. Peter reichte ihr schnell seines. Sein Monogramm war sogar darauf.

Als Frau Wienert sich etwas beruhigt hatte, fragte sie: »Was ist geschehen? War es ein Unfall?«

»Ja«, antwortete Peter. Helga verstand seine kleine Notlüge. Es war so schon alles schlimm genug.

»Wie traurig. Er war so ein guter Freund. Mein Mann …« Sie ließ den Satz unbeendet und betupfte mit dem Taschentuch ihre Augen. Der Ärmel ihres Kittels verrutschte, Helga erspähte einen blauen Fleck am Unterarm. Auch im Gesicht fielen ihr plötzlich notdürftig überschminkte, verblasste grüne Schatten um ihr linkes Auge auf.

Was war denn da passiert?

»Frau Wienert, kennen Sie vielleicht noch andere Freunde von Alwin, die wir einladen könnten?«, fragte sie mitfühlend. Wer weiß, was Frau Wienert gerade durchmachte. Je länger Helga die Blessuren betrachtete, desto weniger glaubte sie an einen Unfall, sondern hielt es für wahrscheinlich, dass die Frau verprügelt worden war.

»Ich kenne niemanden.« Sie strich sich über ihre Schürze. »Doch …«, hielt sie inne. »Cordelia. Ich vermute, sie war meine Nachfolgerin. Die lebt mit ihren Kindern in Ginnheim. Ich habe sie bei einem Sonntagsauflug dort zusammen gesehen.« Sie reichte Peter das Taschentuch und schaute sich nach den Kunden um. »Wann ist denn die Beerdigung?«

»Wenn Sie mir Ihre Adresse geben, sagen wir Ihnen Bescheid«, sagte Peter.

Wieder draußen im hellen Sonnenlicht wunderte sich Helga über die Trauer der Verflossenen.

»Wieso sind sie alle nur so traurig, sie haben sich schließlich von Alwin getrennt, oder?«

»Aber nicht, weil sie sich gestritten hätten oder so«, erwiderte Peter. »Ihre Männer kamen heim, was hätten sie da tun sollen. Alwin sah sich eh nur als Trostpflaster und Wärmflasche in der Nacht.«

»Trostpflaster und Wärmflasche«, wiederholte Helga kichernd. Dann ging es wohl wirklich um das leere Bett, aber dafür fehlte ihr die Erfahrung.

»So hat Alwin sich immer bezeichnet.«

»Dein Freund muss ein lustiger Kerl gewesen sein«, sagte sie. »Ich hätte ihn gerne kennengelernt.«

»Vorsicht!«, rief Peter und lächelte zurück. »Du passt in sein Beuteschema.«

»Aber ich bin doch gar nicht verheiratet!«

Und schon prusteten sie beide vor Lachen los. Und Helga freute sich, dass Peter wieder so ausgelassen war.

»Trotzdem glaube ich, dass die beiden Frauen mehr für Alwin empfanden«, sagte Helga, als sie sich beruhigt hatte. »Sie riskierten ja ihren guten Ruf, und du hast ja gesehen, wie fassungslos Frau Wienert reagiert hat.«

Peter warf Helga einen erstaunten Blick zu. Dann nickte er. »Alwin war ein guter Kerl, freundlich und vor allem sehr hilfsbereit.«

»So einen Mann kann jede Frau gebrauchen.«

Peter sah sie komisch an und sie setzte hastig ein Grinsen auf, dabei hatte sie es eigentlich nicht als Scherz gemeint.

»Wollen wir noch nach Ginnheim?«, fragte sie. »Oder wird dir das dann zu spät, Peter? Wie viel Uhr ist es denn?«

Sein Handgelenk war leer. Ob er seine Armbanduhr in Essbares umgetauscht hatte?

Verlegen schaute sie auf ihre eigene.

»Kurz vor sechs. Gleich ist Abendessenszeit, da finden wir sie am besten. So viele Cordelias wird es im kleinen Ginnheim wohl nicht geben.« Und schon schwang sie sich auf den Sattel und Peter folgte ihr.

20 – Helga

Helga und Peter brauchten gute zwanzig Minuten mit dem Rad bis nach Ginnheim in den Norden Frankfurts. Die reinste Friedensidylle. Zuerst fragten sie in der Gastwirtschaft und erfuhren von den Männern beim Feierabendbier, dass die Tochter des Wirts Cordelia Hofgärtner heiße. Sie schickten sie drei Häuser weiter.

»Ich glaube, von Cordelia hat Alwin mir erzählt«, sagte Peter auf dem Weg dorthin. »Jedenfalls sprach er davon, bei einer Gastwirtstocher untergekommen zu sein, bei der es immer gut zu essen gab. Als ihr Mann zurückkam, zog er bei uns ein. Das war Anfang März.«

Daher sein wohlgenährter Körper, dachte Helga.

»Aber danach muss er noch eine Freundin gehabt haben«, überlegte sie. »Die, die nicht zum Titania kam.«

»Wenn es nur die eine war.« Peter stellte sein Rad am Jägerzaun ab und Helga tat es ihm gleich.

Neben dem kleinen Siedlungshaus blühten Krokusse auf der Wiese, eine Schaukel hing an einem Apfelbaum. Sie klingelten, ein magerer Mann mit kurz geschorenen Haaren öffnete. Die Kinder wuselten um seine Knie, aus der Wohnung duftete es nach Pfefferminztee.

Als sie nach seiner Frau fragten, rief er sie und deutete auf Helga und Peter.

»Die wollen was von dir«, erklärte er und blieb in der Tür stehen. Helga wäre es lieber gewesen, er hätte nach den Kindern gesehen.

Cordelia Hofgärtner war mindestens einen Kopf kleiner als ihr Mann und wirkte, als ob sie kräftig zupacken könnte.

Als Helga erklärte, dass sie Freunde von Alwin wären, begann Frau Hofgärtner nervös an ihrem rotblonden geflochtenen Zopf herumzuzupfen.

»Decker?«, fragte ihr Mann sofort. »Kennen wir nicht.«

»Er hat bei uns in der Wirtschaft gearbeitet.« Sie räusperte sich. »Ist aber schon ein paar Monate her.«

»Sag nicht, die meinen den Kerl, der immer so schief gesungen hat!«

Sie nickte.

»Dein Vater hat mir gesagt, dass er froh war, als er wieder weg war. Was ist denn mit dem Hallodri?«, fragte er Peter direkt ins Gesicht.

»Er ist leider verstorben«, antwortete Peter, ohne mit der Wimper zu zucken, was Helga reichlich Respekt abverlangte. Wenn ihr gegenüber jemand schlecht über Elfie reden würde, nachdem diese gestorben war, hätte sie sich nicht so zusammennehmen können.

Die arme Frau Weingärtner schlug die Hand vor den Mund, als ob sie ihn sich zuhalten wollte, damit sie sich nicht verriet. Ihre Augen schimmerten.

»Wir organisieren die Beerdigung«, sagte Peter.

»Hatte er in Ginnheim Freunde, die wir zur Beerdigung einladen könnten?«, fragte Helga behutsam und erwähnte mit Absicht nicht, dass Frau Weingärtner natürlich auch kommen durfte. Ihr Mann hätte bestimmt kein Verständnis dafür.

Frau Weingärtner schüttelte den Kopf. »Ich kannte ihn ja kaum.«

»Das ist auch besser so«, meinte ihr Mann. »Dem war nicht zu trauen. Gibt Leute, die ihn für einen Juden hielten.«

Bevor Helga und Peter etwas entgegnen konnten, knallte er grußlos die Tür zu.

Helga schielte zu Peter. Doch dieser ging schon wieder zu seinem Rad.

»Tut mir leid«, rief sie ihm hinterher.

»Ist nicht wichtig«, sagte er und lächelte auf einmal. »Auf seine Weise war Alwin wirklich ein Hallodri. Immer einen frechen Spruch auf den Lippen. Aber singen, das konnte er!«

Helga sah ihm nachdenklich nach. Ob er schon so viele judenfeindliche Sprüche gehört hatte, dass es ihm nichts mehr ausmachte? Was er wohl alles erlebt hatte? Fragen konnte sie ihn nicht. Sie wollte keine weiteren Wunden aufreißen.

Auf einmal vernahm sie leise Schritte. Frau Weingärtner kam auf sie zu und schaute sich dabei immer wieder um.

»Die Beerdigung …«, flüsterte sie. »Wann?«

»Wir sagen Ihnen Bescheid«, antwortete Helga und ergänzte spontan: »Getarnt als Geburtstagseinladung von mir.«

Hastig eilte Frau Hofgärtner wieder zum Hintereingang.

Enttäuscht traten Helga und Peter den Heimweg an. Die Suche nach der erhofften Zeugin, die ihnen Auskunft über Alwins letzten Abend geben konnte, war letztendlich erfolglos geblieben.

»Aber eines hat es doch gebracht«, meinte Peter, als sie die Lindenstraße erreicht hatten. Ritterlich hatte er darauf bestanden, Helga nach Hause zu bringen. »Ich werde für Alwin eine schöne Trauerfeier organisieren.«

»Und ich helfe dir.« Das war Ehrensache. »Er scheint wirklich ein netter Kerl gewesen zu sein. Aber wie willst du jetzt deine Unschuld beweisen?«

»Keine Ahnung. Vielleicht fällt uns ja noch was ein. Hast du am Ostermontag Zeit?«

»Ja«, sagte sie arglos und sah ihm nach.

Auf einmal drehte er sich auf dem Rad um und winkte ihr. Sie wunderte sich, wieso sie sich so darüber freute.

»Peter ist ein ganz anderer Mensch als Dandy«, erklärte Helga abends, als sie mit Elfie zu Bett ging, und bürstete sich ihre Haare. »Ich bin gerne mit ihm unterwegs. Er ist so besonnen und vernünftig.«

»Peter?« Elfie hatte sich bereits hingelegt. Natürlich schliefen sie gemeinsam in einem Bett. War ja viel gemütlicher.

»Früher war er doch genauso draufgängerisch wie Walter. Wie er seelenruhig weiter Swing-tanzte, während die HJ-Streife bereits im Saal stand!«

Sorgfältig trennte Helga eine Strähne von den anderen, wickelte sie um ein Stoffband und verknotete es zum Schluss. Sie sah im Präsidium gerne hübsch aus. »Walter und er haben sich manchmal ganz schön gegenseitig aufgestachelt, als wären sie unverwundbar.«

»Und wie Peter mit Lizzy geflirtet hat!« Elfie seufzte. »Ach, wie ich sie vermisse. Manchmal stelle ich mir vor, sie würde einfach um die Ecke kommen, die Haare glamourös in einer *victory roll* aufgedreht, knallroten Lippenstift und eine amerikanische Zigarette im Mundwinkel. Duke Ellington würde laufen, den mochte sie doch so gerne, und sie würde meine Hand ergreifen und mit mir tanzen.«

Elfies sehnsuchtsvoller Blick versetzte Helga einen Stich. Obwohl sie auch um Lizzy trauerte, war sie manchmal eifersüchtig. Neben der mondänen Lizzy in ihren Marlenehosen war Helga sich immer so klein und brav vorgekommen. Vor allem, wenn Elfie mit ihr über die Tanzfläche wirbelte.

»Ich vermisse sie auch. Und Peter erst! Du weißt bestimmt noch, wie verliebt er in sie war.« Helga drehte sich zu Elfie um. »Vielleicht hat er uns wegen ihr nicht gesucht. Glaube ich jedenfalls. Als ob er alles vergessen wollte, um nicht an sie erinnert zu werden.«

»Als ob man das könnte.« Elfie verschränkte die Arme hinter dem Kopf.

»Jetzt kümmert er sich um seine kranken Eltern, versucht, Medikamente und Lebensmittel zu ergattern, steht für Bezugsscheine aller Art an, und daneben holt er den verpassten Schulstoff auf.«

»Helga, du schwärmst ja richtig von ihm«, rief Elfie. »Wehe, du wirst Walter untreu.« Schelmisch drohte sie ihr mit dem Finger.

Helga fühlte sich ertappt. »Niemals«, antwortete sie voller Inbrunst und warf ein kleines Kissen nach Elfie.

Die fing es auf und steckte es sich hinter den Rücken. »Schade nur, dass er was im Gesicht abgekriegt hat. Früher war er hübscher.«

»Ach, an die Narbe gewöhnt man sich schnell«, meinte Helga und drehte eine weitere Strähne auf eine Papillote.

»Weißt du, warum er die hat?«

»Nein, das geht uns auch nichts an.«

»Und von seiner Unschuld am Tod Alwins bist du überzeugt?«

»Natürlich!« Helga ließ die Hände sinken.

»Bist du dir sicher? Vielleicht haben die beiden da oben irgendeinen Blödsinn angestellt und er hat ihn dabei aus Versehen runtergestoßen!«

»Niemals!«

»Reg dich nicht auf, Helga.« Elfie zog die Decke bis ans Kinn. Im Zimmer war es kalt. »Ist mir nur so eingefallen. Aber wenn du meinst, dass er sich geändert hat … Du kennst ihn ja viel besser als ich, so viel Zeit, wie du gerade mit ihm verbringst.«

»Was soll das denn heißen?« Helga gefiel Elfies Tonfall nicht. Machte die Freundin sich wirklich Sorgen, Helga könnte Walter untreu werden? Was für ein Unfug.

»Gar nichts«, beschwichtigte sie ihre Freundin. »Ich mache mir nur Gedanken wegen Walter.«

»Ich auch, Elfie!«

»Ob er sich auch verändert hat? Wer weiß, was der Hunger und die eisige Kälte in Sibirien mit ihm angestellt haben.«

Endlich der letzte Stoffstreifen, fertig. Helga sprang auf und legte sich zu Elfie ins Bett.

»Hauptsache, er überlebt. Heute habe ich wieder Schreckliches gesehen. Einen jungen Mann voller Messerstiche in einem Kohlenkeller.« Helga ersparte Elfie lieber die Details.

»Oh weh, du Arme!« Elfie schlang tröstend die Arme um sie.

»Ich musste mich auch schon wieder übergeben. Thieme hat mir hinterher geraten, immer eine Flasche Kölnisch Wasser dabeizuhaben. Ein paar Tropfen auf ein Taschentuch vor der Nase würde Wunder bewirken.«

»Gute Idee. Hat deine Mutter noch Toilettenwasser?«

»Ich glaube schon.« Aber ob sie ihr das türkis-goldfarbene Fläschchen ausleihen würde? Mutter hütete es wie einen Goldschatz, Ersatz war keiner zu kriegen.

»Ich verstehe gar nicht, wieso mir immer schlecht wird. Bei den Aufräumarbeiten nach den Bombardierungen haben wir ja auch Leichen gefunden. Aber das war irgendwie anders, in dem Moment war man noch so aufgewühlt vom Feuersturm und den Sirenen und allem … da habe ich eigentlich nie über irgendetwas nachgedacht, sondern nur geschuftet. Genauso versuche ich jetzt auch da ranzugehen.« Helga schloss die Augen. »Aber die Männer, die wissen gar nicht, dass der BDM beim Luftschutz und den Aufräumarbeiten geholfen hat. Die behandeln mich, als wäre ich ein verwöhntes Vorkriegsmädchen, und machen sich lustig. Behaupten, meine Arbeit sei einer Frau nicht zumutbar, ich würde verrohen und meine weibliche Art verlieren.«

»Die spinnen doch!«

»Einmal habe ich gehört, wie einer *Mannweib* zu mir gesagt hat. Ach, und einen Mann finde ich sowieso nicht, ist ja klar.«

Elfie grinste sie an. »Na, lass das mal deine Mutter nicht hören.«

21 – Helga

An Karfreitag ging Helga morgens mit der gesamten Familie zum Gottesdienst in die Krypta unter der Christuskirche. Letztes Jahr hatten die Amerikaner Frankfurt an Gründonnerstag eingenommen und an Karfreitag hatten bei ihnen die Waffen geschwiegen. Für Helga war seitdem dieser Tag mit dem nahenden Frieden verbunden. Der Tag, an dem Jesu für ihre Sünden am Kreuz gestorben war.

Ob er sich das hatte vorstellen können? Sechs Millionen getötete Juden? Sechzig Millionen Kriegstote? Auschwitz und Hiroshima? Eine Atombombe?

Die Gläubigen drängten sich in die kleine Krypta. Stühle oder Bänke gab es keine, alle standen eng an eng. Helga erkannte einige, die während der Hitlerjahre auf die Kirche geschimpft hatten. Irene zum Beispiel, ihre alte BDM-Scharführerin, stand mit gesenktem Kopf ein paar Reihen vor Helga und sang so inbrünstig *O Mensch bewein dein Sünde groß*, als wäre es *Unsere Fahne flattert uns voran*, das Lied der Hitlerjugend.

Helga kämpfte mit den Tränen. Auch Mutter musste sich die Nase putzen, anderen rannen die Tränen offen die Wangen hinab. Alle hofften sie wahrscheinlich auf Vergebung, aber ging das überhaupt bei diesem Ausmaß an Schuld?

Elfie war zu Hause geblieben. Sie war zwar getauft, aber

nicht besonders christlich erzogen worden. Vielleicht fand sie irgendwann später wieder zu Gott. Helga wünschte es sich, aber sie wusste auch, dass sie keinen Einfluss darauf hatte. Elfie würde ihren eigenen Weg finden.

Ob Peter in die Kirche ging? Er hatte erzählt, dass er ebenfalls evangelisch war, genauso wie seine Mutter.

Und Walter? In der kommunistischen Sowjetunion wurde bestimmt kein Osterfest gefeiert. Vielleicht lag noch immer Schnee in Sibirien, wo sich angeblich alle Gefangenenlager befanden. Hoffentlich musste er nicht zu sehr leiden. Und als das nächste Gebet angestimmt wurde, schickte sie ihm alle ihre guten Gedanken, Wünsche und Hoffnungen.

Im Hinausgehen bemerkte sie Klaus, der schnell nach draußen eilte, als ob er nicht gesehen werden wollte. Wieso hatte er nichts gesagt? Er hätte sich doch zu ihnen stellen können.

Eigentlich dürfte es sie nicht überraschen, Klaus hier in der Kirche zu sehen. Es passte zu ihm.

Bei Irene hatte sie da so ihre Schwierigkeiten.

Im Ostergottesdienst am Sonntag dann fühlte Helga sich getröstet. Sie konnte nichts ungeschehen machen, aber dabei helfen, dass sich nie wieder so etwas ereignete. Auch wenn sie keinen Studienplatz bekommen hatte. Es gab viele Wege, die zu Gott führten – und viele Wege, Frieden und Nächstenliebe zu den Menschen zu bringen. So predigte der Pfarrer und so empfand sie es auch. Von Gerechtigkeit sprach er zwar nicht, aber ohne diese würde es nie Frieden geben. Als Polizeifotografin befand sie sich auf jeden Fall auf dem richtigen Weg.

In der Lindenstraße hatte Elfie bereits den Tisch gedeckt und einen großen Topf Kartoffeln gekocht, den Vater irgendwie organisiert hatte. Dazu gab es von Helga zubereiteten falschen Hasen aus kostbarem Schweinehackfleisch, eine Sonderzuteilung zu Ostern, die Mutter durch einen glücklichen Zufall beim Metzger hatte ergattern können.

Das Fleisch hatte Helga mit eingeweichtem Brot und Milei vermengt, dem Ei-Ersatzpulver, das mit Wasser angerührt wurde. Elfie hatte es nur noch in den Ofen schieben brauchen. Hoffentlich schmeckte das Essen! Der Duft, der sich vom Backofen in der ganzen Wohnung ausbreitete, war jedenfalls sehr verführerisch.

Kurz darauf brachte Klaus nicht nur seine Brotration und Lebensmittelmarken für heute mit, sondern auch einen Korb frisch gesammelter Vogelmiere und anderer Kräuter. Helgas Eltern hatten ihn wie an Weihnachten zum Essen eingeladen. Unter den Kräutern lag ein winziges Stück Butter als Gastgeschenk. Zum Glück fragte niemand, woher er es hatte, sondern freute sich nur auf das wohlschmeckende Mahl – falschen Hasen mit Kräutersalat, Kartoffeln und einen Hauch Butter darüber.

Helgas kleine Cousinen fieberten dem nachmittäglichen Eiersuchen entgegen, bei dem sie zwar keine Hühnereier, dafür aber selbst genähte Osterhäschen finden würden.

Kaum, dass sie alle den ersten Bissen des kostbaren Fleisches zum Mund geführt hatten, klingelte es. Nach einer Schrecksekunde blieben alle sitzen, als ob noch immer Minna zur Tür eilen würde. Mutter aß einfach weiter. Notgedrungen erhob sich Helga, als die Klingel zum zweiten Mal ertönte.

Vor der Tür stand Dora Fischer, Elfies Mutter. Im dunklen Kleid mit schwarzer Strickjacke sah sie sehr ungewohnt aus und zu Helgas großer Überraschung hielt sie ein Gesangbuch in ihren Händen.

»Guten Tag, Helga«, sagte sie, als wäre es völlig normal, dass sie die Familie beim österlichen Mittagessen störte. »Ist Elfie da?«

War etwas vorgefallen?

»Frohe Ostern, Frau Fischer«, erwiderte Helga und wollte Elfies Mutter gerade hereinbitten, als diese sich bereits an ihr vorbeidrängte und gierig den köstlichen Fleischduft einsog.

Zielstrebig lief Frau Fischer ins Esszimmer, riss die Tür auf und blieb direkt bei Helgas Vater am Kopf der Tafel stehen.

Der schaute sie mit hochgezogenen Augenbrauen an.

»Oh, Entschuldigung, ich wollte nicht stören, Herr Professor«, sagte sie.

»Ist was passiert?« Helgas Oma hatte vor Schreck das Messer fallen lassen.

»Mutter, was machst du hier?«, rief Elfie.

Helga blieb neben Frau Fischer stehen und suchte Mutters Blick, um sich leise mit einer Geste bei ihr für die Störung zu entschuldigen.

»Guten Tag, Frau Fischer«, sagte ihr Vater. »Darf ich fragen, was Sie zu uns führt?«

»Ich will Elfriede mit nach Hause nehmen. Es wird Zeit, dass sie sich nicht mehr länger herumtreibt.«

Helgas Mutter schnappte nach Luft. »Was erlauben Sie sich, Frau Fischer? Elfie ist unser Gast!«

»Wussten Sie, dass der da …« Frau Fischer deutete mit dem Zeigefinger auf Klaus. »… ein Deserteur ist? Ein fahnenflüchtiger Feigling, der seine Kameraden im Kampf im Stich gelassen hat?«

Helga erstarrte. Auch alle anderen hielten in ihren Bewegungen inne und schauten auf Klaus, der aschfahl den Kopf gesenkt hielt.

Der arme Klaus. Nur wenige Menschen hatten bislang von seinem Geheimnis gewusst und es gut gehütet. Wie Elfies Mutter wohl davon erfahren hatte?

Er tat Helga unendlich leid. Zwar konnte sie noch immer nicht richtig einschätzen, was er an der Front getan hatte. Aber öffentlich so bloßgestellt zu werden, kam einer tiefen Demütigung gleich. Ihre Großeltern und Tante Alice kannten Klaus kaum und würden sich jetzt bestimmt eine schlechte Meinung von ihm bilden, obwohl er ein feinfühliger und zuverlässiger Mensch war.

Wie erwartet schickte Tante Alice die Mädchen sofort in ihr Zimmer und blieb selbst neugierig sitzen. Auch die Großeltern spitzten die Ohren.

Helgas Vater wies auf einen der frei gewordenen Stühle, aber Elfies Mutter blieb stehen. »Wollen Sie sich nicht erst mal setzen, Frau Fischer?«, wurde er deutlich. »Vielleicht ein Glas Wasser?«

»Nein, ich verlange, dass Elfie mitkommt. Ich wusste die ganze Zeit, dass mit diesem Kerl was nicht stimmt und er der wahre Grund ist, warum sie nicht mehr bei mir ist.«

»Das ist alles Blödsinn!«, rief Elfie und sprang auf. »Du weißt genau, dass ich wegen dir aus dem Bunker ausgezogen bin«, sagte sie aufgebracht. »Weil du meine Freunde und mich verraten hast!«

»Das geschah zu deinem Besten. Ich habe immer nur dein Wohlergehen im Sinn.« Frau Fischer fuchtelte mit dem Finger in der Luft herum. »Er ist ein Verbrecher!«

Helgas Vater lehnte sich zurück. »Er hat dafür gebüßt.«

»Herr Professor, Sie wussten davon?« Frau Fischer blieb vor Erstaunen der Mund offen stehen. Helga musste daran denken, wie Elfies Mutter immer große Ehrfurcht vor Helgas Vater gehabt hatte. Damit war es jetzt wohl vorbei.

»Und warum sagt mir das keiner?«

»Weil wir wussten, dass du es nicht verstehst.« Wie zum Schutz verschränkte Elfie die Arme vor der Brust. »Außerdem wurde er dafür verurteilt und in ein Strafbataillon gesteckt.«

»Du bist mit einem verurteilten Straftäter befreundet? Und Sie bewirten ihn hier mit Feiertagsessen? Wie konnte es nur so weit kommen in unserem Land?«

Wieder redeten alle empört durcheinander, nur Klaus saß schweigend und mit gesenktem Kopf da.

Den Makel, vorbestraft zu sein, würde er nie loswerden, dachte Helga. Nur unter größten Schwierigkeiten hatte er seine Arbeit behalten können, nachdem Obergärtner Lenze von seiner Desertion erfahren hatte.

In den Lärm hinein glaubte Helga ein Klingeln zu hören. Bestimmt beschwerten sich die Nachbarn, aber die Mädchen konnten ja die Tür öffnen.

»Sie waren doch heute im Gottesdienst«, mischte sie sich in den Streit ein und wies auf das katholische Gesangbuch, das Frau Fischer auf den Tisch gelegt hatte. »Wenn Gott verzeihen kann, warum wir dann nicht auch?«

»Seit wann gehst du in die Kirche?«, fragte auf einmal eine tiefe und wohlbekannte Männerstimme von der Zimmertür aus.

22 – Helga

Kurz blieb Helgas Herz stehen, und dann raste es vor Glück so schnell davon, dass sie sich an die Brust fassen musste. War er es wirklich oder täuschte sie sich, litt sie an Halluzinationen?

»Walter!«, schrie Elfie, rannte um den Tisch und umarmte ihn stürmisch. Frau Fischer drängte sich an die andere Seite, er umfasste sie beide und küsste sie auf die Wange.

Walter. Wie anders er aussah. Das Gesicht eingefallen wie ein Totenschädel, die Haare geschoren, die Haut fleckig, die Kleidung löchrig.

Als er Helga mit seinen grauen Augen ansah, zitterte sie auf einmal am ganzen Körper, unfähig, zu reden – bis er seine Mundwinkel zu dem für ihn so typischen schelmischen Grinsen verzog.

»Nun schaut nicht, als wäre ich der Auferstandene persönlich.«

Da erst traute sie sich, ihn ebenfalls zu begrüßen, und umarmte ihn. Sein magerer Körper versteifte sich unmerklich.

Vater reichte ihm die Hand, Mutter füllte ihm bereits den Teller und Walter begrüßte die anderen.

Klaus gab ihm steif die Hand, während Elfie nicht von Walters Seite wich. Frau Fischer liefen die Tränen über die Wangen und Tante Alice reichte ihr ein spitzenverziertes Taschentuch. Mit großen Augen betrachteten Helgas Cousinen den unbekannten Walter in seiner zerschlissenen Uniform und fragten, ob ihr Vater denn jetzt auch nach Hause käme, worauf Tante Alice selbst ein Taschentuch benötigte.

Auf einmal musste Helga daran denken, wie Elfies Mutter mit Walters erstem Brief hier im Wohnzimmer gestanden hatte. Damals war Elfie gerade bei Helga eingezogen. Wenn sie damals geahnt hätte, dass es kein Jahr dauern würde, bis er wirklich zurückkehrte! Es hätte ihr so viele Sorgen erspart.

»Wo kommst du her?«

»Wie geht es Ihnen?«

Die Fragen schwirrten nur so durch die Luft.

Mit einer ausschweifenden Geste bat Helgas Vater alle, sich wieder zu setzen und in Ruhe weiterzuessen. Sogar für Frau Fischer fand Mutter noch eine Kartoffel, obwohl sie einfach so hereingeplatzt war und mit giftigen Anschuldigungen um sich geworfen hatte.

Auch Walter setzte sich, trank ein Glas Wasser und schob das Essen auf dem Teller hin und her, als ob er sich nicht trauen würde zuzugreifen.

Helga musterte ihn. So still war er früher nie gewesen.

Langsam erstarben die Gespräche und jeder aß das kalte, aber immer noch schmackhafte Essen. Walter nahm zuerst nur ganz kleine Kartoffelstücke und kaute sie bedächtig, bis er sich an das Fleisch wagte.

»Und das hast du gekocht?«, fragte er Elfie und klang ehrfürchtig.

»Nur gebraten, das Fleisch hat Helga zubereitet.«

»Schön, wenn es dir schmeckt«, sagte Helga. »Du musst ja wieder zu Kräften kommen.«

»Möchtest du auch noch von meiner Portion?«, fragte Elfie.

»Er sollte langsam machen«, warf Klaus ein. »Sein Magen verträgt vielleicht nicht alles.«

Helga nickte. Letzten Winter hatten sie wegen der schlechten Versorgung an manchen Tagen hungern müssen, sie wusste daher, dass die Verdauung Zeit brauchte, um wieder richtig zu funktionieren.

Als er aufgegessen hatte, erzählte Walter, dass er aus einem Lager in der Nähe von Vilnius komme, dem deutschen Wilna. Nur sehr wenige seien mit ihm zusammen entlassen worden, und sie hätten sich die ganze Zeit im Zug gefragt, warum ausgerechnet sie zurück nach Hause durften und die anderen in neue Lager weiter im Osten gebracht wurden.

Es würden Gerüchte kursieren, Stalin wolle damit beweisen, dass die deutschen Kriegsgefangenen nicht umgebracht worden seien, so, wie es die Deutschen mit zwei Dritteln der sowjetischen Gefangenen gemacht hätten.

Aber wer wusste schon, was mit den Hunderttausenden geschah, die in der riesigen Sowjetunion hatten bleiben müssen.

Walter und die anderen waren mit dem Zug zum Lager Friedland an der Grenze der amerikanischen, britischen und sowjetischen Zone gebracht worden, wo sie desinfiziert wurden, Essen, etwas Geld und Papiere bekamen, die ihre Entlassung aus der Wehrmacht und Gefangenschaft belegten.

Außerdem waren sie verhört worden. »Die interessiert alles, wann man wo in welchem Truppenteil unter wessen Befehl gedient hat, wo wir in Gefangenschaft geraten und vor allem warum wir entlassen worden sind. Die meinten allen Ernstes, wir wären Spione!« Entrüstet schüttelte Walter den Kopf.

»Aber jetzt bin ich wieder da!« Er breitete die Arme aus und lächelte wieder schelmisch.

Helga tat es in der Seele weh, dass er so mager und klapprig wirkte. Hoffentlich kam er wieder zu Kräften, wenn er sich ordentlich ausruhte und gesunde Sachen zu essen bekam.

»Mensch, was bin ich froh, dass ihr alle so gesund und munter seid«, rief er und nippte am Muckefuck, den Elfie ihm hingestellt hatte. »Aber wieso liegt denn unser Zuhause hinter Stacheldraht? Ich habe hier nur geklingelt, weil ich nicht wusste, wo ich euch sonst suchen sollte.«

»Hast du denn unsere Briefe nicht erhalten?«, fragte Helga beunruhigt.

Er schüttelte den Kopf und schnell klärten Helga und Elfie ihn über die wichtigsten Dinge auf. Walter kam aus dem Staunen gar nicht mehr heraus.

»Und wieso warst du in der Kirche, Mutter?«, wiederholte Walter seine Frage, als die Aufregung sich ein wenig gelegt hatte.

Helga fiel sein irritierter, kritischer Unterton auf. Was für ein Glück, er hatte sich wirklich nicht geändert.

»Heute ist Ostern.« Frau Fischer senkte demütig den Kopf, als wäre damit alles gesagt.

»Ich finde das scheinheilig«, meinte Elfie.

Helgas Mutter blickte sie strafend an.

»Entschuldigen Sie, Frau Sartorius«, sagte Elfie. »Sie wissen wahrscheinlich nicht, wie meine Mutter sich früher über jeden, der sonntags in die Kirche ging, das Maul zerrissen hat. Auch über Ihren Mann und Sie.«

»Elfie, was erlaubst du dir!«, regte Frau Fischer sich auf.

»Was ich mir erlaube?« Und schon ging der Streit wieder von vorne los. »Du ...«

»Du bist mal ganz still, du bist mit einem Verbrecher befreundet! Walter, er ist ein Deserteur! Ein Feigling!«

»Wer?«, Walter blickte sich suchend um, Frau Fischer zeigte mit dem Messer direkt auf Klaus' Kopf.

»Du hast die Fliege gemacht?«

»Unerlaubtes Absetzen von der Truppe«, gab Klaus kleinlaut zu.

»Er musste ins Strafbataillon«, triumphierte Frau Fischer.

»Dumm gelaufen«, sagte Walter und schob sich die letzte Kartoffel in den Mund. »Bei uns sind einige zu den Russen übergelaufen. Wenn es wenigstens die Amis gewesen wären, zu denen wäre ich auch gegangen. Wie ich meinen Swing vermisse ...«

»Walter!«, schrie Frau Fischer. »Du kannst nicht im Ernst überlegt haben zu desertieren? Kein Wunder, dass wir den Krieg verloren haben, wenn ihr alle die reinsten Memmen seid.«

Helga erstarrte vor Entsetzen, doch die anderen am Tisch blickten Walter an, als wären sie einer Meinung mit seiner Mutter.

»Können wir nicht ein bisschen Swing hören?«, fragte Walter in die Stille hinein.

»Aber ...«, begann Elfie.

»Nicht jetzt«, unterbrach Walter sie. »Oder ich gehe.«

Elfie starrte ihn nur erstaunt an.

Und Helga flitzte in ihr Zimmer und holte eine Schallplatte. Als sie wiederkam, drehte Elfie bereits die Kurbel an Vaters Grammofon und im Nullkommanichts erklang das schwungvolle *Honeysuckle Rose* von Coleman Hawkins.

»Muss das sein?«, fragte Tante Alice, aber das war Helga egal. Alles war besser als dieser hässliche Streit. Sie wollte Walter einen herzlichen Empfang bereiten, nach dem, was er alles durchgemacht hatte.

Der sprang voller Begeisterung auf und drehte sich mit einer eleganten Handbewegung im Kreis. Schnell schoben Helga, Klaus und Elfie die Sessel zur Seite.

Während Tante Alice und die Großeltern sich mit säuerlicher Miene verzogen, räumten die Eltern den Tisch ab. Sogar Vater trug ein paar Teller in die Küche.

Zuerst tanzte Walter mit Elfie und Helga fühlte sich zurückgesetzt. Dann endlich ergriff er ihre Hand und gemeinsam drehten sie sich im Kreis. Bei einer ruhigeren Passage wagte sie es sogar, ihre Wange an seine zu schmiegen, und hörte, wie er die Melodie mitsummte. Nie war sie so glücklich gewesen wie in diesem Moment.

»*Hot!*«, rief Walter mit vor Freude geröteten Wangen, als das Stück zu Ende war. »Mutter, lass uns zum Bunker gehen, ich muss aus diesen Klamotten raus und heute Abend feiern.«

»Oh!« Sie schüttelte den Kopf. »Deine Kleidung ist noch in unserer alten Wohnung.«

»Na, dann hole ich sie schnell. Heute Abend finden doch bestimmt Konzerte statt, oder?«

»Ohne besondere Genehmigung kommst du nicht ins Sperrgebiet«, erklärte Elfie. »Wir durften leider nur ganz wenige Sachen mitnehmen, als die Army uns aus dem Haus geworfen hat. Vaters Kleidung hängt auch noch dort im Schrank.«

»Wir konnten ja nicht ahnen, dass sie so lange da wohnen bleiben.« Frau Fischer hob klagend die Hände.

»Und was mache ich jetzt?«, entgegnete Walter ratlos. »Mit der alten Uniform rumlaufen?«

»Kann er nicht hierbleiben, Vater?« Helga sah ihn bittend an. »Wir machen Wasser heiß zum Baden, und du leihst ihm einen Anzug, bis alles geregelt ist.«

»Das kann ich nicht annehmen.« Walter schüttelte leicht den Kopf. »Es war schon sehr nett von Ihnen, Professor Sartorius, dass ich mitessen durfte.«

»Warum denn nicht«, erwiderte Helga. »Du hast gerade ein Jahr russische Kriegsgefangenschaft hinter dir, da ist ein Bad als Willkommensgeschenk ja wohl das Mindeste.«

»Natürlich«, sagte Vater. Helga bemerkte, wie ihre Mutter leicht die Stirn runzelte.

»Und danach kommst du mit nach Griesheim«, sagte Frau Fischer und lehnte sich zurück, als ob sie auf ihn warten wollte. »Das Rote Kreuz bringt immer mal wieder Altkleider in den Bunker, da finden wir schon was für dich. Dann sind wir endlich wieder zu dritt.«

»Ich komme nicht mit, Mutter«, sagte Elfie.

Hoffentlich kam es jetzt nicht wieder zu einer Auseinandersetzung.

»Können wir uns nicht alle vertragen?« Helgas Vater hob beschwichtigend die Hände. »Es ist Ostern. Der junge Mann kann gerne hier bei uns baden und sich Kleidung ausleihen.«

Helga schmiegte sich dankbar an ihn. Im Grunde ihres Herzens waren ihre anspruchsvollen Eltern doch sehr mitfühlend.

Während sie zu viert eimerweise Wasser heiß machten, spülten sie ab, machten Scherze und lachten die ganze Zeit. Helga war so froh. Am liebsten hätte sie sich in Walters Arme geworfen, jetzt, wo die Eltern es nicht mitbekämen, aber er war merkwürdig distanziert ihr gegenüber. Wenn er etwas über das neue Leben in Frankfurt wissen wollte, wandte er sich nicht an sie, sondern an Elfie. Und die sprühte nur so vor Mitteilungsfreude.

Beinahe kam Helga sich wie das fünfte Rad am Wagen vor.

Mutter hatte für Walter bereits einige Sachen herausgelegt. Oben auf dem Stapel lagen Unterhemden und -hosen, die Helga peinlich berührt sofort zwischen den braunen Anzug mit den feinen Nadelstreifen schob. Auch der blauweiß gestreifte Schlafanzug wanderte nach unten. Jetzt lagen obenauf ein weißes Hemd, darunter noch ein hellblaues zum Wechseln, eine dunkelrote Krawatte, ein brauner Pullover mit Zopfmuster und schwarze Socken. An alles hatte Mutter gedacht, sogar an ein altes Paar Schuhe.

Als sie Walter die Sachen reichte, waren sie kurz alleine in der Küche, und Helga hoffte inständig, dass er sie endlich an sich ziehen und küssen würde. Aber nichts geschah, und als er sich wortreich bedankte, sah er ihr noch nicht mal in die Augen.

Was war bloß los mit ihm? Hatte sie etwas falsch gemacht? Oder gefiel sie ihm etwa nicht mehr?

Dann kamen auch schon Elfie und Klaus mit frischen Handtüchern herein.

»Ausgerechnet beim Streiten musst du uns erwischen.«
Elfie grinste. »Mutter hat nämlich …«

»Ich will davon nichts wissen«, unterbrach Walter sie.

»Aber …«, fing Elfie wieder an.

Konnte sie nicht bis später warten, um ihm alles in Ruhe
zu erzählen?

»Lass Walter sich doch erst mal ausruhen«, sagte Helga
und ihre Freundin nickte betreten.

Mit einem verlegenen Blick zog Walter sich ins Bad zurück.

Kaum war er weg, umarmte Elfie Helga stürmisch. »Endlich!«

Dann umarmte sie Klaus. »Siehst du, Klaus, er versteht
dich. Ich wusste immer, wenn Walter erst wieder da ist,
kommt alles in Ordnung.«

»Und was ist mit deiner Mutter?« Klaus schob sie mit finsterer Miene von sich.

»Vielleicht hat sie ja ein Einsehen, wenn Vater auch zurückkommt«, antwortete Elfie kleinlaut. »Was der wohl dazu
sagt, dass sie jetzt wie die allergrößte Heuchlerin in die Kirche rennt?«

»Vielleicht hat sie ja Gewissensbisse«, meinte Klaus.

»Nie und nimmer. Das ist alles nur Getue.«

»Du musst ihr eine Chance geben, ihre Einstellung zu ändern.« Helga ergriff das Kreuz an ihrem Hals.

»Ich wäre die Erste, die sich darüber freut«, sagte Elfie.
»Aber noch sehe ich dafür nicht das geringste Anzeichen.«

Da erklang aus dem Bad der Harlem-Pfiff.

23 – Walter

Walter konnte es kaum fassen, in diesem sauberen Bad in der blütenweißen Wanne zu liegen. Zwar hatte er sich in Friedland notdürftig den Dreck der zweiwöchigen Reise mit dem Zug durch die Sowjetunion, Polen und die sowjetische Zone bereits in einer Gemeinschaftsdusche abwaschen können, aber eine Badewanne war etwas ganz anderes. Diese Wärme tat so gut! Sie drang tief in seine Muskeln und seine Seele, und jedes Mal, wenn er ausatmete, fiel eine unglaubliche Anspannung von ihm ab.

Endlich allein.

Zum ersten Mal betrachtete er seinen mageren Körper. Die hervorstehenden Beckenknochen, die sich abzeichnenden Rippen – im Lager hatte er möglichst nicht hingesehen. Aber jetzt traute er sich. Beinahe war er stolz, dass sein Körper den Hunger, den Durst und all die anderen Strapazen im Krieg und danach ausgehalten hatte.

Die Wärme machte ihn schläfrig. Aber sobald er die Augen schloss, überfielen ihn die Erinnerungen an dieses grässliche Lager. Da hielt er sie besser offen und pfiff den Harlem-Swing wie früher. Feiern wollte er. So richtig einen draufmachen.

Vergessen.

Als er schon völlig durchweicht war und sich die Haare mit richtiger, duftender Seife wusch, rannen ihm vor Freude die

230

Tränen über die Wangen. Er schrubbte sich den Dreck von der Haut, als könnte er gleichzeitig dadurch seine Erinnerungen loswerden, als wäre er ein neuer Mensch.

Für die Großzügigkeit von Helga und ihrer Familie war er sehr dankbar, vor allem, weil er so plötzlich vor der Tür gestanden hatte. Aber er hatte nicht gewusst, wo er seine Familie suchen sollte, als er vor diesem Stacheldrahtzaun gestanden hatte. Helgas Wohnung war gleich in der Nähe gewesen.

Vieles war ungewohnt. Seine kleine Schwester hatte einen Freund und gab Mutter Widerworte, sodass Vater ihr eine Tracht Prügel verpasst hätte. Aber der saß in England in Gefangenschaft.

Helga jedoch war genauso schön, wie er sie in Erinnerung hatte. So rein und unschuldig wie ein Engel.

Bilder aus dem Lager kamen ihm in den Sinn, schnell versuchte er, sie abzuschütteln, stieg aus der Wanne und rasierte sich gründlich. Danach wischte er mit einem herumliegenden Lappen die Wanne so sauber, als hätte er nie drin gelegen, damit auch hier kein Gramm Russland mehr existierte.

Und weil es ihm Vergnügen bereitete, Ordnung und Sauberkeit einkehren lassen zu können.

Die Kleidung vom Professor schlackerte an seinem Körper, aber sie war sauber und wärmte. Helga hatte ihn gebeten, die alten Sachen im Bad zu lassen. Sie wolle sie waschen und die Jacke einfärben, das machten wohl alle so. Das Tragen von Uniformen war verboten. Aber vielleicht war es besser, er erledigte das selbst.

Nur wo? Dass die alte Wohnung mit all seinen Sachen zum Greifen nah war, er sie jedoch nicht betreten durfte, wurmte ihn gewaltig. So sehr hatte er sich auf seine Platten, sein Grammofon und seine flotte Swing-Kleidung gefreut.

Er wäre so gerne wieder sechzehn. Mit Freddy auf der Liegewiese vom Brentanobad heiße Scheiben hören! Das wäre es jetzt.

Ein letzter Blick in den Spiegel. Tiefe Ringe unter den roten Augen, die Haut aschfahl und faltig. Hoffentlich legte sich das schnell. Seine stoppeligen Haare mussten auch dringend wachsen. Dann zog er die Krawatte gerade, grinste sich an und öffnete die Tür.

Die anderen starrten ihn an, als wäre er ein Fremder. Er kam sich ja selbst fremd vor in den Zivilklamotten. Doch nach der ersten Irritation schien es den Mädels zu gefallen, und ohne auf Mutters Gezeter zu achten, bedankte Walter sich noch einmal bei Helgas Eltern, und zu viert machten sie sich auf den Weg, um irgendwo in Ruhe abzuhotten.

Sie schlugen den Weg zur Bockenheimer ein. Helga hängte sich bei ihm ein, und Elfie bei Klaus. Der schien in Ordnung zu sein. In der Heimat hatte keiner eine Ahnung davon, was sich an der Front abgespielt hatte. Vielleicht besser so.

»Wo geht's hin?«, fragte Walter und pfiff so laut er konnte den Harlem-Swing.

»Im Café Jäger in der Gutleutstraße legt Schorschi heute Platten auf«, antwortete Helga.

»Das liegt aber in der anderen Richtung.« Er zeigte mit dem Daumen zum Hauptbahnhof.

»Klaus will noch seine Jacke holen«, sagte Elfie.

»Na gut. Ach, wie schön, wieder im gemütlichen Frankfurt zu sein.«

»Gemütlich?« Mit aufgerissenen Augen deutete Elfie auf eine Häuserruine.

»Ach, Schwesterchen, ich habe schon so viel gesehen, so ein bisschen Trümmer-Trauerspiel schreckt mich nicht ab. Wir leben noch. Das ist die Hauptsache!«

»Aber weißt du …«, begann seine Schwester schon wieder, als wollte sie ihm die Laune verderben.

»Egal, was du sagen willst«, unterbrach er sie, »ich will es nicht hören. Nichts über den Streit mit Mutter, keine Geschichten über Bombenopfer oder wer gefallen ist. Heute nicht!«

Ein Jeep voller gut genährter und vor allem: gut aussehender GIs brauste auf der Bockenheimer Landstraße an ihnen vorbei. Elfie hatte ihm vorhin schon vom sogenannten American Dreamland, dem amerikanischen Vergnügungspark im Palmengarten, erzählt. Ach, wie gerne würde er dort hingehen!

Aber Schorschi wiederzutreffen und Platten aus seiner legendären Sammlung zu hören, war natürlich auch *hot*.

Der schweigsame Klaus hauste im Keller der Engelruine. Wenn er das richtig verstanden hatte, gab es dort unten mehrere intakte Räume, in denen neben Klaus auch eine ausgebombte Familie mit kleinen Kindern wohnte.

Walter hatte nicht für einen Pfennig Lust, bei seiner keifenden Mutter im weit entfernten Griesheim zu übernachten. Und dazu noch in einem Bunker! Wer weiß, vielleicht konnte er ja bei Klaus bleiben. Der Keller wirkt sauber und sicher, dachte Walter, als sie alle zusammen Klaus begleiteten, seine Jacke zu holen.

»Vielleicht war es ein Fehler, alles zu gestehen«, sagte Klaus auf einmal ohne Umschweife.

Walter fragte sich sofort, was er meinte.

»Ich werde mein Leben lang deswegen im Nachteil sein.« Klaus hob kraftlos die Arme. »Lenze hat zwar erreicht, dass mir nicht gekündigt wurde – aber ob ich als Vorbestrafter eine Lehre im Palmengarten machen darf?«

Walter schaute sich lieber um, ob hier noch genügend Platz für ihn war. Probleme konnte er schlecht aushalten.

Aber ihm entging nicht der liebevolle Ausdruck in Elfies Augen, als sie Klaus beruhigend die Hand auf die Schulter legte. Sie schien es heftig erwischt zu haben.

»Wenn nicht, dann verschwinden wir eben von hier«, meinte sie. »Und fangen woanders ganz von vorne an. Irgendwo, wo uns niemand kennt.«

»Aber deine Mutter wird es immer wissen.«

Elfie seufzte. »Woher die das nur wieder hat. Aber grüble nicht so viel, Klaus. Deine Entscheidung war richtig, du bist viel zu ehrlich und aufrichtig und würdest es gar nicht fertigbringen, das dein Leben lang für dich zu behalten.«

»Was meinst du, Walter?«, fragte Helga und legte ihre Hand sanft auf seinen Unterarm. »Ist Klaus ein Feigling?«

Die Berührung fühlte sich komisch an. Natürlich angenehm und fürsorglich. So lange war er von niemandem berührt worden. Trotzdem hätte er ihre Hand am liebsten abgeschüttelt.

»Ich will nicht über den Krieg reden. Wollten wir uns nicht amüsieren?«

Schon von Weitem erkannte Walter den typischen Swing-Rhythmus. Und als sie das beinahe unversehrte Café betraten, ging sein Herz auf. Tische und Stühle waren zur Seite geräumt worden, es duftete nach amerikanischen Zigaretten und am Grammofon stand tatsächlich Schorschi. Die Haare nicht mehr im Bürstenhaarschnitt, sondern mit langem Pony, wie es sich für einen Swing-Fan gehörte.

Im Publikum tummelten sich alle möglichen Swing-Fans, sogar GIs in den unterschiedlichsten Hautfarben, und auf einmal stand mitten unter ihnen ein Schupo in der ungewohnten dunkelblauen Uniform und dem gelben Polizeiabzeichen auf dem Oberarm und wippte mit dem Kopf, bevor er seinen Streifengang fortsetzte. Tatsächlich, es waren neue Zeiten angebrochen.

Elfie stürmte bereits mit Klaus die kleine Tanzfläche, es blieb nur Helga übrig. Walter brauchte sie nur kurz am Arm zu berühren, und schon strahlte sie ihn an und legte mit ihm zu Louis Armstrongs *Swing that music* eine so kesse Sohle aufs Parkett, dass seine schwachen Beine brannten und ihm schwindelig wurde. Aber schlappmachen galt nicht!

Als die Musiker pausierten, drängelte Walter sich durch die Menge, um Schorschi zu begrüßen. Der fiel ihm glatt um den Hals, wie ungewohnt. Walter schob ihn befremdet von sich. Ob die anderen schon guckten? Doch niemand achtete auf sie.

»Jimmy«, rief ihn immer wieder irgendjemand, er winkte und lachte und trank das erste Dünnbier auf ex. Endlich war er frei.

Plötzlich sprach irgendein blonder Schönling Helga an.

Erst als der Kerl den Kopf hob, erkannte Walter ihn. Dandy! Leider verzierte eine üble Narbe sein früher so schönes Gesicht. Helga stellte ihn als Peter vor.

Ach, es war Wahnsinn, der halbe Odeon-Club hottete hier ab! So viele Freunde vereint. Jetzt war er in seinem eigenen *Dreamland* angekommen.

Bei *Jumpin' at the woodside* von Count Basie konnte er nicht still danebenstehen und er wirbelte erneut mit Helga über das Parkett. Sie hatte nichts verlernt, ihr rotes Kleid flog hoch, sodass ihr Schlüpfer kurz zu sehen war. Walter machte das nichts aus, wenn andere Männer das mitbekamen, es gehörte einfach dazu.

Auf einmal wurde ihm schwarz vor Augen und so übel, dass er rausrennen musste, damit er sich nicht auf der Tanzfläche übergab.

»Walter, was ist?« Schon kletterte Helga hinter ihm in die Ruine, in die er sich gerettet hatte. Konnte sie ihn nicht in Ruhe lassen? Wie peinlich, dass ihm nach nur einem Bier schlecht geworden war. Sie musste ja denken, er sei ein Schwächling.

»Du musst dich schonen, das ist doch viel zu anstrengend für dich«, sagte sie.

»Lass mich.« Er schüttelte ihre Hand von seiner Schulter. »Mir sagt keiner mehr, was ich tun soll. Nie mehr!« Er drängte sich an ihr vorbei zurück ins Café. An der Bar gab ihm jemand einen Schnaps in Erinnerung an den Odeon-Club aus, er brannte in der Kehle und weckte ihn auf. Noch einer und schon stürmte er wieder auf die Tanzfläche.

Am Rand tuschelte Helga mit Elfie. Noch so eine, die ihn

bemuttern wollte. Drei Jahre an der Front, ein Jahr Gefangenschaft – wenn er bis jetzt nicht bewiesen hatte, dass er ein Mann war, wann dann?

Als Schorschi die nächste Platte auflegte, schrie Walter nach den ersten Tönen vor Begeisterung auf. *Sleep* von Benny Carter! Er liebte das Stück, vor allem das verspielte Klarinettensolo.

Die Frankfurter Jugend stürmte das Parkett und tanzte wild. Auch Helga sah sehnsüchtig zu ihm hinüber. Aber er hatte Schiss, dass ihm wieder schlecht werden könnte. Lieber trank er noch was und saugte die Stimmung auf. So hatte er sich in Russland das Paradies vorgestellt.

Wie einfallsreich Elfie mit Klaus tanzte. War der früher auch ein Swing-Boy gewesen? Walter konnte sich nicht erinnern, ihn schon einmal gesehen zu haben.

Am meisten interessierten ihn die Amerikaner. Wie muskulös sie waren! Und sie tanzten so lässig und doch schnell und präzise, dass er aus dem Staunen nicht mehr herauskam. Besonders die schwarzen Soldaten interessierten ihn, da er diese bislang nur von Fotos kannte.

Einige Schwarze unterhielten sich mit Schorschi, der die nächste Scheibe aus einer Papierhülle holte. Dank seiner Cousins im besetzten Frankreich hatte er sehr viele Jazzplatten, Zeitschriften und Plakate von dort zugeschickt bekommen. Paris war ja neben London eine der größten europäischen Swing-Städte. Aber auch sein reichhaltiges Taschengeld war in den Aufbau seiner Plattensammlung geflossen, die angeblich die größte in ganz Frankfurt war. Elfie hatte erzählt, dass er sie wegen der Bombardierungen bei seiner Oma im

Taunus gelagert und immer nur einen Teil bei sich zu Hause gehabt habe. Was für ein Glück!

Auf einmal übertönten Schreie die Musik. Die Leute hörten auf zu tanzen und wichen zurück und Walter drehte sich um. Ein weißer US-Offizier beschimpfte einen schwarzen Soldaten. Leider verstand Walter kein Wort, seine geringen Englischkenntnisse hatte er völlig vergessen. Aber es wurde auch so deutlich, dass der Weiße sich über die Anwesenheit des Schwarzen ärgerte.

Sofort spürte Walter eine unbändige Wut in sich aufsteigen. Die Musik gehörte doch allen! Die Zeit der Verbote, als die Gestapo jeden Swing-Fan gejagt hatte, war vorbei. Außerdem lief immer noch *Sleep* von Benny Carter, der schließlich auch ein Schwarzer war.

Aber der weiße Offizier ließ weiter seiner Wut freien Lauf.

Das war so ungerecht. Wieso griff denn niemand ein? Alle standen herum und warteten ab, was geschah.

Aber nicht mit ihm. Langsam ging Walter auf die Streithähne zu. Er wollte kein Duckmäuser mehr sein. In der Gefangenschaft hatte er sich innerlich totgestellt, um zu überleben. Aber das musste er jetzt nicht mehr. Niemandem sollte verboten werden, Swing zu hören.

»*Stop*«, war das einzige englische Wort, das ihm einfiel.

Der Offizier reagierte nicht.

»*Stop!*«, wiederholte Walter lauter. »Hier darf jeder rein! Hören Sie auf, den Mann zu beschimpfen.«

Der Ami beachtete ihn gar nicht, sondern wies mit harschen Worten auf die Tür, als Walter ohne nachzudenken mit erhobener Faust auf den Offizier losging.

»Walter, nein!«, schrien Helga und Elfie.

Wütend schlug er zu, verfehlte und torkelte kraftlos zurück.

Entsetztes Schweigen herrschte plötzlich im Café, und schon landete die Faust des Amis in Walters Gesicht, dass ihm schwarz vor Augen wurde und er zu Boden ging. Der Offizier schimpfte weiter, ein anderer trat Walter.

Und aus den Augenwinkeln erkannte er, dass die schwarzen Soldaten in Angriffsstellung gingen.

Bevor die Keilerei so richtig losgehen konnte, ertönte ein schriller Pfiff, die Menge wich noch weiter zurück, die Soldaten erstarrten kurz in ihren Bewegungen und salutierten schnell.

Walter berappelte sich und stand mit Peters Hilfe auf.

Soldaten mit Helmen und Schlagstöcken stürmten das Café. Militärpolizei.

Die MP bellte Fragen und Befehle, alle deuteten auf Walter. Was nun? Am liebsten hätte er sich damit rausgeredet, mit Absicht vorbeigeschlagen zu haben.

Zum Glück redete Helga wortreich auf Englisch auf die MP ein. *Prisoner of war, today, sorry,* verstand er.

»*Today?*«, fragte der mit dem meisten Lametta auf der Brust.

Helga nickte. »*Just a few hours ago.*«

»*You!*« Er spießte ihn mit seinem Schlagstock förmlich auf. »*Last chance, bloody kraut.*«

Dann knöpfte er sich die schwarzen Soldaten vor, die ständig zackig salutierten, *Sir* riefen und das Café sofort verließen. Zuletzt sprach der Polizist äußerst verständnisvoll mit dem Offizier, dabei hatte der angefangen.

Dann zog die MP wieder ab.

»Walter, spinnst du?«, rief Elfie empört.

»Geht es dir gut, bist du verletzt?«, fragte Helga.

»Jaja, Unkraut vergeht nicht.« Walter steckte die Hände in die Hosentaschen. »Die wollten die *boys* am Swing-Hören hindern, das geht nicht!«

»Die brauchen deine Hilfe nicht«, sagte Elfie. »Die können sich selbst wehren. Sei froh, dass du nur verwarnt worden bist. Normalerweise ist die MP knallhart. Vielleicht, weil du nicht getroffen hast. Du darfst dich auf keinen Fall mit den Amis prügeln, Walter! Sonst wirst du verhaftet. Du musst unbedingt höflich zu ihnen sein und ansonsten so tun, als wärst du gar nicht da. Vor allem deutsche Männer können sie überhaupt nicht leiden.«

Und er dachte, er wäre in der Freiheit gelandet.

»Das ist ja wie bei den Russen«, wehrte er sich.

»Wie naiv du bist, Walter«, sagte Elfie.

»Naiv!« Er spie ihr das Wort ins Gesicht. »Von wegen!«

Abrupt wandte er sich ab. Schon wieder gab es Streit. Er wollte doch nur Spaß haben und vergessen.

Wie gerufen kam Schorschi zu ihm, gab ihm aber nur eine Cola aus. Ob er glaubte, Walter hätte zu viel getrunken? Aber die Cola war ihm auch recht, die weckte seine müden Glieder, und schnell waren sie in Anekdoten vom Odeon-Club vertieft und schwärmten von ihrem Katz-und-Maus-Spiel mit der Gestapo, als wären es Heldentaten, erinnerten sich an die legendären Hausbälle bei Freddy oder daran, wie sie durch die Ausstellung *Entartete Musik*, die eigentlich vor Jazz und Swing warnen sollte, neue Bands kennengelernt hatten.

Zwei der schwarzen GIs, die eben noch auf Geheiß der MP das Café verlassen hatten, stellten sich auf einmal neben Walter an die Theke.

»*Two beers, please*«, bestellte der kleinere der beiden.

»Mach, dass de fortkommst!« Der Wirt wedelte mit der Hand Richtung Ausgang und der Soldat ging tatsächlich.

»Ist bei euch das Bier alle?«, fragte Walter ungläubig.

»Die krieche von mir nichts. Mache nur Ärger, die.«

»Die Schwarzen?«

Schorschi zog Walter zur Seite. »Lass den Wirt in Ruhe, ich will hier noch weiter auflegen.«

»Aber der schenkt nicht an die schwarzen Soldaten aus!«

»Dann trinken sie halt nichts oder gehen woandershin. Rund um die Galluskaserne haben eine ganze Menge Clubs für die schwarzen Soldaten aufgemacht. Außerdem gibt es dann keinen Ärger, du hast es ja gesehen, die Offiziere, übrigens immer Weiße, die haben was gegen die. In der Army herrscht Rassentrennung.«

»So ein Schwachsinn.« Walter trank die Cola aus.

»Ich find's ja auch doof. Die Schwarzen mögen die richtig heißen Sachen, mit viel Dampf und echter Klasse. Die Weißen stehen eher auf ruhigen Blues, um ihre Ladys *cheek to cheek* über die Tanzfläche schieben und schön fummeln zu können.«

»*Tschiek tu* was?«

»Wange an Wange. Walter, du musst dringend Englisch lernen.«

»Dawai, dawai!« Walter salutierte und machte sich einen Spaß daraus, dass Schorschi kein Wort verstand.

»Das heißt *vorwärts* auf Russisch.«

Schorschi lachte dröhnend. »Ach, Walter, du hast mir gefehlt.«

Er lief wieder zum Grammofon und legte *Big John's Special* von Benny Goodman auf. Walter wurde ganz wehmütig. Das war das letzte Lied gewesen, auf das er vor seiner Einberufung getanzt hatte.

Die Platte wäre beinahe mal konfisziert worden, doch dann hatten sie der Polizeistreife erklärt, Benny Goodman sei kein Jude, sondern Holländer und spiele nur Foxtrott, ach, war das lustig gewesen. Holländische Musik hätten sie hören dürfen, aber keinen Swing aus dem feindlichen Amerika, und erst recht nicht von einem Juden wie Benny Goodman.

»Alles in Ordnung?« Auf einmal tauchte Peter auf und winkte dem Wirt. »Kann ich einen Apfelsaft haben?«

»Juden bedien ich aach net.«

Walter starrte Peter an. Dandy war ein Jude?

»Lass uns verschwinden«, sagte der hastig.

»Willst du das auf dir sitzen lassen?« Walter ballte schon wieder die Fäuste.

»Die Polizei hat mich eh schon auf dem Kieker. Lohnt sich nicht. Trinken wir eben woanders was.«

Hatte Helga ihm nicht mal an die Front geschrieben, dass Dandy nach einer Razzia verschwunden sei? Vielleicht war er in die Fänge der Gestapo geraten. Saubande.

»Du bist mein Mann.« Walter legte ihm den Arm um die Schultern. »Mädels, wir gehen!«

»Aber wieso denn so früh?«, beschwerte sich Elfie.

»Weil der Wirt ein Idiot ist«, erklärte Walter. »Demnächst mache ich einen eigenen Club auf, das Jimmy's, und dort dürfen alle rein! Davon träume ich schon seit Jahren.«

24 – Helga

»Ich mache mir Sorgen um Walter.« Helga pulte ein Steinchen aus der Erde. Gemeinsam mit Elfie versuchte sie, den Rasen im Garten der Lindenstraße in ein Beet zu verwandeln, um dort Wirsing, Rotkohl und Rosenkohl zu säen.

Die erfahrene Elfie hatte zuerst mit dem Spaten die Soden abgestochen und grub jetzt kräftig um, während Helga aus der umgegrabenen Erde Steine und Wurzeln entfernte.

»Walter war gestern so anders als sonst«, sagte Helga. »Richtig streitlustig. Früher hat er sich nicht geprügelt.«

»Er ist älter geworden«, sagte Elfie, als wäre das eine Erklärung für Walters ruheloses Verhalten, und trat kräftig auf den Spaten. »Wer weiß, was er alles erlebt hat. Klaus hatte nach seiner Entlassung monatelang Albträume. Aber Walter schafft das schon. Eine Memme, wie Vater immer sagte, ist er jedenfalls nicht.«

Für einen Schwächling hielt Helga Walter natürlich auch nicht. Jedenfalls nicht charakterlich. Aber körperlich. Richtig ausgezehrt war er aus der Gefangenschaft nach Hause gekommen. Nicht, dass er krank wurde. Was Walter wohl zu ihrer Arbeit als Polizeifotografin sagen würde? Für die Swing-Freunde war die Polizei ja immer der Feind gewesen, große Unterschiede hatte es zwischen Schupo, Kripo und Gestapo früher kaum gegeben, letztendlich hatte die Gestapo überall mitgemischt.

Heute kontrollierte die amerikanische Militärregierung die Polizei in Frankfurt. Vielleicht würde Walter sich deshalb nicht ärgern, schließlich liebte er alles Amerikanische, wenn er sich gestern auch mit den GIs angelegt hatte. Außerdem war es egal, Helga würde auf jeden Fall weiter dort arbeiten und helfen, Verbrecher zu schnappen. Da Thieme ernsthaft nach Indizien und Beweisen zu suchen schien, war es mit der staatlichen Willkür wohl vorbei.

Während Helga den Boden für die Saat vorbereitete, überlegte sie, ob Walter wie so viele Heimkehrer innerlich litt, es aber nicht zeigen konnte. Immer wieder hörte man Geschichten über Männer, die völlig verändert zurückkamen, die ihr Bett nicht mehr verlassen konnten oder zu Trinkern geworden waren. Oder die glaubten, sie wären noch immer der Herr im Haus, und die neue Selbstständigkeit ihrer Frauen nicht ertrugen.

Mit Walter stimmte auf jeden Fall irgendetwas nicht, da war Helga sich sicher. Er war ja nicht nur streitlustig gewesen, sondern hatte sich ihr gegenüber komisch verhalten. Noch nicht einmal richtig geküsst hatte er sie!

Natürlich, anfangs ging es nicht wegen ihrer Eltern, aber später im Café Jäger hatte es genügend Gelegenheiten gegeben. Aber er musste sich ja unbedingt prügeln. Danach hatte er sich auch nicht gefühlvoll von ihr verabschiedet, sondern war gleich mit zu Klaus gegangen, um bei ihm zu übernachten.

So hatte sie sich ihr Wiedersehen nicht vorgestellt.

Oder gefiel sie ihm nicht mehr? Unwillkürlich griff sie sich an das alte, zerschlissene Kopftuch und den praktischen Zopf darunter.

»Weißt du, wann Walter vorbeikommen wollte?«

Sie musste sich so schnell wie möglich frisieren.

»Keine Ahnung. Bestimmt schläft er sich bei Klaus erst mal gründlich aus.« Elfie schaute auf ihre Armbanduhr.

»Das wird ihm guttun. So viel, wie Walter gestern getrunken hat.« Da, eine dicke Wurzel. Schnell warf Helga sie in den Blecheimer. »Ich finde es toll, dass Klaus und Walter sich so gut verstehen.«

Elfie entfuhr ein tiefer Seufzer. »Ich auch. Wenn Mutti Klaus nicht leiden kann, ist mir das egal, aber Walter, das ist was anderes. Er ist mir viel wichtiger. Wie soll das denn gehen, wenn du ihn heiratest …«

»Sei bloß still.« Vorsichtig schaute Helga sich um. »Wenn meine Mutter das hört, kriege ich Hausarrest. Letztens hat sie wieder von diesem Siebert geschwärmt, dem Lieblingsdoktoranden meines Vaters.«

»… und Walter mit Klaus kein Wort wechseln würde«, beendete Elfie lachend ihren Satz.

Wie glücklich wäre Helga, wenn Walter sie um ihre Hand bitten würde. Aber im Moment würde ihr ein Kuss völlig genügen.

Als sie endlich fertig waren, eilte Helga ins Haus und machte sich hübsch. Fast war sie froh, dass Walter noch immer nicht geklingelt hatte. Mutter hatte ihn zwar nicht offiziell zum Essen eingeladen, aber bestimmt kam er trotzdem, schließlich musste er doch Sehnsucht nach ihr haben.

Nachmittags wollte sie sich eigentlich mit Peter treffen, um weiter nach Alwins Freundinnen zu suchen. Aber jetzt, wo Walter heimgekehrt war, würde sie ihre Zeit am liebsten mit ihm verbringen.

Aber was wurde dann mit Peter? Leider hielt Thieme seine Ermittlungen vor Helga geheim. Sie wusste nur, dass er beim CIC gewesen war.

Neulich, als sie Fotos vorbeibrachte, hatte Thieme sich mit diesem anderen Kommissar unterhalten. Stechender Blick hinter dicken Brillengläsern. Doch kaum hatte sie die Bilder auf Thiemes Schreibtisch gelegt, musste Helga auch schon wieder das Büro verlassen und die Tür hinter sich schließen. Sie wusste noch nicht einmal, in welchem Dezernat er arbeitete. Ging es um Peter?

Es wurde Zeit, das Essen vorzubereiten. Heute war Tante Alice die Köchin. Helga sollte Kartoffeln schälen, während Elfie Alice zeigte, wie man Wurzelgemüse röstete, ohne dass dieses gleich verbrannte.

Als die beiden sie nicht mehr brauchten, lief Helga schnell zur Engelruine, um nach Walter zu sehen.

Vor dem zerstörten Gebäude sprach Klaus mit Herrn Lenze, dem deutschen Leiter des Palmengartens. Sie grüßte höflich und tauschte mit dem Gärtner ein paar freundliche Worte aus, bevor Herr Lenze sich verabschiedete und die Bockenheimer Landstraße entlangeilte.

Suchend schaute Helga sich um. »Schläft Walter noch?«

»Nee, der ist schon lange weg.« Klaus kratzte sich am Kopf. »Ich dachte, er wäre bei euch.«

»Aber wo mag er dann sein? Das Essen ist bald fertig«, sagte Helga beklommen. Ob Walter etwas zugestoßen war? Die Stadt hatte sich sehr verändert. Vielleicht war er wieder mit jemandem in Streit geraten. »Hoffentlich ist ihm nichts geschehen.«

»Mach dir keine Sorgen.« Klaus kickte einen Stein auf die leere Straße. »Der hat doch als Soldat schon alles Mögliche überlebt …«

Verlegen schaute Helga auf ihre Füße. Daran hatte sie gar nicht gedacht, sondern nur den ausgezehrten Walter von gestern vor Augen. Sie sollte sich ein Beispiel an Klaus und Elfie nehmen und Walter mehr zutrauen.

Aber sie konnte es nicht.

Klaus grinste sie auf einmal schief an. »Ich weiß jetzt, wie Elfies Mutter von meiner Flucht von der Front erfahren hat. Herr Lenze hat es mir gerade gebeichtet. Er war mit seiner Frau in der Ostermesse im Dom, und sie haben vorher kurz über mich gesprochen, wegen der Vergebung der Sünden und so weiter, aber er meinte, sie hätten geflüstert. Nach der Messe fiel ihnen auf, dass Frau Fischer genau hinter ihnen gesessen hatte und sie so merkwürdig ansah. Gesagt hat sie nichts, aber Lenzes sind sich sicher, dass sie gelauscht hat.«

Das wäre so typisch für Elfies Mutter! »Wie ärgerlich«, sagte Helga. »Lenze wollte es doch für sich behalten.«

»Es war ihm auch sehr peinlich und er hat sich entschuldigt.«

»Elfie wird ganz schön wütend sein, wenn sie das hört«, sagte Helga. »Die Szene, die ihre Mutter gestern gemacht hat, wurmt sie noch immer.«

Klaus stieß den nächsten Stein auf die Straße.

Sie sah auf die Uhr. Langsam musste sie zurück. »Was machst du heute noch?«

Er verzog das Gesicht. »Wäsche waschen.«

»Willst du mit zum Essen kommen?«

»Danke, Helga, das ist nett, aber ich habe noch genügend Vorräte.«

Sie nickte. Etwas anderes hatte sie auch gar nicht erwartet. Klaus wollte niemandem zur Last fallen.

Wieder zurück in der Lindenstraße erzählte Helga Elfie die Neuigkeiten von Klaus, während sie den Tisch deckten.

»Lauschen, das ist so typisch! Und wegen Mutter wissen es jetzt auch deine Verwandten.« Elfie knallte einen Teller so heftig auf den Tisch, dass dieser beinahe zerbrach.

Beruhigend legte Helga ihr die Hand auf die Schulter. »Denen ist Klaus eigentlich völlig egal. Und sie kennen ja auch niemanden in Frankfurt, dem sie es weitererzählen könnten.«

»Bestimmt weiß es schon der ganze Bunker.« Elfie war auf einmal den Tränen nah. »Mutter tratscht doch so gerne.«

»Damit würde sie aber sich selbst schaden, oder? Wenn alle erfahren würden, dass die Tochter mit einem Fahnenflüchtigen befreundet ist?« Tröstend legte Helga die Arme um ihre Freundin.

Auf einmal fluchte Tante Alice lauthals in der Küche, sofort liefen Elfie und Helga hinüber, um den Kartoffeleintopf zu retten. Was, wenn die Frankfurter Würstchen aus der Dose vom Schwarzmarkt verbrennen? Sahen nach alten Wehrmachtsbeständen aus. Bei Kriegsende waren viele Lebensmittellager geplündert worden.

Sie kamen gerade noch pünktlich um zwölf zum Essen. Nur Walter war noch immer nicht zurück.

»Er muss doch Hunger haben«, sagte Helga mit bekümmerter Miene und schob die köstlichen Würstchenstücke von einem Rand des Suppentellers zum anderen.

»Hast du ihn gestern denn zum Essen eingeladen?«, fragte Elfie.

Helga schüttelte den Kopf.

»Na also, dann ist klar, dass er nicht kommt. Keine Angst, der verhungert so schnell nicht«, beruhigte sie Elfie.

Wie konnte sie nur mit so einem Appetit essen, wenn ihr Bruder verschwunden war?

»Hat er überhaupt Geld? Gestern Abend hat man ihm ständig einen ausgegeben. Außerdem hat er keine Marken, um sich in einer Gastwirtschaft was kaufen zu können.«

»Übertreib mal nicht so, Helga«, sagte Elfie. »Walter ist nicht aus Zucker. Was der schon alles überlebt hat!«

Elfie klang wie Klaus. Aber Helga fehlte das große Vertrauen, das Elfie zu ihrem großen Bruder hatte.

»Er ist so verändert. Gestern konnte er mir kaum in die Augen schauen. Was, wenn er sich wieder prügelt und ernsthaft verletzt wird?«

»Herr Fischer scheint ein unzuverlässiger Mann zu sein«, mischte sich ihre Mutter ein und strich die Tischdecke glatt.

Wie ärgerlich, jetzt hatte sie Walter in ein schlechtes Licht gerückt. Und wie prüfend Mutter sie jetzt ansah!

»Hast du dich verliebt?«, fragte auch noch die naseweise Eva, die ältere der beiden kleinen Cousinen.

»In den Soldaten?« Regine, mit ihren acht Jahren die jüngere, kam aus dem Kichern gar nicht mehr heraus.

»Nein!«, sagte Helga schärfer, als sie es beabsichtigt hatte. Ihre Gefühle gingen niemanden etwas an.

Plötzlich kam ihr eine Idee.

»Weißt du was, Elfie? Wenn mit Walter angeblich alles in Ordnung ist, kann ich ja nach Bockenheim radeln. Ich würde Peter ungern im Stich lassen.«

Elfie riss die Augen auf, sagte aber nichts. Helga war selbst über ihre trotzige und impulsive Entscheidung erschrocken. Aber sie hatte keine Lust mehr, zu warten. Oder sich Sorgen um jemanden zu machen, der ihr offensichtlich kein Interesse mehr entgegenbrachte.

Endlich fühlte sie sich in der Lage, etwas zu essen. Die Suppe schmeckte nicht schlecht, vor allem die Würstchen waren eine Wucht.

Schnell wandte sich das Tischgespräch wie üblich dem Fragebogen zu, dessen Beantwortung Vater noch immer Kopfzerbrechen bereitete.

Nach dem Abspülen nahm Elfie Helga zur Seite. »Willst du wirklich zu Peter? Was ist, wenn Walter dich hier sucht – und du bist bei einem anderen Mann?«

»Ich helfe Peter, seine Unschuld zu beweisen. Walter wird das verstehen.«

Elfie wiegte ihren Kopf hin und her. »Hoffentlich«, sagte sie.

Aber Helga hatte sich entschlossen, und wenn sie sich einmal entschlossen hatte, dann blieb sie dabei.

»Wir vom Odeon-Club sind doch Freunde und Freunde müssen zusammenhalten, oder?«

25 – Peter

März 1943

Begeistert klatschte Dandy den Takt von *Alexander's Ragtime Band* mit. Natürlich war das Lied verboten, Irving Berlin, der Komponist, war Jude. Zudem herrschte Tanzverbot. Aber der französischen Kapelle auf der Bühne und den Jugendlichen auf der Tanzfläche des kleinen Hotelsaals war das völlig egal.

Lizzy und er hotteten ab, als gäbe es kein Morgen. Und jedes Mal, wenn sie ihm einen Blick zuwarf, schlug sein Herz schneller als der Takt der Musik. Mit ihren dunkel geschminkten Augen und dem knallroten Lippenstift sah sie einfach umwerfend aus! Wie ein amerikanischer Filmstar.

Ihr Gesicht strahlte, wenn sie die Beine im Takt in die Luft kickte, die Arme nach oben schlenkerte oder mit gespreizten Beinen auf Dandys Schoß hüpfte. Er verstand sie ohne Worte und federte sie mit seinen Oberschenkeln ab, sodass sich ihr weiter, schimmernder Satinrock bauschte.

Plötzlich verteilte sie Küsse nach links und rechts, für Jungs wie Mädchen, auch Dandy bekam einen feuchten Schmatzer ab, bevor sie einen Salto machte.

Wie im Rausch tanzten sie weiter. Ach, könnte es doch immer so sein! Bei diesem Tanz auf dem Vulkan hatte kein Gedanke an den bedrückenden Alltag Platz.

Seit Jimmy und die anderen eingezogen worden waren, gab es zu wenig Jungs im Odeon-Club, weshalb viele Mädchen zusammen tanzten. Oder alleine.

Dandy hatte eine schreckliche Krankheit erfinden müssen, um zu erklären, wieso er nicht auch an die Front musste, obwohl er die Schule verlassen hatte. Halbjuden wurden seit einiger Zeit nicht mehr zum Wehrdienst eingezogen, wodurch er eher auffiel. Manchmal wurde er in der Tram als Drückeberger beschimpft, oder die Polizei kontrollierte, ob er nicht ein Deserteur war. Die einzigen Momente in seinem Leben, in denen er sich wünschte, die Herkunft seiner Mutter würde in seinem Ausweis stehen. Aber daran wollte er jetzt nicht denken, sondern Spaß haben.

Als die Klarinette ein Solo spielte, tanzte Lizzy Charleston. Sofort fiel Dandy in die Bewegung ein und dann brachen sie beide lachend in sich zusammen.

Das Stück endete, die Bläser setzten auf einmal mit einer langsamen Melodie ein. *All the things you are*, eigentlich ein sentimentales Rührstück und kein hotter Jazz.

Aber Lizzy verließ die Tanzfläche nicht, sondern wiegte sich mit den Armen in der Luft hin und her. Er konnte nicht anders, er musste ihre Taille umfassen, und all seine Wünsche wurden wahr: Sie legte ihm die Arme um den Nacken. Und während der Sänger süße Liebesworte säuselte, zog er sie näher an sich, bis sich ihre Wangen berührten.

Sie zuckte nicht zurück, machte keine Witze, sondern schien genauso wie er den Moment zu genießen. Leichter Schweißgeruch drang in seine Nase, Dandy erschien es wie das schönste Parfüm. Er war so glücklich wie nie zuvor.

Da wandte sie den Kopf um, blickte ihm lange und tief in die Augen und Dandy wagte sein Glück. Langsam näherte er seine Lippen ihren. Sein Herz trommelte wie wahnsinnig, er schloss die Augen und endlich spürte er wie eine Erlösung ihre samtig weichen Lippen …

Plötzlich übertönte ein schriller Pfiff die Musik. Lizzy schreckte zurück und rannte davon. Die Band spielte bereits den deutschen Schlager *Jawohl, meine Herr'n* und alle rannten zurück zu den Tischen, doch bevor sie sich setzen konnten, stand bereits die Streifen-HJ im Raum.

Und Lizzy war verschwunden. Auf dem Boden lag nur noch eine silberne Haarspange von ihr, Dandy bückte sich, um sie aufzuheben, und riskierte noch einen Blick zu den Jungs mit ihren grünen Armbinden an der Uniform. Er wollte gerade losflitzen, als er einen von ihnen erkannte.

Josef. Mit einem so gehässigen Grinsen im Gesicht, dass Dandy das Blut in den Adern gefror. Seit er vor einem Jahr aus der Schule geworfen worden war, hatten sie sich nicht mehr gesehen.

In der Altstadt wusste keiner der Jungs etwas über seine Herkunft. Und den Kontrollen der Möchtegernpolizisten und SS-Nachwuchskader war er bislang immer entwischt.

Aber jetzt konnte er rennen und sich verstecken, so viel er wollte. Josef kannte die Wahrheit, er würde ihn verpetzen und alles war vorbei.

Trotzdem wollte Dandy nicht aufgeben. Wohin nur? Da, hinter die Bühne.

»Bleib stehen, Peter!«

Josef war ihm dicht auf den Fersen. Hektisch steckte er

Lizzys Haarspange ein und suchte nach einem Ausweg. Der Hintereingang wurde von den Stühlen und Tischen versperrt, die eigentlich auf die Tanzfläche gehörten. Einige Mädchen räumten sie eilig weg, aber das dauerte zu lange. Peter wandte sich nach links, vielleicht konnte er ja über die Personaltreppe entwischen.

»Peter, das war ein Befehl! Bleib stehen!«

Er eilte die Treppe hoch, da versperrte ihm ein Zimmermädchen den Weg, schon war Josef neben ihm und schlug ihm ins Gesicht. Peters Faust landete in seinem Magen, Josef krümmte sich kurz, schon ging es weiter, Schlag um Schlag. Beide konnten sie viel einstecken, waren gleich stark. Josef flog die braune Mütze vom Kopf, Peter der Fedorahut. Sie rangen auf der Treppe, bis sie auf dem nächsten Absatz angekommen waren.

Taumelnd ging Peter zu Boden und spürte Josefs Arm um seinen Hals. Er hatte ihn in den Schwitzkasten genommen.

»Du dreckiger Jude«, zischte er ihm ins Ohr. »Hätte ich mir ja denken können, dass du dich bei dem Gesindel rumtreibst.«

Der Druck auf seinen Hals wurde immer stärker, er bekam kaum noch Luft, drehte seinen Kopf zu Josef und stieß ihm den Ellenbogen zwischen seine Beine.

Josef zuckte zusammen. Für einen kurzen Moment war er außer Gefecht gesetzt, und Peter packte seinen Arm, um ihn auf den Rücken zu drehen und zu Boden zu werfen.

»Wehe, du sagst was«, drohte er und schlug ihm ins Gesicht.

»Was dann? Du kannst mir gar nichts.«

»Wieso bist du denn jetzt bei der blöden Streife? Musste das sein?« Peter presste ihn noch stärker auf den Boden, weil Josef sich mit allen Kräften zu befreien versuchte. Gleichzeitig dachte er fieberhaft darüber nach, wie er ihn zum Schweigen bringen könnte.

»Du führst dich auf wie ein Wilder«, schrie Josef.

Oben klappte eine Tür.

»Verrate mich nicht, Josef. Wir waren doch mal Freunde!«

»Freunde!«, sagte er verächtlich. »Wie geht es denn deiner Mutter? Schon unterwegs in den Osten?« Hämisch spuckte Josef vor ihm aus.

»Bitte! Du kriegst von mir …« Er stockte und überlegte.

»Lass stecken, von dir nehme ich nichts. Alles jüdisch verseucht. Bin ich froh, dass du nicht zur Wehrmacht darfst, euch Juden ist nicht zu trauen. Wenn man mit so welchen wie dir im Schützengraben liegt, schneiden sie einem doch nachts die Kehle durch.«

»Meine Mutter ist gestorben«, spielte Peter den einzigen Trumpf aus, den er hatte.

»Glück für deinen Vater! Aber du bist und bleibst ein dreckiger Jude.«

Wieder bäumte Josef sich auf. Lange würde Peter ihn nicht mehr halten können.

Da erschien wie ein rettender Engel der holländische Fremdarbeiter auf der Treppe, mit dem Peter sich angefreundet hatte. Heintje war Kofferträger und ein Bär von einem Mann, der sogar in seiner Livree einschüchternd wirkte.

»Alles in Ordnung, Piet?« Er kam näher. »Soll ich den für dich ein bisschen in die Mangel nehmen?«

Josef strampelte immer stärker.

»Ich lass dich laufen«, sagte Peter. »Aber nur, wenn du mich nicht verrätst.« Er verlagerte sein Gewicht und kniete auf Josefs Rücken. Heintje ballte bereits vor Josefs Gesicht die Fäuste.

Plötzlich schrillten Polizeipfeifen durchs ganze Treppenhaus, der Tumult wurde immer lauter. Mit verzweifeltem Blick versuchte Josef, Heintje und Peter abzuschütteln.

Ist wohl peinlich für ihn, so von der Polente gefunden zu werden, schoss es Peter durch den Kopf. Überwältigt von einem Halbjuden und einem Fremdarbeiter.

»Versprichst du es?«, rief er.

Heintje schlug zu, Blut tropfte aus Josefs Nase. Die Polizisten kamen immer näher.

Auf einmal schwand Josefs Gegenwehr, er nickte unmerklich.

»Versprochen.«

Peter lockerte seinen Griff etwas. Schnell entwand sich Josef und stolperte davon.

»Na, das war ja mal ein besonders mutiger Pimpf«, witzelte Heintje. »Glaubst du ihm?«

Peter zuckte mit den Schultern. »Er war mal mein Freund.«

»Das sind oft die Schlimmsten. Komm, ich bring dich raus, bevor noch weitere auftauchen.«

Er brachte ihn zum Nebeneingang. Gegenüber lag das Hotel, in dem er Arbeit gefunden hatte. So arisch, wie er aussah, durfte er sogar manchmal als Kellner aushelfen, was ihm gutes Trinkgeld einbrachte. Aber meist musste er in der Spülküche helfen. Es war nicht verboten, Mischlinge einzustellen. Aber so richtig erlaubt war es auch nicht.

Dort stand die Seitentür offen und Peter verschwand im Gang zum Keller. Hier hatte er sich gemeinsam mit den anderen schon häufiger versteckt.

Er hörte Jugendliche schreien, ein Laster fuhr vor. Aus dem Kellerfenster versuchte er zu erspähen, wen es alles erwischt hatte. Hoffentlich nicht Lizzy! Dann bekam sie wieder Ärger mit dem Jugendamt.

Mit einem Mal erklang ihr geheimes Klopfsignal, und als er die Kellertür öffnete, winkte Lizzy ihm zu.

»Wieder mal geschafft«, rief sie begeistert. Ihre Wangen glühten, die Augen blitzten, als wäre das alles nur ein Spaß.

Als die Luft endlich rein war, machten sie sich still und leise auf den Heimweg. Das erste Stück begleitete ihn Lizzy, um sich dann an der Hauptwache wie immer zu verabschieden. Mittlerweile wusste er, dass sie bei einer Tante im Ostend wohnte, die sie ständig piesackte. Ihre Eltern waren leider schon gestorben. Wie traurig das war, so ohne liebevolles Elternhaus aufzuwachsen. Wenigstens darauf konnte Peter sich verlassen. Aber von sich hatte Peter Lizzy nichts erzählt.

In der Hoffnung auf einen Kuss wollte er sie an sich ziehen, doch sie entwand sich ihm, rief einfach nur »Swing heil«, in einer Lautstärke, dass es jeder hören konnte, und verschwand in der Schwärze der Nacht.

Und Peter blieb mal wieder mit seinen Gefühlen alleine zurück. Ja, er hatte sich in sie verliebt. Mit Haut und Haaren. Aber in der Tiefe seines Herzens wusste er, dass es nicht auf Gegenseitigkeit beruhte.

Trübsinnig durchquerte er das verdunkelte Frankfurt. Schneeregen tropfte vom Himmel. Bald würden stattdessen

Bomben fallen, da war er sich sicher. Manchmal warfen die alliierten Flieger Flugblätter ab, in denen nicht nur von den britischen Angriffen auf deutsche Städte berichtet wurde, sondern durch die Angabe hoher Opferzahlen und der Ankündigung, den Bombenkrieg auszuweiten, Angst geschürt wurde. Offensichtlich hofften die Briten, die Deutschen würden dann aufgeben. Aber wer mit so einem Flugblatt erwischt wurde, bekam großen Ärger.

Die deutschen Sender berichteten davon natürlich nicht. Aber Peter hörte noch immer heimlich Feindsender. Am liebsten BBC, die brachten viel Swing. Und Nachrichten, denen er etwas mehr traute.

Das windschiefe Haus in der Kaffeegasse fühlte sich mittlerweile wie ein Zuhause an, obwohl es im Treppenhaus schimmelig müffelte. Im Erdgeschoss lief der Volksempfänger, Hitler bellte irgendwelche aufpeitschenden Kriegsparolen.

Die Schlacht um Stalingrad war verloren. Im Hotel gab es die wildesten Gerüchte über die Höhe der deutschen Verluste. Vor allem die Fremdarbeiter hofften, dass durch die verlorene Schlacht Hitler bald klein beigeben würde. Peter hatte an einer Häuserwand sogar eine hingeschmierte 1918 entdeckt, die ans Kriegsende mahnte.

Nach dem Eingeständnis einer Niederlage hörte Hitler sich allerdings nicht an.

Da öffnete sich die Tür der Nachbarin.

»Peter«, rief die Frau leise. »Ich hab hier was für deinen Vater und dich.« Sie reichte ihm einen Teller mit einem halben Napfkuchen. »Mein Beileid, Junge. Deine arme Mutter!«

Ihr traten Tränen in die Augen. »Wenn du etwas brauchst, dann melde dich ruhig.«

Erstaunt dankte er ihr und lief die schiefe Treppe nach oben.

Als er die Wohnungstür leise aufschloss, herrschte Stille. Noch nicht mal Hansi piepste, der liebe Vogel seiner Kindheit war gestorben.

Aber die Stille war ein gutes Zeichen. Denn niemand im Haus durfte mitbekommen, dass Mutter noch lebte.

Er streifte Hut und Mantel ab und brachte den verführerisch duftenden Kuchen in die Küche.

Dummerweise saß sein Vater mit der Zeitung in der Hand am Küchentisch. Sofort deutete er auf die blutigen Schrammen in Peters Gesicht. »Was ist passiert?« Obwohl er flüsterte, klang er verärgert. »Warst du wieder tanzen? Du weißt doch, dass es verboten ist! Jetzt haben wir so viel unternommen, um Mutter zu schützen, und du riskierst, dass alles auffliegt!«

Er eilte zum Wasserhahn und befeuchtete sein sauberes Taschentuch, um Peters Wunden zu säubern.

»Ist ja nichts passiert.« Trotzig nahm Peter das Tuch, stellte sich im Bad vor den Spiegel und betupfte sich die Stirn. Sah übler aus als erwartet.

»War das die HJ?« Vater war ihm gefolgt. »Oder die Gestapo? Tu uns das nicht an, Peter! Du weißt, wie sie mich bei jeder Vorladung unter Druck gesetzt haben, mich von Mutter scheiden zu lassen.«

Während der großen Judendeportationen in den Osten waren die jüdischen Ehepartner in den *privilegierten Mischehen* geschützt gewesen. Aber jetzt nahm die Frankfurter Gestapo auch sie ins Visier und versuchte mit allen Mitteln, die jüdischen Ehepartner zur Deportation zu zwingen. Frankfurt sollte *judenrein* werden.

Vater hatte seine Stelle als Vertreter verloren, im Moment arbeitete er auf einem Schrottplatz und erledigte dort die Finanzen, obwohl er nur als Hilfsarbeiter bezahlt wurde.

»Wenn die Gestapo dich erwischt …«, klagte Vater weiter.

»Mischlinge dürfen nicht in die Wehrmacht, das weißt du doch«, versuchte Peter, sich zu verteidigen. Wurde man geschnappt, schickte die Gestapo die Jungs direkt an die Front.

»Darum geht es nicht. Was, wenn sie unsere Wohnung nach verbotenen Platten durchsuchen?«

Peter starrte seinen Vater erschrocken an. Daran hatte er nicht gedacht. Nur an sein Vergnügen.

»Du bringst uns alle in Gefahr.« Vater deutete mit dem Zeigefinger an die Decke. Dort oben auf dem Dachboden schlief seine Mutter in einem Versteck.

Hier im Haus in der Kaffeegasse hatte ein weiteres Mischehepaar gelebt. Als der Mann an der Front starb, hatte sich die Frau aus Angst vor der Deportation mit Schlafmitteln das Leben genommen.

Seitdem befürchtete Mutter, dass Vater ebenfalls sterben könnte, schließlich war ihm schon mit dem Fronteinsatz gedroht worden. Trotz seiner Beinprothese. Peter wusste, dass sie sich durch Tante Meta ebenfalls Veronal besorgt hatte.

Sie selbst durfte nur noch zu den jüdischen Ärzten in der sogenannten Krankenstube im Hermesweg, eingerichtet vom SS-Mann Holland, Beauftragter der Gestapo bei der Jüdischen Wohlfahrtspflege. Doch da ging keiner freiwillig hin –

zu groß war die Gefahr, statt mit einem Medikament nach Hause gleich in den Osten geschickt zu werden.

Peter lief es eiskalt den Rücken hinunter. Von keinem der deportierten Verwandten gab es je wieder ein Lebenszeichen. Und dann diese Gerüchte über angebliche Vernichtungslager, von denen Tante Meta erzählt hatte …

Tante Meta war es auch gewesen, die den Eltern vorgeschlagen hatte, Mutter zu verstecken und ihren Selbstmord vorzutäuschen.

Also schrieb Mutter einen Abschiedsbrief und Vater warf ihren Hut und die Handtasche mit dem verhassten J-Ausweis und dem Zwangsvornamen Sara in den Main.

Dann meldete er sie bei der Polizei als vermisst. Einmal musste er sogar schon zur Gerichtsmedizin nach Sachsenhausen, um eine Wasserleiche zu identifizieren. Und die Streife lief ab und an hier vorbei und prüfte wahrscheinlich, ob Mutter das Haus verließ. Allerdings war ihre Wohnung bisher nicht kontrolliert worden. Die Polizei zweifelte offensichtlich nicht am Freitod der Mutter. *Machten ja viele feige Juden,* hatte der Beamte gesagt, als Vater sie vermisst gemeldet hatte.

Tante Meta fand es trotzdem unklug, Mutter hier zu verstecken. Aber die Eltern wollten zusammenbleiben, solange es ging.

Durch den vermeintlichen Tod der Mutter erhielten sie leider keine Lebensmittelmarken mehr für sie. Aber sie hatte glücklicherweise schon seit langer Zeit Vorräte angelegt. Als hätte sie geahnt, was kommen würde. Begründet hatte sie es immer mit eventuell bevorstehenden Bombardierungen.

Bomben waren bislang kaum gefallen. Aber sie musste trotzdem um ihr Leben bangen.

»Wie kannst du nur so leichtsinnig sein, Peter.« Vater starrte ihn entgeistert an. »Damit setzt du Mutters Leben aufs Spiel!«

Auf einmal zitterte Peter am ganzen Körper, kalter Schweiß brach ihm aus. Vater hatte recht. Vor allem jetzt, wo Josef ihn erkannt hatte. Zum Glück glaubte er, dass Mutter tot sei. Das machte es für Josef vielleicht weniger reizvoll, Peter zu verraten.

»Vielleicht sollten wir sie doch im Keller von Dr. Oswald, Metas Arzt, verstecken. Auf den ist Verlass.«

Und auf mich nicht, dachte Peter und wäre am liebsten vor Scham im Boden versunken. »Aber dann wüssten wir nie, wie es ihr geht!«, flehte er den Vater an. »Lass sie hier, ich werde mich bessern!«

Auf einmal hasste er die Klamotten, die er anhatte. Riss sich den Schal vom Hals, knöpfte die bunte Weste auf, warf beides auf den Boden. Aus reiner Vergnügungssucht hatte er das Leben seiner Mutter aufs Spiel gesetzt. Wie sehr ihm der Odeon-Club auf einmal zuwider war, die Musik, das Tanzen.

Die Schere lag auf der Ablage. Er reichte sie Vater.

»Schneid sie ab.«

Ohne zu zögern, ergriff Vater Kamm und Schere und schnitt ihm die Haare raspelkurz.

Peter kamen die Tränen, während die Haare auf den Boden fielen. Er ließ sie fließen, vor Vater schämte er sich nicht. Und er fühlte sich besser danach.

263

Seine Platten packte er in einen Koffer und schlich sich durch die dunkle Altstadt zum Eisernen Steg, um seine Swing-Schätze im Main zu versenken. Als Letztes zog er Lizzys Haarspange aus der Hosentasche. Silbern schimmerte sie im Mondlicht, doch es war nur Blech. Ob er sich auch weiterhin mit Lizzy treffen konnte?

Instinktiv fühlte er, dass das unmöglich war, und warf die Spange wie alle anderen Erinnerungen in den Main.

Dandy würde es nie mehr geben.

Wieder zu Hause versteckte er den Kuchen der Nachbarin in einem Wäschekorb und brachte ihn auf den Dachboden. Bei jedem Schritt ächzten die Stiegen, hoffentlich schaute nicht jemand neugierig nach, wieso er im Dunkeln Wäsche aufhängen wollte.

Zum Schluss kletterte er die Leiter hinauf zur Luke.

Auf dem Speicher war es dunkel. Der Regen trommelte auf die wenigen Fensterscheiben, von Mutter keine Spur.

Peter schlich hinüber zur alten Holztruhe und klopfte leise ihr vereinbartes Zeichen. Dann öffnete er den Deckel und hob die alte Wäsche hoch.

Darunter lag mit verschrecktem Gesicht seine Mutter. Er hatte ihr einen Faden an den Deckel befestigt, sodass sie, wenn sie Geräusche hörte, sich darin verstecken und den Deckel zuziehen konnte.

Seit einer Woche lebte sie jetzt hier. Keiner dachte darüber nach, wie lange es noch dauern würde. Ob der Krieg in einer Niederlage endete. Ob die Judenverfolgung aufhören würde. Wichtig war jeder einzelne Tag.

Als sie Peter erkannte, breitete sich ein Lächeln auf ihrem

angespannten Gesicht aus. Er half ihr hinaus und reichte ihr den Kuchen.

»Haben wir von der Nachbarin zum Trost für deinen Verlust geschenkt bekommen.«

»Wie überaus nett von ihr.« Mutter klang gehässig. »Mich hat sie jeden Tag daran erinnert, dass ich bei Bombenalarm nicht in den Luftschutzkeller darf.« Sie nahm sich ein Stück und biss herzhaft hinein. »Was sie jetzt wohl sagen würde?«

Dann hob sie die Hand und strich sanft über Peters kurz geschnittene Haare. Sie fragte nicht, was passiert war. Als ob sie es ahnte. Auch Peter schwieg, um sie nicht zu verunsichern.

»Wie geht es Vater?«, fragte sie stattdessen.

»Stell dir vor, er hat eine neue Stelle in Aussicht. Als Buchhalter bei einer Feuerversicherung.« *Jetzt, wo das Judenproblem gelöst sei,* hatte Vaters Bekannter gesagt, der ihm die Stelle verschaffen wollte.

»Sobald du für tot erklärt worden bist.«

»Damit hat alles ein Gutes, mein Junge.«

Wie tapfer seine Mutter doch war. Und er war so dumm gewesen. Wenn er nur an die Gestapo dachte, lief es ihm kalt den Rücken runter.

Zum Abschied umarmte Peter sie. Früher hatten sie sich nie berührt, aber hier oben fühlte es sich anders an. Jedes Mal glaubte er, er würde sich für immer verabschieden, und mochte es, wenn sie ihn zum Abschied zart auf die Wange küsste.

Die Angst, dass alles aufflog und Josef ihn verriet, begleitete Peter jeden Tag. Bei jedem Klingeln, jedem Schritt hinter sich, jedem Polizisten, der ihn musterte, fürchtete er,
dass eine Hausdurchsuchung bevorstand, dabei musste Josef
schon lange an der Front sein. Und als die ersten Bomben
auf die Altstadt fielen, stimmte er Vater sofort zu, mit Mutter in der Truhe zu Tante Meta in die Basaltstraße zu ziehen.

Vereint wollten sie den kommenden Gefahren trotzen.

26 – Helga

Ostermontag 1946

Als Helga nach Bockenheim zu Peter radelte, schien ihr die Sonne so freundlich ins Gesicht, dass sie ihre Sorgen um Walter beinahe vergaß. Heiteres Vogelgezwitscher erfüllte die Luft und ab und an erhaschte sie eine Prise Fliederduft aus einem Vorgarten. Auf der Leipziger Straße spielte ein Leierkastenmann, eine alte Frau verkaufte neben ihm Veilchen und Helga schoss ein stimmungsvolles Foto von den beiden.

Nach etwa einer Viertelstunde traf sie pünktlich zur vereinbarten Zeit in der Basaltstraße ein. Peter wartete bereits auf sie.

»Hallo.« Er wirkte ungewohnt schüchtern. »Ich hätte nicht gedacht, dass du kommst. Jetzt, wo Walter wieder da ist.«

Und trotzdem hatte er Ausschau nach ihr gehalten? Peter war wirklich eine treue Seele.

»Ich kann dich doch nicht im Stich lassen«, antwortete sie betont fröhlich.

»An Walters Stelle würde ich auf meine hübsche Freundin besser aufpassen!«

Helga spürte, wie sie rot wurde, und wandte den Kopf ab. Komplimente war sie nicht gewohnt. Die Anspielung auf

Walter verunsicherte sie. Machte sie einen Fehler, würde er böse auf sie sein?

»Komm, du kannst das Rad im Hinterhof abstellen, hier ist es nicht sicher.«

Helga folgte ihm. Es irritierte sie, dass man ihr jedes Gefühl von den Wangen ablesen konnte.

»Was wollen wir zuerst machen?«, fragte Peter. »Im Schuppen nach Hinweisen auf die Freundin suchen oder in die Ruine klettern?«

Mit bangem Herzen schaute sie sich die übrig gebliebenen Mauerreste an.

»Schuppen«, sagte sie. Der wirkte sicherer.

»Na dann komm.« Er bedeutete ihr mit dem Kopf, ihr zu folgen.

Sie stellte ihr Rad zu den anderen neben den Schuppen, schloss es sorgfältig ab und schaute sich neugierig um. Ohne den Mordwagen, die Schupos und die neugierigen Nachbarn wirkte der Hinterhof so friedlich. Aus einem offenen Fenster erklang leise Klaviermusik, aus einem anderen lachende Kinder. Eine Katze huschte an ihnen vorbei.

»Nachher müssen wir auch noch zu meinen Eltern«, erklärte Peter. »Meine Mutter hat Kuchen gebacken.«

»Oh nein, das wäre doch nicht nötig gewesen.« Selbstverständlich wollte Helga Winklers nicht ihre spärlichen Vorräte wegessen.

»Keine Sorge. Ein entfernter Cousin von mir hat es bis nach Brasilien geschafft und uns ein Fresspaket geschickt. Der Kuchen ist zwar nur aus Milch- und Eipulver, aber dafür mit echtem Kakao.«

»Ja, aber trotzdem …«

»Meine Eltern bestehen darauf!«

Warum nur? Aus Höflichkeit? Dankbarkeit? Oder wollten sie wissen, ob Helga es wirklich gut mit Peter meinte? Wollten sie sie testen? Helga spürte Ungesagtes in der Luft, als er die zerkratzte Holztür im hinteren Schuppen öffnete.

Durch ein seitliches Fenster fiel Licht in den kargen Raum. An der hinteren Wand hingen allerlei Gartengeräte, davor stand ein Feldbett mit mehreren Decken. Durch die Kerze auf der Holzkiste und eine halb leere Flasche Wein wirkte es beinahe gemütlich.

Auf dem hellen Glas erkannte sie Reste schwarzen Pulvers. »Von der Flasche haben sie Fingerabdrücke genommen«, erklärte sie.

»Von mir auch.« Peter spreizte seine Finger. »Helga, weißt du, ob sie hier irgendwas gefunden haben?«

»Nein, Thieme hält alles vor mir geheim. Total ärgerlich.«

Langsam gewöhnten sich Helgas Augen ans Dunkel, und sie fragte sich, was man als Frau zu einem Rendezvous mitnehmen und hier vergessen könnte. Lippenstift? Schmuck?

Peter entzündete die Kerze. Gemeinsam hoben sie jeden leeren Kartoffelsack hoch, schauten in jeden Eimer und inspizierten den Erdboden.

»Erwischt!«, schreckte sie plötzlich eine schrille Frauenstimme auf.

Vom Türrahmen aus starrte sie eine kleine Frau mit dunkelbraun karierter Kittelschürze und Kopftuch an. Die zeternde Nachbarin! Musste die sich überall einmischen?

»Guten Tag, Frau Völker.« Peter ging auf sie zu.

»Wusste ich es doch!«, triumphierte Frau Völker. »Mörder kehren immer an den Tatort zurück. Junges Fräulein, kommen Sie besser zu mir, wir rufen die Polizei und den Verbrecher sperren wir hier ein.« Vergeblich winkte sie Helga zu sich.

»Jetzt glauben Sie mir endlich, dass ich meinen Freund nicht umgebracht habe!« Peter klang aufgebracht. »Fräulein Sartorius und ich sind im Gegenteil auf der Suche nach dem Mörder.«

Helga ließ die alte Frau nicht aus den Augen, falls sie ihre Drohung wahrmachen und die Tür schließen würde. Leider hatte Peter den Schlüssel im Tor stecken lassen.

Er ging langsam auf Frau Völker zu, Helga hinter ihm. Noch ein Schritt, da stieß Frau Völker ihm den Besenstiel in die Brust.

»Ihr seid doch alle Verbrecher. Wer es schafft, eine Jüdin vor der Gestapo zu verstecken, der ist zu allem fähig.« Böse funkelte sie ihn an.

Erstaunt blickte Helga zu Peter. Der presste die Lippen zusammen und schwieg mal wieder.

»Strafe brauchen sie ja nicht zu fürchten, so, wie der Amerikaner die Juden jetzt schützt«, fügte Frau Völker hinzu.

Blitzschnell entwand Peter ihr den Besen. Sofort zog Helga den Schlüssel aus dem Schloss.

»Frau Völker!« Helga versuchte, Thiemes selbstbewussten Tonfall nachzuahmen. »Wenn Sie weitere Informationen zu Familie Winkler haben, dann machen Sie doch eine Aussage auf dem Präsidium.« Thieme würde mit der Frau bestimmt fertigwerden.

Frau Völker deutete mit dem Zeigefinger auf Helga.

»Sie kenn ich! Sie sind von der Polizei, oder?«

Helga nickte.

»Heutzutage stellen Sie ja wirklich jeden ein. Aber die guten Polizisten mussten sie ja alle entlassen. Wir leben in merkwürdigen Zeiten. Aber nicht mehr lange. Sobald die Amis weg sind, herrschen hier wieder geordnete Zustände. Eine Frau bei der Polizei, wo kommen wir denn da hin!«

Helga verkniff sich die Bemerkung, dass es schon seit vielen Jahren die weibliche Kriminalpolizei als verlängerten Arm von Sitte und Jugendamt gab, und setzte eine möglichst professionelle Miene auf.

»Frau Völker, wir sind auf der Suche nach der Frau, mit der Herr Decker zuletzt befreundet war.«

»Immer noch? Ich habe dem Kommissar schon alles gesagt.«

»Vielleicht ist Ihnen in der Zwischenzeit noch etwas eingefallen.« Helga erinnerte sich daran, dass Thieme den Zeugen oft schmeichelte. »Sie haben doch so ein gutes Gedächtnis«, fügte sie an.

Tatsächlich huschte der Anflug eines Lächelns über Frau Völkers Gesicht.

»Ich habe sie ja nur ein einziges Mal gesehen, am Tag vor seinem Tod. Da hat er sie nachts in den Schuppen gebracht. Wenn ich es recht überlege ... da war tatsächlich etwas. Sie trug ein goldenes Kreuz um den Hals. Das hat mich sehr gewundert, er war schließlich Jude.«

Alwin auch?, dachte Helga überrascht. Woher wusste Frau Völker das? Die steckte wohl überall ihre Nase rein.

»Sehr gut«, schmeichelte sie der Frau trotzdem. »Und sonst? Kleidung, Äußeres?«

»Schreiben Sie das nicht auf? Der Kommissar hat sich alles, was ich gesagt habe, notiert.«

»Papierknappheit«, sagte Helga.

»Fräulein Sartorius hat ein hervorragendes Gedächtnis«, mischte Peter sich ein.

»Na gut.« Frau Völkers Lächeln war wieder verschwunden. »Wie ich schon dem Kommissar berichtete, war sie sehr groß und hatte breite Schultern wie eine Sportlerin. Blonde wellige Haare, kinnlang. Sie trug einen dunkelblauen Rock und eine bestickte Bluse im Trachtenstil mit tannengrüner Strickjacke, dazu dunkle Schnürschuhe und weiße Söckchen. Sie war ungeschminkt. Das Abbild einer arischen Frau!«

Helga staunte über die exakte Beschreibung.

»Und das haben sie alles im Dunkeln gesehen?«, fragte Peter.

»Nur weil ich alt bin, heißt das nicht, dass ich schlechte Augen habe«, verteidigte sie sich.

»Und Sie denken sich das alles auch nicht aus?«, hakte Peter nach.

Helga vermutete allerdings, dass die neugierige Frau durch das kleine Fenster in den Schuppen gespäht hatte, während die beiden sich bei Kerzenlicht vergnügt hatten.

»Und sonst noch etwas? Wie alt war sie in etwa?«, fragte sie.

»Ach, die jungen Dinger kann ich schlecht schätzen. Vielleicht ein oder zwei Jahre älter als Sie?«

»Haben Sie vielleicht auch ihren Namen gehört, mit dem er sie angesprochen hat?«

»Liebchen!« Frau Völker streckte die Hand nach dem Besen aus. »Er hat sie *Liebchen* genannt. Mehr weiß ich nicht. Und jetzt her mit dem Besen! Sonst machen Sie sich auch noch des Diebstahls schuldig.«

Wortlos reichte Peter ihr den Besen, dann hinkte sie zur Hintertür.

»Glaubst du ihr?«, fragte er Helga.

Sie zuckte mit den Schultern. »Wir haben keine andere Wahl.«

»Du hast ihr eine Menge Fakten aus der Nase gezogen«, sagte Peter lächelnd.

Helga wurde ganz warm ums Herz über das unerwartete Lob. Hoffentlich wurde sie nicht wieder rot!

»Aber die Beschreibung könnte auf jede zutreffen«, wiegelte sie ab. »Die hilft uns nicht weiter. Außerdem hat die Frau nicht mehr alle Tassen im Schrank. Und die müsst ihr jeden Tag ertragen?«

»Ich höre da gar nicht hin«, sagte Peter, schlug jedoch mit solcher Wut die Tür zu, dass Helga ihm nicht glaubte.

»Lass uns lieber oben in der Ruine nachschauen, ob es dort Spuren gibt.«

Ob die alte Wetterhexe recht hatte und Peters Mutter in einem Versteck im Haus überlebt hatte? Für Helga kaum denkbar. Aber in Peters Haus wohnten die Menschen eng zusammen, vier Wohnungen auf jeder Etage. Vielleicht ging so etwas dann im allgemeinen Lärm unter.

Ob sie etwas zu Peters Mutter sagen sollte? Aber was? Alles klang so schal und nichtssagend.

Peter wandte ihr den Rücken zu. Kurz wagte sie es, ihre

Hand auf seine Schulter zu legen. Er bebte förmlich, allerdings schien er sich unter ihrer Berührung zu entspannen, und als er auf einmal befreiend aufatmete, nahm sie die Hand wieder weg.

»Brauche ich Steigeisen und ein Kletterseil?«, versuchte sie, durch einen Witz die ernste Stimmung aufzulockern.

Seine Augen schimmerten, als er sie kurz anlächelte.

»Von hier aus bestimmt, aber wir gehen durch die Eingangstür in der Parallelstraße, das ist leichter.«

Schweigend verließen sie den Hinterhof.

Von der anderen Seite aus wirkte die Ruine fast unzerstört. Nur das Fensterglas fehlte. Und natürlich hing ein *Betreten verboten-Einsturzgefahr*-Schild neben der Haustür. Die Treppe nach oben war noch intakt. Vorsichtig folgte Helga Peter in den dritten Stock.

Ihr war mulmig zumute angesichts der Risse in den Mauern und des freien Blicks in Peters Hinterhof. Bisher hatte sie um Trümmerhäuser einen großen Bogen gemacht, selbst in Klaus' Keller war sie nicht von Anfang an gegangen.

Andererseits vertraute sie Peter. Und Warnke war auch von hier oben wieder heil runtergekommen.

»Na, geht's?« Auf dem nächsten Absatz blieb Peter stehen. »Bist du schwindelfrei?«

»Auf dem Goetheturm ist mir jedenfalls noch nie schwindelig geworden, und der ist fast zweihundert Meter hoch.«

»Super.« Er reichte ihr seine Hand. »Wir sind da. Bleib immer schön in der Nähe der Wand.«

Gemeinsam traten sie durch eine Wohnungstür und fanden sich im Flur wieder. Durch die leeren Türrahmen schien ihnen die Sonne direkt ins Gesicht. Helga warf einen Blick in die fast völlig zerstörte Küche. Sie erreichten das Wohnzimmer, wo über dem Sofa leere Flecken von fehlenden Bildern zeugten.

»Hier haben Alwin und ich gerne abends in den Sternenhimmel geschaut. Weiter vorne ist der Blick einfach grandios, wie von einer Bergkuppe. Alles fühlt sich so frei und leicht an.«

Seine Augen blickten fast sehnsuchtsvoll in den Himmel.

»Wie weit habt ihr euch denn vorgewagt?« Helga beäugte die Risse im Boden kritisch. Auf einmal entdeckte sie weiter vorne eine Handvoll Zigarettenkippen und deutete hektisch darauf. »Bis zur Abbruchkante? Seid ihr wahnsinnig?«

»Alwin stand immer so nahe an der Kante, dass seine Zehen darüber hinausragten«, flüsterte Peter und blieb in einem gehörigen Abstand stehen. »Als ob er springen wollte.«

»Glaubst du doch an einen Freitod?«

»Nein.« Vehement schüttelte er den Kopf. »Alwin hatte Pläne und Ziele. Aber er war leichtsinnig.«

»Irgendjemand hat vielleicht einfach die Hand ausgestreckt und ihn gestoßen. Dazu ist kein lauter Kampf vonnöten, wenn er da vorne stand.« In Helga zog sich alles zusammen.

Plötzlich machte Peter einen weiteren Schritt auf die Kante zu. Helga wollte nicht als Feigling dastehen. Und auch die Aussicht genießen! Schließlich hatte sie extra ihre Kamera dabei.

Also folgte sie ihm zögernd und hielt Abstand, damit

sich ihr Gewicht verteilte. Und dann verstand sie, was Peter meinte. Das fehlende Dach, der frische Wind, die Sonne im Westen, all das erzeugte auch in ihr eine unglaubliche innere Leichtigkeit.

»Was für eine Aussicht«, staunte sie.

»Weiter sollten wir nicht gehen, wenn wir zu zweit sind.« Peter hockte sich auf den Boden. Helga aber suchte nach dem perfekten Motiv und schoss in aller Ruhe mehrere Fotos.

Dann erst setzte sie sich zu Peter.

»Habt ihr die Sachen von hier oben mitgehen lassen?« Sie deutete auf die leere Glasvitrine.

Verlegen räusperte er sich. »Die Familie, die hier wohnte, hat im Luftschutzkeller überlebt. Sie sind zu Verwandten in die Rhön gezogen und haben nur das Nötigste mitnehmen können.« Er hielt kurz inne und betrachtete die Vitrine. »Viel Wertvolles war da nicht drin. Wir haben nur einen Brieföffner und einen Aschenbecher mitgehen lassen.«

Als sein Blick Helga streifte, merkte sie, wie peinlich ihm das alles war.

»Aber natürlich ist das Diebstahl«, flüsterte er, »das weiß ich. Alwin hat das nicht viel ausgemacht.«

»Und dir?«

»Anfangs nicht. Ich war so voller Hass wegen …« Die Worte hingen in der Luft wie eine Gewitterwolke.

Sie nickte und schaute wieder in den blauen Frühlingshimmel. Wieder fühlte sie sich hilflos. Wer wusste schon, was er alles erlebt hatte. Aber einfach fragen gehörte sich nicht, das war viel zu unhöflich.

Elfie würde davor bestimmt nicht zurückschrecken.

Und wenn Helga eine Anwältin oder Richterin werden wollte, dann musste sie solche unangenehmen Fragen stellen können.

»Ich will später mal Anwältin werden«, tastete sie sich langsam vor.

»Wieso studierst du dann nicht? Musst du auch erst noch dein Abitur nachholen?«

»Nein, das habe ich. Es … es stand kein Studienplatz für mich zur Verfügung.« Angesichts des Leids, das Peters Familie erfahren haben musste, kam es Helga falsch vor, über ihre Benachteiligung als Frau zu klagen.

»Hilfst du mir deshalb? Weil du schon mal üben willst?«, fragte er misstrauisch.

»Nein, Peter. Weil ich nicht will, dass dir Unrecht widerfährt. Ein weiteres, nehme ich an. Ich habe keine Ahnung, was deine Familie und du alles in den letzten Jahren habt erleiden müssen. Aber ich würde gerne die Täter anklagen. Du möchtest mit Häusern ein neues Deutschland aufbauen. Und ich mit dem Gesetz. Solches Unrecht darf nie wieder geschehen! Die Nürnberger Prozesse …«

Irgendwie blieb ihr der Rest des Satzes im Halse stecken.

Peter ließ sich nach hinten sinken und lag jetzt auf dem blanken Boden, den Blick in den Himmel gerichtet. »So habe ich es nicht gemeint, Helga. Tut mir leid. Ich … ich … kann nicht … es fällt mir einfach schwer, jemandem zu vertrauen.« Er atmete schwer.

Sie legte sich ebenfalls hin und drehte sich auf die Seite, damit sie ihn ansehen konnte.

»Willst du mir erzählen, was geschehen ist?«

Wieder hörte sie seinen schweren Atem. Auf einmal wurde ihr bewusst, wie gerne sie ihn berührt hätte.

»Nein«, sagte er da. »Ich kann nicht.«

27 – Walter

Unbehaglich rutschte Walter auf dem schweren Samtsofa hin und her. Seit über einer halben Stunde wartete er jetzt auf Helga und Elfie und hielt es nur mit Mühe im piekfeinen Wohnzimmer von Familie Sartorius aus. Warten fiel ihm neuerdings ungeheuer schwer. Am liebsten wäre er im Zimmer herumgelaufen oder draußen auf der Straße, hätte Bocksprünge gemacht oder getanzt oder wäre einfach weggerannt.

Seit er das Lager verlassen hatte, spürte er immerzu eine unbekannte Unruhe. Seine Muskeln zuckten ständig und hielten ihn nachts vom Schlafen ab. Meist waren es die Zehen, das sah wenigstens keiner, aber auch die Augenlider und Hände, die er dann hinter seinem Rücken versteckte.

Auch seine Gedanken sprangen wie wild umher, von der Vergangenheit in die Zukunft und wieder zurück. Lesen, wie Klaus gestern Abend, brachte er nicht fertig, aber wozu auch, die vielen Schnäpse, die man ihm ausgegeben hatte, hatten ihn in einen selten ruhigen Schlaf gleiten lassen.

Aber jetzt war er nüchtern und das Zittern war zurückgekehrt. Wenn ihn wenigstens Helgas Tante nicht so scharf über ihre Brille hinweg im Visier hätte, während sie die Nadel kaum in den Stoff ihres Stickrahmens steckte. Auch die kleinen Cousinen schauten mehr zu ihm, als wirklich *Mensch ärgere dich nicht* auf dem Perserteppich zu spielen.

Eigentlich war er nur auf der Suche nach seinem Grammofon und den Platten, aber jetzt umklammerte er eine Tasse aus feinstem chinesischem Porzellan mit dünnem undefinierbarem Kräutertee und hoffte, seine Hand würde nicht anfangen zu zittern.

Er versuchte, sich abzulenken, indem er über den Wert der Tasse und des Teppichs auf dem Schwarzmarkt nachdachte. So schnell würde Familie Sartorius jedenfalls nicht hungern müssen. Fehlte an der Wand nicht bereits ein Ölgemälde?

»Was können Sie meiner Nichte bieten, junger Mann?«, durchbrach Helgas Tante die Stille. »Wie wollen Sie Ihr gemeinsames Leben gestalten?«

Walter räusperte sich. Nicht nur die hochgestochene Sprache lähmte seine Gedanken, auch die Vorstellung von einer Hochzeit. Wenn er jetzt von seinem Jazzclub erzählte, würden sie ihn hochkant rauswerfen. Selbst seine Lehre zum Steuergehilfen vor seiner Einberufung würde der anspruchsvollen Familie nicht genügen.

Aber das war es nicht allein, was die Antwort so schwierig machte.

»Wenigstens haben Sie Ihr Leben fürs Vaterland riskiert, nicht so wie dieser Verräter. Nur im Kampf zeigt sich, wer ein Mann ist«, fügte die Tante hinzu.

Wenn die wüsste. Walter hatte dieses Geschwafel so satt. Bilder abgerissener Gliedmaßen und Blutpfützen im Schlamm schoben sich vor das Bild des heimeligen Wohnzimmers, er schüttelte sich, um sie loszuwerden, jetzt zitterte seine Hand doch, und immer dieser stechende Blick der Tante, was sollte er nur tun?

Mit einem Mal hörte er fröhliches Gelächter im Flur und entspannte sich etwas. Die Cousinen flitzten hinaus und im nächsten Augenblick standen Helga und Elfie vor ihm.

»Walter!«, rief Helga und lächelte ihn mit geröteten Wangen strahlend an. »Wo warst du denn? Ich habe mir solche Sorgen gemacht!«

»Die Frage ist eher, wo *du* warst«, mischte sich die Tante ein und wies mit angewidertem Gesicht auf Helgas Haare. »Sind das Spinnweben?«

Sofort griff Helga sich in die Haare, wodurch der rot gemusterte Rock etwas höher rutschte und Walter auch Dreckspuren an ihren Knien bemerkte. Wie gut, dass es jetzt nicht um ihn ging und er sich sammeln konnte.

»Ach, ich mach mich gleich sauber«, erklärte Helga und erwähnte nicht, wo sie gewesen war. »Ich muss erst einmal Walter begrüßen.« Schon nahm sie ihm die Tasse ab, stellte sie auf den Esstisch und setzte sich neben ihn. Sie hängte sich sogar bei ihm ein, obwohl die Tante pikiert guckte.

»Bruderherz, das machst du nicht noch mal.« Elfie nahm auf der anderen Seite Platz »Einfach so zu verschwinden!«

»Ich wusste gar nicht, dass ich euch Rechenschaft schuldig bin.« Walter holte tief Luft und das Zittern ließ endlich nach. »Ich war nur bei Mutter in Griesheim.«

»Ernsthaft?« Elfie rückte etwas von ihm ab. »Willst du dort bleiben?«

»Da ist gar kein Platz, der Bunker ist hoffnungslos überbelegt. Ist mir auch viel zu weit draußen. Und Mutter – echt, ihre Sprüche halte ich nicht aus. Auf einmal redet sie von Gott wie früher von Hitler.«

Das bedrückende Gefühl wegen des meterdicken Betons und der streitlustigen Stimmung der Bewohner erwähnte er erst gar nicht. Hell war es ja wenigstens, die Luft frisch und warm, aber nur, solange es Strom für die Belüftung gab.

»Wo willst du dann bleiben?« Helga schaute sich suchend um, als ob sie ihn hier noch irgendwo unterbringen wollte.

»Bei Klaus.«

»Den Verräter?«, warf die Tante ein.

Helga bestrafte sie mit einem vernichtenden Blick. Sie hatte sich ganz schön gemausert, Walter imponierte das.

»Lass uns in dein Zimmer gehen, Helga«, meinte Elfie und stand auf. Walter folgte den beiden.

Eigentlich sah es genauso aus, wie er es erwartet hatte. Rosa geblümte Gardinen und Tagesdecke, ein vollgestopftes Bücherregal, auf dem Schreibtisch ihre Kamera und in der Luft lag der Duft nach den Fliederzweigen auf ihrer Fensterbank.

Er setzte sich auf den Schreibtischstuhl, während die Mädels es sich auf dem Bett gemütlich machten.

»Tante Alice ist so eine Schreckschraube«, beschwerte sich Helga. »Schlimmer als Mutter. Die hat wenigstens nichts gegen Klaus.« Sie warf Walter einen merkwürdigen Blick zu.

»Ich fände es gut, wenn du zu ihm ziehen würdest, Walter«, sagte Elfie. »Klaus ist viel zu viel alleine. Ich würde ja auch gerne dort wohnen, aber …«

»Mach doch«, meinte Walter. »Oder meinst du, im Moment schert sich irgendjemand um die guten Sitten?«

»Natürlich.« Elfie schob sich ein rosafarbenes Paradekissen in den Rücken.

»Denke ich auch«, sagte Helga. »Das Spitzeln und Beob-
achten hört nicht auf, nur weil andere Gesetze gelten. Die
Leute können gar nicht anders, als sich über die anderen das
Maul zu zerreißen. Ich kriege das bei der Arbeit mit, wenn
Zeugen eine Frau denunzieren, nur weil sie einen Freund hat,
obwohl der Mann vermisst wird.«

»Du hast Arbeit gefunden? Wo denn?«, fragte Walter und
wollte bereits von seinen eigenen Neuigkeiten erzählen, als
Helga völlig unerwartet rot anlief. Hatte sie etwa irgendeine
Stelle, die ihr peinlich war? Vielleicht als Servierdame in einer
Oben-ohne-Bar? Falls es so etwas überhaupt schon wieder
gab.

Dann begann sie stotternd davon zu erzählen, dass sie für
die Polizei Tatort- und Verbrecherfotos anfertigte.

»Du arbeitest für die Polente?«, sagte Walter entsetzt. Er
konnte es nicht glauben. Alles, nur das nicht! »Bist du noch
ganz dicht?«

»Wieso?« Wütend starrte sie ihn an. »Ich helfe dabei, dass
die Willkür endet und jeder ein faires Verfahren bekommt.«

»Fair? Polizisten sind doch keine Fußballer!«

Als ob die Polizei jemals gerecht sein könnte.

»Jetzt gibt es eine neue Polizei«, behauptete sie. »Du hast
keine Ahnung. Die Amis haben alle Nazis rausgeworfen und
jeden Tag müssen die Kommissare sich schriftlich für jeden
Handstreich und jede abgeschossene Kugel bei den Amis
rechtfertigen. Wer sich von Schwarzmarkthändlern bestechen lässt oder bei den Beschlagnahmungen Lebensmittel
für die Familie mitgehen lässt, wird entlassen. Das Gesetz gilt
für alle, aber besonders für die Polizei! Außerdem sucht der

amerikanische Geheimdienst nach ehemaligen SS- und Gestapo-Angehörigen und sperrt sie alle ein. Und im Moment, da suchen wir den Mörder von Peters Freund. Der war Halbjude. Früher hätte da keiner einen Finger gerührt, aber heute unternimmt die Polizei alles, um den Mörder zu finden. Mit meiner Hilfe! Ich stehe auf der richtigen Seite, Walter.«

Sie bebte förmlich vor Aufregung.

»Einen Freund würde ich auch nicht hängen lassen.« Walter war sich aber nicht sicher, ob Helga mit den Veränderungen bei der Polizei nicht übertrieb. Erneut dachte er an die MP, die die Schwarzen anders als die Weißen behandelte … auch die Amis waren offensichtlich keine Engel.

»Der Kommissar glaubt nämlich, dass Peter der Mörder ist, deshalb helfe ich ihm, herauszufinden, was wirklich passiert ist. Heute Nachmittag haben wir uns den Tatort noch einmal zusammen angesehen.«

»Ist schon gut, Helga«, gab er klein bei. »Peter tut mir ja auch leid. Gut, dass du ihn unterstützt.« Schon wieder zitterte er am ganzen Körper, ihm war schwindelig und schlecht. Er hielt die vielen Streitigkeiten einfach nicht aus.

»Ich habe übrigens gute Nachrichten. In Griesheim habe ich die 12er-Tram ins Nordend erwischt und Herrn Voss besucht, ihr erinnert euch, meinen Lehrherrn. Der betreibt die Steuerkanzlei jetzt von seinem Wohnzimmer aus. Er hat mich sofort wieder eingestellt.«

»Du bist erst einen Tag da und hast schon Arbeit gefunden?«, fragte Elfie bewundernd.

»Nächste Woche fang ich an. Noch ein Grund, weswegen ich nicht in Griesheim bleiben kann, die Tram fährt viel zu unzuverlässig und zum Laufen braucht man bestimmt anderthalb Stunden.«

»Ist das nicht viel zu früh? Willst du dir nicht zuerst eine Pause gönnen? Gut essen und schlafen, um zu Kräften zu kommen?«, fragte Helga.

Es stank ihm gehörig, dass sie ihn schon wieder bemuttern wollte. Natürlich mochte er sie, aber wenn sie ihn so fürsorglich ansah, ging ihm die Galle über.

»Wo ist eigentlich mein Grammofon?«, lenkte er vom Thema ab. »Deswegen war ich doch überhaupt bei Mutti. Hast du nicht gesagt, du hättest es zusammen mit den Platten aus dem Sperrbezirk geholt, um im Bunker Musik zu hören?«

»Alles hier, wohl verstaut und vor Langfingern geschützt!«

Elfie wies auf Helgas Kleiderschrank, und sein Herz schlug vor Freude höher, als er zwischen Hutschachteln und Koffern sein Grammofon und die beiden Sammelmappen mit den Schellackplatten erkannte.

»Habe ich bei meinem Auszug aus dem Bunker mitgenommen. Bei Mutti habe ich es nicht mehr ausgehalten«, sagte Elfie.

»Und wieso?« Vorsichtig hob Walter seine Schätze vom Schrank. Als er den Deckel öffnete, funkelte ihn der Tonabnehmer aus Metall verführerisch an. Wahllos zog er eine der Platten aus der Sammelmappe, er wurde ganz wehmütig: Django Reinhardt. Die hatte Freddy ihm mal geschenkt.

»Nur weil Mutti deinen Freund nicht leiden kann?«, erwiderte er, legte die Platte vorsichtig auf den Samtteller und setzte eine neue Nadel in den Tonarm. Helga kurbelte bereits. Kurz darauf erklang das vertraute *Ain't Misbehavin'*.

Wie gut das tat. Er schloss die Augen und dachte kurz an Freddy und ihre Abenteuer im Odeon-Club, doch dann riss Elfie ihn aus seinen Gedanken.

»Walter, nun hör mal zu. Bei dem Streit mit Mutti ging es um Lizzy!«

Und während Django Reinhardts Gitarrenklänge gute Laune verbreiten wollten, erzählte sie ihm eine Geschichte von Verrat und Gewalt, bei der Walter das Herz fast stehen blieb. Seine Schwester im Gefängnis und Lizzy im Gestapo-Lager.

So was passierte, wenn Vater nicht da war. Dann machte Mutter sich viel zu viele Sorgen und traf falsche Entscheidungen. Und andere mussten darunter leiden.

»Sie meinte, das wäre alles zu unserem Besten gewesen«, schloss Elfie, während Helga traurig nickte.

Da konnte Django noch so virtuos auf seiner Gitarre spielen, Walter war die Stimmung verhagelt.

»Die arme Lizzy«, sagte er und wusste, dass es nicht das ausdrückte, was er fühlte. Diese Mischung aus »Was habe ich früher doch für ein Glück gehabt« und »Diese Schweine von der Gestapo« und der Bewunderung für Elfie, weil sie den Verantwortlichen zur Strecke gebracht hatte.

Und natürlich trauerte er um Lizzy. Nein, reden konnte er über diesen Gefühlswirrwarr auf keinen Fall.

»Noch ein Grund mehr fürs Jimmy's!«, rief er viel zu laut. »Heute Abend fange ich an, nach einem Raum zu suchen, und dort kann dann jeder den heißesten Jazz und Swing hören, ohne dafür bestraft zu werden.«

»Heute noch?«, sagte Helga. »Willst du nicht hierbleiben? Muss man dafür nicht aufs Amt?«

»Ich glaube nicht«, antwortete Elfie anstelle von Walter. »Das Wohnungsamt ist mit der Beschaffung von Wohnraum für die vielen Flüchtlinge beschäftigt, um Geschäftsräume kümmern die sich nicht.«

»Aber wo willst du denn da anfangen? In jedem halbwegs heilen Eckchen lebt doch jemand! Soll ich mitkommen?«

Schon wieder dieser sorgenvolle Blick.

»Nee, lass mal, das muss ich alleine erledigen«, antwortete Walter.

Laut hallte der Gong durch die Wohnung.

»Essen ist fertig«, meinte Elfie. »Ich geh schon mal, Helga.« Sie grinste zweideutig und huschte schnell aus dem Zimmer.

Am besten, er verdrückte sich. Doch als er sich erhob, stand Helga plötzlich direkt vor ihm und schaute ihn sehnsuchtsvoll an.

»Walter«, flüsterte sie. »Ich bin so froh, dass du wohlbehalten zu mir zurückgekommen bist.«

Er hatte gewusst, dass es ein Fehler war, noch mal zu Helga nach Hause zu kommen. Aber er hatte sich so sehr nach seinen Platten gesehnt! Jetzt schloss sie auch noch ihre Augen, beugte sich vor und wartete offensichtlich darauf, dass er sie küsste.

Sie tat ihm so leid. Er wusste, dass er ihr nicht geben konnte, wonach sie verlangte, aber ein Scheusal war er auch nicht. Und so legte er vorsichtig seine Lippen auf ihre und erfüllte ihren Wunsch, bis sie ein wohliges Geräusch von sich gab.

»Oh, Walter.« Sie lehnte ihren Kopf an seine Brust. »Ich dachte schon, du hast mich nicht mehr lieb.«

»Wie kommst du denn auf die Idee?«, fragte er und fühlte sich ertappt.

»Na, du warst so ... abweisend. Und bist überhaupt nicht eifersüchtig, weil ich so viel Zeit mit Peter verbringe.«

»Tust du das?« Nachdenklich fischte er ihr die Spinnweben aus dem Haar.

»Dabei war ich dir die ganzen Jahre treu, Walter.«

»Mach dir keine Sorgen, Helga, ich glaube dir.«

Und als sie sich das zweite Mal küssten, kam er sich wie ein Schuft vor. Er wollte sie lieben, so war es ja nicht. Er wollte es wirklich.

Aber er konnte nicht.

28 – Helga

Am nächsten Morgen legte Helga einen Negativstreifen in den Focomat. Kommissar Thieme wartete auf weitere Vergrößerungen von Alwins Leiche. Aber sie musste die ganze Zeit an Walter denken.

Noch immer spürte sie seine Lippen auf ihren und wünschte sich, er wäre hier, bei ihr. Alleine, im Dunkeln, hinter verschlossener Tür. Wie zärtlich er sie geküsst hatte, fast scheu, als hätte er sich gar nicht getraut.

Zu gerne hätte sie ihn noch länger an sich gedrückt und berührt, aber er hatte sich hastig umgedreht und war gegangen. Aber es hatte ihn ja auch niemand zum Essen eingeladen, weswegen Helga natürlich sauer gewesen war.

Wieso war sie nicht zufrieden damit, dass er sie endlich geküsst hatte? Wieso wollte sie gleich mehr? War das schon wieder selbstsüchtig? Oder sogar unzüchtig? Sie hatte sich ihm ja fast an den Hals werfen müssen.

Dachte er wie Mutter und hatte Angst, dass er ihr keine Zukunft bieten konnte? Sie waren bald zu alt für harmlose Liebeleien. Eine Jazzkneipe eröffnen zu wollen, klang nicht gerade nach dem Aufbau eines trauten Heims für eine Familie. Oder hatte sie irgendetwas falsch gemacht? War sie zu ungeduldig? Mochte er es nicht, dass sie so fordernd gewesen war?

Oder liebte er sie nicht mehr so wie früher? Was war los?

Und dann diese Reaktion auf ihre Arbeit für die Polizei. Aber nun gut, damit hatte sie rechnen müssen. Wenn er sich erst wieder eingewöhnt hatte, würde er das bestimmt anders sehen. Wenigstens hatte er nichts dagegen, dass sie Peter half. Walter sah ihre Privatermittlungen bestimmt als Kritik an der Polizei an, und deshalb war es für ihn auch in Ordnung, dass sie so viel Zeit mit Peter verbrachte. Außerdem war Peter Dandy, und dem musste man einfach helfen.

Aber als frechen Swing-Boy betrachtete Helga ihn schon lange nicht mehr.

Auf dem Tisch neben ihr lag ihre Kamera. Sie hätte am liebsten die Fotos des Blicks über Bockenheim entwickelt, aber der Film war noch nicht voll. Hoffentlich kam heute ein Schwung Verdächtiger, die sie für die Kartei fotografieren musste.

Auf eine weitere Leiche würde sie lieber verzichten. Thieme nahm sie jedoch nicht zu jeder Ermittlung mit. Letzte Woche mussten Warnke und er zu zwei Kinderleichen ausrücken, aber Helga hatte er zum Erkennungsdienst geschickt. Wollte er sie schützen oder traute er ihr nichts zu?

Seufzend legte Helga ein Bromsilberpapier auf die Grundplatte und klappte den Vergrößerungsrahmen darüber, um das Papier gerade zu spannen. Dann löste sie die Belichtung aus, die der Focomat automatisch scharf stellte, soweit das bei den verwackelten Aufnahmen möglich war. Danach wurde das belichtete Papier ins Entwicklerbad gelegt, und das *Wunder* geschah, jedenfalls nannte Helga das noch immer so für sich, wenn auf dem weißen Papier langsam die Umrisse und Konturen des Bildes erschienen. War es fertig, kam es ins saure Fixierbad, damit man es später dem Tageslicht aussetzen konnte. Danach noch wässern und auf einem Handtuch lagern. Später, wenn alle Fotos fertig waren, trocknete sie sie in der Schnelltrockenpresse.

Eine Presse war viel praktischer, als die Fotos mit Klammern auf die Leine zu hängen, wie sie es zu Hause gemacht hatte. Oft hatte der Platz nicht ausgereicht und es ging auch viel schneller. So eine Presse hätte sie auch gerne.

Es machte sie traurig, Alwin wieder und wieder zu sehen. Peter hatte erzählt, dass er keine Familie mehr gehabt habe, weshalb Winklers ihn aufgenommen hätten. Aber bestimmt war er trotzdem traurig und einsam gewesen, sonst hätte er sich nicht ständig mit einer anderen Frau trösten müssen.

Peters Eltern hatten auf Helga einen sehr sympathischen Eindruck gemacht, obwohl ihr Besuch merkwürdig verlaufen war. Auf den ersten Blick hatte alles wie ein normaler Kaffeebesuch gewirkt. Der Kuchen war vorzüglich und der echte Bohnenkaffee lecker gewesen. Peter und sein Vater sahen sich sehr ähnlich, er hatte genauso viel Charme wie sein Sohn. Die Mutter wirkte kränklich. Dazu Tante Meta, eine zupackende, patente Frau. Die Gespräche hatten sich ums Wetter und die Studienpläne von Peter und Helga gedreht.

Herr und Frau Winkler hatten Helga behandelt, als wäre sie ein rohes Ei. Und auch Helga hatte tunlichst jedes falsche Wort vermieden.

All das, was ihr auf der Zunge gelegen hatte, hatte Helga nicht aussprechen können. Keine Frage zum Überleben der Mutter, keine Entschuldigung seitens Helga für die Judenverfolgung, für die sie sich verantwortlich fühlte, obwohl sie als Jugendliche nichts getan oder entschieden hatte.

Es hatte sich alles so verkrampft angefühlt, dass Helga froh war, als sie die Wohnung endlich verlassen konnte.

Und jetzt schämte sie sich dafür.

Da klopfte es. Helga fuhr auf. Sie war noch gar nicht fertig, Thieme würde bestimmt schimpfen.

»Sind Sie die neue Fotografin?«, fragte eine barsche Männerstimme.

»Ja«, rief Helga durch die geschlossene Tür.

»Sie müssen mit zu einem Tatort. Auf die Fotos kann ich einfach nicht verzichten.«

Sie bat den Mann, einen Moment zu warten, trocknete die Aufnahmen schnell in der Presse und prüfte, ob die Fotopapiere lichtundurchlässig verpackt waren. Dann noch die Entwickler- und Fixierflüssigkeiten in die passenden Flaschen zurückfüllen. Fertig.

Sie schnappte sich ihre Kameraausrüstung und öffnete die Tür.

Draußen wartete ein bulliger Mann, der sich als Kommissar Bauernfeind vorstellte und mit ihr zum Mordwagen lief. Zwei ältere Männer warteten bereits. Ein großer, drahtiger und ein kleiner mit Hornbrille und Halbglatze. Ohne sich vorzustellen, setzte sich der Drahtige ans Steuer und der andere neben Helga nach hinten.

Sie fuhren in den benachbarten Gallus, ein stark zerstörtes Industrie- und Arbeiterviertel.

Ein Schupo, so mager wie ein Stück Papier, führte sie zu einem leer geräumten Hof, umgeben von Bergen aus Ziegeln und Betonschutt, dahinter standen die üblichen Fassaden-reste. Und über allem strahlte die schönste Frühlingssonne.

»Ich hoffe, Sie halten was aus«, sagte der Schupo zu Helga.

Glücklicherweise hatte ihre Mutter sich überzeugen lassen und ihr das Fläschchen mit dem Eau de Cologne schließlich gegeben. Hastig kramte Helga in ihrer Tasche und beträufelte ein Taschentuch damit, um den Brechreiz zu unterdrücken.

Und das war auch bitter nötig.

Denn hinter einem der Schuttberge hing ein Mann in der Luft.

Sofort hielt sie sich das vertraut riechende Tuch vor die Nase und atmete tief ein. Dann erst erkannte sie, was passiert war: Der Mann war von einem Metallstab, der aus dem Beton herausragte, aufgespießt worden.

Vor Schreck schloss sie die Augen. Was für ein grausamer Tod.

Der Schupo leierte unterdessen die wenigen bekannten Details herunter. Helga hörte nur mit halbem Ohr hin, es ging um eine Verfolgungsjagd im Schwarzmarktmilieu. Sie musste sich erst einmal sammeln.

Als sie sich endlich traute, die Augen wieder zu öffnen, war der größte Schrecken vorbei. Aber wie um Himmels willen sollte sie dort oben hingelangen, um Aufnahmen von seinem Rücken zu machen?

Der Glatzkopf fertigte eine Skizze vom Tatort an und stellte kleine Nummernschilder aus Metall neben die Fuß-spuren. Dann erst wählte Helga den besten Standort für eine Totale des Tatorts. Das hatte sie aus den Merkblättern gelernt.

Während sie die Leiche von unten fotografierte, kletterte der andere Polizist auf den Berg.

Auf einmal merkte Helga, dass sie in Blut getreten war. Sie schloss die Augen, hielt sich ein weiteres Mal das rettende Taschentuch vor die Nase und zeigte dann dem Mann, der die Skizzen anfertigte, welcher Abdruck von ihr stammte.

Mit vereinten Kräften trugen die Männer den Betonblock, aus dem der Stab ragte, mit der Leiche nach unten.

Helga konnte nun viel leichter weitere Aufnahmen machen, und je mehr es ihr gelang, den Körper wie einen Gegenstand zu betrachten, desto besser konnte sie sich konzentrieren.

Schade, dass Thieme nicht dabei war. Aber da die Polizisten sie teils verwundert, immer jedoch anerkennend beobachteten, hoffte sie, dass sie ihm davon erzählen würden.

Wieder zurück im Präsidium hatten diese Fotos natürlich Vorrang. Ob sie gut geworden waren? Trotz ihrer wackeligen Knie und zitternden Hände? Die Schupos hatten zum Glück die Leiche in die Sonne gelegt. Zwischen den Schuttbergen war es recht schattig gewesen, für die Aufnahmen aus der Totale und des aufgespießten Körpers von unten hatte Helga das Stativ aus dem Mordwagen geholt und es auch für die anderen Aufnahmen benutzt. Einfach, um sicher zu sein.

Schon als sie die entwickelten Negativstreifen mit der Lupe untersuchte, fiel eine Last von ihr ab: Die Aufnahmen waren zwar noch immer nicht perfekt, aber viel schärfer als das letzte Mal. Auch vom Aufbau her gefielen sie ihr besser. Alle wesentlichen Details waren zu erkennen. Bauernfeind nickte jedenfalls zufrieden, als sie sie ihm die Fotos pünktlich zum Feierabend brachte.

Als sie das Präsidium verließ, fiel ihr Blick auf Peter, der gerade sein Rad aufschloss. Die Jacke hatte er auf den Gepäckträger geklemmt. Er lächelte sie an.

»Hallo, was machst du denn hier?«, fragte sie neugierig.

Er wies mit dem Kopf aufs Präsidium. »Ich war bei einer Vernehmung.«

»Aber wieso denn? Davon hat mir Thieme gar nichts gesagt!«

»Kurz nach dem Frühstück stand ein Schupo vor der Tür, ich sollte um drei Uhr im Präsidium sein.«

Um drei war sie in der Dunkelkammer gewesen, deshalb hatte sie nichts mitbekommen.

»Und worum ging es?«

Peter zuckte mit den Schultern. »Lauter unwichtiges Zeug. Um die Zeit, in der Alwin und ich uns kennengelernt haben.«

Das klang seltsam. »War Alwin auch ein Swing-Boy?« Es hatte viel mehr Tanzbegeisterte als die Jugendlichen im Odeon-Club gegeben.

Plötzlich lachte Peter laut los, als hätte sie einen Witz gemacht.

»Entschuldige«, sagte er schnell. »Das wäre echt schön gewesen, aber nein, ich kenne Alwin aus dem Lager, hat dir Thieme nichts erzählt?«

Sie schüttelte den Kopf. »Der hält mich doch aus den Ermittlungen raus, und schon zweimal musste ich mir seinen Vortrag über das Amtsgeheimnis anhören.«

Sie wollte Peter nach dem Lager fragen, aber seine Miene

verfinsterte sich zusehends. Das stellte wohl auch eines der Themen dar, über die er sich lieber ausschwieg.

Helga strich sich eine Haarsträhne hinters Ohr. »Ich darf dafür Verbrecherfotos machen. Und heute, ich sag dir … heute war es echt eklig, irgendwelche Halunken haben einen Mann aus einer Ruine direkt in einen Eisenstab geworfen. Er hat sich aufgespießt …«

Die Erinnerung übermannte Helga. Auf einmal füllten sich ihre Augen mit Tränen, wie peinlich. Bis jetzt hatte sie sich so gut im Griff gehabt! Sie wollte sich bereits abwenden, als er auf einmal seine Arme um ihren Oberkörper schlang.

Kurz erschrak sie und machte sich steif, doch er wich nicht zurück. Die Berührung hatte eine merkwürdig tröstende Wirkung auf sie, und ehe Helga es sich versah, entspannte sie sich und lehnte ihren Kopf an seine Brust. Nur für einen Moment! Da rannen ihr die Tränen schon die Wangen hinab.

Schweigend strich er ihr über den Rücken, bis sie sich langsam beruhigt hatte, und sie fühlte sich unglaublich geborgen.

Als sie sich endlich voneinander lösten, hatte Helga den Eindruck, als ob seine Lippen ihre Haare berührt hätten, aber das bildete sie sich bestimmt nur ein. Was wollte Peter schon von ihr, der braven Helga. Der stand mehr auf so mondäne Frauen wie Lizzy. Sie musste sich getäuscht haben.

Er war letzten Endes nur höflich.

Sie lächelte ihn dankend an und ihr Blick versank in seinen blauen Augen. Als er ihr mit einer zärtlichen Handbewegung die letzte Träne von der Wange strich, fühlte sie sich schäbig. Er war so nett und sie hatte komische Gedanken.

»Alles wieder gut?«, fragte er leise, während sie beschämt

an Walter denken musste. Wenn der sie jetzt so sehen könnte … Auf einmal fühlte es sich so an, als hätten sie eine Grenze überschritten.

»Natürlich«, sagte sie knapp und riss sich zusammen. Schnell machte sie einen Schritt nach hinten und stieß dabei mit einem Mann zusammen.

»Fräulein Sartorius, passen Sie doch auf!«, rief Kommissar Thieme aus. »Und schon wieder zusammen mit Herrn Winkler? Muss ich Sie erneut daran erinnern, dass Sie keinen privaten Umgang mit ihm pflegen sollen, bis sich der Tathergang geklärt hat?«

Pflichtschuldigst knickste sie. »Jawohl, Herr Kommissar.«

»Herr Winkler, für Sie gilt dasselbe.«

Peter nickte nur.

Schon stob Thieme mit ausladenden Schritten davon.

Helga sah betrübt auf ihre Fußspitzen. Jetzt hatte er sie doch erwischt.

»Willst du wirklich aufhören?« Peters Stimme klang verunsichert.

Sie hob den Blick und sah ihm fest in die Augen.

»Auf gar keinen Fall.«

»Heute ist mir endlich nicht schlecht geworden«, rief Helga fröhlich, als sie Walter, Elfie und Klaus vor der Engelruine traf. Die drei saßen auf den Trümmersteinen und ließen eine Flasche Bier kreisen. Wo hatten sie die denn her? Ob das Walters Idee war? Bis jetzt hatten sie ihr Geld, oder mit was man sonst so handeln konnte, noch nie für so etwas verschwendet.

»Ein Schwarzmarktkönig wurde von einer Eisenstange durchbohrt. Echt widerlich«, fügte sie hinzu.

»Wieso tust du dir das an, Helga?«, fragte Walter und reichte ihr die Flasche.

Am liebsten hätte sie abgelehnt. Helga mochte kein Bier, aber Walter zuliebe nippte sie daran. Sie wollte nicht schon wieder als Langweilerin dastehen.

»Das bisschen Geld, das du verdienst …« Walter machte eine wegwerfende Handbewegung. »Das lohnt sich gar nicht, für euren Wohnzimmerteppich bekommst du auf dem Schwarzmarkt Lebensmittel, aber nicht für die paar Kröten.«

Das war doch die Höhe! Beinahe hätte sie sich an dem warmen Bier verschluckt. »Ich kann ja wohl arbeiten, was ich will.« Erbost gab sie ihm die Flasche zurück.

»Aber nicht für die Polizei.« Mit einem Zug trank er sie leer.

»Helga will Rechtswissenschaften studieren, da ist das eine gute Übung«, wiederholte Elfie, womit sie schon Helgas Eltern überzeugt hatte.

»Außerdem verdienst du als Steuergehilfe nicht viel mehr als ich«, wehrte sich Helga.

»Das ist was anderes.«

»Und wieso?« Helga stützte die Hände in die Seiten.

»Weil mir die Arbeit liegt.« Walter sprang von dem Stein, auf dem er gesessen hatte.

Helga fiel auf, dass er ein bisschen schwankte. Hatte er zu viel getrunken? Oder ging es ihm gesundheitlich schlechter, als er zugeben wollte?

»Ihr habt ja von Steuern keine Ahnung, aber ich kenne mich wirklich aus. Da geht es nicht mehr ums nackte Überleben ...« Auf einmal lief er wie ein eingesperrtes Tier vor ihnen auf und ab. »Nur noch um Zahlen, um geordnete Zahlen auf unschuldig weißem Papier ...« Er blieb vor Helga stehen, schaute sie aber nicht an, sondern fuchtelte mit dem Zeigefinger vor ihr herum. »Aber du bekommst von dem blutigen Scheiß offensichtlich nicht genug, Helga.«

Beschämt sah sie zu Boden. Jetzt endlich verstand sie, worum es ihm eigentlich ging.

Aber trotzdem, sie war stolz auf sich, diese Herausforderungen zu meistern, nicht mehr das wohlerzogene, schüchterne Töchterchen zu sein, sondern Mut zu beweisen.

Er aber wollte diese Erfahrungen hinter sich lassen.

»Ich bin eben nicht mehr die brave Helga von früher!«, schleuderte sie ihm entgegen.

Klaus hob erstaunt die Augenbrauen, auch Elfie starrte sie an. Helga wunderte sich selbst, wieso sie auf einmal so kratzbürstig wurde. Lag es nur daran, dass Walter kein Verständnis für ihre Arbeit hatte?

Aber du interessierst dich ja gar nicht mehr für mich, wollte sie hinzufügen, da tippte Walter sich auf einmal zum Abschied an die Stirn, als wäre er noch immer beim Militär.

»Ich mach die Biege«, sagte er. »Kommt einer mit in die Stadt? Nach dem langen Warten bei den Ämtern auf meine Zuzugsgenehmigung, Kennkarten, Lebensmittel- und Textilkarten, und was es sonst noch für bürokratischen Unsinn gibt, muss ich erst mal was Sinnvolles machen und eine Kneipe fürs Jimmy's suchen.«

Elfie und Klaus schüttelten die Köpfe und er schritt eilig davon.

»Walter ist so rastlos.« Beinahe hatte Helga den Eindruck, er wäre vor ihr geflohen.

»Ach, der war doch schon immer ein Zappelphilipp«, winkte Elfie ab.

»Wie hält er es denn dann im Büro aus?«, fragte Klaus. »Für mich wäre das nichts.« Er sammelte die leere Flasche auf. Sicherlich hatte er schon eine weitere Verwendung dafür im Sinn.

Elfie stand ebenfalls auf. »Er hatte immer gute Zeugnisse. Und wenn er sich wirklich für was interessiert, dann bleibt er auch dabei. Wie lange er früher über Musik diskutieren konnte! Wer in welcher Kapelle spielte oder welche Plattenfirma welche neue Scheibe herausgebracht hat, ich konnte mir das nie merken.«

»Trotzdem«, entgegnete Helga. »Irgendwie ist er anders. Schon wieder hat er mich nicht …« Geküsst, wollte sie sagen.

Siedend heiß fiel ihr die Umarmung von Peter ein, als seine Lippen ihre Haare gestreift hatten. Wenn es doch nur Walter gewesen wäre!

Er hatte ihr nicht einmal in die Augen geschaut oder sie angelächelt, nur rumgemeckert, das blöde Bier getrunken, und dann war er abgehauen.

Elfie umarmte Klaus so innig zum Abschied, dass Helga voller Neid wegschauen musste. Dann machten sie sich auf den Heimweg.

»Ist was?«, fragte Elfie.

»Nein, wieso?«

»Du wirkst so angespannt. Wie wütend du eben auf Walter geworden bist! Irgendetwas stimmt nicht mit dir.«

Elfie legte ihr den Arm um die Schultern und drückte sie kurz an sich.

Ach, sie kannte sie schließlich zu gut. Helga gab sich einen Ruck. »Glaubst du, Walter liebt mich noch?« Endlich hatte sie es gesagt und ihre Augen füllten sich mit Tränen.

»Natürlich, was soll denn der Blödsinn!« Abrupt ließ Elfie Helga los.

»Seit er zurück ist, guckt er mich kaum an. Und hat mich nur geküsst, weil ich mich aufgedrängt habe. Ich fand's schön, aber wie er eben an mir rumgemeckert hat! So was habe ich noch nie erlebt. Und dann rennt er einfach davon.« Sie machte eine Handbewegung. »Ohne mich nur einmal richtig anzusehen.«

»Helga, nun beruhige dich«, sagte Elfie. »Das bildest du dir nur ein.«

»Er ist überhaupt nicht eifersüchtig, weil ich so viel mit Peter zusammen bin.«

»Sei doch froh! Soll er dir etwa den Umgang mit ihm verbieten? Was willst du eigentlich? Dass er vor dir auf die Knie fällt und um deine Hand anhält?«

Helga stockte der Atem. Eigentlich hoffte sie genau darauf, aber jetzt, wo Elfie es ausgesprochen hatte, fiel ihr selbst auf, wie unsinnig das klang.

»Du musst ihm Zeit lassen«, sagte Elfie. »Der ist mit seinem Kopf noch in Russland.«

»Dafür hat er es aber ganz schön eilig mit seiner Jazzkneipe.« Der Ärger brach wieder in Helga auf.

»Das ist nur Ablenkung. Ein Versuch, die verlorene Jugend nachzuholen.«

»Meinst du? Ich dachte schon, er meidet mich.«

»Nein, nein! Und vielleicht zeigt ihm ja so ein Neben-buhler wie Peter, wie wichtig du ihm bist.«

»Du schlägst vor, ich soll ihn eifersüchtig machen?« Helga runzelte die Stirn.

Elfie pfiff den Harlem-Swing und grinste verschmitzt. »Ganz genau. Unser alter Dandy macht da bestimmt gerne mit.«

Aber als sich Helga das vorstellte, bekam sie ein schlechtes Gewissen. Nicht Walter gegenüber, sondern Peter. Er war gar nicht mehr Dandy. Und auch kein Mittel zum Zweck.

So mit seinen Gefühlen zu spielen, das hatte er nicht verdient.

29 – Walter

Walter wusste genau, was er suchte: eine herrenlose Kneipe, die er übernehmen konnte. Aber offensichtlich kam er ein Jahr zu spät. Leerstand? Die zumeist weiblichen Wirte lachten, wenn er sie fragte. Wo eine Gastwirtschaft nur halbwegs intakt war, wurde bereits wieder ausgeschenkt, selbst wenn es sich nur um schwarz gebrannten Schnaps handelte. Oder es wohnte jemand dort.

Auch die wenigen Freunde von früher, die wie er bereits zurück waren, konnten ihm nicht helfen. Die Wege bis nach Bornheim oder Niederrad scheute Walter. Er hätte laufen müssen, und dazu fehlte ihm die Kraft, auch wenn er das nie zugeben würde.

Irgendwie hatte er es sich leichter vorgestellt. Manch ein Wirt hörte ihm gar nicht zu, sondern warf ihn schon beim Wort *Jazzkneipe* raus, dabei war Swing ein super Publikumsmagnet, vor allem bei den Amerikanern, und die zahlten gut. Zwar nicht in harten US-Dollar, wie er schnell begriff, sondern in sogenannten *Script-Dollar*, dem Besatzungsgeld, das die Soldaten von der Militärregierung als Lohn erhielten. Vergeblich wurde damit versucht, den Schwarzhandel zwischen den Soldaten und der Bevölkerung zu unterbinden.

Aber es gab offensichtlich noch immer Männer, die Swing für *Dschungelmusik* hielten und noch viel schlimmere

Schimpfworte fanden, während sie sich bei Marschmusik Heldengeschichten erzählten, von denen jeder wusste, dass sie erstunken und erlogen waren.

Erzählte er jedoch von seiner Heimkehr aus Russland, bestürmten ihn viele neugierig und fragten nach vermissten lieben Menschen. Die wenigsten, die Sohn oder Vater in Russland vermuteten, hatten Nachricht erhalten und konnten Walters Glück gar nicht fassen, dass er bereits zu Hause war. Auf unzähligen Fotos wurden ihm glückliche, wohlgenährte Männer in sauberer Uniform gezeigt, und er sollte sich jetzt daran erinnern, ob er einen davon gesehen hatte. Doch die Männer, die er kannte, waren zu Knochengestellen abgemagert. Auch die Namen sagten ihm nichts, und er musste immer wieder in verzweifelte Gesichter blicken, wenn er mit den Schultern zuckte, bis er es nicht mehr aushielt und nichts mehr von Russland erzählte.

Völlig erschlagen von der vergeblichen Suche, lief er am späten Mittwochabend leicht angetrunken nach Hause zu Klaus. Bis zum 2. Mai hatte er noch Zeit, dann begann seine Arbeit in der Steuerkanzlei. Nur eine Woche. Bis dahin wollte er eigentlich alles in trockenen Tüchern haben. Tagsüber brav die Korrespondenz erledigen und abends im eigenen Laden abhotten, so stellte er sich die Zukunft vor. Dort konnte er wunderbar die Ereignisse des Krieges vergessen und sich so jung fühlen, wie er war, zweiundzwanzig, und nicht wie ein mutloser alter Mann.

Als er in der Bockenheimer Landstraße dringend pinkeln musste, stellte er sich einfach vor die abbruchreifen Überreste eines hochherrschaftlichen Mietshauses und suchte sich eine der stilvollen Säulen aus, die früher eine Eingangstür umsäumt hatten. Die Holztür gab es nicht mehr. Bestimmt verheizt. Dahinter schimmerte es hell, die Rückwand des Hauses fehlte. Hatte früher nicht sein Zahnarzt hier seine Räume gehabt? Die Schmerzen, als ihm ein Zahn gezogen werden musste, würde er nie vergessen.

Als er sich erleichtert hatte, fiel ihm auf, wie still es hier war. Kein Kindergeschrei wie bei Klaus, noch nicht einmal leises Gemurmel. Offenbar alles unbewohnt. Die Schächte vor den Kellerfenstern waren sogar noch immer zugemauert. Luftschutzmaßnahme. Klaus hatte seine Fenster freigelegt, damit wenigstens spärliches Tageslicht in die Kellerräume fiel.

Im Dunkeln in eine Ruine zu steigen, konnte gefährlich sein. Aber was soll's, er hatte schon so viele Gefahren überlebt. Wenn das Haus bis jetzt noch nicht zusammengefallen war, würde es wohl auch noch die nächste halbe Stunde halten.

Ohne nach rechts und links zu schauen, betrat Walter das Gebäude. Eine Taschenlampe besaß er nicht, aber die Straßenlaterne vor dem Haus brannte hell. Auch der Mond schien vom sternenklaren Himmel.

Tatsächlich fand er im Erdgeschoss die Reste der Zahnarztpraxis, aber die Vitrinen waren alle leer geräumt, sogar der Arztstuhl fehlte. Die Räume waren stark beschädigt, teils fehlten die Außenwände, teils das Dach.

Gegenüber in der Hausmeisterwohnung sah es nicht viel besser aus. Also ab in den Keller. Aber wo war der Eingang?

Im Flur führte keine Tür nach unten, im Hinterhof türmten sich Schuttberge.

Erst an der seitlichen Außenwand entdeckte er eine Treppe, die nach unten führte. Leider verrammelten riesige Mauerbruchstücke die Kellertür, die er trotz aller Mühe nicht beseitigen konnte.

Vielleicht war deshalb noch keiner hier unten gewesen.

Unverrichteter Dinge lief Walter die letzten Meter zu Klaus. Der lag wie immer auf seinem Feldbett und las bei Kerzenlicht in einem Abenteuerroman.

»Ist einfach nichts zu machen«, stöhnte Walter. »Leere Räume fürs Jimmy's gibt es nicht, in jedem kleinsten Eck haust eine arme Seele.«

»Habe ich dir doch gleich gesagt.« Klaus ließ das Buch sinken.

»Aber ein paar Häuser weiter an der Bockenheimer, wo früher der Zahnarzt war, da habe ich einen Keller gefunden, der könnte was sein!«, sagte Walter. »Der Eingang wird von Mauerbrocken versperrt, aber vielleicht kriegen wir die Tür ja zu zweit auf.«

»Das Haus kenne ich.« Klaus richtete sich auf. »Das habe ich auch durchsucht, war aber nichts Brauchbares mehr zu finden. An einen Kellereingang kann ich mich nicht erinnern. Lass uns morgen Abend zusammen versuchen, das Geheimnis zu lüften. Vielleicht ist es ja Ali Babas Räuberhöhle.«

»Sesam, öffne dich«, deklamierte Walter und grinste. Aber in seinem Inneren hatte er Angst, die verkohlten Bewohner des Hauses dort vorzufinden.

Anstelle eines Zauberspruchs brachte Klaus am nächsten Abend zwei Gärtner mit. Mit vereinter Manneskraft schafften sie es, die Steine wegzuschleppen. Dahinter verbarg sich ein an die Wand gemalter Pfeil, der auf den Luftschutzraum im Keller hinwies.

Nicht nur Walter stockte der Atem. Was würde sie erwarten? In dem Moment tauchten Elfie und Helga mit den Taschenlampen auf. Die Lampen konnte er zwar gebrauchen, doch wollte er den Mädchen das Grauen ersparen.

»Bleibt bitte oben, bis wir die Lage sondiert haben, wer weiß, was wir dort unten finden«, sagte er.

Aber er erntete nur höhnische Blicke.

»Du hast ja keine Ahnung, was wir alles erlebt haben«, markierte seine kleine Schwester den starken Mann.

Den anderen schien es egal zu sein, ob die Mädchen blieben, sie hatten nur die Tür im Blick. Achselzuckend gab Walter klein bei.

Jetzt gab es keinen Weg mehr zurück, das waren sie den Menschen schuldig.

Walter ging voran. Alle hielten die Luft an. Die Angst war förmlich mit Händen zu greifen.

Als Walter die Hand auf die Türklinke legte, schickte er ein Stoßgebet zum Himmel.

Eisige Dunkelheit gähnte aus dem Flur in den hellen Abend. Es roch dumpf und staubig. Der süßlich eklige Leichenduft, den er leider zu gut kannte, fehlte. Das war schon mal gut. Zögernd ging er hinein. Totenstille herrschte, nur das Scharren der Handdynamos der Taschenlampen war zu hören. An der Wand wieder ein Pfeil. *Luftschutzraum für*

20 Personen. Am liebsten hätte er auf dem Absatz kehrtgemacht.

Der Flur schien leer zu sein. Mit beklommenem Herzen öffnete Walter die erste Tür. Wieder nur staubige, abgestandene Luft, der Lichtkreis seiner Taschenlampe erfasste Regale voller altem Hausrat. Abgenutzte Koffer, ein verbeultes Hochrad, ein Holzschaukelpferd, dem die Ohren fehlten.

Die einzigen Leichen, auf die er stieß, waren tote Kellerasseln. Er war nicht der Einzige, der hörbar ausatmete.

Im nächsten Raum befand sich ein Vorratsraum, in den Regalen standen Einweckgläser. Birnen, Kürbisse, Gurken.

»Lecker.« Elfies Flüstern durchbrach das ängstliche Schweigen.

Sogar einen halbwegs gefüllten Kohlenkeller entdeckten sie.

Als einer der Gärtner sich sofort bückte, sagte Walter: »Das wird am Schluss gerecht geteilt! Alle kriegen gleich viel.«

Der Gärtner nickte.

Das Schlimmste lag noch vor ihnen, denn am Ende des Flurs befand sich der Luftschutzraum.

Walter hielt sich sein Taschentuch vor Mund und Nase, bevor er die verriegelte Eisentür öffnete. Seine Hand zitterte, als er mit der Taschenlampe hineinleuchtete.

»Gott sei Dank«, rief Helga hinter ihm, bevor er sich überhaupt sicher war, den Raum zur Gänze erfasst zu haben.

Aber sie hatte recht: Der voll eingerichtete Raum war leer. Auf einem Tisch ein Volksempfänger, die Stühle ordentlich rangeschoben, an der Seite gestapelte Feldbetten und Decken, ein verstaubter Feuerlöscher, Eimer voller Sand, Petroleumlampen, die obligatorischen Hinweisschilder zum Verhalten bei Luftalarm, Konservenbüchsen.

Aber bis auf einen zerdrückten Plüschhasen keine Spur von menschlichem Leben. Das erklärte vielleicht, wieso der Keller nie mit schwerem Gerät geöffnet worden war. Entweder waren die Bewohner vorher bereits aus der Stadt geflohen oder hatten in den großen Bunkern Schutz gesucht. Vielleicht ist das Haus tagsüber zerstört worden, dachte Walter, und die Leute waren in der Schule, bei der Arbeit oder beim Einkaufen.

Er war unendlich erleichtert.

»Das ist es!«, rief er. »Hier gibt es sogar Strom- und Wasseranschlüsse!« Er deutete auf Steckdosen, Lichtschalter und ein Waschbecken.

Natürlich war alles abgestellt, aber Walter konnte sich sehr gut vorstellen, wie er rund um das Waschbecken den Tresen aufbauen würde und gegenüber eine kleine Bühne. Der Raum war der größte im ganzen Keller, zum Feiern passten hier bestimmt mehr als die zwanzig Personen rein, für die der Schutzraum gedacht gewesen war. »Was für eine Wucht!«

»Da sind Risse.« Klaus leuchtete mit der Lampe an die Decke. Ein anfangs dünner, dann breiter werdender, gezackter Riss prangte in der Mitte der Decke. »Vielleicht war deshalb keiner hier unten, es war zu unsicher.«

»Meinst du?« Helgas Stimme klang piepsig.

»Ja. Bei uns gibt es auch solche Risse. Wenn Bomben fallen, würde ich hier nicht reingehen, aber in Friedenszeiten ist das kein Problem.«

Walter merkte, wie sich die anderen entspannten.

»Erstaunlich, dass noch niemand vor uns die Brocken weggeräumt hat. Die Beute teilen wir natürlich ganz gerecht auf«, betonte Walter erneut. Die Gärtner schauten begeistert. Ob sie befürchtet hatten, er würde den Löwenanteil für sich beanspruchen? So was machte er nicht.

»Man muss auch mal Glück haben«, freute sich Elfie und küsste Klaus auf die Wange.

Helga hängte sich bei Walter ein. Er zuckte unmerklich zusammen und fühlte sich unbehaglich, hatte aber keine Lust auf einen Streit.

»Wo wohl die Besitzer sind? Denen einfach das letzte Hab und Gut zu klauen …«, meinte sie.

Typisch. Sie passte wirklich zur Polizei. Schon früher hatte sie sich immer an alle Regeln gehalten. Ohne Elfie hätte sie wohl auch nie beim Odeon-Club mitgemacht.

»Kannst ja drauf verzichten«, zischte er. Sie ging ihm wirklich auf die Nerven.

Und dann konnte er ihr auch noch genau ansehen, dass sie wirklich darüber nachdachte, die Sachen nicht anzurühren.

»Ich glaube nicht, dass die ernsthaft damit rechnen, bei ihrer Rückkehr noch irgendetwas vorzufinden«, versuchte Elfie zu schlichten.

»Und wenn die Polizei uns erwischt?«, fragte Helga.

»Es wird schon gut gehen«, meinte Elfie.

Walter nickte. »Wir warten, bis es dunkel ist, und schaffen dann alles raus, und wenn wir es später verscherbeln, fragt sowieso keiner, woher wir den alten Plunder haben.« Er rieb sich die Hände. »Morgen bringe ich schon mal mein Grammofon mit, für das braucht man ja keinen Strom, und dann wird der Laden hier eingeweiht!« Er machte eine seiner Lieblingstanzbewegungen und lachte aus vollem Herzen. Sein Jazzclub! Sein *Jimmy's*!

»Du musst im Reuterweg bei der Militärregierung eine Lizenz beantragen«, konnte Helga nicht aufhören. »Und wenn du Strom und Wasser anstellen lässt, wollen die bestimmt wissen, ob der Besitzer einverstanden ist. Und wovon willst du es bezahlen?«

»Das findet sich alles, keine Angst. Das Wichtigste ist, dass wir den Keller gefunden haben! Den Besitzer versuche ich ausfindig zu machen und Strom und Wasser werde ich von meinem Gehalt bezahlen. Und ich werde mir brav eine Lizenz besorgen, die Amis sollen schließlich meine Kunden werden! Die Lichtschächte räumen wir erst frei, wenn alles geklärt ist, sonst fallen wir zu schnell auf. Tresen und Bühne kann man mit Holzresten selbst zimmern und an die Wände hängen wir Plakate. Bestimmt hat Schorschi noch welche.«

Er konnte alles schon förmlich vor sich sehen.

Sein Blick streifte Helga. Noch immer wirkte sie besorgt.

»Freust du dich denn gar nicht?«, fragte er.

»Doch, Walter«, behauptete sie, aber er glaubte ihr nicht. »Aber wird der Besitzer dann nicht wissen, dass du alles leer geräumt hast? Und überhaupt – übernimmst du dich nicht? Bevor du deine neue Stellung antrittst, solltest du dich lieber von den Lagerstrapazen erholen.« Sie strich ihm über die Wange. »Ich mache mir nur Sorgen um dich.«

»Mir geht es prächtig!« Er drehte sich mit dem Besen in der Hand noch einmal um die eigene Achse, als wäre er Fred Astaire und der Besen sein Regenschirm.

»Außerdem helfen wir alle mit«, mischte Elfie sich ein. »Ist doch Ehrensache!«

Ein Schatten huschte über Helgas Gesicht. Bestimmt hatte sie mit ein wenig mehr Zweisamkeit und einem weiteren Kuss gerechnet. Er verstand sie ja!

Aber er konnte nicht. Natürlich hatte er gehofft, die Gefühle würden mit der Zeit wachsen und alles würde sich so entwickeln, wie es sein sollte.

Die Kameraden im Wehrertüchtigungslager hatten alle ein Foto ihrer Liebsten dabeigehabt, und Walter hatte gesehen, wie sehr ihnen der Anblick half, sich auf die Front vorzubereiten. Einige wollten ihre Freundinnen vor dem Feind verteidigen, andere sie stolz machen, oder sie freuten sich einfach nur, irgendwann wieder in ihren Armen zu liegen. Und er wollte so sein wie sie.

Aber es war nicht so gekommen, wie er es sich vorgestellt hatte. Letzten Endes hatte er immer nur ein Foto vom Odeon-Club angeschaut und das von Helga in seiner Brusttasche gelassen. Er hatte nicht nur sich selbst, sondern auch ihr völlig umsonst Hoffnungen gemacht.

Ein Fehler. Ein riesengroßer Fehler.

Nach der Plünderung des Kellers fand er keinen Schlaf. Klaus schnarchte schon längst, aber Walter wälzte sich von einer Seite seines Matratzenlagers auf die andere. Sobald er die Augen schloss, erwarteten ihn fürchterliche Bilder und Geräusche. Das langsam sich nähernde Mahlen der Ketten der russischen Panzer, das Krachen der Bäume, über die sie hinwegfuhren, die Stoßgebete der Kameraden im Schützengraben. Krachende Bomben, aufpeitschende Gewehrsalven, Schreie, Stöhnen …

Er riss die Augen auf. Ruhiges Dunkel umfing ihn, ganz leise hörte er den ruhigen Atem von Klaus. Er war in Sicherheit.

Aber es fühlte sich nicht so an.

Wie Klaus das nur geschafft hatte? Ein Jahr war der schon der Hölle entronnen. Offensichtlich wurden diese Ängste, das Zittern und die Albträume besser mit der Zeit. Natürlich hatte er nicht mit ihm darüber geredet, aber es tat Walter gut, an Klaus zu sehen, dass das Leben weiterging.

Er mochte ihn. Ein stiller, zuverlässiger Kerl mit einem melancholischen Blick. Seine grauen Augen wirkten im Sonnenschein so hell wie die von Freddy.

Freddy, ach Freddy. Sobald er an seinen in Afrika gefallenen Freund dachte, schnürte sich seine Brust zusammen und er hielt es im Keller nicht mehr aus. Walter sprang aus dem Bett und schlich so leise wie möglich ins Freie.

Draußen hätte er am liebsten all seine Trauer, Wut und Unsicherheit laut hinausgeschrien. Aber drüben am Schlagbaum standen die Jeeps Schlange, um in die Stadt zu fahren. Der Palmgarden Red Cross Club hatte offensichtlich Feierabend gemacht. Wo die Soldaten wohl hinwollten? In die Kaserne? Oder in andere Clubs?

Für die deutschen Gastwirte war um Mitternacht Polizeistunde, aber Walter hatte keine Ahnung, wie viel Uhr es war.

Gebannt von ihrer Fröhlichkeit, folgte er den jungen Männern. Schlafen konnte er sowieso nicht. Sie fuhren durch die

Beethovenstraße nach Süden, bestimmt wollten sie zum Bahnhof. Er schwenkte den Arm, wollte mitgenommen werden, aber sie behandelten ihn wie Luft.

Zum Bahnhof war es nicht weit, er fiel in Laufschritt, als wäre er noch an der Front. Schnelle Truppenbewegung. Ohne Marschgepäck und Waffe kein Problem. Seine Beine liefen, obwohl sie müde waren, eins zwei, eins zwei, da sah er schon den Bahnhof vor sich liegen.

Gegenüber leuchtete hell Schumanns, das berühmte und größtenteils erhalten gebliebene Varieté-Theater. Davor parkten eine ganze Menge Jeeps, bestimmt waren die aus dem Palmengarten auch dabei.

Off-Limits for Germans stand auf einem Schild, so ein Mist. *Betreten für Deutsche verboten,* das hatte er in den wenigen Tagen schon gelernt. Früher hatten auf den verschiedenen Bühnen die berühmtesten Musiker gespielt. Jetzt hing eine amerikanische Fahne am Eingang und Schilder eines *PX*, eines amerikanischen Supermarkts, und einer *Snackbar* daneben.

Vor dem Theater stolzierten die mageren und mit Lippenstift geschminkten *Fräuleins* auf und ab und himmelten die Soldaten an. Manche hatten Erfolg, es wurde viel gelacht, und überhaupt herrschte eine ausgelassene Stimmung, wie nur Sieger sie verbreiten konnten.

Am unteren Ende der Treppe überkam Walter eine solche innere Unruhe, dass er das Gefühl hatte, gleich zu zerplatzen. Was war nur mit ihm los? Als er es nicht mehr aushielt, lief er in die Seitenstraße. Aus einer kleinen Kneipe drang noch Licht. Schnell riss er die Tür auf.

Dahinter nichts Besonderes, einfach nur ein schmaler Tresen und *Ich weiß, es wird einmal ein Wunder gescheh'n* von Zara Leander aus einem Grammofon. Daneben ein stummer Volksempfänger und ein heller Fleck an der Wand, wo früher Hitler gehangen und man noch keinen Ersatz gefunden hatte.

Die Männer ließen eine Flasche Schnaps zwischen sich kreisen.

Walter hatte kein Geld, aber vielleicht luden sie ihn ja ein. Nach Hause wollte er noch nicht, erst musste er ruhiger werden, und Schnaps half dabei.

»Prost«, rief er laut, einer blickte zu ihm rüber. Ein Hüne von Mann, zackige Bewegungen, blonde, akkurat gekämmte und sehr kurze Haare. Aber gütige Augen. Keiner von der scharfen Sorte, das erkannte Walter sofort. Wie er ihn anlächelte, obwohl er keine Miene verzog. Dabei schauten Männer sich erst dann lange in die Augen, wenn sie befreundet waren.

In Walter begann alles zu kribbeln.

Der Mann lud ihn mit einer Geste ein, sich zu ihnen zu gesellen, tippte auf Walters von Helga ziemlich scheckig blau eingefärbte Wehrmachtsklamotten und legte ihm den Arm um seine Schultern. »Siehst wie ein Heimkehrer aus.«

Walter nickte. Von Russland sagte er lieber nichts, er wollte seine Ruhe haben.

»Und seit wann bist du wieder da, Kamerad?« Was für eine sanfte Stimme der Mann hatte.

»Seit Ostern.«

»Das müssen wir feiern!« Und schon hielt er Walter die

Flasche hin und Walter genoss das Brennen des Alkohols in Kehle und Magen.

Die Männer waren wie die anderen in den Kneipen, die er die letzten Tage besucht hatte. Sie grölten Wehrmachtslieder, tranken zu viel und redeten über nichts. Aber in diesem Augenblick war das das Richtige für ihn.

Der blonde Hüne hieß Frank und spendierte Walter sogar eine Lucky Strike. Walter stellte sich als Jimmy vor, ohne genau zu wissen, warum.

Als Frank Walter Feuer gab, sah er ihn wieder so lange an. Auch er hatte helle blaue Augen, so wie Freddy. Er trug einen Ehering, aber von seiner Frau redete er nie, nur von den Kameraden, und der Arm lag noch immer um Walters Schultern.

Niemand störte sich daran. Bald verschwanden die anderen Gäste, meistens paarweise, und nur noch Frank und Walter blieben zurück, bis der Wirt sie rauswarf.

»Soll ich dich nach Hause bringen?«, fragte Frank. »Du hast ganz schön Schlagseite.«

So betrunken war Walter gar nicht. Frank auch nicht. Trotzdem nickte er. Er spürte eine Verbindung zwischen ihnen, und er hoffte so sehr, dass er sich nicht irrte.

Wenn, dann könnte es gefährlich werden. Vielleicht sollte er doch ablehnen. Davonrennen. Sich in Sicherheit bringen.

Aber er blieb bei ihm.

Frank führte ihn in eine Ruine, als ob er genau wüsste, was er wollte. Walter hatte nur so eine Ahnung.

Es war gut, dass sie sich kaum kannten. Als Franks Lippen sich ihm näherten, fielen auf einmal alle Ängste, Vorwürfe und Zweifel von Walter ab, und er traute sich, was er sich früher immer verboten hatte. Schließlich wusste er genau, wie kurz das Leben sein konnte.

Er fühlte nur noch Sehnsucht.

Und Verlangen.

30 – Helga

Jedes Mal, wenn Helga Kommissar Thieme in der Woche nach Ostern begegnete, hoffte sie auf Neuigkeiten in Sachen Alwin. Aber er erzählte ihr nichts und zu fragen traute sie sich nicht. Wenigstens hatte die Pathologie die Leiche freigegeben, nächste Woche sollte die von Peter organisierte Beerdigung stattfinden.

Wenn sie doch nur Alwins letzte Freundin finden könnten! Suchte Thieme sie überhaupt? Was tat er die ganze Zeit?

Natürlich, es gab noch mehr Mordopfer. Meistens Stichwunden, Schusswunden waren selten. Helga hatte eine gewisse Routine im Umgang damit entwickelt und Thieme war mittlerweile sehr zufrieden mit ihr.

Aber sie wurde weder von ihm noch von den anderen Kollegen für voll genommen, das spürte sie deutlich. Mehr als *Guten Morgen* oder *schönes Wetter heute* wurde selten mit ihr geredet. Aber sie spitzte ihre Ohren und lernte so viel über die Polizeiarbeit.

Selbst Frau Kleinschroth war ihrem Chef gegenüber loyal. Helga hatte gehofft, sich mit ein paar netten Worten bei der Sekretärin einschmeicheln zu können und von ihr weitere Details der Mordermittlung zu erfahren, doch sie hatte auf Granit gebissen.

Nur Dr. Hoppe war zugänglicher. Sonst hätte sie die gemeinsame Arbeit an den Opfern auch gar nicht ausgehalten. Sie lernte einiges über Stich- und Schussverletzungen und wie man die Tatzeit anhand der Leichenstarre bestimmen konnte. Die Akribie, mit der sowohl der Gerichtsmediziner als auch die Männer der Spurensicherung arbeiteten, nötigte ihr Respekt ab.

Von ihm wusste sie auch, dass Alwin keinerlei Alkohol im Blut gehabt hatte, womit Peters Theorie vom Unfall durch Trunkenheit vom Tisch war. Kampfspuren hatte er auch keine aufgewiesen, bis auf ein etwas älteres Hämatom auf der Wange, dessen Herkunft laut Hoppe geklärt war.

Zu Hause erzählte Helga nichts mehr von der Arbeit. Die Familie war mit anderen Dingen beschäftigt. Das Wohnungs- amt hatte Einquartierungen angekündigt – ausgerechnet in Vaters Büro. Begründung: Da er noch nicht wieder an der Universität unterrichtete, bräuchte er es nicht.

Selten hatte Helga ihren Vater so aufgebracht erlebt.

»Von universitärer Forschung haben die wohl noch nie was gehört«, regte er sich auf. »Als ob man als Professor nur ein besserer Lehrer wäre! Dabei stehe ich kurz vor einem Durchbruch bei einem wichtigen mathematischen Problem, ich brauche mein Arbeitszimmer!«

Doch es blieb ihnen nichts anderes übrig, als die meisten Unterlagen im Keller zu deponieren, der Rest türmte sich auf dem ins Wohnzimmer gestellten Schreibtisch.

»Wer weiß, wen sie uns vor die Nase setzen«, jammerte Tante Alice. Und Mutter wünschte sich mal wieder Minna herbei, die ihr bei der Arbeit helfen könnte.

»Habt ihr eigentlich schon mal an die Wohnungslosen gedacht? Wenn ihr wüsstet, was ich täglich bei der Arbeit sehe«, rief Helga erbost. »Oder wart ihr in letzter Zeit mal in den Bunkern unterm Hauptbahnhof?« Dort herrschten ganz besonders schlimme Umstände.

»Dann kündige und hilf mir bei der vielen Arbeit!«, gab Mutter zurück.

Helga war so froh, dass sie sich tagsüber in ihre Dunkelkammer zurückziehen, Fotos entwickeln und über Walter nachdenken konnte.

Der hatte nur noch seinen Keller im Sinn, räumte und putzte und baute einen Tresen, dabei wusste er noch gar nicht, ob er die Kneipe überhaupt eröffnen durfte. Den Besitzer des Hauses und seine aktuelle Adresse hatte er zwar recht schnell übers Wohnungsamt gefunden. Dieser lebte jetzt in der Nähe von Mainz in der französischen Zone. Walter hatte ihm geschrieben, aber wer wusste schon, wie lange der mittlerweile wieder freigegebene Postverkehr zwischen den Zonen dauerte.

Walter tat jedoch so, als wäre alles in schönster Ordnung.

Am Sonntag ging Helga wieder in den Gottesdienst in der Krypta der Christuskirche. Die gewohnte Routine war nicht nur ein Halt in unsicheren Zeiten. Sie fühlte sich verstanden und geborgen dort, fand neue Gedanken und Ansätze, ihr Leben zu meistern. Auch der gemeinsame Gesang stärkte sie.

Ihre Familie war ebenso wie Elfie zu Hause geblieben. Aber Klaus erspähte sie wieder in der letzten Reihe.

Irene saß dieses Mal direkt vor ihr und schmetterte *Gelobt sei Gott im höchsten Thron* lautstark mit. Ob sie früher vielleicht auch schon gläubig gewesen war, es aber nur gekonnt durch ihr herrisches Wesen im BDM kaschiert hatte? Wenigstens sang sie wunderbar klar und hell.

Helga wandte sich gerade zum Gehen, als Irene sie ansprach.

»Das ist ja eine Überraschung, Helga!« Sie streckte ihr die Hand entgegen. »Wie geht es dir?«

»Danke, gut«, erwiderte Helga und musterte Irene neugierig.

Und da fiel ihr der Pullover auf, den diese unter ihrem Mantel trug. Das Muster würde sie nie vergessen. Bunte Streifen mit eingestrickten Punkten und Zackenreihen dazwischen. In genau den gleichen Farben wie bei Alwins Pullunder.

Helga erstarrte. Konnte das sein? Irene passte hervorragend auf die Beschreibung von Frau Völker – hielt sie sich doch noch immer genauso aufrecht wie früher, als sie Leistungsschwimmerin gewesen war. Auch die goldene Kette mit dem Kreuz war unverkennbar. War vielleicht Irene die gesuchte Freundin von Alwin?

An ihrer Hand blinkte ein Ehering.

»Du hast geheiratet?« Auch das passte zu Alwins Geschmack. »Wie geht es deinem Mann?«

»Er hat überlebt, ich bin Gott so dankbar dafür!« Theatralisch blickte Irene zum goldenen Kreuz auf dem Tisch, der als Altar diente. »Carl ist gerade erst aus dem Gefangenenlager in den Staaten zurückgekehrt.«

Helga blickte sich suchend nach ihm um.

»Nein, er … er ist verhindert. Nächste Woche kommt er bestimmt mit.«

Es klang, als ob Irenes Mann Carl kein eifriger Kirchgänger wäre.

»Habt ihr Kinder?«

»Einen Sohn. Wolfgang, er ist zwei und der ganze Stolz seines Vaters. Und du?«

Helga schüttelte den Kopf. »Ich arbeite jetzt für die Polizei als Fotografin.«

Unerwarteterweise nickte Irene anerkennend. »Du leistest deinen Beitrag, das ist gut. Wir Frauen haben im Krieg gezeigt, was wir können.« Wo waren die Lobreden auf das Heimchen am Herd geblieben, das für Mann und Kinder lebt? Vielleicht hatte der Krieg Irene wirklich verändert.

Ob sie sie nach Alwin fragen sollte? Lieber nicht. Zuerst musste sie Peter alles erzählen. Irene lief ihr nicht weg.

Aber es schadete bestimmt nicht, sich ein bisschen freundlicher zu zeigen, während sie gemeinsam mit den anderen Gläubigen die Treppe hoch ins Freie gingen.

Unwillkürlich musste Helga an das Schaukelpferd aus Walters Keller denken. Letztendlich hatten Elfie und Walter sie überredet, ihren Anteil an der Beute noch mitten in der Nacht mit nach Hause zu nehmen. Sie wollte das Schaukelpferd eigentlich ihren Cousinen schenken, doch die hatten genauso wie Tante Alice die Nase gerümpft.

»Wohnst du hier in der Nähe?«, fragte Helga. »Wir haben altes Kinderspielzeug, ich könnte dir was für Wolfgang vorbeibringen. Meinst du, ihm gefällt ein Schaukelpferd?«

»Helga, das kann ich nicht annehmen!« Irenes bescheidene Ablehnung klang echt.

»Aber natürlich, das Pferd ist alt und hat keine Ohren

mehr.« Helga wollte es ihr unbedingt schenken, um Irenes Adresse zu erfahren und eine Gelegenheit zu haben, sie gemeinsam mit Peter zu besuchen. »Wegen der Einquartierungen steht es bei uns nur im Weg rum!« Sie gab sich betont lässig.

»Na gut, wenn ihr es entbehren könnt …«

Sie hatten das Ende der Treppe erreicht und traten auf den freigeräumten Kirchplatz. Freundlich schien ihnen die Sonne ins Gesicht.

»Wir wohnen im vorderen Kettenhofweg«, sagte Irene, »fast schon am Anlagenring. Hausnummer 10. Klingle bei Frankenberger.«

»Mache ich. Schön, dass wir uns getroffen haben, Frau Frankenberger.« Helga gab ihrer Stimme einen schelmischen Unterton, dabei wollte sie nur wissen, ob Frankenberger Irenes neuer Name war oder der ihrer Vermieter.

Aber Irene lächelte. »Ich freu mich auch!«

Volltreffer!

Aufgeregt radelte Helga gleich nach dem Essen zu Peter nach Bockenheim, um ihm die Neuigkeiten zu erzählen. Hoffentlich war er zu Hause. Sie hatte im Adressbuch nach der Telefonnummer seiner Tante Meta gesucht, aber nichts gefunden. Schade, seit Neuestem funktionierten die Telefone wieder. Aber natürlich war so ein Fernsprecher ein Luxus, den sich leider nicht jeder leisten konnte.

Als sie mit dem Rad in den Hinterhof fuhr, verschwand Peter gerade hinter dem Schuppen.

»Peter!«, rief sie und schon schaute sein Blondschopf hinter der Wellblechwand hervor.

»Helga, was machst du denn hier?« Lächelnd kam er mit einer Gießkanne in der Hand auf sie zu. Sie stellte ihr Rad ab und reichte ihm zur Begrüßung die Hand, ein eigenartig wohltuendes Gefühl.

»Schön, dich zu sehen. Ich wollte gerade unsere Kartoffeln gießen, komm doch mit«, sagte Peter.

»Gerne.« Sie folgte ihm hinter den Schuppen.

An der Mauer war die Erde jetzt vollständig von Unkraut befreit, umgegraben und in Reihen angehäufelt. Die Erde, auf der Alwin gelegen hatte. Helga wurde etwas mulmig zumute, obwohl sie die Fotos von Alwins Leiche so oft gesehen hatte. Aber in echt wirkte es anders auf sie.

Auch Peter starrte das Beet an, anstatt die Saat zu gießen.

»Das war schon ein komisches Gefühl, als ich den Rest umgegraben habe.« Seine Hand zitterte leicht, als er auf die blanke Erde deutete. »Als ob ich Alwins Grab schaufeln würde.« Seine Stimme wurde immer leiser.

»Verstehe ich«, murmelte Helga mitfühlend und kam sich hilflos vor. Wie gerne hätte sie ihn irgendwie beruhigt, wusste aber nicht, ob sie damit zu weit ging. So hielten sie beide für einen Moment inne.

Dann schüttelte Peter auf einmal den Kopf, richtete sich auf und sagte mit fester Stimme: »Aber die Kartoffeln mussten jetzt in den Boden, die waren doch schon vorgekeimt. Wir brauchen im Winter schließlich was zu essen.«

Das verstand Helga. Pietät musste man sich in hungrigen Zeiten leisten können. Aber die Gartenarbeit hatte Peter bestimmt viel Überwindung gekostet.

»Ich wollte was mit dir besprechen«, sagte sie in die Stille hinein.

Peter stellte die Kanne ab. »Willst du dich setzen?«

Ohne eine Antwort abzuwarten, führte er sie zur Buche neben dem Schuppen. Mittlerweile zierte junges Frühlingsgrün den Baum.

Eine Bank darunter lud zum Sitzen ein. Fürsorglich fegte Peter sie mit der Hand sauber und Helga setzte sich vorsichtig mit ihrem gelben Sonntagskleid darauf. Kurz schoss ihr die Frage durch den Kopf, ob Walter das auch gemacht hätte. Wieso musste sie jetzt an Walter denken?

»Danke«, sagte sie und lächelte Peter an.

»Aber weshalb bist du gekommen, was ist los?«, fragte er.

»Ich glaube, ich habe Alwins Flamme gefunden!«

»Ehrlich?« Wie hoffnungsvoll er sie ansah, als wäre seine Unschuld damit bewiesen.

Aber was, wenn Helga sich täuschte? Mittlerweile waren ihr Zweifel gekommen.

»Irene, die Scharführerin von Elfie und mir vom BDM, trägt genau den gleichen Pullunder wie Alwin und passt auch ansonsten sehr gut.« Schnell fasste sie ihre Beobachtungen in der Kirche zusammen.

Peter rieb sich nachdenklich das Kinn. »Das könnte passen. Tolle Idee, ihr das Schaukelpferd zu schenken, wer weiß, was sie uns dann alles verrät. Ich sage einfach, dass du es nicht alleine hättest tragen können.«

»Aber wir müssen bei ihr anders vorgehen. Bei den anderen wussten wir ja, dass sie Alwins Freundinnen gewesen sind, und wollten nur den Namen der Nachfolgerin wissen. Jetzt vermuten wir nicht nur, dass sie ihren Mann betrogen hat, sondern dass sie die Letzte war, die das Mordopfer vor dessen Tod gesehen hat, das lässt sie in einem schlechten Licht dastehen. Womöglich leugnet sie es und lügt uns an. Oder ihr Mann oder andere Verwandte sind anwesend und machen uns Ärger. Sie ist uns ja keine Rechenschaft schuldig.« Unwillkürlich griff Helga sich vor Nervosität ans Ohrläppchen.

»Willst du nicht mehr mit ihr reden, sondern Kommissar Thieme von unseren Erkenntnissen erzählen? Ich dachte, du bekommst dann Ärger?«

Wie schön, dass er an sie dachte. Trotzdem sollten sie gegenüber Thieme eigentlich die Karten offenlegen. »Ist es nicht sicherer?«

»Das halte ich für keine gute Idee«, erwiderte Peter. »Vielleicht ist unser Verdacht völlig aus der Luft gegriffen und die Ähnlichkeit mit dem Strickmuster ist nur Zufall. Irenes Sportlichkeit und das Kreuz um den Hals alleine reichen nicht aus. Auch nicht ihre Kleidung. Wir brauchen mehr. Sonst sieht es so aus, als ob ich von mir ablenken möchte. Der Thieme hat mich doch noch immer auf dem Kieker.«

Er wischte sich Erde von der Hose, als ob er damit alle Vorwürfe loswerden könnte.

»Außerdem würdest du deine Stellung als Polizeifotografin gefährden. Was weißt du über ihren Mann?«

»Er heißt Carl Frankenberger. Kennst du ihn vielleicht?«

Peter schüttelte den Kopf.

»Ich auch nicht. Irene kenne ich eigentlich auch nur oberflächlich.«

»Könnte ja sein, dass Irenes Mann Alwin umgebracht hat. Eifersucht ist ein starkes Motiv.«

Daran hatte Helga auch schon gedacht. Ihr war aber noch etwas anderes eingefallen. »Ich denke eher an Irene. Auch wenn sie jetzt in die Kirche rennt, hat sie früher als BDM-Führerin ganz anders geredet. Vielleicht hat sie erst nichts von Alwins jüdischen Wurzeln gewusst und ist dann, als sie es erfahren hat, wegen der *Rassenschande* durchgedreht und hat ihn im Affekt hinuntergestoßen. Und deshalb treibt sie ihr schlechtes Gewissen in die Kirche.«

Peter riss die Augen auf. »Eine Frau als Mörderin?«

»Möglich ist alles!«

»Das glaube ich nicht!«

»Deshalb finde ich, wir sollten mit dem Kommissar reden«, entgegnete Helga. »Ich kann ja so nebenbei erwähnen, dass ich eine Frau getroffen habe, die einen Pullover im gleichen Muster wie Alwins Pullunder anhatte. Vielleicht reicht das ja schon, und er ermittelt gegen ihren Mann, ohne dass ich von unseren Ermittlungen erzähle. Wer weiß, an welchem Punkt er mit seinen Ermittlungen ist. Vielleicht hat er die Frau ja längst gefunden.«

»Thieme hat doch sofort spitz, dass du Irene kennst, und auch, dass du sie nicht leiden kannst. Umso mehr wird er glauben, ich will jemand anderem die Schuld in die Schuhe schieben. Du gefährdest deine Anstellung und ich werfe ein schlechtes Licht auf mich.« Er strich sich durch die Haare. »Lass uns das Schaukelpferd vorbeibringen und ein bisschen mit ihr ins Gespräch kommen. Das ist ja nicht verboten. Falls Thieme davon erfährt, können wir immer noch sagen, dass uns der Verdacht erst bei dem Treffen kam. Einverstanden?«

Eigentlich klangen seine Überlegungen plausibel. Da hatte sie sich wohl mal wieder von ihren Befürchtungen überwältigen lassen. Voller Bewunderung warf sie Peter einen Blick zu.

Er erwiderte ihn, schnell sah sie zur Seite und sprang auf. »Wollen wir gleich losfahren, hast du Zeit?«

»Heute kann ich leider nicht.« Peter stand ebenfalls auf. »Meine Eltern und ich sind bei einem Nachbarn zu einer Geburtstagsfeier eingeladen, das ist wichtig. Er hat …« Peter biss sich auf die Lippen, als hätte er zu viel gesagt.

Welcher Nachbar? Was hatte er getan? Fragen, die sie nicht stellen konnte.

»Bei dem schönen Wetter heute ist die Familie Frankenberger vielleicht gar nicht zu Hause«, sagte er weiter. »Und am Abend will ich mich auf den morgigen Unterrichtsbeginn vorbereiten.«

»Ja stimmt, deine Schule fängt an!« Darüber konnte sie mit ihm wenigstens unbefangen reden. »Wie schön. Bist du schon aufgeregt?«

»Allerdings, ist schon so lange her.«

»Ich freu mich so für dich!«, sagte Helga. »Endlich kannst du deinen Abschluss machen, den hast du wirklich verdient.«

Peter grinste verlegen. »Mal sehen, was ich für Lehrer kriege.«

»Ach, wird schon alles gut gehen. Außerdem kannst du dich beschweren. Im Gegensatz zu früher.«

Am liebsten hätte sie noch mehr gesagt, aber er hatte sich schon weggedreht und ging zu ihrem Rad.

»Wie wäre es morgen Abend?«, fragte Helga. Auf einmal kribbelte es überall in ihr. Vor allem, wenn sie wie jetzt so nah bei Peter stand. »So um halb sechs bei mir zu Hause?«

»Gerne.«

Am nächsten Morgen ging Helga Peter nicht aus dem Sinn. Sie wünschte sich so sehr für ihn, dass er verständnisvolle Lehrer und nette Mitschüler hatte und endlich sorgenfrei lernen konnte. Dann wurde auch sein Traum vom Ingenieurstudium wahr.

Und deshalb durfte man ihn nicht für den Mord an seinem besten Freund verantwortlich machen. Sie brauchte unbedingt mehr Informationen.

Der Chef war außer Haus, und dringende Fotoarbeiten standen ausnahmsweise auch keine an, also schlenderte Helga hinüber ins Sekretariat, um einen weiteren Versuch zu unternehmen, die Sekretärin auszuhorchen.

Frau Kleinschroth war eine unscheinbare Frau, deren braune, kinnlange Haare von den ersten weißen Strähnen durchzogen wurden. Der doppelte Ehering an ihrem rechten Finger verriet, dass sie Witwe war. Sie erzählte häufig von ihren beiden Töchtern im Backfischalter, die sie alleine durchbringen musste. Bewundernswert.

Als Helga das Sekretariat betrat, schenkte sich Frau Kleinschroth gerade aus ihrer Thermoskanne heißen Muckefuck in ihre Tasse. Ein kleines Wurstbrot lag auf einem Wachspapier daneben. Frühstückspause. Da war sie sicher zu einem Gespräch aufgelegt.

Kaum, dass Helga sich nach den Töchtern erkundigte,

schwärmte Frau Kleinschroth davon, wie diese aus einer Tüllgardine eine Bluse für ihre Mutter nähten, und beschrieb mit ausladenden Handbewegungen, wie diese aussehen würde.

Dabei warf sie vor lauter Überschwang die volle Tasse um. Sofort breitete sich der Kaffee auf dem gesamten Schreibtisch aus.

»Scheiße«, fluchte die ansonsten so zurückhaltende Frau und versuchte hektisch, die durchnässten Papiere zu retten. Schnell griff Helga zum Geschirrhandtuch am Waschbecken und half ihr.

»Wenn das der Chef mitkriegt«, sagte Frau Kleinschroth verzweifelt, während sie versuchte, die Spritzer auf ihrer hellen Bluse mit etwas Wasser auszuwaschen. »Zum Glück war der Bericht noch nicht unterschrieben, den kann ich noch einmal neu abtippen. Genauso wie die Briefe … aber ob ich das alles schaffe, bis er vom CIC wiederkommt?«

Was Thieme wohl beim amerikanischen Geheimdienst machte?

»Ich kann Ihnen gerne etwas abnehmen«, bot Helga an. »In der Dunkelkammer ist auch eine Schreibmaschine, für die Karteikarten.«

»Nein, das kann ich nicht verlangen, ich bin ja selbst schuld.«

»Aber das ist doch selbstverständlich, Frau Kleinschroth!« Helga nahm bereits zwei der durchnässten Briefe an sich. Vielleicht erfuhr sie dadurch, in welche Richtung Thieme ermittelte. »Wir Kolleginnen müssen zusammenhalten.«

Dankbar lächelte Frau Kleinschroth sie an. Vor allem, als Helga ihr wenig später zwei tadellose Abschriften brachte.

Leider waren es nur Bittschreiben von Thieme an seinen Vorgesetzten um mehr Material.

Frau Kleinschroths Schreibtisch sah wieder picobello aus. Als Helga ihr die beiden Papiere reichte, sagte sie so unaufgeregt wie möglich: »Was macht der Chef denn beim CIC?«

»Ach, es geht schon wieder um den Mordfall Decker«, antwortete Frau Kleinschroth. Dann senkte sie den Kopf und flüsterte: »Herr Winkler und Herr Decker mussten zusammmen Zwangsarbeit verrichten in einem Arbeitslager im Harz, darüber will der Chef dem CIC berichten.«

»Zwangsarbeit?«, fragte Helga. »Weil sie Juden waren?«

Frau Kleinschroth nickte.

»Der arme Peter!«, sagte Helga und beugte sich noch näher zu Frau Kleinschroth.

»Ich weiß, Sie mögen ihn gern. Er macht ja auch einen ganz anständigen Eindruck«, fuhr die Sekretärin fort.

Helga wollte unbedingt noch mehr wissen und holte ihren letzten Trumpf aus dem Ärmel.

»Seine Mutter musste sich vor der Gestapo verstecken, um zu überleben.«

»Die Ärmste!«

Helga konnte nicht einschätzen, ob Frau Kleinschroth das ernst meinte, daher schwieg sie in guter Thieme-Manier.

Die Sekretärin schaute sich um, um sicherzugehen, dass sie wirklich allein waren.

»Der Chef«, flüsterte sie so leise, dass Helga sie kaum verstehen konnte. »Der Chef glaubt, dass im Lager irgendwas vorgefallen ist, was mit dem Mord zu tun hat. Aber von mir haben Sie das nicht!«

31 – Peter

Januar 1945

Leise rieselten die Schneeflocken durch das zerstörte Dach des Hauptbahnhofs. Wie ein Kind breitete Peter die Hand aus und versuchte, einige Flocken zu fangen. Ob das ein Abschiedsgeschenk war? Oder vielleicht eher eine Einstimmung auf das, was ihn erwarten würde?

Lange hatte er gehofft, der Kelch gehe an ihm vorüber, aber dann war doch der befürchtete Brief eingetroffen, und er war wie die vielen anderen, die mit ihm gemeinsam hier warteten, zur Zwangsarbeit eingezogen worden. Ohne zu wissen, wohin ihn der Güterzug bringen würde, der gerade langsam zuckelnd einfuhr.

Räder müssen rollen für den Sieg hatte jemand als Parole auf die Lokomotive gepinselt. Was für ein Hohn.

Sie mussten leiden, weil andere siegen wollten.

Zu gerne wäre er geflohen oder untergetaucht, hätte sich den zu erwartenden Schikanen, dem Schmerz und der Gewalt entzogen. Aber er durfte auf keinen Fall riskieren, das Interesse der Gestapo auf sich zu lenken, um das Leben seiner Mutter nicht zu gefährden.

Noch immer lebte sie versteckt, wenn auch nicht mehr in Tante Metas Wohnung. Sie war in den Wirren nach einem

Bombenangriff auf Bockenheim in eine Kleinstadt nach Nordhessen gefahren, wo sie sich als Ausgebombte unter falschem Namen angemeldet hatte und bei einem Pfarrer lebte, der mit Tante Metas Arzt befreundet war.

In Bockenheim schien es ein ganzes Netzwerk von Helfern zu geben, die nach Peters Lauschereien alle in der Bekennenden Kirche waren. Nie wurden Namen genannt oder offen mit Peter darüber geredet, aber das war ihm egal. Hauptsache, Mutter ging es gut. Sie erhielt sogar wieder Lebensmittelmarken und drohte dadurch nicht mehr zu verhungern.

Nur deshalb war er der Aufforderung der Gestapo nachgekommen und hatte sich heute Nacht hier eingefunden.

Keiner der Männer neben ihm sagte ein Wort. Es mochten fünfzig oder sechzig sein. Einige waren jünger, die meisten älter. Wie er trugen sie so viel Kleidung wie möglich. Hüte, Schals, dicke Stiefel, zwei Paar Hosen übereinander, unter dem Mantel dicke Strickpullis. Wer wusste schon, was einem blühte.

Begleitet wurden sie von einer Handvoll bewaffneter Gestapo-Beamter. Einer hatte sogar einen Schäferhund dabei.

»Mitten in der Nacht, das ist mal wieder typisch«, sagte ein junger Kerl mit dunkelbraunen Augen, buschigen Augenbrauen und schwarzen Locken, die unter einer Strickmütze hervorlugten. »Soll wohl keiner mitkriegen.«

Er holte aus seiner Manteltasche ein Päckchen Zigaretten und Streichhölzer, aber bevor er eines entzünden konnte, bekam er von einem bulligen Gestapo-Beamten einen Hieb mit dem Pistolenknauf.

»Dreckiges Judenschwein, musst du sofort die Amis herlocken«, raunzte der ihn an.

Grummelnd steckte der Junge alles wieder ein.

»Mach nicht so viel Ärger«, wies ihn ein älterer Gefangener zurecht. »Je weniger wir auffallen, desto besser.«

Peter hielt sich lieber abseits. Kein Aufsehen zu erregen, war ihm in Fleisch und Blut übergegangen. Brachte doch alles nichts, die vermeintlichen Helden waren immer die, die als Erste draufgingen.

Quietschend wurden die Waggontüren geöffnet und alle wie Vieh hineingetrieben. Um der Kälte zu entfliehen, drängelten sich einige vor, sodass der Junge mit der Strickmütze als Letzter auf dem Gleis prompt noch mehr Schläge der Gestapo einstecken musste.

Irgendwie kam er Peter bekannt vor. Kurz zögerte er, aber dann beugte er sich vor, streckte ihm die Hand entgegen und zog ihn in den Waggon.

»Danke«, flüsterte der Junge.

Hier drin war es noch kälter als draußen. Sie blieben gleich an der Schiebetür stehen, der Waggon war voll. Sitzgelegenheiten gab es sowieso keine. Der Junge behielt seine Mütze auf, genauso wie Peter seinen Hut.

Wenn er dem Tod schon ins Auge blicken musste, so wollte er das einzige Überbleibsel von Dandy bei sich haben – den eleganten silbergrauen Fedora, den sein Vater einmal aus London mitgebracht hatte. Eine Ewigkeit schien es her zu sein, dass Peter ihn das letzte Mal getragen hatte – dabei waren es nur knapp zwei Jahre. Zwei Jahre voller Angst und mühsamer Plackerei im Hotel und später in den Adlerwerken. Zwei Jahre, in denen Brandbomben Frankfurt in Schutt und Asche gelegt hatten.

Da wurde mit lautem Scheppern die Tür zugeworfen, der Zug rollte langsam an.

»Na endlich. Scheißverdunklung.« Der Junge entzündete gierig seine Zigarette. »Willst du auch?« Er hielt Peter das Päckchen hin. »Wir sollten sie genießen, solange es noch geht. Ich heiße übrigens Alwin.«

»Peter.« Er nickte Alwin zu. »Danke, ich rauche nicht.«

»Wo kommst'n her?«

»Bockenheim. Und du?«

»Mal hier, mal dort. Hatte gehofft, sie kriegen mich nicht.«

Ob er untergetaucht gewesen war? Lieber nicht fragen, dachte Peter. Vielleicht gab es Spitzel unter ihnen, die Informationen versteckt lebender Verwandter suchten. Vater hatte ihn eindringlich beschworen, kein Wort zu irgendjemandem über Mutter zu sagen.

Der arme Vater. Sie hatten ihn zum Volkssturm gezogen, jetzt musste er die *Frontstadt Frankfurt* verteidigen. Hoffentlich überlebte er.

Der Zug ruckelte über die Gleise. Ob er einen Spitzel erkennen würde? Aber er blickte nur in ängstliche, verhärmte und abgemagerte Gesichter.

Plötzlich ließ Alwin sich auf den Boden gleiten und sah ihn von unten an. »Komm, die Fahrt dauert bestimmt ewig. Lass uns versuchen zu schlafen. Ich muss unbedingt überleben.«

»Ich auch«, sagte Peter und setzte sich.

Vater hatte ihm auch geraten, sich einen Freund zu suchen.

Alleine hätte er die Schützengräben im Ersten Weltkrieg nie überstanden. Man brauche Verbündete, damit man genügend Essen, aber auch seelischen Beistand habe. Seelisch, das Wort hatte er tatsächlich benutzt.

Die anderen folgten ihrem Beispiel und hockten sich auf den Boden. Alwin und Peter konnten sich an die Tür lehnen, ein klarer Vorteil. Außerdem drang durch einige Spalte frische Luft herein.

»Bist du nicht der Sohn von Sophie Winkler?«, flüsterte Alwin in sein Ohr.

Ob Peter es bestätigen sollte? Damit verriet er ja kein Geheimnis. Dass er ein Mischling war, wusste hier jeder. Nur über Mutters Aufenthaltsort musste er Stillschweigen bewahren. Vielleicht war dieser nette Alwin ein Spitzel.

»Ich habe meine Mutter zur Trauerfeier deiner Mutter begleitet«, sagte Alwin. »Unsere Mütter sind zusammen zur Schule gegangen. Rosalie Decker geborene Bernstein, sie trug einen schwarzen Hut mit Federn.«

Natürlich. Deshalb war Alwin ihm bekannt vorgekommen. Da Mutters Leiche nie gefunden werden konnte, hatten Vater und er zur Tarnung eine Gedenkfeier organisiert. Und auf dieser hatte eine sehr mondäne Frau mit dunklen Augen unter dem Federhut Anekdoten von Mutter als Schulkind erzählt. Mit Alwin hatte Peter jedoch nicht gesprochen, es war sehr anstrengend gewesen, den trauernden Sohn zu spielen.

Eigentlich klar, dass sie auch eine Jüdin war, kein Arier hatte sich auf der angeblichen Gedenkfeier blicken lassen. Außer Tante Meta natürlich.

Er nickte einfach nur und fragte nicht nach dem Schicksal von Alwins Mutter, um diese nicht zu gefährden.

»Alles Scheiße«, murmelte Alwin.

»Da sagst du was«, antwortete Peter. »Lass uns besser schlafen.«

Er ließ den Kopf nach hinten sinken und schloss die Augen. Alwin unterhielt sich noch mit einem alten Mann, den er anscheinend kannte. Er schenkte ihm sogar eine Zigarette.

Sein Bauchgefühl sagte Peter, dass Alwin kein Spitzel war. Nach einiger Zeit lehnte Alwin sich leicht an Peter. Es fühlte sich gut an und Peter entspannte sich etwas. Auch die Gespräche der anderen erstarben langsam. Nur die Kälte blieb, während sie ihrem ungewissen Ziel entgegenfuhren.

Hungrig und verfroren kamen sie am nächsten Tag irgendwo im Harz an. Erst später wurde ihnen klar, dass das Lager der Frankfurter Mischlinge zum großen Konzentrationslager Mittelbau gehörte. Stolz berichteten die Aufseher, dass dort unter Tage die V2, die Wunderwaffe Hitlers, hergestellt wurde.

Aber davon merkten sie nichts. Sie waren von allem abgeschieden in einem winzigen Dorf namens Grauwald in einem ehemaligen Wirtshaus untergebracht. Wenigstens hatten sie ein festes Dach über dem Kopf und dicke Wände, die den Winterwind abhielten, und mussten nicht so leiden wie viele andere.

Das Wachpersonal drohte gerne mal damit, sie in die Stollen von Mittelbau zu verlegen, wenn einer nicht so spurte. Dort musste es die Hölle sein.

Und dann gab es natürlich die vielen Gerüchte über die Lager, in die ihre Verwandten deportiert worden waren. Manche sprachen sogar von Massakern, von Erschießungen und vom Tod in Auschwitz.

Peter stellte schnell fest, dass Alwin kein Spitzel war. Bei ihrer Ankunft war einer aus der Gruppe im grauen Mantel auf dem Bahnhof plötzlich verschwunden.

Sie hatten einen Lagerältesten und jede Stube einen Stubenältesten wählen müssen, die für den reibungslosen Ablauf zuständig waren und bei Streitigkeiten schlichten sollten.

Direkt nach dem Aufstehen hieß es Strammstehen auf dem Appellplatz und der Lagerführer gab die Tagesbefehle aus. Meistens mussten sie trotz Dauerfrost eine riesige Grube für eine geplante unterirdische Ölraffinerie ausheben und marschierten jeden Tag mit armseligen Schaufeln und immer weniger Kraft ins Gelände. Kam einmal die Sonne raus, taute alles zu Matsch und ihre Kleidung wurde tagelang nicht trocken.

Obwohl sie morgens bereits um fünf Uhr aufstehen mussten, hatte Alwin immer ein fröhliches Lied auf den Lippen. Ob *Ein Freund, ein guter Freund* oder *Lili Marleen*. Manchmal sang er sogar Kirchenlieder. Alles besser als *Die Fahne hoch* oder *Volk ans Gewehr*.

Ob er Swing kannte, wagte Peter ihn nicht zu fragen. Alwin sang keine verbotenen Lieder. Der dicke Lagerleiter bestrafte nämlich gerne mit Essensentzug. Aber Alwin verlor seinen Humor nicht.

»Ausgerechnet in einem Wirtshaus zu verhungern, kann

auch nur uns passieren, oder?«, versuchte Alwin, abends die Stimmung zu heben.

Weil er nie den Kopf hängen ließ, war er bei allen beliebt, ja, nach Peters Ansicht hielt er die Gruppe zusammen. Sie verstanden sich sehr gut, teilten das Stockbett und halfen sich gegenseitig.

So verging die Zeit. Wecken, Arbeiten bis zum Sonnenuntergang, eine wässrige Suppe und Brot voller Maden. Ein Tag glich dem anderen.

Mitten im Winter, die Sonne war noch nicht aufgegangen, etwas zu trinken hatte es auch noch nicht gegeben, versammelten sich die Gefangenen wie immer auf dem Dorfplatz. Peter konnte vor Entkräftung gar nicht mehr zum Lagerleiter schauen, geschweige denn strammstehen.

»Achtung, stillgestanden!«

Peters Kopf fuhr hoch. Diese Stimme … er musste sich irren, ganz bestimmt, das konnte nicht sein …

Doch er erkannte ihn auf den ersten Blick. Josef!

Peter erschrak bis auf die Knochen. Wo kam der auf einmal her? Musste er nicht wie alle jungen Männer an der Front kämpfen? Die Aufseher waren alles gestandene Männer, die sich hier einen lauen Lenz machten. Der vorherige Lagerleiter jedenfalls war bestimmt schon vierzig gewesen.

Das bedeutete nichts Gutes, wenn Josef jetzt hier Lagerleiter war. Peter machte sich kleiner, um nicht erkannt zu werden, hielt die Augen gesenkt.

Alwin neben ihm flüsterte: »Wieder ein neuer Idiot.« Aber Peter schwieg, er wollte nicht auffallen.

»Alle in einer Reihe antreten, aber zackig!«

So schnell es ging, kam er dem Befehl nach. Er zitterte am ganzen Leib. Was würde geschehen, wenn Josef ihn erkannte?

Als er die Reitgerte in der Hand seines ehemaligen Blutsbruders sah, wurde ihm vor Angst schlecht. Einem nach dem anderen hielt Josef die Gerte unters Kinn, um ihn genau zu betrachten.

Dann war Peter an der Reihe.

»Da bist du ja!« Josef ließ die Reitgerte durch die Luft zischen, die mitten in Peters Gesicht landete.

Der Schmerz überwältigte Peter, krampfhaft versuchte er, stehen zu bleiben, während ihm Blut ins Auge tropfte. Ohne Alwin, der ihn am Ellenbogen stützte, wäre er hingefallen. Doch die Genugtuung wollte er Josef nicht gönnen.

»Ihr seid der allerletzte Abschaum!«, schrie Josef. »Aber wenigstens ist Frankfurt endlich judenfrei. Während ihr hier eure Schulden bei unserem Führer abarbeitet, der so gnädig war, euch leben zu lassen, wurden all eure Angehörigen deportiert.«

Ein Stöhnen ging durch die Reihe.

»Und ihr werdet hier arbeiten, bis das grandiose Werk des Führers endlich beendet ist und die V2, die Wunderwaffe Deutschlands, den Feind besiegt hat!« Und immer weiter und weiter stieß Josef Parolen aus, die sie alle auswendig kannten und die so hohl klangen wie ihre Mägen.

Peter hörte nicht mehr hin. Am liebsten hätte er sich das Blut aus dem Gesicht gewischt, aber er fürchtete, Josef damit zu reizen. Außerdem wollte er, so dreckig, wie er war, keine

Infektion riskieren. Das Blut reinigte die Wunde auf natürliche Weise.

Als Josef ihnen befahl wegzutreten, verlangte der Lagerälteste, für Peter einen Arzt zu rufen. Bei einem Unfall vor ein paar Tagen war der alte Lagerleiter der Bitte nachgekommen.

Aber Josef kam aus dem Lachen gar nicht mehr raus.

»Den verdient ihr gar nicht. Jetzt wird erst mal gearbeitet wie Männer, falls ihr das überhaupt seid!«

Sie schleppten sich alle zur Baustelle. Der verharschte Schnee knirschte unter ihren Schritten. Peter ergriff eine Handvoll, um sich das Gesicht zu säubern und zu kühlen.

Bis zur Grube war Josef zum Glück nicht mitgekommen. Dort wurden sie von Karten spielenden Kapos bewacht. Sie hatten keine Angst, dass einer fliehen würde, da er damit riskierte, in die Stollen zu müssen und seine Angehörigen zu Hause zu gefährden. Selbst jetzt, wo angeblich alle deportiert worden waren. Man wusste ja nie. Vielleicht hatte Josef gelogen.

Peter war sich sicher, dass es weiter draußen Zäune und Grenzanlagen rund um das große Konglomerat der Lager von Mittelbau-Dora gab.

Auch jetzt arbeiteten alle wie befohlen, Alwin immer in Peters Nähe.

»Kennst du den?«, sagte er leise bei der ersten Gelegenheit.

»Wir sind zusammen zur Schule gegangen.«

»Scheiße. Der lässt jetzt seine ganze Wut an dir aus.«

Peter nickte. »Ob das stimmt mit dem judenfreien Frankfurt?«

»Zuzutrauen ist denen alles.« Alwin schniefte, während er die Schaufel in den Boden rammte. Bestimmt machte er sich Sorgen um seine Mutter. Der Vater war an der Front und die Mutter ganz alleine.

Abends ließ Josef sie alle lange strammstehen und hielt wieder Vorträge. Peter erkannte ihn überhaupt nicht wieder. Wo war der witzige kleine Junge geblieben, der Knallfrösche unter den Stuhl des Lehrers geworfen hatte? Jetzt schlug er mit seiner Reitgerte um sich, als wären sie alle Fliegen, die er verscheuchen wollte. Peter war hinterher nicht der Einzige mit einer blutenden Wunde.

Beim Wegtreten befahl Josef, dass Peter zu ihm kommen solle.

Zuerst schaute er sich mehrfach um, ob sie auch wirklich alleine waren. Dann griff er in seinen langen Mantel.

Peter blieb das Herz vor Schreck stehen und erwartete jede Sekunde, in den Lauf einer Pistole zu sehen.

»Du hilfst mir später, gell?«, sagte Josef auf einmal im breitesten Hessisch und zog ein Brot hervor. Ein richtiges, weiches Brot, so duftend, dass Peter sofort das Wasser im Mund zusammenlief.

»Das ist nur für dich. Damit du durchhältst. Und wenn der Ami da ist, erzählst du dem, wie gut ich dich behandelt habe.«

»Was? Wie?« Unwillkürlich blickte Peter ihm ins Gesicht. Wollte Josef ihn bestechen, damit er bei einer eventuellen Niederlage für ihn aussagte? Wo blieb sein Glaube an Hitler und den grandiosen Endsieg? Was er wohl verbrochen hatte, dass er solche Angst hatte?

Wie Josef grinste. Nicht mehr so schelmisch wie früher, sondern hinterhältig verschlagen. Was für ein feiger Kerl, schoss es Peter durch den Kopf, während sein Magen vor Hunger brüllte.

Da drückte Josef ihm das Brot in die Hand. Peter kam gar nicht dazu, abzulehnen. Er hätte es auch nicht gekonnt. Sein ganzer Körper zitterte vor Verlangen, mit allerletzter Kraft schaffte er es, nicht sofort seine Zähne in das viel zu verlockend duftende Brot zu schlagen.

»Und jetzt ab!«, zischte Josef, schaute sich erneut um und verschwand.

Wie benommen torkelte Peter mit dem Brot unter seinem Mantel ins Wirtshaus und in seine Stube, in der sie zu zehnt wie die Ölsardinen in klapprigen Stockbetten schliefen.

»Was duftet denn hier?«, fragte Alwin, auch die anderen sogen schnuppernd die Luft ein und starrten Peter an.

Er hätte es sowieso nicht für sich behalten wollen. Langsam zog er das Brot, das bestimmt zwei Kilo wog, unter seinem Mantel hervor. Ein Raunen ging durch die Stube, irgendwer schlug die Tür zu.

»Das ist nur für uns!«

Peter nickte. Wenn er das Brot unter allen sechzig Frankfurtern aufteilen würde, bekäme jeder nur ein Fitzelchen, und es würde niemandem nützen. Aber zu zehnt hier in der Stube, da war der Anteil wirklich sättigend. Zweihundert Gramm für jeden! Er reichte das Brot dem Stubenältesten, der es gerecht verteilte.

Erst als der letzte Krümel verspeist war, wollten die anderen wissen, wo Peter es herhatte.

»Vom Berninger«, gab er zu.

»SS-Mann Berninger hat dir Brot geschenkt? Hast du ihm dafür einen runtergeholt, oder was?«

»Arbeitest du für den?« »Spionierst du uns aus?«

Die wildesten Vermutungen schwirrten durch die Luft.

»Leise!«, mahnte Alwin und schielte zur Tür.

»Ich habe keine Ahnung, wieso. Wir sind zusammen zur Schule gegangen«, antwortete Peter.

»Das ist gut«, sagte Herr Wittig, der Stubenälteste, der früher als Drucker gearbeitet hatte. »Schmeichle dich bei ihm ein! Versprich ihm, was er will! Vielleicht fällt ja noch mehr Brot für uns ab.«

Peter fühlte sich nicht wohl bei dem Gedanken.

»Ich würde mich dem Kerl nicht ausliefern«, sagte Alwin später. »Der ist unberechenbar.«

Von nun an führte Josef die Aufsicht über Grauwald. Durch die Gespräche der beiden älteren Kapos erfuhren sie, dass der erste Aufseher krank geworden war, und bevor einer von den Kapos befördert werden konnte, hatte sich der scharfe Jungspund der SS freiwillig gemeldet. Die Männer waren ganz schön sauer deswegen.

Josef war wohl ein Liebling irgendeines SS-Untersturmführers. Außerdem hatte er eine Verletzung und brauchte deshalb nicht zurück an die Front. Peter war das Hinken auch schon aufgefallen. Josefs Beine seien angeblich voller Brandnarben, hieß es.

»Der schiebt hier die ruhige Kugel, genauso wie die anderen Idioten«, meinte Alwin lapidar.

»Und ich soll ihm die Rückfahrkarte ins Zivilleben ermöglichen, wenn wir den Krieg verlieren«, vermutete Peter. Vielleicht hatte Josef sich deshalb für Grauwald gemeldet und darauf gehofft, dass Peter bei den Frankfurter Mischlingen wäre.

Denn die Sache mit dem Brot wiederholte sich jeden Sonntag. Es reichte, um sie vor dem Verhungern zu bewahren. Beinahe war Peter froh, Josef wiedergetroffen zu haben.

Bis zu einem Sonntag Ende März. Vor Wochen hatte sich die Nachricht, dass der Amerikaner den Rhein überquert habe, wie ein Lauffeuer bis nach Grauwald verbreitet. Mittlerweile konnten sie die Geschütze hören. Hoffnung keimte auf.

Mal wieder mussten alle zum Morgenappell antreten, während im Hintergrund die Kanonen donnerten. Die Männer aus dem Saal und der Gaststube konnten sich vor Entkräftung kaum noch auf den Beinen halten. Peters Stubengemeinschaft fiel auf.

Als ein älterer Mann strauchelte und zu Boden stürzte, richtete Josef die Waffe auf ihn. »Du Schwächling, nimm dir ein Beispiel an dem da!« Er wies mit dem Lauf auf Alwin, der neben dem älteren Mann stand. Ameling war sein Name, erinnerte sich Peter. Ein früherer Nachbar von Alwin.

Alwin stützte Herrn Ameling, damit er wieder aufstehen konnte.

»Der kriegt ja auch extra Brot zu fressen!«, rief plötzlich jemand.

Offensichtlich hatte sich ihre Extraration rumgesprochen. Ängstlich starrte Peter auf Josefs Reitgerte.

»Wir wollen auch!«, riefen die Hungrigen.

»Gebt uns Brot, Herr!«, bat Herr Ameling.

»Das heißt SS-Rottenführer Berninger!« Und schon zog Josef die Waffe und schoss Herrn Ameling kaltblütig in den Kopf.

Dieser sackte in sich zusammen.

Totenstille breitete sich aus.

Unermessliche Angst überkam Peter. Aus den Augenwinkeln sah er, wie Alwin sich langsam bewegte. Jetzt bloß keinen Fehler machen! Schnell ergriff er Alwins Hand, um ihn daran zu hindern, sich um Herrn Ameling zu kümmern. Jeder, der jetzt aus der Reihe tanzte, riskierte sein Leben.

Plötzlich lachte Josef hemmungslos, schoss noch ein paar Mal in die Luft und schickte sie alle an die Arbeit, als wäre nichts geschehen.

Beim Wegtreten rief Josef Peter wieder zu sich und reichte ihm das Brot.

»Gell, du hilfst mir?«

Zuerst einen Mord begehen und sich dann mithilfe von Peter von der Schuld reinwaschen? Was für ein skrupelloser Mensch Josef geworden war.

32 – Peter

April 1946

Noch immer hatte er dieses *Gell, du hilfst mir* im Ohr, wenn er aus seinen Albträumen erwachte. Auch an seinem ersten Schultag begleitete es ihn anfangs, erinnerte ihn doch so vieles in der Schule an Josef – an die guten wie an die schlechten Zeiten. Peter hasste Josef für das, was er getan hatte, fühlte sich erniedrigt, benutzt, beschmutzt.

Über die Hitlerzeit verlor kaum einer seiner Mitschüler ein Wort. Als wäre der Krieg wie eine Naturkatastrophe über sie gekommen. Alle schauten vorwärts und garantiert nicht zurück.

Das Zusammenleben mit den ehemaligen Ariern war ein Herantasten an eine Normalität, die es nicht mehr geben konnte. Peter reihte sich in die Menge der Deutschen ein, als wäre er das immer gewesen. In seiner Anmeldung stand *evangelisch*. So glaubte er und so fühlte er sich auch.

Aber er hatte große Schuldgefühle, weil er überlebt hatte.

Als nach einer kurzen Begrüßung des Rektors der Unterricht begann, dachte Peter plötzlich nicht mehr über Schuld und Unschuld, über gestern und morgen nach und ging ganz in seiner Wissbegier auf.

Erfüllt von seinen neuen Erlebnissen, klingelte er abends bei Helga, um mit ihr gemeinsam Irene Frankenberger zu besuchen.

»Hallo, Peter!«, begrüßte sie ihn lächelnd. Die Sonne schien ihr ins Gesicht und brachte ihre bernsteinfarbenen Augen zum Funkeln, sodass Peter mit einem Mal ein ungewohntes Ziehen in der Brust spürte. Wie bezaubernd sie in ihrem geblümten Sommerkleid aussah. Er hätte sie stundenlang anschauen können. Ihr charmantes Lächeln, ihre mutige und mitfühlende Art.

Plötzlich riss ihn ein lautes Rumpeln aus seinen Gedanken. Ein lauter Streit drang aus einem Fenster.

»Entschuldige.« Helga strich sich eine Haarsträhne hinters Ohr. »Die Einquartierungen sind da, bei uns geht es grad drunter und drüber.«

»Oh, ich will nicht stören«, sagte er schnell und sah zu dem Fenster hoch. Zweiter Stock. Da wohnte sie also.

»Du störst doch nicht«, wehrte sie ab und lächelte verschämt. »Bei uns in der Wohnung ist es so eng, dass ich froh bin, wenn ich mal für eine Stunde wegkann.«

Als sie einen Schritt zur Seite trat, erkannte Peter hinter ihr im Treppenhaus das Schaukelpferd. Ein erstaunlich großes weißes Pferd mit unregelmäßigen schwarzen Punkten, braunem Sattel und Zaumzeug, das auf zwei sehr großen Holzkufen stand. Nur Ohren hatte es leider keine mehr.

»Das tragen wir am besten zu zweit«, erklärte Helga und arretierte die Tür. »Ist ziemlich unhandlich.«

Als Peter das Schaukelpferd ergriff, kam er Helga so nahe, dass ihm ihr leichter Duft nach Kölnisch Wasser in die Nase stieg. Und noch etwas anderes, Weiblicheres, das eine ungeahnte Sehnsucht entfachte und ihn an seine nächtlichen Träume erinnerte. Er musste sich richtig davon losreißen.

Das Pferd war schwerer als gedacht, der mit Leder bespannte Körper war aus massivem Holz. Draußen stellten sie es erst einmal ab und schlossen die Haustür.

»Puh, bin ich froh, dem Durcheinander entronnen zu sein!« Helga wirkte erleichtert.

»Wer sind denn eure neuen Mitbewohner?«, fragte Peter.

»Eine ausgebombte Familie, die bislang in einer Gartenlaube ohne Strom und Wasser gehaust hatte. Mit einem Säugling! Die sind echt froh, jetzt ein Dach über dem Kopf zu haben. Nette Leute. Für Vater ist das alles schwierig, weil er sein Arbeitszimmer hergeben muss, aber der fängt sich schon wieder. Eigentlich ist er ein hilfsbereiter Mensch.« Wieder strich sie sich die Strähne aus dem Gesicht, dabei gefiel es ihm sehr, wenn sie ihr in die Stirn fiel.

»Ob das Pferd aufs Fahrrad passt?«, fragte sie.

Er strich dem Pferd über den Kopf. »War das früher deins?«

»Nein.« Sie lachte hell.

Wieder war da dieses Ziehen in seiner Magengegend. Viel lieber als das Pferd würde er Helga über die Wange streicheln.

»Das stammt aus Walters Jazzkeller. Beutegut. Eigentlich darf ich es gar nicht verschenken, es gehört mir ja nicht.«

Walter, natürlich. Immer wieder Walter. Er sollte sich Helga aus dem Kopf schlagen.

»Fräulein Polizeifotografin«, sagte er stattdessen so leichthin wie möglich. »Was machen Sie nur für Sachen?« Scherzhaft hob er den Zeigefinger, und Helga schaute ihn so verschmitzt an, dass er seinen Vorsatz beinahe wieder vergaß.

Sie lehnten Peters Rad an die kleine Vorgartenmauer und hoben das Pferd auf den Sattel. Wenn einer vorne hielt und der andere am Schweif und dann noch eine Hand zum Schieben frei war … ja, sie bekamen es hin.

»Ist zum Glück nicht weit«, erklärte Helga.

Gemeinsam schoben sie das Rad die wenigen Meter bis zur Kreuzung Lindenstraße Ecke Kettenhofweg, und dann mussten sie nur noch der Straße bis zum Anlagenring folgen. Helga hielt das Rad am Lenker, er am Sattel, und nun konnte er sie endlich unbemerkt eingehend betrachten.

»Und erzähl, wie war es in der Schule?«, durchbrach sie das Schweigen.

»In der Aula liegen Trümmer, die sollen jetzt von Eltern und Schülern rausgeräumt werden«, begann er. Äußerlichkeiten waren immer einfacher. Schließlich konnte er ihr nicht davon erzählen, dass er ständig darüber nachdachte, wer er eigentlich war. »Nur ein Teil der Klassenzimmer kann benutzt werden, es ist kalt und zugig, aber mir macht das nichts. Die Stimmung war gut, alle sind froh, dass es weitergeht. Da stört es auch nicht, dass kaum einer richtige Hefte hat.«

»Gibt es denn neue Schulbücher?«, fragte sie.

Peter gluckste amüsiert. »Schön wär's. Nein, es sind genau dieselben wie vorher, nur dass das Hakenkreuz in den Stempeln durchgestrichen wurde. Und die Lehrhefte, du erinnerst dich, diese vor faschistischer Ideologie nur so triefenden Zusatzhefte?«

Helga nickte.

»Die gibt es zum Glück nicht mehr. Nur die offiziellen, halbwegs akzeptablen Schulbücher.«

»Wo sollten auch neue Bücher gedruckt werden?«, sagte sie.

»Na, die Amis könnten sie in den Staaten herstellen lassen, wenn sie es mit ihrer *Re-Education* ernst nehmen würden!« Er hatte sich sehr darüber gewundert, dass sie keine neuen Bücher erhalten hatten. Geld für den Palmengarten gab es, aber keins für die Bildung. Oder wollten die Amis nicht, dass die Jugend etwas lernte?

»Stimmt natürlich auch«, lenkte sie ein. »Und die Lehrer?«

»Unser Klassenlehrer ist ganz nett. In Deutsch hat er uns einen Text von Thomas Mann vorgelesen.«

Helga warf ihm über die Schulter einen scheuen Blick zu. »Der war verboten.«

Ja, das hat Mutter beim Mittagessen auch erzählt, schoss Peter durch den Kopf.

»Ansonsten ist er das reinste Klappergestell«, sagte er.

»Gefangenschaft? Oder Konzentrationslager?«

Darüber hatte er auch schon nachgedacht. Nicht jeder Lehrer hätte gleich am ersten Tag Thomas Mann vorgetragen.

»Keine Ahnung. Niemand sagt dir, was er vor 1945 getan hat. Die meisten waren sowieso bis eben noch Rentner.«

Sie mussten an einer Straßenkreuzung einen Pferdewagen vorbeilassen.

»Schau, mein Pferdchen, so siehst du aus, wenn du groß bist«, flachste er und vernahm Helgas ausgelassenes Lachen.

»Es muss in der Schule schön gewesen sein, du hast echt gute Laune heute!« Fröhlich drehte sie sich zu ihm um.

»Schon«, gab er zu. Dabei fühlte er sich nur so wohl, weil sie bei ihm war. »Stell dir vor, neben mir sitzt so ein Kleiner, der mit fünf bereits eingeschult wurde und eine Klasse übersprungen hat. Typ Nickelbrille. Der hat damit angegeben, im vergangenen Jahr das komplette Meyersche Konversationslexikon gelesen zu haben.«

»Ist nicht wahr!«, erwiderte Helga. »Und die anderen? Irgendjemand dabei, den du kennst?«

»Nein. Ist mir auch lieber so.«

Helga verfiel in Schweigen. Ihr flachsblondes Haar schimmerte in der Sonne. Ob es so weich war, wie es aussah?

»Was hast du eigentlich gemacht, nachdem dich die Nazis aus der Schule geworfen hatten?« Die Frage kam so überraschend, dass Peter das Pferd fast aus der Hand rutschte und er es im letzten Moment gerade noch auffangen konnte.

Er räusperte sich und überlegte kurz, was er antworten sollte. »In einem Hotel im Bahnhofsviertel gearbeitet. Spüljunge, auch mal Aushilfskellner oder was so anfiel.«

»Die ganze Zeit? Wurde das Hotel nicht zerbombt?«

»Ja, das war leider nur kurz.« Neugierig sah sie ihn über die Schulter an. »Ich wurde dann vom Arbeitsamt in die Adlerwerke geschickt. Fahrgestelle für die Halbkettenfahrzeuge der Wehrmacht zusammenschrauben.« Eine Schinderei, an die er nur höchst ungern zurückdachte.

»Und als die bombardiert wurden?«

»Na, du willst es aber ganz genau wissen!«, erwiderte er.

Erschrocken schaute sie zu ihm. »Entschuldigung, es geht mich ja nichts an.«

Ob er ihr vom Lager erzählen sollte? Alles in ihm sträubte

sich dagegen. Zum Glück entdeckte er die Hausnummer am nächsten Mietshaus. »Schau, wir sind da!«

Als sie das Rad an eine Mauer lehnten und das Pferd wieder herunterhoben, spürte er, wie Helga ihn skeptisch musterte. Als ob sie ahnte, dass er etwas zu verbergen versuchte.

»Helga, wie wär's, wenn du klingelst und ich solange auf unser Pferdchen aufpasse?«

Noch ein Blick, der ihm durch Mark und Bein ging. Dann stieg sie die wenigen Stufen hoch und suchte auf dem mit Zetteln überladenen Klingelschild den richtigen Knopf.

33 – Peter

Peter beobachtete, wie eine blonde Frau Helga die Haustür öffnete. Irene Frankenberger. So groß, wie sie war, mussten Alwin und sie ein lustiges Paar abgegeben haben. Wäre er wirklich mit einer Frau ausgegangen, zu der er hätte aufblicken müssen? Aber vielleicht täuschte er sich auch. Jedenfalls verbarg sich unter ihrem längs gestreiften Kleid eine schöne Figur.

Helga und sie begrüßten sich freundlich, dann stellte Helga Peter vor und sie trugen gemeinsam das Pferd in den zweiten Stock. Währenddessen bedankte Irene sich mehrmals und fügte hinzu, dass ihr Mann da wäre. Es schien ihr wichtig zu sein, dass Helga ihn kennenlernte.

Umso besser, dachte Peter, dann können wir ihn unauffällig unter die Lupe nehmen. Ob er kriegsversehrt war? Oder warum schickte er seine Frau vor, anstatt selbst das Schaukelpferd hochzutragen?

»Carl!«, rief sie schrill, als sie die Wohnung betraten. Kein Wunder, dass Helga und Elfie sie insgeheim *Sirene* genannt hatten.

Ein hochgewachsener Mann mit kurzen blonden, akkurat gekämmten Haaren kam aus dem Nebenzimmer. Auf dem Arm trug er einen kleinen Jungen.

»Schaut mal, was für eine Überraschung Helga uns mit-

354

gebracht hat!« Irene deutete auf das Pferd und Peter leistete sofort innerlich Abbitte. Offensichtlich hatte ihr Mann gar nichts gewusst.

»Ein Hottehü!«, rief der Junge und klatschte begeistert in die Hände.

Sein Vater stellte ihn auf den Boden. »Das ist ein Pferd, Wolfgang.«

»Hottehü!« Wolfgang blieb stehen. Offensichtlich traute er sich nicht zu dem Schaukelpferd.

»Pferd«, betonte sein Vater, hob ihn wieder hoch und setzte ihn auf den Sattel. Als er losließ, brüllte der Junge wie am Spieß und drohte runterzufallen.

»Halt dich fest«, rief sein Vater, doch im selben Moment nahm Irene den Kleinen hoch. Sofort beruhigte er sich.

»Vielleicht ist er noch etwas zu klein dafür«, meinte sie entschuldigend.

»Hör auf zu weinen, Wolfgang«, herrschte ihn sein Vater an. »Ein deutscher Junge weint nicht.«

Peter seufzte innerlich. Ihm tat der kleine Junge leid.

»Was für eine beeindruckende Wohnung Sie haben, Herr Frankenberger«, versuchte er abzulenken. Außerdem stimmte es – das Wohnzimmer war fast so groß wie das in ihrer früheren Wohnung in der Rothschildallee. Auch der Einrichtungsstil war ähnlich.

Die Tür in den angrenzenden Raum stand offen, vor einer auf Hochglanz polierten dunklen Esszimmeranrichte standen Betten, an einer Leine trocknete Wäsche. Einquartierungen.

Helga war derweil an eine Kommode voller Familienfotos

getreten. »Du siehst wunderschön in deinem Hochzeitskleid aus, Irene«, sagte sie.

Neben dem Hochzeitsfoto fielen Peter zwei Soldatenporträts mit Trauerband auf.

»Das sind Carls Brüder«, erklärte Irene. »Und das hier seine Eltern.« Sie deutete mit der einen Hand auf ein sepiabraunes Foto eines Brautpaares im Stil der Kaiserzeit und verhinderte mit der anderen, dass der kleine Bub eines der Fotos anfasste.

»Leben sie noch?«, fragte Helga behutsam. Peter bewunderte ihre Vorgehensweise, es wirkte wie ein normales Gespräch unter Freundinnen, die sich lange nicht gesehen hatten.

»Oh ja«, antwortete Herr Frankenberger. »Wir wohnen hier alle unter einem Dach, wie es sich gehört. Eine richtige deutsche Großfamilie. Meine Eltern, wir drei und noch einige andere Verwandte, wir sind insgesamt zu zehnt.«

Daher die Betten im Esszimmer.

»Der Amerikaner schafft es ja nicht, genügend Wohnraum zur Verfügung zu stellen. Wenn wir uns nicht selbst helfen würden, wären wir verloren.«

Auf den Gedanken, dass die Frankfurter sich nicht selbst um den Aufbau der Stadt kümmern sollten, war Peter noch nie gekommen. Die US-Armee hatte die Deutschen von Hitler befreit, sollte das nicht reichen? Für den Rest des Schlamassels waren ja wohl die verantwortlich, die ihn verursacht hatten.

Aber Herr Frankenberger wirkte nicht so, als ob er das Kriegsende als Befreiung empfunden hatte. Im Gegenteil.

»Zuerst bomben sie alles kaputt, und anstatt uns dann beim Aufbau zu helfen, demontieren sie sogar die Fabriken«, regte er sich weiter auf. »Und dieser Fragebogen! Von wegen Entnazifizierung. Die mischen sich in fremde Angelegenheiten. Am schlimmsten sind die Nürnberger Prozesse, nichts als Siegerjustiz!«

Peter musste sich auf die Zunge beißen, um mit dem Mann nicht in Streit zu geraten, und schaute sich lieber weiter um. Die Ölgemälde, die alten Eichenmöbel, alles sehr gutbürgerlich. Carls Eltern mussten wohlhabend sein.

Dann blieb sein Blick am Türrahmen hängen.

Waren das nicht die Bohrlöcher einer Mesusa? Zwei kleine Löcher auf Kopfhöhe mit dem Abstand von vielleicht zehn Zentimetern, als würde sie eine schräg verlaufende Linie von links oben nach rechts unten verbinden. Ganz bestimmt.

Schlagartig wurde ihm klar, dass sie sich in einer jüdischen Wohnung befanden.

»Sind Sie hier groß geworden, Herr Frankenberger? Für Kinder ist so eine riesige Wohnung ja traumhaft«, fügte er hastig hinzu.

»Leider nicht, nein, wir sind erst kurz vor dem Krieg hier eingezogen, als ich bereits Student war.«

Da hatte er die Bestätigung. Wieder ein arisiertes Haus, in dem sich die Nazis breitgemacht hatten.

»Aber ich hoffe natürlich sehr, dass sich unsere Kinder hier sehr wohlfühlen werden.«

Sofort schaute Peter auf Irenes Bauch, aber dort zeichnete sich keine verräterische Wölbung ab. Ob es Alwin wirklich gelungen war, vierteljüdische Kinder zu zeugen?

Traurig berührte Peter die Löcher im Türrahmen und stellte sich vor, die Mesusa hinge noch immer dort. Als Christ hatte er sie nie berührt, es aber sehr oft bei seinen Großeltern beobachtet.

»Was ist da?«, fragte Helga neugierig.

»Dort hing früher eine Mesusa«, erklärte Peter.

Irene stellte den kleinen Wolfgang unter Protest auf den Boden und legte ebenfalls die Hand zwischen die beiden kleinen Löcher.

»Das ist ein jüdischer Brauch«, sagte sie. »So ein längliches Ding, das beim Betreten des Raums berührt wird.«

Wie erstaunlich, dass sie sich damit auskannte. Ob Alwin es ihr erklärt hatte?

»Dann sollten wir die Löcher zuspachteln«, mischte Herr Frankenberger sich ein. »Ich will nichts Jüdisches in meiner Wohnung haben.«

Wurde Irene etwa rot? Helga warf Peter einen verschwörerischen Blick zu. Sie dachte bestimmt dasselbe wie er.

Sie waren auf der richtigen Spur.

»Sag mal, Irene …« Wieder sprach Helga betont beiläufig und Peter horchte auf.

»Du hattest da letztens so einen schönen Pullover an, einen bunten mit Norwegermuster. Das Muster möchte ich gerne nachstricken, hast du es aus einem Heft?«

Irene hob die Augenbrauen und wandte sich Helga zu. Ahnte sie, worauf die Frage abzielte?

»Seit wann strickst du denn, Helga? Bei den Heimabenden hast du immer einen großen Bogen um Handarbeiten gemacht.«

Ach, darum ging es ihr.

Helga lächelte betreten. »In der Not hab selbst ich damit angefangen.«

Irene nickte. »Richtig so. Das Muster habe ich mir ausgedacht, aber du kannst es dir abzeichnen, ich hole ihn dir gerne.« Und schon verließ sie das Wohnzimmer. Sie kamen ihrem Ziel immer näher.

Peter drehte sich zu Wolfgang um.

»Na, kleiner Mann?« Instinktiv ging er in die Hocke. »Wie alt bist du denn?«

Anstelle einer Antwort versteckte Wolfgang sich hinter den Beinen seines Vaters. Zum Glück maßregelte der ihn nicht wieder.

»Wo haben Sie gedient?«, fragte Herr Frankenberger stattdessen.

Peter erschrak zutiefst. Und auch Helga wandte hastig den Kopf. Was sollte er bloß antworten?

Andererseits war die Zeit des Versteckens vorbei. Irgendwie sollten sie auf Alwin zu sprechen kommen, oder?

»Gar nicht«, antwortete er deshalb.

»Untauglich?« Verächtlich musterte Herr Frankenberger ihn.

Peter richtete sich auf und schaute ihm direkt ins Gesicht, bevor er antwortete.

»Mischling ersten Grades.«

»Oh«, rief Irene von der Tür aus und drückte sich den Pullover an die Brust.

»Also unwürdig.« Herr Frankenberger wippte auf den Zehenspitzen.

»Sag doch so was nicht, Carl!«

»Du gehst zu viel in die Kirche, Irene. Immer dieses Geschwätz von Schuld und Sühne.«

»Niemand hat Schuld, ich weiß«, sagte Peter im gönnerhaften Ton. »Die Juden, die hier früher wohnten, sind ja auch freiwillig ausgezogen, oder?«

»Was erlauben Sie sich«, fuhr Herr Frankenberger ihn an.

Irene ließ sich schluchzend auf die Bank im Flur fallen. Mit einer so starken Reaktion hatte Peter nicht gerechnet. Wie gut, dass Helga sich neben sie setzte und tröstend ihre Hand ergriff. Dann würde sie ihnen vielleicht noch mehr erzählen.

»Die armen Leute.« Sie wirkte ernsthaft betrübt.

»Kanntest du sie?«, fragte Helga.

Irene schüttelte den Kopf. »Ich habe nur gehört, dass hier eine Familie Bernstein gelebt hat. Bis auf einen Einzigen sind sie alle gestorben. Vielleicht kannten Sie die Bernsteins, Herr Winkler?«

Und Peters Herz blieb einen Augenblick lang stehen.

Dies war früher die Wohnung von Alwins Großeltern gewesen? Hier hatte die Mesusa gehangen, die sie berührt hatten?

Er glaubte, keine Luft mehr zu bekommen, bis sein Herz völlig aus dem Takt davongaloppierte.

»Alwin«, sagte er tonlos.

Alwin hatte ihm erzählt, dass er im selben Haus wie seine Großeltern gelebt hatte. Und dass er nachschauen wollte, ob sein Kinderzimmer zerbombt worden war. Vielleicht hatte er dabei Irene kennengelernt. Möglich war alles.

»Das reicht, Sie sollten jetzt gehen.« Herr Frankenberger deutete zur Tür.

Wieder tauschte Peter mit Helga einen Blick, es war offensichtlich, dass sie genauso wenig aufgeben wollte wie er.

»Irene, kanntest du etwa Alwin?« Helga wirkte echt erstaunt. Sie würde eine gute Schauspielerin abgeben!

Zögernd schüttelte Irene den Kopf und ergriff das Kreuz an ihrem Hals.

»Er war es, der Ihnen erklärt hat, was eine Mesusa ist, oder?«, fragte Peter. »Alwin war auch mein Freund. Und er war der letzte Enkel der Familie Bernstein.«

»Ich kenne keinen Alwin«, rief sie mit schriller Stimme, worauf Wolfgang sich weinend zu ihr flüchtete.

»Auf Wiedersehen«, sagte Herr Frankenberger. »Am besten Sie nehmen das Schaukelpferd wieder mit. Wir haben keine Almosen nötig von *Juden*.« Das letzte Wort spie er förmlich aus.

»Alwin ist gestorben, Frau Frankenberger«, spielte Peter seinen letzten Trumpf aus.

Ein Schrei erfüllte den Raum, Irene sackte in sich zusammen. Helga legte ihr beschützend den Arm auf den Rücken, aber ihre Frage war knallhart: »Wie nahe hast du Alwin gestanden?«

»Verschwinden Sie von hier!«, rief Herr Frankenberger und wollte Helga und Peter zur Tür hinausschieben. Interessierte ihn gar nicht, warum der Tod dieses Unbekannten Irene so aus der Bahn warf?

»Kannten Sie Alwin etwa auch, Herr Frankenberger?«, fragte er.

»Raus!«, schrie Carl Frankenberger und schubste das Pferd so unsanft in den Flur, dass es umfiel. Dann packte er Peter am Hemdkragen. »Wenn Sie noch einmal hier auftauchen, dann setzt es was!«, zischte er ihm leise, aber eindringlich ins Ohr. »Wie können Sie sich nur einbilden, meine Frau würde Rassenschande begehen.«

Ehe sie es sich versahen, standen Helga und Peter zusammen mit dem Pferd wieder auf der Straße. Nachdenklich warf er dem Haus einen letzten Blick zu. Wenn das hier früher Alwins Zuhause gewesen war, dann auch das des armen, alten Herrn Ameling. Vielleicht hatte er in der Beletage mit den fein verzierten Bogenfenstern mit Alwins Vater Schach gespielt. Das war seine Leidenschaft gewesen, auch im Lager hatte er aus Lehm Schachfiguren geformt und jeden mattgesetzt.

Bis Josef ihn kaltblütig erschoss.

Peter schnürte es die Kehle zusammen, die schmerzhaften Erinnerungen trieben ihm die Tränen in die Augen. Erschüttert setzte er sich auf eine Stufe vor dem Haus. Es fühlte sich so an, als wäre es gerade erst geschehen, und nicht vor über einem Jahr.

Ob Herr Ameling Familie hatte? Ich sollte sie suchen, dachte Peter. Vielleicht hatte Alwin das auch versucht.

»Unfassbar.« Helga setzte sich dicht neben ihn. Durch die ungewohnte Nähe fühlte er sich gleich besser.

Nicht mehr so alleine.

Er räusperte sich. »Du hast recht gehabt mit deiner Vermutung, Irene ist bestimmt Alwins Freundin gewesen.«

»Und ihr Mann der Mörder. Wie er sich wegen der Rassenschande aufgeregt hat!«

Wie leicht ihr dieses schreckliche Wort über die Lippen kam.

Betroffen schaute sie ihn von der Seite an. »So habe ich das nicht gemeint, Peter.«

Wahrscheinlich nicht. Es würde noch Jahre, Jahrzehnte dauern, bis dieses üble Gedankengut endlich verschwand, das wurde ihm in diesem Moment klar. Wenn überhaupt.

»Ist schon in Ordnung, Helga. Dieser Carl denkt so.«

»Aber ich nicht! Ich kann mir diese ganzen Wörter nur so schlecht abgewöhnen, sie sind einfach in meinem Kopf.«

»Wirklich ...« Er berührte sie leicht am Arm. »Ich weiß, dass du das Herz am rechten Fleck hast.«

Sie lächelte verstohlen, und das freute ihn auch, aber gleichzeitig überlegte er, ob Alwins Plan, auszuwandern, doch besser war, als sich zwischen den Tätern zu verstecken. Oder jedes Mal beschimpft zu werden, wenn er zu seiner Herkunft stand, so wie eben von Herrn Frankenberger.

»Hast du gewusst, dass dein Freund hier aufgewachsen ist?«, fragte sie vorsichtig.

Peter schüttelte den Kopf. Wieder überlegte er, ob er ihr vom Lager erzählen sollte, aber es ging ihm alles noch viel zu nahe.

Kurzerhand sprang er auf. Helga erhob sich ebenfalls. Peter schloss das Rad auf und gemeinsam stellten sie wieder das Pferd darauf. Dann machten sie sich auf den Heimweg.

»Haben wir jetzt genügend Beweise, um zu Thieme zu gehen?«, fragte sie nach kurzem Schweigen.

»Ich weiß nicht. Sie hat ja nicht eindeutig gesagt, dass sie seine Freundin war oder dass sie ihn an seinem letzten Lebenstag noch gesehen hat. Vielleicht sollten wir noch mal alleine mit ihr reden.«

»Also ich fand Irenes Überraschung und Entsetzen über seinen Tod sehr überzeugend. Du musst bedenken, dass in den Nebenzimmern sicherlich die ganze Familie gelauscht hat. Und ihr kleiner Junge war dabei! Viel deutlicher konnte sie doch gar nicht werden, wenn sie ihre Familie nicht verlieren wollte. Bei Ehebruch verliert sie das Sorgerecht.«

Daran hatte Peter nicht gedacht.

»Du kennst dich wirklich gut mit den Gesetzen aus«, sagte er.

»Ach«, erwiderte Helga und wurde sogar leicht rot. »Das habe ich nur mal irgendwo aufgeschnappt.«

»Trotzdem. Gehen wir davon aus, dass sie die besagte Freundin ist. Dann kommt ihr Mann wirklich als Täter infrage.«

»Das glaube ich auch!« Helga schob das Rad an der nächsten Ecke in die Lindenstraße. »Grandios! Wir können Thieme einen Verdächtigen liefern!« Sie strahlte.

Peter war nicht so optimistisch wie sie. Thieme würde das nie und nimmer von seiner Theorie abbringen, dass Peter wegen irgendeines Vorkommnisses in Grauwald Alwin umgebracht hatte. »Wir brauchen richtige Beweise«, sagte er mit Nachdruck. »Das wirkt für den Kommissar sonst immer noch so, als ob ich von mir ablenken wollte.«

34 – Helga

»Auf was für Beweise wartest du denn? Etwa ein Geständnis?«

Helga blieb stehen und starrte Peter ungläubig an. Irgendetwas verheimlichte er ihr, da war sie sich sicher. Und dass es etwas mit seiner Vergangenheit zu tun hatte, für die Kommissar Thieme sich so brennend interessierte. Vielleicht mit dem Lager? Darüber hatte Peter noch kein Wort verloren. Am liebsten hätte sie direkt gefragt, spürte aber, dass sie ihn damit verschrecken würde.

»Ein Geständnis werden wir wohl kaum bekommen«, sagte sie.

»Wie wäre es mit Fingerabdrücken? Konnte die Polizei welche an Alwins Leiche finden?«, fragte Peter.

»Auf Haut bleiben keine Fingerabdrücke zurück.«

»Was für ein Mist. Andere Spuren haben sie auch keine gefunden, hast du erzählt. Alwin hatte noch nicht einmal etwas getrunken. Wie will man da einen Mord aufklären?« Peter klang enttäuscht. Das konnte sie verstehen, ihr ging es genauso.

»Vielleicht hätten wir Irene besser ohne ihren Mann befragt«, sagte sie. »Zuerst fand ich die Idee mit dem Schaukelpferd ja gut, aber jetzt ... wer weiß, was sie im Schockzustand über Alwins Tod alles gesagt hätte.« Auf einmal begann das Pferd zu schwanken.

»Zu spät.« Peter hielt es fest. »Und ohne Beweise bleibt uns nur ein Geständnis.«

Aber wie wollte Peter das nur anstellen? Da kam ihr ein Gedanke. »Du willst mit Irenes Mann über Alwin reden?«

Er ließ den Blick schweifen, als ob er ernsthaft darüber nachdenken würde.

»Was, wenn er es wirklich war und einfach abhaut? Oder uns zum Schweigen bringen will?«, sagte Helga. Ein Schauer lief ihr über den Rücken. So schnell wurde aus dem lustigen Detektivspielen blutiger Ernst. »Das mache ich nicht. Für ein Verhör ist Thieme zuständig, tut mir leid.«

»Du hast ja recht.« Peter senkte den Kopf. »Es ist nur unerträglich, nichts tun zu können.«

Schweigend gingen sie die letzten Meter bis zu Helgas Zuhause. Noch immer erklangen laute Stimmen aus ihrer Wohnung, als sie das Pferd wieder abluden und gemeinsam in den Keller trugen.

Danach begleitete Helga Peter noch zu seinem Rad, um sich zu verabschieden. Sie hatten viel erfahren an diesem Nachmittag, aber weitergekommen waren sie trotzdem kein bisschen.

»Ich habe Alwin erst im Januar 45 kennengelernt«, sagte Peter unvermittelt. »Da lebte er schon lange nicht mehr in dem schönen Haus. Ich bin ja auch nicht in der Basaltstraße groß geworden, sondern ...« Er zögerte. »... in der Karolingerallee.«

»Du meinst die Rothschildallee, sie trägt jetzt wieder ihren alten Namen.« Sofort ärgerte Helga sich über ihren Kommentar. Endlich ging Peter mal aus sich heraus und sie musste ihn gleich belehren.

Er wischte an einem Fleck auf der Querstange seines Rades herum und reagierte nicht auf ihre Worte.

Wieso fiel es ihm so schwer, darüber zu reden? Helga wusste doch, dass die Vermietung an Juden irgendwann verboten worden war. Das hatte sicherlich auch gegolten, wenn nur ein Teil der Familie jüdisch gewesen war. Im Grunde genommen wusste Helga weder etwas über Peters noch über Alwins Leben.

Sie wollte gerade zu einer Frage ansetzen, als Peter ihr zuvorkam.

»Ich könnte Irene ja ebenfalls zu Alwins Beerdigung am Donnerstag einladen«, sagte er. »Dann hätten wir erneut Gelegenheit, mit ihr zu reden.«

»Du willst drei Tage warten? Was, wenn Irenes Mann Verdacht geschöpft hat und untergetaucht? Schließlich weiß Irene, dass ich als Fotografin für die Polizei arbeite.«

Peter ließ den Kopf hängen. »So ein Mist. Aber bitte, lass mir noch einen Tag Zeit, um über alles nachzudenken. Ich will nichts überstürzen.«

Sein verzweifelter Blick rührte sie, und sie konnte es ihm nicht abschlagen, auch wenn sie es nicht vernünftig fand.

»Einen Tag, länger nicht, versprochen?«

»Versprochen«, antwortete Peter und fuhr ohne ein Wort des Abschieds davon.

Während ihre Familie beim Tischdecken darüber stritt, ob die neuen Mitbewohner mit am Tisch sitzen oder in Vaters Zimmer essen sollten, war Helga noch ganz in Gedanken bei Peter.

Offenbar hatte er Alwin nur etwas mehr als ein Jahr gekannt und trotzdem waren sie gute Freunde geworden. Oder stimmte das gar nicht? Ermittelte Thieme womöglich in diese Richtung – dass Peter eigentlich gar kein Freund von Alwin gewesen war? Fünfzehn Monate … aber manchmal reichte wenig Zeit, um ein Fundament für eine lebenslange Freundschaft zu legen. So wie bei Elfie und Klaus.

Aber natürlich auch, um sich zu zerstreiten. Anfangs hatte Alwin bei Winklers in der Küche geschlafen, später im Schuppen. Ob es dafür einen triftigen Grund gab? War irgendetwas vorgefallen? Wenn nicht in Bockenheim, dann vielleicht im Lager?

Stand sie auf der falschen Seite?

Doch alles in ihr sträubte sich gegen die Vorstellung, Peter sei Alwins Mörder. Nein, das konnte einfach nicht stimmen. Je länger sie darüber grübelte, desto mehr fiel ihr auf, wie sehr Peter ihr in der kurzen Zeit ans Herz gewachsen war.

»Kommst du nachher noch mit zu Walter?«, flüsterte Elfie ihr mit einem Mal ins Ohr. »Dieses ständige Gezanke geht mir auf die Nerven.«

»Ja klar!« Helga fühlte sich ertappt. Sie hatte in den letzten Tagen viel häufiger an Peter als an Walter gedacht. Aber jetzt überfiel sie eine unglaubliche Sehnsucht nach ihm und nach körperlicher Nähe.

Vielleicht konnte er ihr sogar in Bezug auf Peter helfen. Walter hatte sich früher im Odeon-Club sehr gut mit Peter verstanden.

Urplötzlich schlug der Vater mit der Faust auf den Tisch, sodass Helga zusammenzuckte.

»Wir essen alle an einem Tisch, auch Familie Breitwieser, basta! Das hier ist ein gastfreundliches Haus. Und wenn sie uns wirklich bestehlen oder die nicht vorhandene Butter vom Brot essen, können wir das ja wieder ändern.«

Helga hatte nichts anderes von ihrem Vater erwartet. Auch Elfie war letztes Jahr ohne große Diskussion aufgenommen worden.

Alle seufzten erleichtert, als ob sie froh über die endlich getroffene Entscheidung wären. Mutter öffnete den Geschirrschrank und Helga baute mit Elfie die Verlängerungsplatte in den Esstisch. Dann öffnete Vater die Schiebetür zu seinem ehemaligen Arbeitszimmer und bat die neuen Mitbewohner höchstpersönlich zum Essen.

Herr Breitwieser, ein schmächtiger, unscheinbarer Mann, ließ seiner Frau den Vortritt. Die stämmige Frau mit den stets roten Wangen trug die kleine Christel auf dem Arm, ein schüchternes Mädchen, das Helga auf fünf Jahre schätzte. Baby Bärbel schlief offenbar.

»Das wäre doch nicht nötig.« Frau Breitwieser deutete vor Vater einen Knicks an, und so, wie sie guckte, wurde Helga auf einmal siedend heiß. Wahrscheinlich hatte sie im Arbeitszimmer jedes Wort des Familienstreits mit angehört. »So große Umstände, wirklich, wir hätten auch auf dem Zimmer essen können.«

»Sie sind uns sehr willkommen.« Mutter hatte ihre Vorbehalte gegenüber der Familie offenbar überwunden und bot ihnen Sitzplätze an.

»Regine!«, zischte Tante Alice, und Helga fiel auf, dass ihre beiden kleinen Cousinen mit offenem Mund den schwarzen

Lederhandschuh anstarrten, unter dem sich Herrn Breitwiesers kriegsversehrte Hand verbarg.

Familie Breitwieser brachte ihre kargen Vorräte an Margarine und Wurst mit, dazu ein Glas selbst eingemachten Kürbis und stellte diese zur Leberwurst, die Tante Alice organisiert hatte. Brot hatten alle mitgebracht.

Tante Alice überwachte jeden Handgriff von Frau Breitwieser, als ob diese irgendetwas Verbotenes tun würde, dabei schmierte sie nur ihrem Mann und ihrer Tochter ein Brot und verwendete dafür nur die eigenen Vorräte.

Die Stimmung war so angespannt, dass Helga am liebsten sofort geflüchtet wäre. Elfie zwinkerte ihr sogar schon zu, das übliche Signal, aufzustehen.

Helga wusste nicht viel über die neuen Mitbewohner. Was lag also näher, als sich nach deren Vorgeschichte zu erkundigen, vielleicht verbesserte sich dann die Stimmung.

»Mein Mann ist Friseur«, antwortete Frau Breitwieser. »Wir hatten einen eigenen Salon im Gallus, er ist sogar Meister und hatte Angestellte und Lehrlinge. Ein wahrer Könner, sag ich Ihnen, vor allem die Ballfrisuren!«

»Magda«, versuchte ihr Mann leise, ihren Übereifer zu dämpfen.

»Ich gebe doch gar nicht an, du bist wirklich ein sehr guter Friseur! Wir hatten ein schönes Leben, die Wohnung im gleichen Haus, wir waren angesehene Leute!«

»Magda!« Sein Bitten wurde inständiger.

Tante Alice hob die Serviette zu den Lippen. Verbarg sie etwa ein Lächeln dahinter?

Dabei konnte Helga die arme Frau verstehen. Ihr Mann

würde nie wieder in seinem Beruf arbeiten können, der gesellschaftliche Abstieg drohte.

»Sie sind noch immer anständige Leute«, antwortete Helgas Mutter. »Ausgebombt zu sein, ist keine Schande, dafür kann keiner was.«

»Reine Glückssache!«, betonte Helga, froh über Mutters Reaktion.

»Hauptsache, Sie leben noch.« Vater schob Frau Breitwieser das Leberwurstglas zu. »Lassen Sie es sich schmecken!«

Danach war das Eis gebrochen und die Mahlzeit endete harmonisch. Als Helga und Elfie abräumen und spülen wollten, scheuchte Frau Breitwieser sie nach draußen. Das würde heute Abend sie übernehmen. Ihr Mann las derweil den Mädchen aus einem Märchenbuch vor, während die anderen sich wie immer ums Radio scharten.

Zeit für Helga und Elfie, zu Walter und seinem Keller zu gehen.

Schon von Weitem hörten sie lauten Swing über die Bockenheimer Landstraße schallen. Draußen vor der Kellertür saßen Schorschi und Klaus um Walters Koffergrammofon und nickten im Takt der Musik, während aus dem Keller dumpfes Hämmern erklang.

»Drinnen ist es viel zu laut«, erklärte Schorschi.

»Außerdem ist das Tarnung, die Leute regen sich die ganze Zeit über die Musik auf und keiner achtet auf die Baugeräusche im Keller«, ergänzte Klaus und küsste Elfie zur Begrüßung auf die Wange.

Helga wollte schon zu Walter in den Keller eilen, als sie

bei dem Musikstück innehielt. Es war ein langsames, eher melancholisches Stück, ganz anders als die heißen Beats, die Schorschi sonst so liebte. Es klang so, wie Peter sie vorhin angeschaut hatte. Glücklich und traurig zugleich.

»Was ist das?«, fragte sie neugierig.

»Das ist *Sometimes I'm happy* von Lester Young, einem schwarzen Saxofonspieler, der früher bei Count Basie in der Band gespielt hatte.«

»Mir ist das zu öde«, meinte Elfie und hockte sich zu den beiden.

»Dann warte mal die A-Seite ab, die ist echt *hot*!« Schon stoppte Schorschi die Platte.

Aber Helga hatte keine Lust, sich das andere Stück anzuhören, stand auf und überließ die anderen ihrem Gespräch über Lester Young.

Die Kellertür knarzte beim Öffnen. Leider konnte sie sie wegen der neugierigen Passanten nicht offen stehen lassen und tastete sich vorsichtig im Dunkeln die Treppe hinab. Es gab noch immer keinen Strom. Im Flur war es schummerig, Licht drang durch den Schlitz unter der Tür hindurch, in der Walter bei Kerzenlicht hämmerte.

Auf einmal war es still, und als Helga die Tür aufschob, blieb ihr vor Entsetzen fast das Herz stehen.

An den ersten Holzaufbauten für den Tresen stand Walter und unterhielt sich mit – Herrn Frankenberger!

Instinktiv versteckte Helga sich hinter der Tür und hoffte, dass er sie nicht gesehen hatte. Irgendetwas stimmte hier nicht, und sie wollte sich erst vergewissern, was los war, bevor sie sich zu erkennen gab.

Vorsichtig spähte sie hinter der Tür hervor.

Was machte er hier? Und wieso sahen die beiden so vertraut miteinander aus? Nach einem konspirativen Treffen in Sachen Schwarzmarkt wirkte das nicht. Auch nicht, als ob Walter sich in Gefahr befände.

Eher, als ob sie befreundet wären.

Vielleicht waren sie ja zusammen an der Front gewesen. Aber das konnte nicht stimmen. Irene hatte gesagt, dass ihr Mann in den Staaten in Gefangenschaft gewesen sei, also hatte er nicht wie Walter an der Ostfront gekämpft. Andererseits waren die Soldaten manchmal von einer Front zur anderen versetzt worden.

Oder war er ein Freund des Swing? So lässig, wie er, ein Bein angewinkelt, mit dem Rücken am Tresen lehnte. Jetzt steckten sie auch noch die Köpfe zusammen und kicherten! Wie zwei alberne Mädchen. Herr Frankenberger wirkte so ganz anders als zu Hause bei Frau und Kind. Das Steife, Kalte fehlte. Und wie Walter ihn anstrahlte!

Da strich er Walter eine Haarsträhne hinters Ohr.

Auf einmal musste Helga an Freddy denken, Walters besten Freund, der in Afrika gefallen war. Der hatte das auch immer gemacht. Sie selbst traute es sich bis heute nicht. Viel zu nah, viel zu intim erschien ihr diese Geste. So weit waren sie noch nicht, sie hielten ja auch nie Händchen.

Und dann fiel ihr ein, was Bobby ihr mal im Vertrauen erzählt hatte.

Dass Freddy *vom anderen Ufer* gewesen sei. Ein Mann, der Männer liebte.

Und Walter?

Voller Angst sah sie zu ihm hinüber, als Walter Herrn Frankenberger die Hand auf den Oberschenkel legte.

Helga hatte er noch nie so berührt, noch nicht einmal am Unterarm. Aber jetzt sah es so aus, als hätte er es schon sehr oft gemacht ...

Schlagartig wurde ihr klar, was das bedeutete. Ein Schauder überlief sie, sie musste raus hier, nur weg, weg, und im nächsten Moment rannte sie die dunkle Treppe nach oben, stemmte die Tür auf und eilte hinüber zu den anderen. Als wäre nichts geschehen, saßen sie noch immer rund ums Grammofon und klatschten den Takt mit.

Helga stürmte zu Elfie und riss sie am Arm mit sich.

»Helga?«, wehrte sich Elfie und schüttelte ihre Hand ab. »Lass mich, was ist denn?«

Aber Helga lief immer weiter, bis sie weit genug von den anderen entfernt waren. Elfie rannte hinter ihr her.

»Hast du ein Gespenst gesehen?«, fragte Elfie keuchend.

Helga musste auch erst einmal Luft holen. Es dauerte, bis sie sich traute, auszusprechen, was sie gerade gesehen hatte.

»Glaubst du, Walter ist ...« Das Wort kam ihr nur schwer über die Lippen. »Meinst du, er liebt eigentlich ... ich meine, so wie ... ist er *schwul*?«

»Was?« Elfie blieb der Mund vor Schreck offen stehen. »Helga, jetzt spinnst du völlig!«

»Er war doch so eng mit Freddy befreundet«, sprudelte es aus Helga heraus. »Mich lässt er immer links liegen und dann ist da dieser Kerl im Keller ...«

»Wer?« Elfie verschränkte abwehrend die Arme vor der Brust.

»Der Mann von Irene«, erwiderte Helga zögernd. »Ich war gerade unten und habe gesehen, wie er Walter eine Haarsträhne hinters Ohr gestrichen hat, genauso wie Freddy früher.«

»Lass Freddy aus dem Spiel.« Elfies Blick verfinsterte sich.

»Aber ...«

»Das bildest du dir alles nur ein. Walter so eine Lüge an den Hals zu hängen. Dir steigt der Polizeidienst wohl zu Kopf! Überall vermutest du Verbrechen.«

»Aber ich habe es gesehen ... Walter hat Irenes Mann – am Oberschenkel berührt.« Ihre Stimme erstarb.

»Du spinnst. Das musst du falsch verstanden haben«, entgegnete Elfie verärgert.

Bedrückt schüttelte Helga den Kopf. Ihre ganze Welt geriet aus den Fugen. »Glaubst du mir nicht?«

»Nein. Du bist nur enttäuscht, weil Walter dir nicht ständig am Rockzipfel hängt. Vielleicht hat er dich ja satt, es gibt schließlich noch so viele andere schöne Mädchen. Was meinst du, warum er den Keller aufbaut?« Elfie machte einen Schritt rückwärts.

Helga betrachtete sie fassungslos. Elfie, ihre allerbeste Freundin, mit der sie durch dick und dünn gegangen war, glaubte ihr nicht.

»Aber ...«, begann sie, wurde aber von Elfie sofort unterbrochen.

»Ich müsste das doch wissen, oder? Schließlich ist er mein Bruder.«

»Wenn du meinst ...«, antwortete sie und erste Zweifel regten sich in ihr. Vielleicht irrte sie sich wirklich? Hatte ihr die Eifersucht etwa den Blick vernebelt? Spielten ihre Gefühle ihr gar einen Streich? Sie hatte gar keine Ahnung, was das eigentlich bedeutete, schwul zu sein.

»Wir wissen gar nicht, ob das stimmt, was Bobby von Freddy erzählt«, sagte Elfie, die früher in Freddy verliebt gewesen war, er aber hatte diese Liebe nicht erwidert.

Auf einmal lächelte Elfie wieder.

»Woher kennst du eigentlich Irenes Mann?«, fragte sie.

»Peter und ich wollten heute das Schaukelpferd Irenes kleinem Sohn schenken. Wolfgang, ein niedlicher Kerl. Ihr Mann hat Irene verboten, das Geschenk anzunehmen.« Den Grund ließ Helga lieber unerwähnt. Sie wollte über Walter reden, nicht über Peter.

»Das spricht für Irenes Mann«, meinte Elfie, »wenn er so ein großes Geschenk aus Bescheidenheit ablehnt.«

Helga zuckte innerlich zurück, schließlich hielt sie Irenes Mann für einen Mörder. Aber wenn sie ihr das erzählte, würde ihre Freundin sie endgültig nicht mehr ernst nehmen.

Erst mal abwarten, ermahnte sie sich. Nur die Ruhe! Vielleicht war es ja wirklich nur Einbildung.

Schweigend gingen sie zurück. Aber das Schweigen fühlte sich nicht gut an. Schon lange hatte Helga sich nicht mehr mit Elfie gestritten. Aber sie wollte ihr glauben. Elfie kannte Walter doch viel besser als sie.

Als sie zurückkamen, schnipste Walter oben auf der Straße den Takt zu *Caravan* von Duke Ellington mit, und von Herrn Frankenberger keine Spur mehr. Aber wie die Tage zuvor gab es kein Begrüßungsküsschen für Helga.

Für einen Moment blieb Helga erschüttert stehen, dann

lief sie ohne ein Wort davon. Kurz hoffte sie, Walter würde ihr folgen, aber sie hörte ihn nur laut lachen und kämpfte mit den Tränen.

Noch nicht einmal Elfie lief ihr nach.

35 – Helga

Nachts wälzte Helga sich im Bett hin und her und starrte wütend zu Elfie, die seelenruhig neben ihr schlummerte. Sie war gegen neun äußerst gut gelaunt zurückgekehrt, hatte vom neuen Tresen im Keller geschwärmt und war sofort ins Bett gekrochen. Und als Helga aus dem Bad kam, hatte sie bereits geschlafen. Aber bestimmt hatte das nichts zu bedeuten, schließlich war Elfies Arbeit an der frischen Luft anstrengend. Zurzeit säten sie im Grüneburgpark Gemüse. Das von Sergeant Campbell in Amerika bestellte Saatgut war eingetroffen.

Aber Helga bekam dieses Bild nicht aus ihrem Kopf – Walters Hand auf Herrn Frankenbergers Oberschenkel.

Zuerst war sie sich so sicher gewesen. Aber Elfie hatte bestimmt recht, und Helga bildete sich das ein. Ohne die Gerüchte über Freddy, was hätte Helga sich bei dieser Geste gedacht? Wäre sie ihr überhaupt aufgefallen?

Lag es wirklich an ihrer Arbeit für die Kripo, dass sie auf einmal Dinge für wichtig hielt, die es gar nicht waren? Aber wieso sträubte sich dann alles in ihr, Elfie zu glauben?

Wenn sie nur mit irgendjemandem reden könnte. Merkwürdigerweise fiel ihr als Erstes Kommissar Thieme ein. Der kannte sich bestimmt mit so etwas aus. War ja schließlich verboten.

Eigentlich wusste Helga darüber nichts. *Vom anderen Ufer, pervers, unnatürlich,* so sagten alle über etwas, von dem Helga keine klare Vorstellung hatte. Ging das überhaupt, dass ein Mann einen Mann liebte? Und wie?

Heiß stieg ihr die Schamesröte ins Gesicht und sie warf sich auf die andere Seite. Sie konnte sich ja kaum vorstellen, wie Mann und Frau *Verkehr* hatten, wie es hinter vorgehaltener Hand hieß. Und Männer?

Aber was, wenn Helga mit ihren Überlegungen richtiglag? Dann würde sie durch ein Gespräch mit Thieme Walter in Gefahr bringen. Ach, es war so vertrackt. Auch mit ihren Eltern oder Peter konnte sie nicht darüber reden, niemals.

Elfie war die Einzige. Und sie legte eindeutig keinen Wert auf ein weiteres Gespräch.

Helga überfiel eine große Traurigkeit und erst im Morgengrauen schlief sie ein.

Der nächste Tag brachte eine weitere unangenehme Überraschung: Im Sekretariat drängten sich alle um einen Mann mit Halbglatze, den Warnke ihr als Herrn Zimmermann, den früheren Polizeifotografen, vorstellte. Frisch zurück aus der Gefangenschaft.

Warnke klopfte ihm ständig begeistert auf die Schulter, Frau Kleinschroth erkundigte sich nach der Familie, nur Thieme starrte ihn missmutig an. Als hätte Helga nicht schon genügend Probleme! Und dann das: ein Mann, der ihre Arbeitsstelle bedrohte. Ein richtiger Fotograf, der Helga abschätzig musterte.

»Haben Sie überhaupt eine Ausbildung?«, knurrte er.

»Nein, aber ...«

»Wenn meine Kameras nur einen einzigen Kratzer abbekommen ...«

Thieme winkte ab. »Das war Polizeieigentum, Zimmermann, verkennen Sie da bitte nicht die Tatsachen. Außerdem sind sie alle den Bombardierungen zum Opfer gefallen.«

»Und das Labor?«, fragte Herr Zimmermann.

»Geht Sie nichts mehr an.«

Thieme öffnete die Tür zum Flur und winkte einen der anwesenden Hilfspolizisten zu sich. »Strehler, bringen Sie Herrn Zimmermann bitte nach draußen.«

»Er hat noch keinen Persilschein«, flüsterte Frau Kleinschroth Helga zu.

»Vor allem ist er noch nicht wieder eingestellt«, erklärte Kommissar Thieme. »Und er wird es hoffentlich auch nie. Für alle, die es nicht wissen: Herr Zimmermann war bereits vor 33 bei der SS. Daher geht ihn das alles hier überhaupt nichts an, verstanden!«

Dieses Mal traf sein scharfer Blick nicht Helga, sondern Warnke.

»Aber er wird doch gar nicht ermitteln.« Warnke ordnete seine Krawatte. »Als Fotograf ist er völlig unpolitisch, da wird die Militärregierung bestimmt ein Auge zudrücken. Wir brauchen qualifiziertes Personal!« Ein Seitenblick zu Helga.

»Ich verstehe, dass Sie sich um ihn kümmern, Warnke, schließlich ist er ihr Schwager.« Thieme wurde ungewohnt laut. »Aber ein Fotograf ist genauso Teil der Ermittlung wie alle anderen, er entscheidet schließlich, was er dokumentiert – und was nicht. Zimmermann hat früher nicht nur Beweise verfälscht, sondern auch gefälscht, gerade so, wie es ihm und seinen hohen Herren bei der SS gefiel. Und so etwas darf nie wieder geschehen.« Der Kommissar fuchtelte auf einmal mit dem Finger vor Warnke herum. »Außerdem besteht Ihre größte Qualifikation in der Betreuung unseres Mordwagens, denken Sie lieber daran, bevor Sie sich beschweren!«

Da wurde Warnke ganz bleich.

Plötzlich klopfte es an der Tür.

»Herein«, rief Thieme genervt.

Ausgerechnet Frau Völker, die alte Klatschbase, steckte ihren Kopf herein. Anstelle des üblichen Kopftuches und der Kittelschürze trug sie einen zerdrückten Hut mit einer ausgefransten Feder und einen dunklen Mantel.

»Ach, Herr Kommissar, endlich erwische ich Sie!« Sie war völlig außer Atem und hatte hektische rote Flecken im Gesicht.

»Sie wünschen?« Er schloss die Tür zu seinem Büro, um die dort herumliegenden Unterlagen vor ihren neugierigen Blicken zu schützen.

»Sie wollten doch noch eine Aussage von mir aufnehmen.«

»Aber wieso …«

»Na, das hat Sie gesagt!« Frau Völker deutete auf Helga.

»Fräulein Sartorius?« Thieme starrte sie so entsetzt an, dass sie weiche Knie bekam und sich am liebsten gesetzt hätte. Siedend heiß fiel ihr ein, dass sie die alte Frau tatsächlich aufgefordert hatte, zu einer Aussage aufs Präsidium zu kommen, als sie Peter und sie im Schuppen erwischt hatte.

»Wegen der Freundin von dem Juden!«, fuhr Frau Völker fort. »Ich glaube ja, dass der Winkler der Mörder ist. Das habe ich ihr auch gesagt, als sie noch ein zweites Mal da war. Auch, wie dem Juden seine Freundin aussah! Muss ich die Aussage nicht unterschreiben? Die Winklers haben ihre jüdische Mutter jahrelang vor der Gestapo versteckt, denen traue ich alles zu, auch wenn sie den jungen Burschen wie einen Ermittler behandelt hat.«

»Fräulein Sartorius! In mein Büro!«, rief Thieme mit hochrotem Kopf und riss die Tür auf. »Frau Völker, Sie können nach Hause gehen. Sollten wir Ihre Aussage benötigen, melden wir uns bei Ihnen.«

Frau Völker schnaubte empört, doch Helga achtete kaum noch auf sie, sondern folgte Thieme voller Panik.

Voller Verärgerung warf er die Tür hinter ihr ins Schloss.

»Was hatte ich ihnen eingebläut?«, fuhr Thieme sie an. »Sie dürfen keine Ermittlungen betreiben!«

So wütend hatte sie ihn noch nie erlebt.

»Ja, Herr Hauptkommissar!«, antwortete Helga mit zittriger Stimme und schaute betroffen zu Boden.

»Und wie kommen Sie dazu, auch noch den Verdächtigen mitzunehmen?!« Der Kommissar musterte sie erzürnt. »Wie gut, dass ich Sie von den Ermittlungen ferngehalten habe, Sie sind unzuverlässig und nicht vertrauenswürdig!«

»Entschuldigen Sie vielmals!« Sie versuchte, ihm in die Augen zu sehen. Bei ihrem Vater zeigte das immer Wirkung. Er konnte ihr nie lange böse sein.

»Ihre Entschuldigung nutzt Ihnen gar nichts.«

Thieme war anders gestrickt als ihr Vater. Auch als die Lehrer, aber damals war sie ja sowieso noch die brave Helga gewesen.

»Aber wir haben den Mörder gefunden«, behauptete Helga.

»Hirngespinste!«, gab Thieme zurück. »Ich will nichts mehr davon hören. Das hat sich Herr Winkler ja fein ausgedacht. Sie für seine Zwecke zu missbrauchen, während Sie in Ihrer Verliebtheit alles glauben. Frauen!«

»Aber …«

»Hören Sie auf mit Ihren Ausflüchten. Sie sind entlassen!«

Vor Helgas Augen schwankte alles. Was würden ihre Eltern sagen, wenn sie schon wieder ihre Arbeit verloren hatte? Mühsam hielt sie die Tränen zurück. Kein Studienplatz, keine Zukunftsaussichten, keine Arbeit. Sie sah sich schon im Haushalt schuften oder, noch schlimmer, wie sie von Mutter mit diesem Dr. Siebert verheiratet wurde!

Sie war eine Versagerin.

Ein Klopfen schreckte sie aus ihren Gedanken. Warnke betrat das Zimmer. »Anruf aus Sachsenhausen. Unbekannte Leiche, vermutlich Raubmord, Schussverletzungen im Kopfbereich. Die Spurensicherung wartet unten.« Sein finsterer Blick streifte Helga. Bestimmt hatten alle gehört, was Thieme ihr an den Kopf geworfen hatte. »Wir werden einen Fotografen brauchen.«

»Auch das noch!« Thieme zog die Stirn in Falten. »Gibt es denn keinen einzigen Tag in dieser Stadt, ohne dass jemand eines unnatürlichen Todes stirbt? All die Unfälle durch Blindgänger oder zusammenstürzende Ruinen. Die Selbstmorde aus Verzweiflung, die Schlägereien und Messerstechereien im Schwarzmarktmilieu. Wie tief sind wir gesunken, dass die Leute sich wegen Lebensmitteln oder Kohle umbringen? Hat der Krieg nicht schon genügend sinnlose Opfer gefordert?«

»Zu wenig Polizisten und zu viel Hunger«, antwortete Warnke lakonisch.

Mit undurchdringlicher Miene musterte Thieme Helga.

Sie nahm all ihren Mut zusammen und hielt seinem Blick stand. »Ich verspreche, ich werde keinerlei Ermittlungsergebnisse mehr nach außen dringen lassen, Herr Hauptkommissar«, sagte sie. »Es lag nicht in meiner Absicht, die Polizeiarbeit zu behindern.« Sie schöpfte Atem. Außerdem stimmte es – sie störte Thiemes Ermittlungen nicht, der unternahm ja gar nichts mehr, sondern war mit viel zu vielen neuen Fällen belastet.

»Sie können sich auf mich verlassen.«

Thieme starrte sie weiterhin regungslos an.

»Soll nicht vielleicht doch besser Zimmermann die Fotos machen?« Warnke klang verzagt. »Ich passe auch auf ihn auf.« Er hatte schon die Hand an der Türklinke.

»Unterstehen Sie sich«, zischte der Kommissar. »Dann nehme ich lieber das Professorentöchterchen mit.«

»Natürlich, Herr Kommissar.« Warnke nahm Haltung an.

Auch Helga richtete sich auf und sah Herrn Thieme fest in die Augen. »Danke, Herr Thieme, ich werde Sie nicht enttäuschen.«

»Also Abmarsch, und ich will von Ihnen kein Wort mehr hören, Fräulein Sartorius!«

»Jawohl, Herr Kommissar!« Mit einem Seufzer rang Helga nach Luft. Wenn er den alten Fotografen nicht einstellen wollte, hatte sie ja vielleicht noch eine Chance. Sie durfte sich nur keinen weiteren Fehler erlauben.

Thieme ergriff seinen Hut. »Ich muss unbedingt noch einmal beim Arbeitsamt nach einem neuen Fotografen fragen. Oder bei der Handwerkskammer, vielleicht kennen die jemanden. So kann das nicht weitergehen.«

Mit einem Schlag lösten sich Helgas Hoffnungen in nichts auf.

Abends lag ein Gewitter über der Stadt, die schwüle Luft bereitete Helga Kopfschmerzen. Vielleicht lag es auch an den vielen Sorgen, die sie sich machte. Der Ärger mit Thieme war ihr zudem auf den Magen geschlagen und sie schob beim Abendessen ihr schmales Brot auf dem Teller herum.

Sie verstand einfach nicht, was so falsch daran war, selbst nach Alwins Mörder zu suchen. Thieme war völlig überlastet. Kam es nicht einzig auf das Ergebnis an?

Als sie ihm zum Dienstschluss die perfekt belichteten Tatortfotos von der Leiche in Sachsenhausen gebracht hatte, erntete sie von ihm wieder nur Schweigen. Genauso wie am Tatort, als sie bei der blutigen Leiche nicht einen Moment Schwäche gezeigt hatte.

Und sie hatte geglaubt, sie könne sich ihm anvertrauen! Peter hatte völlig recht gehabt, dass sie nichts von ihren Ermittlungsergebnissen preisgaben. Thieme war ein alter Stinkstiefel.

»Helga, ist alles in Ordnung?«, riss ihre Mutter sie aus ihren Gedanken. Erst jetzt merkte Helga, dass alle über die Kommunalwahl in Frankfurt Ende Mai redeten.

»Mir geht es nicht gut«, sagte sie. »Ich brauche frische Luft. Darf ich aufstehen und einen Spaziergang machen?«

»Und wer kümmert sich um den Abwasch?«, fragte Tante Alice spitz.

»Das können wir übernehmen.« Frau Breitwieser und ihr Mann stapelten bereits die dreckigen Teller übereinander. Darüber waren Mutter und Tante Alice natürlich begeistert.

»Grüß Walter von mir.« Elfie zwinkerte ihr verstohlen zu, als könnte Helga kein anderes Ziel für ihren Spaziergang haben und alles wäre wie früher. Und jedes Mal, wenn Helga mit Elfie über Walter reden wollte, wich sie ihr aus.

Auch jetzt machte sie keine Anstalten, mitkommen zu wollen.

War ihr auch lieber so. Helga musste nachdenken. Gedankenverloren lief sie durchs Westend. Es lagen ihr ja nicht nur Thieme und der drohende Rauswurf auf dem Herzen, sondern vor allem Walter.

Liebte er sie? Oder liebte er Männer? Was war los mit ihm und Herrn Frankenberger? Oder bildete sie sich das wirklich alles nur ein, wie Elfie behauptete?

Die Zweifel blieben. War es nicht besser, wenn sie Walter einfach fragte? Unter vier Augen natürlich. Ohne Elfie oder Klaus.

Aber wie sollte sie das anstellen? Es stand viel auf dem Spiel. Wenn Sie sich irrte, mochte Walter sie womöglich überhaupt nicht mehr. Und wenn sie recht hatte …

Sie durfte ihn daher auf keinen Fall direkt fragen, sondern musste erst mal alle Fakten erfahren. Wie bei einem Polizeiverhör.

Am besten erzählte sie ihm zuerst von der Suche nach Alwins Mörder und fragte ganz nebenbei, woher Walter Herrn Frankenberger kannte. Vielleicht klärte sich dann alles.

Über Gefühle zu reden, war gefährlich, sie machten einen schwach und angreifbar.

Urplötzlich donnerte es. Erst jetzt fielen Helga die dunklen Wolken am Himmel auf. Da vorne war die Engelruine, hastig lief sie die letzten Meter zu Klaus, doch Walter war nicht da. Er wollte sich mit Schorschi am Hauptbahnhof treffen.

»Wenn du rennst, erwischst du ihn bestimmt noch«, meinte Klaus und Helga flitzte los.

Der Himmel war tiefschwarz, wieder grollte ein Donner über dem Westend. Auf einmal entdeckte Helga in einiger Entfernung Walter in einem ungewohnten hellen Sommermantel.

»Walter«, rief sie und beschleunigte ihre Schritte. »Walter!«

Keine Reaktion. Sie probierte es mit »Jimmy!« und dem Harlem-Pfiff, worauf er abrupt stehen blieb.

Helga winkte ihm zu.

»Helgalein, was machst du denn hier?«, rief Walter, und sie eilte auf ihn zu, als sie der erste Tropfen traf.

Schon prasselte der Regen auf sie herab, aber er hatte als Swing-Freund natürlich einen Stockschirm dabei. Schnell breitete er das karierte Dach über ihr aus, und sie rückte nah an ihn heran, damit er nicht ebenfalls nass wurde. Aber es fühlte sich merkwürdig an.

»Willst du auch in die Stadt?«, fragte Walter.

Sie nickte und hängte sich bei ihm ein. Die ersten Meter redeten sie nicht, dann unterhielten sie sich ziemlich unbeholfen über das Wetter. Als ob sie beide nicht wüssten, was sie sagen sollten.

Als wieder eine quälende Pause eintrat, nahm Helga allen Mut zusammen.

»Walter, ich wollte dich was fragen …« Mühsam schluckte sie ihre Aufregung hinunter und schaute kurz zu ihm, um seine Stimmung einschätzen zu können.

Erst wirkte er ernst, aber als er ihren Blick erwiderte, lag wieder sein schalkhaftes Grinsen auf seinem Gesicht. Sofort fühlte sie sich wohler und umfasste seinen Unterarm fester.

»Also, was gibt es?«, sagte er.

»Du weißt doch, dass Peter und ich die Freundinnen von Alwin suchen, um denjenigen zu finden, der ihn in der Nacht von Palmsonntag auf Montag umgebracht hat.«

Walter brummte bejahend.

»Eine der Freundinnen war wahrscheinlich Irene, die alte BDM-Scharführerin von Elfie und mir.«

»Ausgerechnet.« Walter grinste, er kannte sie ja.

»Finde ich auch. Um sie geschickt ausfragen zu können, wollten wir daher ihrem Sohn das Schaukelpferd aus deinem Keller schenken und haben bei dieser Gelegenheit ihren Mann kennengelernt, einen arroganten Antisemiten. Wir glauben, dass er der Mörder ist, denn Alwin war Halbjude.«

»Und was hat das mit mir zu tun?«

»Es ist Carl Frankenberger.«

Sie beobachtete Walter ganz genau, aber er wirkte völlig ahnungslos.

»Der war doch gestern bei dir im Keller«, fügte sie hinzu.

»Ich kenne aber gar keinen Frankenberger.«

»So ein großer Blonder, vielleicht Ende zwanzig. Ihr habt am Tresen gestanden und miteinander sehr vertraut geredet …« Sie ließ den Satz mit Absicht in der Schwebe. Vielleicht ahnte Walter dann, was Helga alles beobachtet hatte, ohne dass sie es aussprechen musste.

Er starrte auf einmal in den Gewitterhimmel, als ob er auf den nächsten Blitz warten würde.

»Meinst du – Frank?«

»Der, den ich gesehen habe, heißt Carl Frankenberger. Er wohnt im Kettenhofweg.«

»Keine Ahnung, wo er wohnt.«

»Waren denn noch andere Männer zum Helfen da? Also außer vom Odeon-Club?«

»Nein«, gab Walter zu. »Mir hat er gesagt, er heißt Frank. Typisch Swing-Club, sich einen anderen Namen zu geben …« Er schnaubte belustigt, aber Helga glaubte ihm nicht, schließlich hatte Walter *Frank* nicht englisch, sondern deutsch ausgesprochen.

»Carl Frankenberger hat auf mich nicht den Eindruck gemacht, als ob er Louis Armstrong oder Django Reinhardt hören würde.«

»Und du glaubst, Frank oder Carl oder wie auch immer er heißt, sei ein Mörder? Du hast nicht alle Tassen im Schrank.« Walter tippte sich an die Stirn. »Kaum arbeitest du für die Polizei, schon glaubst du, jeder ist ein Verbrecher!«

»Nein«, verteidigte sie sich. »Er hat ein Motiv.«

»Seit wann sucht die Polizei nach einem Motiv, wenn sie jemanden einsperren will.«

Helga nahm sich zusammen. Eigentlich wollte sie ja gar nicht darüber streiten, ob Herr Frankenberger der Mörder war, sondern über etwas ganz anderes mit ihm reden.

»Weshalb war er denn im Keller?«, fragte sie so neutral wie möglich. So, wie Thieme es immer tat.

»Ihm hat wohl die Musik gefallen, die Schorschi aufgelegt hat. Und weil ich Werbung für den Keller machen wollte, bin ich mit ihm runter …«

»Wolltest du den Keller nicht geheim halten, bis du eine Genehmigung hast? Und dann zeigst du ihn einem Wildfremden?«

Walter stockte, dann fügte er großspurig hinzu: »Da passiert schon nichts.«

Aber Helga glaubte ihm nicht. Als ob Walter irgendeinen Mann von der Straße so nah an sich heranlassen würde. Irgendetwas stimmte da nicht. Und sie musste wissen, was. Es blieb ihr somit nichts anderes übrig, als das heikle Thema anzusprechen. Noch nie hatte sie solche Worte ausgesprochen, aber wer eine mutige Anwältin oder Richterin werden wollte, der durfte keine Angst haben. Aber sie spürte, wie sich ihre Kehle zuschnürte.

»Bobby hat mir mal erzählt, dass Freddy vom anderen Ufer war«, flüsterte sie.

Mit einem Mal starrte Walter sie wütend an. »Lass Freddy aus dem Spiel.«

»Ich mochte ihn auch sehr, Walter«, flehte sie. »Wir alle. Freddy war ein guter Kerl! Mir ist das auch egal, ich will nur wissen … mir geht es nur um …« Verzweifelt sah sie ihn an. Das schelmische Grinsen war verschwunden, Walter war bleich geworden und wich ihrem Blick aus.

»Liebst du mich?« Helga hielt die Luft an. Alles in ihr verkrampfte sich aus Angst vor der Antwort.

»Natürlich!«, behauptete er, sah ihr aber nicht in die Augen. »Was willst du denn da andeuten?« Er klang verärgert. Abweisend. »Nur weil Frank eigentlich Frankenberger heißt? Was soll er denn jetzt noch alles sein? Ein Mörder und eine Schwuchtel dazu?«

Ein Blitz erhellte den Himmel. Die Luft war wie elektrisch aufgeladen.

»Was bildest du dir ein, Helga? Swing lässt einfach niemanden kalt. Vielleicht habe ich seinen Namen falsch verstanden, das ist alles. Frank oder Frankenberger, ist doch kein großer Unterschied.« Er wandte sich von ihr ab.

»Liebst du mich, Walter?«, wiederholte Helga ihre Frage und starrte seinen schmalen Rücken an. Wenn er sie wirklich liebte, dann würde er sich umdrehen und sie küssen. Wenn er sie liebte …

Aber er stand nur regungslos da. Der Regen wurde immer stärker, Helga sehnte sich so sehr nach einer Berührung von ihm. Plötzlich grollte ein tiefes Donnern durch die Stadt, die Erde bebte unter ihren Füßen.

Als wäre er aus einem tiefen Traum aufgewacht, drehte Walter sich zu ihr um. Seine grauen Augen wirkten traurig, am liebsten hätte sie ihn in den Arm genommen.

Da endlich erschien ein Lächeln auf seinem Gesicht, und er umfasste ihre Schultern, zog sie an sich und blickte sie warmherzig an, bevor er seine Augen schloss und seine Lippen sich auf ihre senkten.

Er liebte sie.

36 – Walter

Walter schämte sich, weil er Helga angelogen hatte, und fühlte sich richtig elend, als sie sich nach einem weiteren Kuss und belanglosen Worten voneinander verabschiedeten. Wieder hatte er ihr Hoffnungen gemacht, Hoffnungen, die er kaum einlösen konnte. Aber was blieb ihm anderes übrig? Ihr die Wahrheit sagen? Er schnaubte belustigt, so absurd erschien ihm der Gedanke. Niemals würde er über seine Gefühle reden können. Sie würde das sowieso nicht verstehen, er verstand sich ja selbst kaum.

Er erinnerte sich, wie er das erste Mal nachts davon geträumt hatte, Freddy zu küssen. Und wie er sich hinterher dafür gehasst hatte. Wer weiß, was geschehen wäre, wenn Freddy von Walters Gefühlen etwas geahnt hätte.

Zu spät. Freddy war in El-Alamein gefallen.

Und Frank?

Er bedeutete Walter etwas, aber es fühlte sich anders an als bei Freddy. Er war der erste Mann, mit dem er … Aber ansonsten kannte er ihn kaum, bis auf die Tatsache, dass er in amerikanischer Gefangenschaft Swing kennengelernt hatte und mit der BDM-Irene verheiratet war.

Helga hatte noch irgendetwas über ihn gesagt, was war es nur gewesen? Vor lauter Schreck über ihre Fragen hatte er nicht so genau hingehört.

Er war am Hauptbahnhof angekommen und suchte sofort mit seinen Augen die Ruine, in der Frank und er … doch dann schüttelte er den Kopf und suchte lieber Schorschi.

Der wartete wie vereinbart gegenüber vor Schumanns und schaute genauso sehnsüchtig hinein wie Walter an seinem ersten Abend. Aber bestimmt sehnte der sich nach etwas anderem. Sie zogen dann pfeifend durchs Bahnhofsviertel, aber während Schorschi nach einer Kneipe suchte, hing Walter weiterhin seinen Gedanken nach.

Wieso konnte er diesen unnatürlichen Trieben nicht ausweichen und standhaft bleiben? Wieso hatte er sie überhaupt? Und warum, in aller Welt, fühlte es sich so gut an, wenn er ihnen nachgab?

Er war kein gläubiger Mensch. In der HJ hatten sie über die Pfaffen immer gelacht, aber in der Wehrmacht wurde auf einmal ständig gebetet. Trotzdem empfand er es als Sünde, was Frank und er zusammen gemacht hatten, und schämte sich deswegen. Er war ein schlechter Mensch.

Schorschi merkte zum Glück nichts von Walters Nachdenklichkeit, der war auf der Suche nach heißer Musik. Schnell lotste er Walter zu einer Hotelbar, deren Hotel leider fehlte, aber die Musik stimmte und die Bar war gut gefüllt, morgen war der 1. Mai. Feiertag, zum Glück auch unter amerikanischer Besatzung. Alle feierten feuchtfröhlich, und Schorschi fand schnell ein Mädel, das mit ihm zum allgegenwärtigen Glenn Miller abhottete.

Walter blieb an der Theke, aber es gab kaum Alkohol, um seine Sorgen wegzutrinken. Nur gespritzten Ebbelwoi, der nicht mehr wie früher aus Wein mit einem Schuss Selterswasser bestand, sondern aus Leitungswasser mit einem Schuss Wein. Und Schnaps, so wie in der Kneipe mit Frank, konnte er sich nicht leisten.

Ach, Frank. Es war so feige gewesen, Helga anzulügen. Aber hatte er überhaupt eine Wahl gehabt? Er musste sich doch schützen. Niemand durfte jemals erfahren, was er fühlte oder wen er begehrte. Niemals! Wieso hatte sie ihn nur ausgerechnet mit Frank oder Carl, wie er wohl wirklich hieß, beobachtet? Was um alles in der Welt hatte sie gesehen? Dass sie sich geküsst hatten?

Und er hatte geglaubt, im Keller unbehelligt zu bleiben und zu hören, wenn jemand die Treppe runterkam. So ein Fehler durfte ihm nicht mehr passieren.

Leugnen war die beste Strategie. Was für eine Ausrede hätte es denn sonst gegeben? Männer fassten sich nicht an. Allenfalls klopfte man sich auf die Schulter. Alles andere war irgendwie merkwürdig. Nur an der Front fiel man sich vor Dankbarkeit in die Arme, wenn man einen schweren Angriff überlebt hatte. Aber das blieb wie alles andere auch dort zurück.

Am besten er traf sich nicht mehr mit Carl. Er musste sich am Riemen reißen und mit Mädchen ausgehen. Mit Helga.

Wenn es sich nur nicht so falsch anfühlen würde. Wieso konnte er nicht wie alle anderen sein? Die genossen ihre neu gewonnenen Freiheiten mit jeder Faser ihres jungen Lebens. So wie Schorschi dort drüben, in jedem Arm ein Mädel und im Ohr den Swing. Das wollte er auch haben.

Vielleicht fand er den Spaß an den Mädchen ja noch. Vielleicht mit einer anderen als Helga … ach, er war so ein Schuft.

Vor lauter schlechtem Gewissen stürzte er den wässrigen Gespritzten in sich hinein, als wollte er ertrinken.

Mädchen hatten ihn noch nie interessiert. Nur die Jungs, wenn sie so geschmeidig tanzen konnten wie Freddy ….

Aber er musste damit aufhören, das war am sichersten. Nie mehr Carl treffen! Er wollte kein Leben in aller Heimlichkeit führen. Nicht mehr.

Sein Glas war leer, am liebsten hätte er sich was Neues bestellt, hatte aber gar kein Geld mehr. Zum Glück stürmte in diesem Augenblick Schorschi an die Theke, bestellte für sie beide eine neue Runde und bezahlte. Er wusste, wie pleite Walter war. Und im Odeon-Club hielt man zusammen.

Walter musste auf einmal an Dandy denken. Peter. Auch einer vom Odeon-Club. War er es ihm nicht schuldig, herauszufinden, ob Carl Alwins Mörder war? Vielleicht sollte er noch ein letztes Mal mit ihm reden. Herausbekommen, ob er unschuldig war.

Alles andere würde Walter nicht ertragen.

Sofort schlug sein Herz höher, am liebsten wäre Walter sofort aufgebrochen. Erst jetzt gestand er sich ein, dass er sich trotz allem nach ihm sehnte.

Aber so früh am Abend würde er ihn nirgends finden. Erst musste Carls Frau wohlbehalten schlafen.

»Willst du gar nicht tanzen?« Schorschi hottete fröhlich mit irgendeinem Mädel ab. Walter schüttelte den Kopf. Hoffentlich schob sein Freund es auf Walters Kriegserlebnisse.

Kurz vor zehn zog Schorschi mit dem Mädchen ab, und Walter hastete in die Bar, in der er Carl kennengelernt hatte.

Tatsächlich. Sein blonder Schopf überragte die Menge, er

unterhielt sich gerade mit einem GI. Walter verspürte einen Stich in der Magengegend und drängelte sich zu den beiden vor.

»Ich muss mit dir reden«, sagte er ohne eine Begrüßung und fügte mit besonderer Betonung »Carl« an.

Überrascht zog dieser die Augenbrauen hoch und deutete auf den kleinen Vorraum vor den Toiletten, doch Walter schüttelte den Kopf. Da waren sie nicht ungestört. Er musste raus hier und wenige Momente später standen die beiden in der Seitengasse. Ein Hauch von Carls Rasierwasser streifte Walters Nase und erregte ihn.

Mit einem Mal packte Carl ihn am Hemdkragen. »Woher kennst du meinen Namen, *Jimmy*?«

»Meine Freundin glaubt, du hast einen umgebracht.« Mit einer Handbewegung befreite sich Walter.

»Du hast eine Freundin? Gut für dich!«, sagte er spöttisch.

»Du bist verheiratet.«

»Du solltest ebenfalls heiraten.«

»Ist das kein Betrug?«

»Du bist viel zu ehrpusselig. Eine Frau bereitet dir ein Heim, sie kocht und putzt und einen Erben schenkt sie dir auch. Dazu Ansehen, wenn du klug wählst, und Reichtum, wenn du sehr viel Glück hast. Willst du deine Wäsche etwa selbst waschen?«

Und die Liebe?, wollte Walter fragen, ließ es aber bleiben, als er Carls triumphierendes Grinsen sah. Für Carl schien Irene nichts anderes als eine Dienstmagd zu sein.

»Du lügst sie die ganze Zeit an!« Schon als Walter es aussprach, fiel ihm ein, dass Irene es höchstwahrscheinlich genauso gemacht und Carl mit Alwin betrogen hatte. Geschah ihm ganz recht. Ob Carl mit seiner Frau überhaupt schlief? Ob es ihm Lust bereitete?

»Lügen gehören zu einer Ehe, das kannst du gleich mal lernen«, gab Carl sich großspurig. »Meinst du, all diese ach so ehrenhaften Ehemänner sagen immer die Wahrheit? Dann müssten alle Puffs leer sein. Nein, wir sind da keine Ausnahme.«

»Aber wie kannst du ihr das antun?«

»Werd erwachsen, Jimmy. Frauen sind alle nur auf der Suche nach einem Ernährer und Beschützer, wir tun ihnen einen Gefallen. Außerdem haben sie keine Ahnung. Meine denkt wahrscheinlich, dass ich mich mit einer anderen rumtreibe, und hält die Klappe, weil sie bei einer Scheidung das Sorgerecht für unseren Sohn verlieren würde.«

Sanft strich er ihm über die Wange, doch Walter schlug die Hand weg.

»Helga sagt, deine Frau hat dich betrogen.«

»Die brave Helga ist deine Freundin? Die mit dem Schaukelpferd?« Carl lachte schallend. »Du musst ganz still sein, die setzt dir selbst Hörner auf. Wie sie diesen Peter angehimmelt hat!«

Das war Walter egal. »Hast du Alwin umgebracht?«, bohrte er weiter.

Er merkte, wie Carls Miene sich kurz veränderte, bevor er vorgab, auch diese Frage lustig zu finden.

Walter stellte sich breitbeinig vor ihn. »Alwin war der beste Freund von Peter. Und Peter, der ist ein Freund von mir. Also will ich wissen, was vorgefallen ist!«

»Gar nichts. Das kannst du mir ruhig glauben. Bis die beiden mit dem Spielzeug aufgetaucht sind, wusste ich gar nichts von dem Juden. Zu dumm, dass er tot ist. Er hätte mir ein gutes Zeugnis ausstellen können für meinen Persilschein, als Gegenleistung für den Ehebruch. So ein Jude ist viel wert heutzutage.«

Walter lief es kalt den Rücken runter. Außerdem log Carl, dafür hatte er einen siebten Sinn.

»Wo warst du in der Nacht von Palmsonntag auf Montag?«

»Spielst du jetzt Polizist? Steht dir nicht.«

»Sag es mir. Oder ich frage deine Frau.«

»Gut, reg dich ab, ich war bei Schneewittchen. In der Taunusanlage kennt ihn jeder, kannst gerne nachfragen.«

»Schneewittchen?«, vergewisserte sich Walter.

»Ja, und jetzt mach die Fliege. Ob mein Ami auf mich gewartet hat? Du hast die ganze Stimmung zerstört.«

Er gab Walter einen Klaps auf die Wange, wandte sich ab und lief zurück zur Bar.

Verunsichert blieb Walter zurück. Der gut aussehende Carl hatte sich als unerträglich borniert Mann herausgestellt. Er wurde wütend, wenn er sich vorstellte, Klaus würde später Elfie nur wie eine bessere Dienstmagd behandeln, sie belügen und betrügen. Das hatte weder seine Schwester noch irgendeine andere Frau verdient. Es musste einen anderen Weg geben, seine Gefühle auszuleben, obwohl es verboten war. Einen Weg, bei dem man niemanden verletzte.

Nein, wenn er heiraten würde, dann nur aus Liebe.

Und was war mit Alwin? Sagte Carl da die Wahrheit? Alles in Walter sträubte sich dagegen, ihm zu glauben.

Besser, er fragte dieses Schneewittchen. In der Taunusanlage, einem lang gestreckten Park, gab es doch das Schneewittchendenkmal, vielleicht wurde er da fündig.

Schnell machte er sich auf den Weg durchs schummerige Bahnhofsviertel zum Anlagenring. Das Gras im Park wuchs hoch und überwucherte die Bombenkrater von der Taunusstraße bis zur Ruine der Oper am Bockenheimer Tor. Die Bäume standen in sattem Frühlingsgrün, süßer Fliederduft lag in der Luft, in den Beeten blühten vereinzelt Frühlingsblumen zwischen dem Unkraut.

Es liefen erstaunlich viele Männer durch den Park. Alle waren allein unterwegs, verfolgten sich mit Blicken, nickten sich zu und verschwanden dann zu zweit. Ein nächtlicher Schwarzmarkt? Aber irgendetwas war anders. Keiner öffnete verstohlen Tasche oder Mantel, um seine Waren zu zeigen. Es wirkte eher, als ob die Menschen sich gegenseitig suchten und fanden.

Da kam ihm ein schrecklicher und zugleich verlockender Verdacht. War es wirklich das, was er glaubte?

Ein Treffpunkt für Männer?

So etwas war neu für ihn. Auch die Kneipe neben dem Schumanns hatte für ihn fremdes, spannendes Terrain bedeutet. Eine süße Verlockung, der er wie betäubt nachgegeben hatte.

Als er sich dem Schneewittchendenkmal näherte, kam ihm ein langer, dünner Mann entgegen und musterte ihn neugierig. Walter senkte verlegen den Blick, bevor ihm einfiel, weswegen er gekommen war.

»Kennst du Schneewittchen?«, fragte Walter.

Stumm wie ein Fisch lief der Mann weiter.

Der Nächste. Rundes Gesicht, Maßanzug, polierte Lederschuhe. Walter schätzte ihn auf Mitte vierzig.

Auch er begutachtete Walter eingehend, ging aber nach seiner Frage nach Schneewittchen sofort stiften. Kein Wunder. Walter kam sich ja selbst dämlich vor, erwachsene Männer nach einer Märchenfigur zu fragen.

Aber was blieb ihm anderes übrig. Dann traf er auf einen Kerl mit blonden Locken, jünger als er selbst. Wieder fragte Walter und wollte schon weitergehen.

Der Junge blieb stehen. »Den habe ich heute noch nicht gesehen«, antwortete er. Also war Schneewittchen ein Mann.

»Magst du?« Der blonde Engel deutete mit dem Kopf auf eine Eibenhecke.

»Weißt du, wo er sein könnte?«

»Der fliegt wie ein Schmetterling von Blüte zu Blüte.« Er streckte die Hand nach Walter aus. »Also?«

Walter rang mit sich. Er wollte doch seinen widernatürlichen Gelüsten nicht mehr nachgeben! Aber hier sah alles so leicht und frei aus. Und der Junge war wunderschön. Weiche, runde Gesichtszüge und kastanienbraune Augen. Und für Carl hatte er eigentlich keine tiefergehenden Gefühle.

Da nannte der Junge seinen Preis. Um Gefühle ging es hier auch gar nicht. Erst zuckte Walter zurück, doch seine Lust war viel zu groß und er holte die gewünschte Menge an Zigaretten aus seiner Jackentasche.

Das Beisammensein mit dem blonden Engel war erregend, aber viel zu schnell vorbei. Ob er ihn wiedersehen würde?

Es war gefährlich gewesen, aber genau das hatte auch den Reiz ausgemacht. Und zu wissen, man war unter sich. Unter Gleichgesinnten. Denn schnell hatte er begriffen, dass sich viele der Männer kannten und dass sie zusammenhielten. Eigentlich wäre es ganz einfach, spätabends hierher in den Park zu kommen. Aber hatte er sich nicht genau das Gegenteil vorgenommen?

Wenigstens wusste Walter jetzt mehr über Schneewittchen. Er hieß eigentlich Paul und hatte den Spitznamen wegen seiner kalkweißen Haut und den rabenschwarzen Haaren. Er wohnte in der Nähe vom Ostbahnhof und war dort tagsüber auf dem Schwarzmarkt anzutreffen.

Gleich am nächsten Morgen machte Walter sich auf den Weg ins Ostend. Überall hingen Plakate von SPD und KPD zum 1. Mai, und ständig kamen ihm Menschen mit roten Fahnen und Plakaten entgegen, auf denen Freiheit, Völkerverständigung und Demokratie gefordert wurde.

Walter verstand nicht, wie man schon wieder freiwillig marschieren konnte. Der 1. Mai war immer Großkampftag der Nazis gewesen, und er war so froh, dass all diese Aufmärsche, der Drill und das Gleichförmige endlich vorbei waren.

Die Schwarzmarkthändler am Ostbahnhof kümmerten sich offensichtlich auch nicht um die Politik. Der Feiertag mitten unter der Woche brachte eher alle Leute dazu, handeln zu wollen, denn es war ziemlich voll. Von der Polizei keine Spur. Wahrscheinlich waren die wenigen Einsatzkräfte, die es gab, mit der Hauptkundgebung der Gewerkschaften in Sachsenhausen beschäftigt.

Eilig schob er sich durch die Menge der Schwarzmarkt-händler, achtete aber weniger darauf, was angeboten wurde, als auf die Gesichter der Menschen.

Das brachte ihm umgehend Ärger ein. »Was glotzte denn so?«, war noch die harmloseste Antwort. Er wurde als Spitzel und Polizist verdächtigt, bis er am Rand einen jungen Mann entdeckte, der in atemberaubendem Tempo eine größere Menge Zigaretten gegen eine Packung Fahrradschläuche ein-tauschte. Ein kalkweißer Mann in Walters Alter mit roten Lippen und pechschwarzen, glänzenden und verdächtig lan-gen Haaren.

Walter trat auf ihn zu.

»Paul?«, fragte er so leise wie möglich.

Der junge Mann schreckte zurück.

»Ich bin ein Freund«, bemühte sich Walter, ihn zu beru-higen.

In Windeseile drehte sich Paul auf dem Absatz um und rannte weg. Walter hinterher, bis er ihn schließlich in einem Trümmergrundstück einholte.

»Keine Angst, ich bin nicht von der Polizei«, rief er von Weitem. »Ich bin ein Freund von Frank. So ein großer Blon-der mit Seitenscheitel.«

»Was willst du von mir?« Paul beäugte ihn misstrauisch.

Lange Vorreden konnte Walter sich nicht leisten, da ris-kierte er nur, dass Paul wieder davonrannte. Also gleich auf die Vollen.

»War Frank in der Nacht von Palmsonntag auf Montag mit dir zusammen?«

Ein vielsagendes Grinsen breitete sich auf Pauls Gesicht aus.

»Es ist wichtig!« Vom Mordverdacht wollte Walter ihm nichts erzählen, um ein glaubwürdiges Alibi zu erhalten. Nicht, dass Paul aus Gefälligkeit log.

Der betrachtete Walter neugierig. »Kenn ich dich nicht von irgendwoher?«

»Bestimmt nicht«, wehrte Walter ab. Oder hatte Paul ihn letzte Nacht mit dem blonden Engel gesehen?

Da spitzte Paul die Lippen und pfiff ein wohlbekanntes Stück. »Du warst im Odeon-Club, oder?«

»Ja!« Verblüfft strahlte Walter ihn an. Damit hatte er nicht gerechnet. »Ich bin Jimmy.« Bei Pauls langen Haaren hatte ihn doch gleich so ein Verdacht beschlichen.

»Freut mich! Also, was geht der Frank dich an? Biste eifersüchtig?«, sagte Paul.

»Nee!«

»Ach, mein Süßer, du hast noch so viel zu lernen!« Er schien Walter nicht zu glauben. »Aber weil du es bist: Der Mond schien so schön, Frank und ich waren in meiner Laube.«

»Die ganze Nacht?«

»Sobald er sich von seiner Alten losmachen konnte bis zum Morgengrauen. Ich frage mich ja, ob die wirklich nichts merkt. Aber wahrscheinlich will sie es nicht.«

»Und er war die ganze Zeit dort? Wo ist denn die Laube?«

»Am Lohrberg. Und da wir nicht geschlafen haben – kannste dir echt sicher sein.«

Das klang ehrlich. Carl war nicht Alwins Mörder. Walter fiel ein schwerer Stein vom Herzen. Erst jetzt merkte er, dass ihn die ganze Sache mehr belastet hatte, als er sich eingestanden hatte.

»Danke!« Er reichte Paul die Hand. »Da hast du mir einen großen Gefallen getan. Und Frank! Er wird nämlich verdächtigt, jemanden umgebracht zu haben. Aber wenn er bei dir war ...«

»Untersteh dich, mich der Polente zu melden! Ich will nicht ins Kittchen.«

»Nein, nein, keine Angst!« Gerade noch rechtzeitig hielt Walter inne. Beinahe hätte er Paul etwas versprochen, das er nicht halten konnte. Paul, einer wie er. Jazzfan und schwul.

Jetzt hatte er das Wort das erste Mal gedacht.

»Ich mach eine Jazzkneipe auf«, lenkte er vom Thema ab. »In der Bockenheimer Landstraße. Das Jimmy's! Komm doch mal vorbei. Hotter Swing oder cooler Jazz, was immer du willst. Mit einer Bühne für Musiker und natürlich kann jeder seine Platten mitbringen.«

»Mache ich auf jeden Fall! Pass auf dich auf, Jimmy.« Paul nickte ihm noch einmal zu und verschwand hastig zwischen den Ruinen des Bahnhofsgebäudes.

Sofort machte Walter sich auf den Weg zu Helga. Wenn er ihr schon in Sachen Liebe nicht die Wahrheit sagen konnte, dann wenigstens, dass Carl kein Mörder war.

Paul und der blonde Engel, von dem er noch nicht mal den Namen kannte, machten ihn nachdenklich. Sie wirkten so ganz anders, so weich und fast weiblich. Ob er auch so einen Eindruck machte? Sein Vater hatte ihn ja immer einen Waschlappen genannt und Walter im Sport zu Höchstleistungen animiert, dabei hatte er schon damals gewusst, dass sein Vater etwas ganz anderes damit gemeint hatte.

Wenn Helga ahnte, was mit ihm los war, hatte sie es womöglich Elfie erzählt. Ihm wurde ganz elend. Er liebte seine Schwester und wollte sie nicht enttäuschen. Als sie sich damals in Freddy verguckt hatte, hatten Walter und er sich immer lustig über sie gemacht. Ohne ein Wort darüber zu verlieren, war ihnen klar gewesen, dass daraus nichts werden würde.

Freddy und er hatten nie über ihre Neigungen gesprochen oder irgendetwas unternommen, so wie mit Carl. Walter hätte sich in Grund und Boden geschämt, seine Abartigkeiten zuzugeben.

Und Freddy?

Jetzt wünschte Walter sich, er hätte es getan. Ihn zumindest in den Arm genommen. Er vermisste Freddy mit jeder Faser seines Körpers.

Überraschenderweise traf Walter Helga in der Lindenstraße nicht an, sie besuchte mit Elfie und Klaus eine SPD-Kundgebung. Ausgerechnet.

Helgas Vater bot ihm an, im Wohnzimmer zu warten, spendierte Walter sogar eine Zigarette und dann lauschten sie gemeinsam mit den anderen Verwandten einem klassischen Konzert im amerikanischen Radiosender.

Walter mochte eigentlich keine Klassik, aber als George Gershwins *Rhapsody in Blue* gespielt wurde, war er begeistert.

Kurz darauf kehrte Helga endlich zurück. Zur Begrüßung gab er ihr die Hand, mehr schaffte er einfach nicht, aber vor all den Verwandten waren eine Umarmung oder noch mehr sowieso nicht angebracht. Sie freute sich sehr, ihn zu sehen, und führte ihn in den kleinen Garten hinterm Haus.

Verstohlen sah sie sich um, zog ihn dann in eine Ecke und wandte ihm erwartungsvoll ihr Gesicht zu. Die Sonne hatte ihre Wangen gerötet, ihre Haare schimmerten golden und ihre Augen blitzten vor Freude. Für jeden wäre Helga eine Traumfrau – nur für Walter nicht.

Sollte er wirklich mit seinen Lippen, die in der Nacht den blonden Engel heiß geküsst hatten, ihren keuschen Mund berühren? Ihr zuliebe überwand er sich. Er wollte ihr auf keinen Fall wehtun.

Kurz presste er seine Lippen auf ihre und löste sich dann eilig.

»Carl ist kein Mörder«, brach es aus ihm heraus, damit er nicht daran denken musste, was für ein Heuchler er doch war.

»Woher willst du das wissen?« Sie zupfte an ihrem Ohrläppchen. Das machte sie immer, wenn sie nervös war. Er kannte sie so gut! Aber sie zu lieben, das vermochte er nicht.

»Er hat ein Alibi«, erklärte er.

»Irene ist seine Ehefrau, die würde alles behaupten, um ihn zu schützen.«

»Nicht von Irene.« Walter verschränkte die Arme vor der Brust, um sein Zittern zu verbergen. »Carl hat mir gesagt, mit wem er die Nacht verbracht hat, und derjenige hat es bestätigt.« Er musste ja nicht sagen, was sie getan hatten. Schließlich konnten Carl und Paul auch nur Freunde sein, die sich betrunken oder Musik gehört hatten.

Helga runzelte die Stirn. »Ein Mann?«

Walter nickte und stellte sich neben sie. So musste er sie wenigstens nicht ansehen.

»Wie heißt er?«

»Ist das wichtig?«

»Wenn ich es Kommissar Thieme sagen soll, auf jeden Fall.«

»Ich will nicht, dass er Schwierigkeiten bekommt.«

Sie sah ihn nachdenklich an.

»Es ist egal, was die beiden gemacht haben«, beruhigte Helga ihn schließlich. »Nur, wer ihm das Alibi geben kann.«

»Paul. Wohnt im Ostend.«

»Das reicht nicht, Walter!« Verärgert stampfte sie mit dem Fuß auf. »Denk mal an Peter! Wir brauchen handfeste Beweise, am besten gleich den Mörder, damit Thieme Peter nicht verhaftet. Vielleicht war es ja Carl, wenn er nur so ein halbgares Alibi von irgendeinem Fremden hat.«

»Das weiß ich, aber mehr hab ich nicht rausgekriegt«, erwiderte Walter leicht verärgert. Was wog schwerer? Carl des Mordes zu verdächtigen oder Paul der Sitte auszuliefern? Carl würde sich verteidigen können, aber Paul auf jeden Fall im Kittchen landen.

Aber er machte das hier ja nicht für Carl. Oder für Dandy. Sondern für Helga. Er wollte ihr die Wahrheit schenken dafür, dass er sie anlügen musste.

»Ich kenne seinen Nachnamen nicht.«

»Kannst du ihn noch rausbekommen? Wie sieht er denn aus? Wo hast du ihn getroffen? Jedes Detail hilft.«

»Ich … ich … Er könnte selbst ins Gefängnis kommen.«

Wieder griff Helga sich mit der Hand ans Ohrläppchen. Dann hellte sich ihre Miene auf.

»Aber vielleicht auch nicht, wenn er mit seiner Aussage helfen kann, einen Kapitalverbrecher zu fangen.«

»Der Polizei trau ich nicht. Sobald die von einer Straftat hören, fangen sie an zu ermitteln.«

»Aber vielleicht kann ich da was ausrichten. Ich kenne den Kommissar schließlich, das ist ein Guter.« Sie streckte sich. »Lass mich mal machen.«

Das klang zu schön, um wahr zu sein.

»Also, wenn Thieme zusichert, Paul nicht zu verhaften, dann verrate ich euch, wo ihr ihn finden könnt«, sagte Walter. »Ich glaube ihm, er hat mir mit dem Alibi geholfen, ohne zu wissen, worum es geht.«

Helga nahm seine Hand. »Ich probiere es, Walter. Danke, du hast Peter sehr geholfen.«

Er verabschiedete sich. Und als er die Lindenstraße betrat, fiel ihm auf, dass sie zwar viele Fragen gestellt hatte, aber nicht danach, was Paul und Carl die ganze Nacht getrieben hatten.

37 – Helga

Noch immer stand Helga am Gartentor, durch das Walter gerade verschwunden war, als Elfie mit der Gießkanne in der Hand auftauchte.

»Na, alles wieder gut zwischen euch beiden?« Sie grinste übers ganze Gesicht. »Ich habe euch knutschen gesehen.«

Knutschen? Eine scheue Berührung, mehr nicht. Mehr hatte Walter offensichtlich nicht gewollt.

Und dann dieses merkwürdige Alibi. Wieder einmal war Helga völlig verwirrt. Am liebsten hätte sie alles Elfie erzählt. Aber irgendetwas hielt sie davon ab. Das gleiche Gefühl, das sie daran gehindert hatte, Walter nach dem nächtlichen Treiben von Carl und Paul zu fragen.

War sie feige? Hatte sie Angst vor der Antwort?

Wieso hatte Walter es nicht von sich aus gesagt? Eine nächtliche Diebestour von Lebensmitteln oder ein illegales Schwarzmarktgeschäft schien es jedenfalls nicht zu sein. Denn das hätte er ihr doch erzählen können.

Thieme hatte ihr mal erklärt, das Wichtigste bei einem Verhör sei das, was nicht zur Sprache komme.

»Ich habe dir ja gesagt, dass du dir alles nur einbildest«, meinte Elfie und tunkte die Kanne in die Regenwassertonne. »Walter braucht einfach Zeit. Er sieht auch schon wieder etwas besser aus, findest du nicht?«

Irritiert blickte Helga Elfie an. Meinte sie das ernst? »Nein, finde ich nicht.« Sie stemmte die Hände in die Hüften. »Er zittert oft, auch wenn es gar nicht kalt ist. Und seine unstete Art … Klaus hat mir vorhin bei der Maikundgebung erzählt, dass Walter schon wieder nachts nicht nach Hause gekommen ist.«

»Helgalein, du machst dir immer viel zu viele Gedanken.« Elfie begann, die zarten Kohlsetzlinge zu gießen. »Du wirst sehen, bald ist er wieder der Alte.«

Tatenlos wollte Helga nicht danebenstehen, ging in die Hocke und zupfte die ersten Blätter irgendwelcher vorwitziger Unkräuter aus dem Boden. »Dazu bräuchte er nahrhafteres Essen. Und eine dreiwöchige Liegekur. Aber er besteht darauf, morgen arbeiten zu gehen!«

»Das schafft er schon!«

»Sogar Klaus zweifelt das an, und der hat genügend eigene Erfahrungen sammeln müssen. Elfie, wie kannst du nur so blind sein?«

»Walter hat solches Glück, nicht vor dem völligen Aus zu stehen wie manch andere. Aber wenn er jetzt nicht einsatzfähig ist, dann wird ein anderer an seiner Stelle die Arbeit bekommen.«

Helga richtete sich auf. Elfie wandte ihr beim Gießen den Rücken zu. Als ob sie mich nicht ansehen will, schoss es Helga durch den Kopf. »Du willst seine Probleme nicht wahrhaben, du hast ihn ja schon immer bewundert.«

»Jeder braucht jemanden, der an ihn glaubt.« Elfie drehte sich zu ihr um. Richtig verschlossen wirkte sie. »Du tust das ja offensichtlich nicht mehr.«

»Wenn er mir nicht wichtig wäre, würde ich mir nicht solche Sorgen machen«, verteidigte sie sich.

»Sorgen, Helga, immer nur Sorgen. Schau doch mal optimistisch in die Zukunft!« Mit diesen Worten warf Elfie die Gießkanne auf den Boden. »Du bist so eine Miesmacherin.«

»Und du hast keine Ahnung.« Helga konnte sich nicht mehr zurückhalten. »Walter hat einen Mann gefunden, der Irenes Mann ein Alibi gibt. Angeblich war der die ganze Nacht mit Herrn Frankenberger zusammen.«

»Na und?« Elfie verschränkte trotzig die Arme vor der Brust. »Wahrscheinlich haben sie irgendwelche Sachen für den Schwarzmarkt verschoben.«

»Das hätte Walter mir aber sagen können.«

»Vielleicht ist ja Irenes Mann ein Perverser, und als er bei Walter im Keller war, hat er es auch bei ihm versucht. Und der hat ihn abblitzen lassen. Walter ist nicht so, Helga!«

»Du hättest sehen sollen, wie Walter Herrn Frankenberger angesehen hat ...« Verzweifelt erinnerte Helga sich an den sehnsuchtsvollen, verlangenden Blick.

»Bei dir piept's wohl! Wenn du nicht aufhörst, über Walter solche Lügen zu verbreiten, ziehe ich aus!«

Mit diesen Worten machte Elfie auf dem Absatz kehrt und rannte davon.

Sie kam nicht wieder. Je später es wurde, desto mehr befürchtete Helga, dass sie ihre Drohung wahr gemacht hatte. Bestimmt war sie bei Klaus. Sie hatte ja schon häufiger davon gesprochen, zu ihm zu ziehen.

Helga bekam Magenschmerzen. Noch nie hatte sie sich

mit Elfie dermaßen gestritten. Was sollte sie nur tun? Mit Walter reden war unmöglich. Nein, sie musste einen ruhigen Moment erwischen und erneut mit Elfie reden. Wenn sie doch nur endlich zurückkäme.

Es war schon Mitternacht, als leise die Tür geöffnet wurde und Elfie zu ihr ins Bett schlüpfte.

»Wo warst du so lange?«, flüsterte Helga.

Elfie wickelte sich in ihre Decke und wandte ihr den Rücken zu.

»Elfie! Ich habe mir schon Sorgen um dich gemacht!«

Keine Antwort. Am liebsten hätte Helga sie an der Schulter gepackt und zu sich gedreht.

»Ist irgendetwas Schlimmes passiert? Mit Klaus? Oder mit Walter?« Helga setzte sich auf. »Nun sag schon!« Jetzt umfasste sie doch Elfies Schulter, aber diese schob ihre Hand weg.

»Lass mich, Helga«, stöhnte sie. »Alles bestens, ich war bei Klaus. Der macht sich genauso schnell Sorgen wie du und hat mich zurückgeschickt. Und Walter pennt in seinem Keller. Jetzt lass mich endlich schlafen.«

Beruhigt lehnte Helga sich zurück. Auf Klaus war Verlass. Wenn Elfie bei Klaus übernachten würde, wer weiß, was die beiden da miteinander anstellten … obwohl … sie waren auch sonst viel allein. Viel zu viel allein! Ob sie bereits miteinander … hoffentlich passten die beiden auf. Aber darüber wollte Helga sich nicht auch noch Sorgen machen.

»Können wir uns nicht wieder vertragen?«, flüsterte sie Elfies Rücken zu. Doch die antwortete nicht.

Am nächsten Morgen hatten sie sich kaum an den Frühstückstisch gesetzt, als Mutter laut klirrend ihr Besteck fallen ließ.

»Elfie, wieso treibst du dich die halbe Nacht draußen rum?«, herrschte sie sie an.

War ja klar gewesen, dass nicht nur Helga mitbekommen hatte, wann Elfie zu Hause gewesen war. Mutter hatte einen leichten Schlaf.

»Ich bin für dich verantwortlich«, fuhr sie mit bebender Stimme fort. »Deine Mutter verlässt sich auf mich.«

So wütend hatte Helga ihre Mutter schon lange nicht mehr erlebt. Und das auch noch vor allen Verwandten und sogar den Breitwiesers! Eva und Regine kicherten bereits und Tante Alice wies sie noch nicht einmal zurecht.

Die arme Elfie. Aber Helga war froh, dass Klaus Elfie nicht hatte bei sich einziehen lassen. Jedoch schien das nicht zu bedeuten, dass Elfie sich mit ihr versöhnte. Schon beim Anziehen hatte sie kein Wort mit Helga gewechselt.

»Für dich gelten die gleichen Regeln wie für Helga: Ihr seid beide spätestens um 21 Uhr zu Hause!«

»Ja, Frau Sartorius.« Elfie ließ den Kopf hängen.

»Wenn das noch mal vorkommt, wirst du leider zu deiner Mutter in den Bunker ziehen müssen, damit du mit Klaus nicht auch noch nachts zusammenhängst.«

Elfie starrte Helgas Mutter mit offenem Mund an.

»Dein Ruf steht auf dem Spiel!«, schimpfte Mutter weiter. »Und natürlich auch der von Helga, vielleicht macht das ja mehr Eindruck auf dich.«

»Tut mir leid«, flüsterte Elfie.

»Wie bitte?«

»Ich bitte Sie vielmals um Entschuldigung, Frau Sartorius«, antwortete sie mit fester Stimme und sah ihr dabei in die Augen. »Es wird nicht wieder vorkommen. Versprochen.«

Mit einem zufriedenen Gesichtsausdruck griff Mutter zu ihrer Kaffeetasse und Elfie aß still ihr Brot.

Und kaum, dass der letzte Bissen in Elfies Mund verschwunden war, stand sie bereits auf.

»Entschuldigen Sie, wenn ich früher gehe, Frau Sartorius, aber ich möchte mich nicht verspäten.«

Und schon eilte sie aus dem Zimmer.

Heute arbeitete Helga nur vormittags, am Nachmittag war Alwins Beerdigung. Zeit, weiter über Elfie und Walter nachzudenken, hatte sie allerdings keine: Sie musste sämtliche Verhaftungen vom 1. Mai fotografieren. Und das waren erstaunlich viele. Wenn es so weiterging, würden ihre Film- und Papiervorräte bald aufgebraucht sein.

Als sie zum Mittagessen nach Hause kam, werkelte ihre Mutter strahlend in der Küche herum.

»Minna kommt wieder«, rief sie, füllte Milch in einen Topf und stellte sie auf den Herd.

Helga fiel ein Stein vom Herzen. »Wie geht es ihrer Schwester?«

»Sie hatte gar keine Lungenentzündung, nur eine schwere Erkältung, und ist dank Minnas Hilfe wieder genesen.« Sie deutete auf einen Brief auf dem Fensterbrett.

»Echt?« Helga konnte es kaum glauben. Das waren ja mal gute Nachrichten!

Schnell las Helga die wenigen Zeilen. Ihr Schwager werde noch immer vermisst, aber Minnas Schwester sei bald wieder kräftig genug, sich alleine um die Kinder zu kümmern. Dann kehre sie nach Frankfurt zurück.

»Ist das schön!«, meinte Helga und steckte den Brief ordentlich zusammengefaltet ins Kuvert zurück.

Mutter rührte im Topf, damit die Milch nicht überkochte. »Wenn sie gestorben wäre – ich hatte schon befürchtet, Minna würde sich für immer um die Kinder kümmern müssen. Misst du bitte den Grieß ab?«

Sie deutete auf den Tisch, auf dem der Messbecher und eine Papiertüte standen. »Die Menge steht in Minnas Kochbuch.«

Wie gerne half Helga. Minna würde zurückkehren! Auch wenn Mutter den Haushalt immer besser im Griff hatte und Frau Breitwieser eine zupackende Frau war, so fehlte Minna doch an allen Ecken und Enden. Und vor allem in ihren Herzen, dachte Helga. Minna gehörte zu ihnen, beinahe noch mehr als die Großeltern oder Tante Alice.

»Wenn Minna wieder da ist, ist die Familie endlich wieder vollständig«, sagte sie und füllte den abgemessenen Grieß in die kochende Milch.

»Das finde ich auch«, sagte Mutter und rührte weiter fleißig um.

Als der Grießbrei auf dem Tisch stand, fehlte Elfie. »Bestimmt arbeitet sie die Mittagspause durch, damit sie frei bekommt, um auf die Beerdigung zu gehen«, behauptete Helga. Hoffentlich schimpfte Mutter nicht über ihre Unzuverlässigkeit, garantiert hatte sie sie bei den Mengen für den Grießbrei miteingerechnet.

»Na, dann bleibt mehr für uns, oder?«, sagte die jedoch gut gelaunt und füllte allen die Teller zumindest zur Hälfte voll.

Vater las noch vor dem Essen Minnas Brief laut vor und alle freuten sich über die gute Nachricht. Der Brei war richtig lecker und machte satt und Helga fühlte sich so wohl zu Hause.

Schweren Herzens verließ sie als Erste den Tisch, bürstete ihre schwarzen Schuhe und zog möglichst dunkle Sachen an.

Jetzt galt es, Peter zur Seite zu stehen, der seinen besten Freund zu Grabe tragen musste.

38 – Peter

Die Sonne strahlte golden auf den Bockenheimer Friedhof und seine Blütenpracht, aber Peter hatte kaum ein Auge für die fröhliche Stimmung. Im Gegenteil erschien sie ihm merkwürdig deplatziert. Grauer Nebel würde ihm viel besser gefallen. Jedes der tröstenden Worte des Pfarrers schnürte ihm die Kehle zu, während er auf den schlichten Sarg über der offenen Grube starrte.

Kommissar Thieme hatte Peter bei der Freigabe der Leiche darüber informiert, dass das Grab von Alwins Vater hier auf dem Neuen Bockenheimer Friedhof lag. Peter hatte davon nichts gewusst. Auch nicht, dass Alwins Familie zuletzt in einem kleinen Zimmer in Bockenheim in der Ohmstraße gehaust hatte oder dass Alwin Geld in einer Zigarrenkiste im Schuppen versteckt hatte. Viel war es nicht, aber genug für die Beerdigungskosten. Wer hätte sie auch sonst bezahlen sollen?

»Voll Trauer stehen wir vor Alwin Deckers Grab ...«, begann der Pfarrer. Mühsam kämpfte Peter mit den Tränen. Seine Mutter neben ihm schluchzte laut auf. Vater setzte seinen Hut ab, Peter und Klaus taten es ihm nach.

Helga, Elfie und die vier Freundinnen von Alwin nahmen ebenfalls an der Beerdigung teil. Walter musste arbeiten, heute war sein erster Tag.

Da der Pfarrer die Beerdigungen immer in den kirchlichen Mitteilungen der Tageszeitungen ankündigte, waren auch zwei Herren der Jüdischen Gemeinde erschienen, die sich als Bekannte der Familie Bernstein vorgestellt hatten. Eine stattliche Trauergemeinde, fand Peter, obwohl die Familie und langjährige Freunde fehlten. So viele hatte Alwin verloren.

Als der Sarg langsam in die dunkle Tiefe gelassen wurde, stockte Peter der Atem. Hektisch griff er sich an den Hemdkragen, löste den obersten Knopf, doch noch immer bekam er keine Luft.

Als ob Alwin erst jetzt endgültig von ihm gegangen wäre.

Ein lauter Schluchzer ließ Peter aufblicken. Irene, sichtlich um Fassung bemüht.

Schon lag der Sarg unten.

»Asche zu Asche«, deklamierte der Pfarrer und warf etwas Erde ins Grab. Dann machte er einen Schritt zur Seite und forderte Peter mit einem Blick auf, es ihm gleichzutun.

Doch er musste an Alwins Mutter denken, deren Asche der Wind aus den Schornsteinen von Auschwitz davongetragen hatte.

Ein Räuspern weckte ihn aus seinen Gedanken, dann gab er sich einen Ruck.

Mach es gut, mein Freund, dachte er und warf ebenfalls eine Schaufel Erde in die Tiefe.

Er stellte sich neben den Pfarrer. Als Nächstes verabschiedete sich seine Mutter, dann sein Vater und Helga mit verweintem Gesicht, dabei hatte sie ihn gar nicht gekannt.

Als alle fertig waren, ergriffen die Totengräber die Schaufeln und die meisten wandten sich ab.

»Wir möchten Sie gerne zu Alwins Gedenken zu uns nach Hause auf einen Kaffee einladen«, sagte Tante Meta mit fester Stimme. Mutter hatte bei ihren Bekannten Zutaten gesammelt und einen Sandkuchen gebacken, dazu gab es Bohnenkaffee, den Elfie durch ihre Kontakte bei den Amerikanern organisiert hatte.

Wie schade, dass Alwin dieses Festmahl verpasste.

Schnell bildeten sich Grüppchen, die schweigend nebeneinanderher liefen. Nur Elfie sprach leise auf Klaus ein und wies auf das besonders prachtvolle Grab von Heinrich Siesmayer, dem Erbauer des Palmengartens, hin.

Auf einmal hängte Helga sich in Peters Arm. »Wie geht es dir?«, flüsterte sie ihm zu.

Ihre Stimme klang brüchig. Am liebsten hätte er sie in den Arm genommen und sie getröstet. Und um sich trösten zu lassen. Aber es fühlte sich auch gut an, ihren Arm zu spüren.

»Wird schon wieder«, meinte er. »Und dir?«

»Ach.« Sie holte ein Taschentuch aus ihrer Handtasche und wischte sich damit über die Augen. »Ich weine bei jeder Beerdigung. Irgendwie muss ich da immer an all die Menschen denken, die von uns gegangen sind.«

Sachte legte er seine Hand auf ihre und drückte sie leicht.

Peter bemerkte, dass Elfie zu ihnen herüberschaute. Helga ließ ihn hastig los, blieb aber bei ihm stehen. »Ich muss nachher mit dir reden«, flüsterte sie. »Es gibt was Neues.«

Er nickte. Nachher, also nach dem Leichenschmaus. Ihm grauste ein wenig vor der Vorstellung, mit all den Menschen jetzt in Tante Metas Wohnzimmer zu sitzen und über Alwin zu reden. Am liebsten wäre er jetzt allein.

Da drängte sich Irene zwischen Peter und Helga. Ausgerechnet.

»Der arme Alwin«, schluchzte sie. »Das hat er einfach nicht verdient. So viel haben seine Familie und er durchmachen müssen und dann …«

Sie sprach nicht weiter. Peter war schon bei den anderen aufgefallen, dass sich jeder davor drückte, es einen Unfall, Freitod oder Mord zu nennen. Doch auf die Polizei und ihre Unfähigkeit, die näheren Umstände seines Todes zu ermitteln, wurde geschimpft. Offenbar hatte sich schon herumgesprochen, wer Thieme war, er wurde jedenfalls sehr misstrauisch beäugt.

Eigentlich hatte Peter keine Lust, Irene jetzt detektivisch auszufragen.

»Alwin hat mir von dir erzählt. Du weißt schon, als wir am Kino auf dich gewartet haben«, sagte er zu Irene. Die Frage, warum sie dort nicht aufgetaucht war, verkniff er sich lieber. Was, wenn Thieme sie belauschte? Oder war er zu weit entfernt?

»Wie habt ihr euch eigentlich kennengelernt?«, fragte er stattdessen.

»Er beobachtete unser Haus, als ich mit meinem Sohn vom Einkaufen kam. Wolfgang löste sich von meiner Hand, fiel Alwin direkt vor die Füße und begann zu flennen. Alwin tröstete ihn. Er erzählte dann, dass er bei uns im Haus geboren und aufgewachsen war. Ich dachte mir nicht viel dabei und bat ihn auf einen Kaffee rein. Er wollte sich so gerne die Wohnung seiner Großeltern ansehen.« Mit einem Taschentuch wischte sie sich die Tränen aus dem Gesicht. »Natürlich fiel mir auf, dass er die Löcher im Türstock berührte, genauso, wie Sie es getan haben, Herr Winkler. Da hat er mir alles erzählt und mir ist klar geworden, wie sehr uns das Böse verleitet hatte, sonst hätte das alles gar nicht geschehen können. Hitler wurde vom Teufel verführt. Er war der Teufel! Und wir müssen jetzt büßen. Aber doch nicht Alwin …« Wieder fing sie an zu weinen.

Aber Peter dachte nur, dass sie es sich ganz schön leicht machte, wenn sie alle Schuld auf den Teufel schob.

»Alwin war so ein guter Mensch«, fuhr Irene fort. »Weißt du, Helga, ich habe ihm einen Pullunder geschenkt, den ich mit dem gleichen Muster gestrickt habe, das du nachstricken wolltest. Eigentlich sollte er für Carl sein, aber dem stricke ich dann eben einen neuen. Wolle habe ich noch genug.« Sie seufzte, und Peter fiel der kritische Blick auf, den Helga ihr zuwarf.

Sicher wollte sie sie noch eingehender befragen. Aber Helga schaute Irene nur schweigend an. Er lud sie zum Kaffee ein, und als Irene dankend ablehnte, drückte er ihr wortlos die Hand zum Abschied.

Die Trauergäste blieben nicht lange. Man trank eine Tasse, probierte ein kleines Stück Kuchen, redete über Alwins Humor und die Späße, die er gerne gemacht hatte. Mutter schwelgte mit den Herren von der Jüdischen Gemeinde in den guten alten Zeiten, und gemeinsam überlegten sie, eine Gedenkplatte für Rosalie Bernstein auf dem Familiengrab anzubringen.

Niemand erwähnte den Tod von Alwins Mutter Rosalie in

Auschwitz oder fragte, wer Alwin auf dem Gewissen haben könnte. Auch der Pfarrer, von dem Peter mittlerweile wusste, dass er mitgeholfen hatte, seine Mutter zu verstecken, sprach übers Wetter und die Trauer und den Trost, den Gott schenken konnte. Als wäre heute kein Platz für die schreckliche Wahrheit.

Irgendwann war nur noch Helga als Einzige übrig.

»Begleitest du mich ein Stück, Peter?«, fragte sie.

Peter schaute sich fragend um, ob er noch gebraucht wurde.

»Geh nur, Peter«, forderte Mutter ihn auf. »Und vielen Dank für den Abwasch, Fräulein Sartorius.«

»Das war selbstverständlich«, sagte Helga und verabschiedete sich.

Der Himmel hatte sich zugezogen, aber es regnete zum Glück nicht. An einen Schirm hatte Peter nicht gedacht. Wenigstens trug er eine Jacke und konnte sie notfalls Helga zum Schutz geben. Sie hatte nur ihr schwarzes Trauerkleid an.

Peter freute sich, als Helga sich wieder bei ihm unterhakte. Was Walter wohl sagen würde, wenn er sie beide so sehen könnte? Eigentlich wirkten Helga und Walter nicht wie ein Paar. Auch früher schon nicht. Aber es zeigte eben nicht jeder seine Gefühle in der Öffentlichkeit.

Wenn er ehrlich war, hatte er Helga richtig lieb gewonnen. Doch solange sie in festen Händen war, wollte er seine Gefühle lieber für sich behalten. Vielleicht war es auch nicht die Zeit für feste Bindungen. Alwins Appell, das Land der Täter zu verlassen, hallte immer wieder in Peter nach.

»Ich habe eine schlechte Nachricht«, platzte Helga auf einmal heraus. »Carl Frankenberger kann nicht der Mörder sein. Er hat ein Alibi.« Sie sagte es merkwürdig gedehnt, als ob sich hinter dem Alibi ein Geheimnis verbergen würde.

»Na so was«, meinte Peter unbeholfen. Damit hatte er überhaupt nicht gerechnet, sondern auf ein paar ungestörte Minuten mit ihr gehofft. Traute Zweisamkeit, in der er sich ganz auf ihren Duft und das Gefühl ihres Körpers konzentrieren konnte. Sein stilles Glück, von dem sie nichts ahnen durfte.

»Aus zuverlässiger Quelle wurde das Alibi bestätigt.« Sie klang schon wie eine eingefleischte Polizistin. »Ob Irene die Mörderin ist? Die Beerdigung hat sie ja ganz schön aufgewühlt. Vielleicht hat sie Schuldgefühle.«

»Ach, ich weiß nicht«, erwiderte Peter. »Auf mich wirkte ihre Trauer echt.«

Eine Frau als Mörderin konnte er sich nicht vorstellen.

»Aber vielleicht hat sie ihn aus Versehen runtergestoßen!«

»Ist das die neueste Theorie von Thieme?«

»Nein, dem habe ich noch gar nichts davon erzählt. Ich wollte erst mal mit dir sprechen.« Sie drückte kurz seinen Arm. So kurz, dass es sich nicht wie Absicht anfühlte, sondern wie eine unbewusste Geste. Sehr vertraut. Aber Peter ermahnte sich, keine Luftschlösser zu bauen.

»Was für ein Mist«, sagte er. »Wenn es Irenes Mann nicht war, bleibe ja doch nur wieder ich als Verdächtiger übrig.«

»Aber warum solltest du deinen Freund umbringen? Ohne Motiv fällt jede Theorie in sich zusammen.«

Aber er hatte ein Motiv. Jedenfalls in Thiemes Augen, da war Peter sich sicher. Bestimmt hatte dieser bereits die anderen Lagerinsassen befragt, von Peters Bevorzugung gehört und seine eigenen merkwürdigen Schlüsse daraus gezogen.

Ob er es Helga erzählen sollte? Während der Beerdigung hatte er wie so oft an Grauwald, an Alwin und Josef und alles Schlechte dort denken müssen. Er versuchte, es zu vergessen, aber er konnte nicht. Jeder Blick in den Spiegel erinnerte ihn an Josef.

Wenn er doch nur mit irgendjemandem darüber reden könnte. Aber seinen Eltern und Tante Meta konnte er das nicht antun. Walter und Klaus stand er nicht nahe genug. Kurz war ihm vorhin der Gedanke gekommen, die beiden Herren von der Jüdischen Gemeinde anzusprechen.

Aber seine Probleme waren viel zu unwichtig im Vergleich zu dem, was die Volljuden hatten erleiden müssen. Nein, damit durfte er sie nicht belästigen.

Scheu sah er zu Helga. Was war mit ihr? Schließlich half sie ihm, seine Unschuld zu beweisen. Hatte sie es nicht verdient, die Wahrheit zu kennen?

Aber ob sie Verständnis für seine damalige Lage hätte?

Wieder schaute sie zu ihm und hielt seinem Blick stand.

Da gab er sich einen Ruck.

Behutsam legte er die Hand auf ihre, die sich in seiner Armbeuge befand. Als ob er sie vor dem, was sie jetzt hören würde, schützen müsste.

»Alwin und ich …« Er atmete tief durch. »Bitte versprich mir, dass du niemandem erzählst, was ich dir jetzt sage!«

»Natürlich, du kannst dich auf mich verlassen, Peter.« Sie klang, als ob sie mit allem rechnete.

»Alles begann damit, dass wir Mutter verstecken mussten.«

In kurzen, einfachen Worten fasste er das Überleben seiner Mutter zusammen, erzählte von der Razzia, bei der Josef ihn erwischte hatte. Und vom Lager, wo er gemeinsam mit Alwin nicht nur von Josef schikaniert, sondern auch vorm wahrscheinlichen Hungertod gerettet worden war, dieser aber nicht davor zurückgeschreckt war, Herrn Ameling umzubringen.

Helgas Schritte stockten, wenn er zu drastisch wurde, aber die Worte sprudelten mehr und mehr aus ihm heraus, als hätten sie nur darauf gewartet, ausgesprochen zu werden.

»Mutter wartete in Oberhessen, bis der Zugverkehr wieder einigermaßen zuverlässig lief, um nach Hause zurückzukehren. Erst im September traf sie bei uns ein und konnte in Frankfurt wieder frei spazieren gehen.«

Endlich war er fertig mit seinem Bericht und bemerkte erst jetzt, dass sie die Bockenheimer Warte erreicht hatten.

»Peter!« Ihre Augen schimmerten. »Wie leid mir das alles tut.«

»Du kannst doch nichts dafür.«

Sie verfiel auf einmal in Schweigen.

Er war froh über die kleine Pause. Ihm war das erneute Durchleben sehr nahe gegangen. Als er Thieme die Fakten nannte, hatte das seine Angst vor dem Hauptkommissar nur verstärkt.

Jetzt fühlte er sich anders. Wie von einer Last befreit. Jetzt brauchte er keine Angst mehr davor zu haben, wie Helga reagierte. Auf einmal freute er sich, dass es immer noch nicht regnete, hörte Vögel zwitschern und betrachtete liebevoll Helgas Hand auf seinem Arm. Bis sie sie zurückzog.

»Aber wieso bist du Josef nicht hinterher?«

Damit hatte sie sofort den wunden Punkt getroffen. Voller Scham schaute er zu Boden. Was sollte er nur antworten?

Sie setzte sich auf einen Trümmerstein am zerstörten Straßenbahndepot. »Ich glaube, ich an deiner Stelle hätte nicht gewusst, wie ich mich Josef gegenüber verhalten soll.«

Überrascht setzte er sich neben sie. Genau das war sein Problem – nicht zu wissen, was er tun sollte.

»Ich meine«, fuhr sie nachdenklich fort, »er hat dir und den anderen geholfen, aber dass er den Mann erschossen hat … war er früher auch schon so grausam?«

»Nein. Josef war einfach nur ein frecher Kerl, genauso wie ich. Aber er wollte immer der Erste sein. Der Beste, der Schnellste. Seine drei Brüder übertreffen.«

»Du glaubst, er ist deshalb zur SS?«

»Ganz bestimmt. Solch einer Verlockung auf eine Karriere konnte er nicht widerstehen.«

»Wie brutal, den alten Mann einfach so zu erschießen.«

Peter nickte. »Aber ohne Josef hätten wir vielleicht nicht überlebt. Was ich für Geschichten gehört habe über andere Lagerführer … über die Todesmärsche und diese Raserei der SS, die jeden Zeugen vernichten wollte …«

Helga zog die Augenbrauen hoch, fragte aber nicht nach. Auch er schwieg. Was hätte er auch sagen sollen? Dass er nicht mehr an das Gute im Menschen glaubte?

»Hättest du ihm den Persilschein gegeben?«, blieb sie wie eine echte Polizistin bei der Sache.

»Ich weiß es nicht. Deshalb wollte ich ihn nicht fangen, um nicht vor diese Wahl gestellt zu werden. Ich war feige.«

»Nein, Peter, sag so was nicht.« Wieder berührte sie seinen Arm. »Ich glaube an dich.«

»Aber jetzt bin ich schuld, dass Josef noch frei rumläuft.«

»Ach, der wird schon irgendwann gefasst werden. So viele SSler sind schon im Internierungslager in Darmstadt gelandet.«

»Aber für wie lange? Und ob sie wirklich alle vor Gericht kommen? So viele Menschen? Das dauert doch Jahrzehnte!«

»Ich habe Vertrauen zu den Amerikanern«, sagte Helga. »Schau nur nach Nürnberg, wo sie alle angeklagt worden sind, Himmler, Göring, Hess.«

Wie enthusiastisch sie klang. So ein Vertrauen in die Gerichte fehlte Peter. Vor allem, wenn Josef und so viele andere glaubten, mit einem Federstrich wieder zu normalen Bürgern mit allen Rechten zu werden. Als ob sie ihre Schuld wie eine Schlangenhaut von sich abstreifen und als neuer Mensch dastehen könnten.

»Lass uns weitergehen«, meinte er und sprang auf. »Deine Eltern warten sicher schon auf dich.«

»Danke«, sagte sie und kam ihm beim Aufstehen so nahe, dass sich ihre Nasen beinahe berührten. »Danke für dein Vertrauen.«

Auf einmal brach die Sonne durch die dunklen Regenwolken und ließ die traurige Stadt silbrig glitzern.

Er reichte ihr die Hand und hätte sie am liebsten gar nicht mehr losgelassen.

39 – Helga

Erschüttert vom Schicksal der Familie Winkler, verfiel Helga während des Abendessens in brütendes Schweigen. Peters Offenheit hatte sie überrascht, ihr aber auch gezeigt, wie wichtig es war, Dinge laut auszusprechen. Er hatte hinterher richtig erleichtert gewirkt.

Aber die meisten Menschen sagten kein Wort, wenn es um die Gräuel ging, die sie im Krieg hatten erleiden müssen. Oder selbst verschuldet hatten.

Der Pfarrer hatte letztens gepredigt, dass der verlorene Krieg die Strafe Gottes für den Hochmut der Menschen sei. So sah sie es auch. Es gab nicht den einen Teufel, der für alles verantwortlich war. Sie alle waren schuld.

Aber auch der Pfarrer hatte nichts Konkretes benannt oder seinen eigenen Hochmut erklärt. Er war im Vagen geblieben.

Was sie an Peters Familie am meisten beeindruckte, war der Mut, den Peters Eltern und auch er bewiesen hatten. Den Repressionen der Gestapo nicht nachzugeben, sich nicht scheiden zu lassen, sondern Frau Winkler angesichts der drohenden Deportation zu verstecken und auf bessere Zeiten zu hoffen – dafür musste man unendlich mutig sein, sehr viel Zuversicht und Kraft besitzen, Zusammenhalt und – Liebe.

Ob ihre Eltern sich so entschieden hätten?

Sie wüsste zu gerne, wer beim Verstecken von Frau Winkler geholfen hatte. Alleine hatten Peter und sein Vater das sicherlich nicht bewerkstelligt. Vielleicht irgendeiner der Trauergäste? Warum hatte niemand davon gesprochen? Mussten nicht nur die Täter, sondern auch die Opfer schweigen? Aber warum?

Peter schien großes Vertrauen in sie zu haben, sonst hätte er ihr diese Geschichte nicht erzählt.

Seit Langem musste sie wieder an ihre jüdische Schulfreundin Annemarie Stern denken, die gemeinsam mit ihrer Familie nach Amerika ausgewandert war. Natürlich hatte sie ihr hinterhergetrauert, aber als eines Morgens Elfie auf Annemaries Platz saß, hatte Helga ihre Mitschülerin schnell vergessen und sich mit Elfie angefreundet. Sogar, dass Elfie im gleichen Haus wie früher Annemarie wohnte, hatte sie nicht gestört. Elfie in der Hausmeisterwohnung und Annemarie früher in der Beletage. Jetzt kam ihr das unendlich herzlos vor.

Vater erzählte in letzter Zeit immer wieder davon, dass er die Entlassung von Annemaries Vater aus der Mathematischen Fakultät zu verhindern versucht hatte. Professor Stern lehrte jetzt in Princeton in der Nähe von New York. Vater hatte sogar an seinen Kollegen geschrieben und ihn um Hilfe gebeten, um seine Rehabilitation zu beschleunigen.

Vor Peters Bericht hatte sie das für eine gute Idee gehalten. Jetzt war sie da nicht mehr so sicher. Nutzte ihr Vater womöglich das Leid der Sterns aus, um seine Weste weißzuwaschen? So, wie Josef Peter und dessen Leid im Lager ausnutzen wollte und ihm nur das Brot geschenkt hatte, damit dieser später sich für ihn verwandte? Und nicht, weil sie mal Freunde gewesen waren?

Aber Josef hatte völlig grundlos Herrn Ameling erschossen, und das war etwas anderes als das, was ihr Vater getan hatte. Er trat in die Partei ein, um Einfluss zu erlangen und seinem Kollegen die Kündigung zu ersparen. Leider erfolglos.

Beim Einschlafen sah sie Peters versteinertes Gesicht vor sich, während er ihr die Erlebnisse in Grauwald schilderte. Wenn sie ihn nur irgendwie unterstützen könnte. Ob der Streit um Josef ein Motiv für Thieme darstellte? Frau Kleinschroth hatte doch erzählt, dass er von der Zeit im Lager wusste.

Aber wieso hätte Peter Alwin umbringen sollen, nur weil er nicht wusste, wie er sich Josef gegenüber verhalten sollte?

Sie versuchte, sich die Situation bildlich vorzustellen. Beide stehen oben in der Ruine und Peter berichtet Alwin von seinen Zweifeln. So, wie Helga Alwin mittlerweile einschätzte, hätte dieser Peter eine Kopfnuss verpasst, um ihn zur Vernunft zu bringen. Das hatte er ja auch vor dem Kino gemacht. Wenn Peter sich dann gewehrt hätte, hätte Alwin natürlich in die Tiefe fallen können.

Aber hätte Peter das die ganze Zeit verheimlicht? Vor der Polizei, seinen Eltern – und vor Helga? War das möglich? Wie gut kannte sie ihn eigentlich? Er war immer sehr freundlich zu ihr, aber vielleicht war das ja Absicht? Vielleicht wollte er sie um den kleinen Finger wickeln und von seiner Schuld ablenken?

Und voller Schrecken wurde ihr klar, dass Peter der Mörder sein könnte. Vielleicht nicht in ihren Augen, aber vor allem in Thiemes.

Ob dieser nicht nur wusste, dass die beiden in Grauwald

Zwangsarbeit leisten mussten, sondern auch die Geschichte mit dem Brot und vom Tod von Herrn Ameling kannte? Ob er Mithäftlinge von Peter befragt hatte? Ob diese ihn entlasten würden? Alle, die nicht aus seiner Stube waren, mussten doch verzweifelt gewesen sein, weil andere Extrarationen bekamen. Dadurch verstärkten sich die von Neid befeuerten Gerüchte.

Sie musste gemeinsam mit Peter seine Stubenkameraden finden. Das war seine einzige Chance. Die Ermittlungen wollte sie auf gar keinen Fall einstellen, bevor sie den Täter gefasst hatten.

Aber warum? Weil Peter beim Odeon-Club gewesen war? Weil es Spaß machte, Detektiv zu spielen, aufregend war, ein Rätsel zu lösen?

Aber was, wenn Peter dahintersteckte? Der Gedanke brach ihr das Herz. Eine ungewohnte Hitze stieg in ihr auf. Unruhig drehte sie sich von einer auf die andere Seite und sah immer wieder Peters Gesicht vor sich. Wie gerne sie ihn berührte, selbst nur kurz und mit großer Scheu. Ihr Herz pochte, wenn sie sich in seinen Arm hängte, die Wärme seines Körpers spürte. Bei jeder Berührung fühlte sie sich wie elektrisiert.

Dandy, der früher mit jeder geflirtet hatte und doch immer mit Lizzy nach Hause gegangen war. Dandy, der Schönling. Hatte er Helga früher überhaupt beachtet?

Aber Peter war nicht mehr Dandy. Er hatte sich zu einem vernünftigen jungen Mann entwickelt. Einer, um den sie sich sorgte und bei dem ihr Herz flatterte, wenn er sie anlächelte.

Was war nur los mit ihr? Wie konnte sie so fühlen und denken, sie liebte Walter! War sie so treulos? Von ihm sollte sie träumen, von seinen Berührungen, seinen Küssen! Auch wenn sie sofort wieder an Freddy, Carl Frankenberger und Walters verdruckste Liebeserklärung denken musste. Aber selbst wenn sie sich seiner Gefühle nicht mehr sicher war, änderte das nichts an ihren eigenen, oder?

Wütend auf sich selber, warf sie die Decke zurück, kletterte vorsichtig aus dem Bett, um Elfie nicht zu wecken, und holte sich in der Küche ein Glas kaltes Wasser, um sich abzukühlen.

Am nächsten Morgen herrschte großer Trubel im Präsidium. Nachts hatte es einige Verhaftungen gegeben. Diebe, Hehler und Fälscher, Schwarzmarkthändler und Prostituierte, sie waren alle völlig verschieden und jedes Mal auf eine ganz besondere Art und Weise interessant. Vater würde sie bestimmt hochgestochen einen *Querschnitt menschlichen Abschaums* nennen, aber es waren auch wieder gebildete Menschen darunter, die so wie er hochdeutsch sprachen oder deren Kleidung man ansah, dass sie schon bessere Zeiten erlebt hatten.

Helga faszinierten die unterschiedlichen Menschen. Gesichter voller Narben, fehlender Zähne und muskulöser Oberarme mit Tätowierungen, die sie extra fotografisch festhalten musste.

Kaum beim letzten Raum voller Häftlinge angekommen, versperrten Warnke und zwei andere Zivilbeamte ihr den Eingang.

»Das ist nichts für unser Professorentöchterchen!«, beschied Warnke lauthals und prustete vor Lachen.

»Ich muss da rein, wer soll denn sonst die Fotos machen«, wehrte sich Helga.

»Die kippt uns doch glatt aus den Latschen«, meckerte einer der Männer mit dunklen Augenringen und einem Atem, als würde er sich von Zigaretten ernähren.

»So ein bisschen Blut macht mir nichts aus«, behauptete sie großspurig, dabei hatte sie das rettende Kölnisch Wasser nicht dabei.

Der Raucher betrachtete sie abschätzig. »Frauen bei der Polizei gehören verboten.«

Helgas Herzschlag beschleunigte sich vor lauter Wut. Bevor sie etwas sagen konnte, zischte der dritte im Bunde »Mannweib.« Ein käsiger Mann mit stechendem Blick. »Wer weiß, vielleicht gehört sie ja zu denen. Also, ihr wisst, was ich meine.«

»Was erlauben Sie sich«, erwiderte Helga. »Ich bin keine Verbrecherin!«

Die Männer wieherten vor Lachen laut los.

Vergebens versuchte Helga, an den Türgriff zu gelangen, immer noch ließen sie sie nicht durch.

»Ich verlange, meinen Arbeitsplatz aufsuchen zu können!«

Ihr fiel auf, wie der Blick des käsigen Mannes sich in ihrem Ausschnitt verfing.

»Weg da!« Mithilfe ihrer Ellenbogen kämpfte sie sich vor zur Tür. Aber als ihre Hand auf dem Türgriff lag, fragte sie sich, was sie auf der anderen Seite erwarten würde.

Plötzlich spürte sie eine Hand auf ihrem Po. Der Käsige! Was erlaubte der sich?

Als Helga die Tür endlich öffnen konnte, erwarteten sie zum Glück keine ekligen Verletzungen dahinter, sondern nur eine Handvoll merkwürdig gekleideter Männer. Ein bisschen erinnerten sie Helga an die Swing-Fans, weil sie extravagant und auffällig gekleidet waren. Bunte Schals und Westen, Hemden, bis zum Bauchnabel geöffnet, und einer versteckte sogar eine Federboa hinter seinem Rücken.

»Ein halbes Dutzend Schwuchteln«, grölte der käsige Mann. »Mit vielen Grüßen von der Sitte.«

Helga musste sich setzen. Das waren also Homosexuelle? Sofort musterte sie die Gesichter, aber weder Walter, Herr Frankenberger oder der von ihm beschriebene Paul mit den schwarzen Haaren waren dabei.

»Wissen Sie überhaupt, was das sind, Schwuchteln?«, ätzte der Raucher weiter.

»Raus!«, schrie Helga ihn an. »Oder wollen Sie mir bei meinen Fotos assistieren?«

»Jetzt lasst die Kleine mal«, meinte Warnke.

»Das sind Triebtäter«, erklärte der Raucher. »Die sind gefährlich!«

»Früher hätten wir die ins Lager gesteckt. War auch nicht alles schlecht unter Hitler«, meinte der Käsige.

Aber Helga hatte keine Angst vor den harmlos aussehenden Männern. Wenn ihr einziges Verbrechen die Liebe mit anderen Männern war, fühlte sie sich hier sogar sicherer.

»Lassen Sie lieber das nächste Mal Ihre Finger bei sich!«, herrschte sie den Käsigen an.

»Nun hab dich nicht so«, entgegnete der nur und trollte sich endlich mit seinem Kollegen.

Warnke blieb verdattert zurück und machte sich dann auch schleunigst aus dem Staub.

Während einer der Hilfspolizisten die Personalien aufnahm und Helga die passenden Fotos dazu schoss, konnte sie aus den Gesprächen der Verhafteten entnehmen, dass die beiden von der Sitte eine Razzia in einer Kneipe durchgeführt hatten.

»Die sollen lieber die ganzen Diebe und Schwarzmarktschieber festnehmen«, rief der mit der Federboa. »Wir tun doch keiner Fliege was zuleide.«

So sah Helga das auch. Übrigens auch Thieme, als er kurz darauf in der Spurensicherung auftauchte.

»Wir sind viel zu unterbesetzt, um uns auch noch darum zu kümmern. Da ist jedes Bild die reinste Verschwendung. Ich brauche sie in Bornheim, Fräulein Sartorius. Raubmord an einer älteren Dame.«

Als Helga das Wohnzimmer betrat, glaubte sie, die Tote dort auf dem Küchenstuhl würde schlafen. Nur von hinten konnte man die klaffende Kopfwunde erkennen. Sämtliche Schranktüren waren aufgerissen, der bescheidene Inhalt auf dem Boden verstreut, wertvolles Besteck oder Vorräte fehlten. Auch das Wohnzimmer war geplündert worden, die Bücher lagen auf dem Boden, von Nippes oder Standuhren zeugten nur noch Staubringe auf den Möbeln.

Helga war erschüttert. Die arme Frau.

Für die Fotos brauchte sie die Scheinwerfer und die Leiter. Warnke sprang sofort auf und half ihr viel umsichtiger als sonst. Vielleicht war ihm das Verhalten seiner Freunde von der Sitte peinlich, hoffte Helga, während sie in aller Sorgfalt die Fotos erstellte.

Aber vielleicht bot Warnkes nachdenkliche Stimmung

Helga die Gelegenheit, um mehr aus ihm herauszubekommen. Über ihn, aber auch über Thieme.

»Ich bin damals ja zum Glück immer einer Verhaftung entgangen«, eröffnete sie das Gespräch.

»Wie bitte?« Warnke blieb vor Erstaunen der Mund offen stehen. »Verhaftung? Wegen was denn?«

»Herr Winkler und ich waren während des Krieges Mitglied im Odeon-Club.«

»Nie gehört.«

»Nicht? Das war einer der vielen Swing-Clubs in der Stadt.«

»Ich verstehe nur Bahnhof. Aber ich war während der Hitlerjahre noch kein Polizist, Fräulein Sartorius, sondern Automechaniker.« Er kratzte sich am Kopf. »Swing – den hatten die Nazis verboten, oder?«

Helga nickte und erklärte in kurzen Worten, wie die Gestapo die swingbegeisterten Jugendlichen Frankfurts behandelt hatte.

»Auf dem Land haben wir davon gar nichts mitbekommen«, meinte er und stellte die Leiter neben die Leiche.

»Und Thieme?«, fragte Helga beiläufig.

»Das soll der Chef Ihnen lieber selbst erzählen«, gab Warnke sich auf einmal zugeknöpft. »Dieser Odeon-Club ...« Er klappte die Leiter auf und reichte Helga die Hand, damit sie nach oben steigen konnte. »Ich hätte Ihnen so etwas gar nicht zugetraut, Fräulein. Dem Winkler schon! Aber Ihnen nicht.«

Ob das die Gelegenheit war, mehr darüber herauszubekommen, warum Peter verdächtigt wurde? Helga hielt sich an den Längsstreben der Leiter fest, bis sie eine günstige Position gefunden hatte. Erst mal das Foto. Die Scheinwerfer fehlten noch. Sie schaute auf Warnke hinab und wies ihn an, wo genau er sie abstellen sollte, dann schoss sie zwei Bilder.

»Was trauen Sie dem Winkler denn sonst noch zu?«, versuchte sie unauffällig zu fragen, während sie die Wunde der alten Dame am Hinterkopf ins Visier nahm.

»Na, den Mord natürlich!«

»Warnke!«, zischte auf einmal Thieme hinter ihnen.

Helga erschrak so sehr, dass sie die Aufnahme verwackelte.

»Aber Kompliment, Fräulein Sartorius. Ihre Verhörtechniken sind gar nicht mal so schlecht.«

Der Tag ging schnell vorüber. Elfie kümmerte sich gemeinsam mit den Breitwiesers ums Abendessen und warf Helga einen eisigen Blick zu, als diese ihre Hilfe anbot.

Der Streit mit Elfie zermürbte Helgas Nerven. Langsam wurde ihr alles zu viel. Alles war so ungewiss. Liebte Walter sie? Oder wen überhaupt? Warum hatte sie ihn unter den Schwulen vermutet? Vertraute sie ihm überhaupt noch? Und was war mit Elfie?

Sie brauchte endlich Klarheit! Und deshalb musste sie mit Walter sprechen, so schwer es ihr auch fiel. Bestimmt wurde er böse auf sie, wenn sie immer noch an ihm zweifelte.

Nach dem Abendessen wusch sie schnell mit Mutter ab und eilte zu seinem Jazzkeller.

Der kleine Vorplatz war dieses Mal leer, die Tür zu, aber nicht abgeschlossen, und als Helga die Treppe hinablief, hörte sie Gelächter. Wie schön, dachte sie, Walter hat Hilfe.

Doch als sie durch die offene Tür des Jazzkellers trat, blieb ihr der Atem weg. Ganz selbstvergessen tanzte Walter Arm in Arm mit einem fremden Mann zu Duke Ellingtons *Take the A-train*.

Es könnte auch harmlos sein, ermahnte sie sich, beim Swing gelten keine Regeln. Elfie hatte auch immer mit Lizzy getanzt.

Aber als dann der Fremde in die plötzliche Stille nach dem Ende des Liedes »Süßer, das war echt einmalig«, sagte, schwand ihre Hoffnung dahin.

»Hallo, Helga!«, rief Walter und lachte sie offen an.

Der Mann schob sich die langen rabenschwarzen Haare aus der Stirn. Seine blauen Augen stachen aus seinem hellen Gesicht hervor und musterten sie scharf.

»Paul, das ist meine Freundin Helga. Nimm dich vor ihr in Acht, sie ist Polizeifotografin!« Walter strahlte sie fröhlich an. »Und, Helga – das ist Paul.«

Sie nickte ihm freundlich zu. Das war also Herrn Frankenbergers Alibi.

»Dufte, euer Keller!«, sagte Paul leichthin und reichte Helga die Hand.

»Stell dir vor, Paul ist auch ein totaler Swing-Freund.«

Schon pfiff Paul den Harlem-Swing und Walter fiel ein. Wie harmonisch sie wirkten und sich wie junge Hunde kabbelten.

So hatte Walter sie noch nie angesehen.

»Schau mal, Paul hat mit mir zusammen den Tresen fertig gebaut.« Stolz wies Walter auf den aus unterschiedlichen Holzplatten gezimmerten langen Stehtisch. »Wenn ich jetzt noch irgendwo Farbe ergattern kann, wird der Keller echt einmalig. Hoffentlich habe ich bald meine Lizenz. Bis dahin feiern wir einfach *underground*«, raunte er verschwörerisch.

»Ich muss jetzt leider gehen.« Paul klopfte auf den Tresen. »Aber zur Eröffnungsparty komme ich auf jeden Fall. Macht's gut, ihr beiden!« Er verabschiedete sich mit einer eleganten Drehbewegung und tänzelte albern den Flur entlang.

Als die Tür ins Schloss fiel, wollte Helga gerade ansetzen, aber Walter berichtete lang und breit von seinen weiteren Errungenschaften für den Keller und Erlebnissen des Tages, als wollte er gar nicht, dass Helga zu Wort kam.

»Walter«, unterbrach sie ihn schroff, als es ihr zu dumm wurde.

»Ja, Helgalein?«

»Dieser Paul ist Frankenbergers Alibi, oder?«

»Es ist nicht so, wie es aussieht«, begehrte Walter auf, sank aber gleichzeitig in sich zusammen. Auf einmal hielt er seinen Hut in der Hand und drehte ihn nervös hin und her. Sie spürte, dass er etwas sagen wollte, und wartete. Zweimal öffnete er den Mund, zweimal schloss er ihn wieder.

Wie sollte man auch über so etwas reden? Ihr kamen die beleidigenden Worte in den Sinn, die die Polizisten am Morgen zu den verhafteten Männern gesagt hatten.

Ob sie Walter von den Homosexuellen erzählen sollte? Lieber nicht. Das klang gleich wieder so nach Verboten und Strafen und darum ging es ihr nicht. Sondern nur ganz selbstsüchtig um sich selbst.

Sie nahm all ihren Mut zusammen, streckte die Hand aus und drehte seinen Kopf zu ihr. »Walter, liebst du mich?«

Seine Augen begannen zu schimmern, schnell drehte er den Kopf zur Seite. »Natürlich!«, behauptete er, aber seine Stimme klang tonlos, schwach und – unehrlich.

»Aus tiefstem Herzen?«

Ihm fiel es genauso schwer, darüber zu reden wie ihr, das spürte sie. Aber sie brauchte Gewissheit.

»Walter, sei ehrlich! Liebst du mich?«

Sein Hut glitt ihm aus der Hand, er ließ ihn auf dem Boden liegen und sah sie traurig an. »Nicht so, wie du es dir wünschst.«

Alles in Helga wurde still, als würde nicht nur ihr Herz, sondern die ganze Welt stehen bleiben. Aber dann schlug es ganz normal weiter, als wäre nichts geschehen.

»Ich wollte es«, flüsterte Walter. »Ich wollte es so sehr! Aber ich kann nicht. Ich liebe dich, wie ich meine Schwester liebe.« Gequält sah er sie an. »Es tut mir so leid, Helga. Ich wollte dich nicht belügen, dafür mag ich dich zu gern. Aber eben nicht so.«

Tränen standen ihm in den Augen und sie glaubte ihm.

Da werden wir wieder für was eingesperrt, wofür wir nichts können, hatte einer der Verhafteten heute Morgen gesagt.

So verzweifelt, wie Walter war, ging es ihm vielleicht genauso.

Helga holte tief Luft und fühlte sich auf einmal viel leichter. Sie breitete die Arme aus und zog ihn an sich heran.

Er lehnte seinen Kopf an ihre Schulter. »Du bist so eine tolle Frau, wunderschön und klug und liebevoll. Jeder Mann kann sich glücklich schätzen, der dich zur Frau bekommt! Aber ich – ich kann nicht. Und ich kann nichts dagegen machen. Ich habe es probiert, Helga!«

Sie strich ihm liebevoll über den Rücken. Der arme Walter. So war das also, wenn man schwul war. Man konnte es nicht ändern. Er hatte sie lieben wollen, er hatte es versucht. Und es lag überhaupt nicht an ihr, wie sie eine Zeit lang befürchtet hatte.

»Hasst du mich jetzt?« Er wandte ihr den Kopf zu.

Wieder dieser gepeinigte Blick, der Helgas Herz traf. Aber anders als noch vor wenigen Sekunden.

»Niemals, Walter.« Sie wischte ihm sanft die Tränen aus dem Gesicht. »Ich bin dir nicht böse. Nur dankbar, dass du mir die Wahrheit gesagt hast.« Liebevoll blickte sie ihn an. »Egal, was passiert, ich werde immer deine Schwester sein. Aber du musst gut auf dich aufpassen! Es ist verboten …«

»Ich weiß … sag auch du bitte niemandem was!«

»Das ist doch selbstverständlich. Aber was ist mit Elfie?«

Er kaute auf seiner Unterlippe. »Na gut, ihr kannst du es sagen. Aber niemandem sonst!«

»Versprochen, Walter. Du kannst dich auf mich verlassen.«

40 – Helga

Wenig später ging Helga nach Hause, um in Ruhe nachdenken zu können. Aber in der Lindenstraße herrschte wie immer großer Trubel. Tante Alice stritt sich lautstark mit Frau Breitwieser, weil die angeblich immer zu lange das Bad blockierte.

Da verzog Helga sich lieber in ihr Zimmer. Am liebsten hätte sie Musik gehört, aber leider besaß sie kein eigenes Grammofon oder Radio, außerdem war es schon viel zu spät.

Unwillkürlich kamen ihr die ersten Takte von *Pennies from heaven* in den Sinn, einem ihrer Lieblingslieder. Mit ihrer tiefen und melancholischen Stimme sang Billie Holiday davon, dass man nie die Hoffnung aufgeben soll und sein Glück schon finden würde. Genauso fühlte sie sich und wiegte sich im Takt der Musik leise summend hin und her.

Sie war stolz auf sich. Sie hatte ihren Gefühlen vertraut und nur deshalb den Mut gehabt, so lange in Walter zu dringen, bis er ihr eine ehrliche Antwort gab.

Und genau in diesem Moment hatte sich ihre Liebe zu Walter gewandelt. Wie schnell das doch ging.

Sie fühlte sich erstaunlich gut, frei und unabhängig. Wie Billie Holiday würde sie ihr Glück finden, davon war sie überzeugt.

Helga lag bereits im Bett, als endlich leise die Tür geöffnet wurde.

»Elfie!«, rief sie laut und schaute zum Wecker.

»Keine Angst, ich bin pünktlich«, knurrte Elfie und begann, die Knöpfe an ihrer Bluse zu öffnen.

»Was für ein Glück, ich will nicht, dass du ausziehst.«

Sie merkte Elfie an, dass diese schon wieder nicht mit ihr reden wollte, aber heute Abend konnte sie darauf keine Rücksicht nehmen.

»Ich habe noch mal mit Walter über …«, sagte sie, »du weißt schon, was ich meine, geredet.«

Elfie stemmte mit halb offener Bluse die Hände in die Hüften. »Du kannst es einfach nicht lassen.«

»Ich hab aber recht gehabt!«, sagte Helga aufbrausend.

Elfie schlug vor Schreck die Hand vor den Mund. »Er hat es zugegeben?«

»Du wusstest es?« Empört setzte Helga sich im Bett auf.

»Wissen ist übertrieben.« Ihre Freundin zog sich auch die restliche Kleidung aus. »Aber geahnt habe ich es.«

»Und wieso hast du dich dann so aufgeregt, als ich ihn und Frankenberger erwischt habe? Und redest tagelang kaum mit mir?«

Zerknirscht streifte Elfie ihr Nachthemd über. »Ist doch am besten, wenn es niemand weiß. Ich wollte ihn nur schützen.«

Sie schlüpfte ins Bett und schlang die Arme um Helga. »Sei mir nicht böse. Ich fand es auch schrecklich, dass wir nicht miteinander gesprochen haben.«

Erleichtert drückte Helga Elfie kurz an sich. »Ich verstehe

dich ja. Ich will Walter auch beschützen. Ich werde auch immer seine Freundin bleiben, selbst jetzt, wo ich mich von ihm getrennt habe.«

»Du hast dich von ihm getrennt?«, rief Elfie laut und setzte sich auf. Hoffentlich hatten die Eltern nichts gehört. »Wieso das denn?«, fuhr sie leiser fort.

»Ist das nicht selbstverständlich, wenn er mich nicht liebt?«

»Aber deshalb musst du ihn doch nicht sofort verlassen!« Elfie klang richtig verzweifelt.

»Verstehe ich nicht.«

»Vergiss es. Ist schon in Ordnung.«

»Elfie!« Helga rüttelte an ihrem Arm, als könnte sie die Wahrheit aus ihrer Freundin hinausschütteln. »Sag, was los ist. Ich will mich nicht schon wieder mit dir streiten.«

»Es ist nur …«

Da beschlich Helga ein Verdacht. Elfie hatte sie immer in ihrem Interesse für Walter bestärkt. Hatte sie womöglich eher sein als ihr Wohl im Auge gehabt?

»Warum ich nicht zur Tarnung seine Freundin bleibe?«

Elfie verzog beschämt ihr Gesicht. »Sag ich doch. Eine dumme Idee. Warum solltest du ihm dein Glück opfern.«

»Elfie, Walter schafft das schon. Er ist ja auch im Odeon-Club nie verhaftet worden.«

»Nee, so doof war nur ich.« Schmunzelnd kuschelte Elfie sich unter die Decke.

Auch Helga musste lächeln. »Hattest du diesen Verdacht schon lange?«

»Verdacht ist so ein großes Wort. Ich wusste nur, dass mit ihm was nicht stimmt«, sagte Elfie. »Unser Vater hat ihn immer einen Weichling genannt, oder einen Waschlappen, ein Muttersöhnchen. Er sei kein richtiger Mann. Lange hab ich das nicht verstanden. Als wir klein waren, haben ihn die anderen Jungs oft verprügelt, er war ein richtiger Außenseiter. Das wurde erst besser, als wir ins Westend zogen und er Freddy bei der HJ kennenlernte.«

»Mit Freddy war Walter wirklich sehr eng befreundet, aber das an sich heißt ja nichts. Jeder Junge hat doch einen besten Freund«, sagte Helga.

»Weißt du noch, wie Walter seine schwarzen Schuhe teilweise mit Deckweiß angemalt hatte, weil er immer wie Fred Astaire aussehen wollte?«

»Und dann in den Regen kam!«

Es tat gut, nicht nur an die Gefahren von Walters Vorlieben zu denken, sondern auch an den Spaß, den sie immer mit ihm hatten.

»Könnt ihr nicht leiser sein?« Auf einmal steckte Mutter ihren Kopf durch die Tür. Ob sie etwas gehört hatte? Nachdem sie versprochen hatten, leise zu sein, verzog sie sich zum Glück wieder.

Helga wurde auf einmal ernst.

»Niemand darf das je erfahren«, mahnte sie.

»Natürlich«, versprach Elfie. »Nur Klaus …«

»Hältst du das für eine gute Idee? Ich habe Walter versprochen, dass ich es nur dir erzähle.«

»Klaus ist verschwiegen! Das weißt du!«

Helga nickte. Sie wusste, dass auf ihn Verlass war.

Elfie stupste sie in die Seite. »Deine Mutter wird Purzelbäume vor Glück schlagen.«

Da erst begriff Helga, dass sie ihren Eltern von der Trennung erzählen musste. Es grauste ihr jetzt schon vor ihren schadenfrohen Gesichtern.

»Gott sei Dank wart ihr noch nicht verlobt, mein Liebes!« Mutter ließ erleichtert ihre Teetasse sinken.

Helga hatte sich gleich beim Frühstück ein Herz gefasst und ihren Eltern die Trennung gebeichtet, damit sie es hinter sich hatte.

»Bei einer Verlobungsauflösung hätten wir am besten behauptet, er wäre gefallen«, mischte Tante Alice sich ein.

»Ohne den Makel der sitzen gelassenen Braut fällt es dir leichter, einen neuen Verehrer zu finden«, bekräftigte Helgas Mutter.

»Mutti!« Fehlte gerade noch, dass sie Helga fragte, ob sie noch Jungfrau sei.

»Nimm es nicht so schwer, Kind. Es war die einzig richtige Entscheidung. Die Standesunterschiede waren einfach zu groß.«

Helga hatte keine Begründung für die Trennung genannt, das ging schließlich niemanden etwas an. Die falsche Erklärung hatte Mutter sich ausgedacht, aber das war Helga egal. Auch das frohlockende Grinsen ihrer Mutter, die bestimmt im Geiste schon an Dr. Siebert schrieb.

Vater hingegen schaute sie über den Frühstückstisch hinweg mitfühlend an.

»Geht es dir gut, mein Kleines?«, fragte er.

»Ja, Vati.« Erstaunlicherweise stimmte es. Sie hatte tief und fest geschlafen und fühlte sich wie von einer Last befreit.

»Du bist tapfer, Helga.« Er lächelte sie wohlwollend an.

Auch die Großeltern bedauerten Helga, aber sie sah ihnen an, dass sie wie Mutter dachten und froh über den Verlust des unpassenden Familienmitgliedes waren.

»Tut mir echt leid, dass mein Bruder dich so enttäuscht hat«, sagte Elfie und biss in ihr Frühstücksbrot.

»Du brauchst einen älteren Mann, der schon etwas erreicht hat im Leben«, konnte Tante Alice es sich nicht verkneifen.

»Könnt ihr nicht still sein?«, rief Vater. »Lasst das arme Kind doch in Ruhe.«

Dankbar schenkte sie ihm eine weitere Tasse Kaffee ein.

Ihr Blick fiel auf die Standuhr. »Wir müssen uns beeilen, Elfie. Zum Glück ist heute Samstag und morgen haben wir frei.«

»Was ist mit heute Abend? Kommst du mit ins Jimmy's?« Elfie schob sich den letzten Brotkanten in den Mund und stand auf. »Walter feiert seine inoffizielle Einweihungsparty und Bobby wird mit seiner Combo spielen.«

Wie es sich wohl anfühlen würde, das Wiedersehen mit Walter?

»Das schickt sich aber nicht, dass du zu deinem ehemaligen Verlobten in so einen ominösen Jazzkeller gehst.« Tante Alice legte geziert ihr Besteck zur Seite.

»Wir waren nicht verlobt! Und ich gehe auf jeden Fall mit, den Spaß lasse ich mir nicht nehmen.« Helga erhob sich ebenfalls, sie wollte auf keinen Fall zu spät zur Arbeit kommen und Thieme wieder Anlass für einen Rüffel geben.

»Aber, Liebes, das ist doch bestimmt zu viel für deine Nerven«, sagte Mutter.

»Ich passe schon auf Helga auf«, sagte Elfie. »Wenn du dich nicht wohlfühlst, gehen wir einfach. Aber das wird bestimmt *hot*! Der ganze Odeon-Club wird da sein!«

Und vielleicht auch Herr Frankenberger. Oder dieser Paul. Aber selbst das war Helga egal.

Abends zogen sie endlich mal wieder ihre Tanzkleider an, Helga ein korallenfarbenes, Elfie ein blaues. Dann legten sie sich wie die Amerikanerinnen die Haare über der Stirn in eine moderne *Victory Roll*. Als Letztes schminkten sie sich mit etwas Wimperntusche und dunkelrotem Lippenstift und malten sich mit einem schwarzen Stift Nähte auf ihre nackten Beine.

Helga kam sich ganz schön verrucht vor.

Es fühlte sich so gut an, dass all das jetzt erlaubt war.

Kichernd vor Aufregung, liefen Helga und Elfie in die Bockenheimer Landstraße. Von draußen hörte man zum Glück nichts vom Treiben im Keller, allenfalls könnten die Jugendlichen auffallen, die sich wie Helga und Elfie dort hineinschlichen. Jedweden Ärger galt es zu vermeiden. Noch hatte Walter keine Lizenz, daher stand auch niemand draußen rum und machte Lärm. Im Versteckspielen waren sie alle schließlich geübt.

Die dunkle Treppe und den Gang hatte Walter jetzt genauso wie den Keller mit ein paar Kerzen beleuchtet. Und als Helga und Elfie die Tür zum Keller öffneten, empfingen sie laute Trompetentöne.

Es waren wirklich alle gekommen! Bobby und seine Hot Three, Walter hinterm Tresen, Schorschi war umringt von ein paar Mädchen und noch so viele andere Gesichter, die Helga von früher kannte.

Bobbys Schlagzeug auf der improvisierten Bühne war größer, seine Haare länger, aber auf seinen Lippen lag das gleiche beseelte Lächeln wie früher. Ein Tusch und das Stück war zu Ende.

Doch er gab seinen Hot Three keine Zeit für eine Pause und trommelte sofort weiter. Ein Aufschrei ging durch die Menge, jeder erkannte sofort das Schlagzeugintro von *Sing, sing, sing*, einem der besten und schwungvollsten Swing-Stücke überhaupt. Wie oft sie das Stück bei ihren Treffen gehört hatten, bis Bobby schließlich auf seiner Waschpulvertrommel den Rhythmus raushatte.

Sie waren zwar nicht das Benny Goodman Orchestra, sondern nur drei einsame Musiker, aber der Klang war wirklich erstklassig. Helga und Elfie klatschten begeistert den Takt mit und beobachteten vom Rand aus die tanzenden Freunde. Alle ließen sich vom schnellen Rhythmus mitreißen, drehten sich im Kreis und testeten mit gewagten Hebefiguren die Deckenhöhe.

Auf der Bühne spielte ein dürrer Schlaks mit Brille auf der Klarinette die schnellen Melodien, während der Trompeter, ein Kerl mit langer Swing-Mähne, exakt auf den Punkt den schneidigen Kontrapunkt schmetterte. Bobby untermalte das Ganze gekonnt, als wäre er Gene Krupa, der Schlagzeuger, der mit diesem Lied berühmt geworden war.

Nur langsam konnte Helga den Blick von Bobby abwenden und rüber zu Walter schauen. Der war in seinem Element, begrüßte ständig neue Gäste, schenkte Bier aus, das er Gott weiß wo aufgetrieben hatte, und wippte mit seinem Körper die ganze Zeit zu der Musik. Nur kurz klopfte Helgas Herz höher, als Walter zu ihr herüberschaute. Dann beruhigte es sich wieder und sie lächelte ihn an. Er winkte kurz, dann kümmerte er sich um den nächsten Gast.

»Alles in Ordnung?«, schrie Elfie gegen die Musik an.

»Na klar. Ich weine doch deinem Bruder keine Träne nach«, sagte sie möglichst scherzhaft und hoffte, Elfie war nicht böse.

»Recht hast du«, meinte die nur und grinste sie verschwörerisch an. »Bei den Standesunterschieden!« Sie kicherte und Helga fiel in das Lachen ein. Sie war so froh, dass sie und Elfie sich wieder vertrugen.

Plötzlich tippte jemand auf ihre Schulter. Als sie sich umdrehte, lächelte Peter sie schüchtern an und ihr Herz machte einen Satz.

»Ist ja echt *hot* hier!« Mit einer anerkennenden Geste wies er um sich und fragte sie dann mit seinen tiefblauen Augen, ob sie mit ihm tanzen wolle. Sie nickte.

Und schon zog er sie begeistert auf die übervolle Tanzfläche. Helga musste ihn die ganze Zeit anstarren. Anstelle seines früheren Swing-Anzuges mit bunter Weste trug er ein weißes Hemd und eine schlichte Hose, dazu seine üblichen Straßenschuhe. Nur die Haare waren schon fast wieder so lang wie früher bei Dandy.

Bei den ersten Takten legte er den Arm um sie, sodass Helga einen Duft seiner Rasierseife erhaschte, im nächsten Moment stieß er sie mit einer eleganten Bewegung von sich weg und drehte sie um die eigene Achse.

Helga fühlte sich auf einmal wie ausgewechselt, so frei und ungebunden, als wäre alles möglich.

Mit roten Wangen und glühenden Augen verfolgte Peter jede ihrer Bewegungen und ging auf sie ein und sie wirbelten hin und her. So hatte sie sich beim Tanzen noch nie gefühlt.

Nach *Sing, sing, sing* machten die Hot Three eine Pause. Unbeholfen blieben Helga und Peter auf der Tanzfläche stehen, als ob sie nicht wüssten, was sie tun sollten. Am liebsten hätte Helga weitergetanzt. Sie hatte sich so wohl in seinen Armen gefühlt.

Dann bemerkte Helga Elfie in der Nähe der Tür und ging zu ihr hinüber, Peter folgte ihr.

Immer mehr Menschen drängten in den Kellerraum und in den angrenzenden Flur. Sogar einige schwarze GIs waren dabei. Wie die wohl davon erfahren hatten? Hoffentlich hielten sie dicht. Nicht, dass die Polizei den Keller gleich wieder räumte.

Zu Helga, Peter, Elfie und Klaus gesellte sich noch Schorschi und lobte den Keller in höchsten Tönen. Als Bobby bei ihnen auftauchte, johlten alle vor Freude über die hotte Musik, schlugen Bobby anerkennend auf die Schultern und fragten ihn über die Tour in den Soldatenclubs von Hanau und Wiesbaden aus.

»Das waren die besten Wochen meines Lebens«, sagte Bobby strahlend. »Alleine die Verpflegung! Weiches Weißbrot, dick Butter und Schinken.« Er rieb sich den Bauch.

»Geht die Tour weiter?«, fragte Peter.

»Nee, leider nicht. Aber ich habe genug Musikschüler, ich

komme schon über die Runden. Will jemand Trompete oder Schlagzeug lernen?« Alle lachten, und er zählte sofort die neuen Songs auf, die er in den Clubs gehört hatte.

Helga hatte nicht gewusst, dass Bobby auch Trompete spielen konnte. So gut, dass er sogar Unterricht gab! Bobby war eben das reinste Musiktalent.

Auf einmal lief es ihr kalt über den Rücken. Trompetenunterricht … wann hatte sie das letzte Mal etwas über Trompetenunterricht gehört? Es wollte ihr partout nicht einfallen, aber sie spürte, dass es wichtig war.

Dann streifte ihr Blick Peter, und da wusste sie es wieder.

»Gibst du auch in Bockenheim Unterricht?«, unterbrach Helga Bobby.

»Willst du etwa Trompete lernen, Helga?« Er schmunzelte.

»Nein, aber hast du einen Schüler in der Basaltstraße?«

»Da spielen zwei abends immer so Katzenmusik«, griff Peter den Gedanken auf. »Sag bloß, du bist das!«

»Na klar, wobei der Kerl es echt noch nicht draufhat, ein harter Brocken.«

Aufgeregt sah Peter zu Helga, sie nickte. Sie waren auf der richtigen Spur.

»Auch an Palmsonntag?«, fragte sie.

»Wann?« Bobby kratzte sich fragend am Kopf.

»Am Sonntag vor Ostern.«

»Na klar, unser Engagement in den Clubs fing ja erst Ostern an, in der Woche vorher hab ich auf jeden Fall unterrichtet. Wieso? Gab's Ärger?«

»Wie man es nimmt …« Peter schaute sich suchend um. »Hast du kurz Zeit, um mal an die frische Luft zu gehen?«

»Na klar!« Bobby wirbelte imaginäre Trommelstöcke durch die Luft. »Ohne mich können sie nicht anfangen.«

Peter ergriff Helgas Hand und zu dritt drängten sie sich zum Ausgang. Auf der Treppe kamen ihnen zwei junge Männer ganz im Swing-Fieber mit weißen Seidenschals entgegen. Draußen ging Helga einige Schritte weiter, damit Passanten nicht auf den Keller aufmerksam wurden. Bobby guckte sie betreten an. »Schade übrigens, dass das mit Walter nicht geklappt hat, Helga. Er hat es mir vorhin erzählt.«

»Was?«, rief Peter und riss die Augen auf.

»Es ist aus zwischen uns«, gab sie zu und hoffte, er würde nicht nach den Gründen fragen.

»Seit wann?«

Auf einmal guckte er sie prüfend an. Was hatte er nur?

»Gestern Abend«, erklärte sie.

Da schlich sich ein vor Glück strahlendes Lächeln auf seine Lippen, dass Helga plötzlich weiche Knie bekam.

Bobby hatte sich derweil eine Zigarette angezündet. »Was ist denn los, was wollt ihr denn von mir?«, fragte er.

Für einen Moment sah Peter Helga in die Augen, bevor er sich an Bobby wandte.

»An Palmsonntag ist ein Freund von mir ermordet worden.« Kurz fasste er die Fakten zusammen und erwähnte auch, dass Helga als Polizeifotografin arbeitete.

»Hast du vielleicht was gesehen? Alwin war eins siebzig groß, hatte braune Haare, eine dunkle Hose und einen knallbunten Pullunder an«, sagte Helga.

»Und du hast ihn fotografiert, als er schon tot war?« Bobby zog die Augenbrauen hoch.

»Ja. Also klingelt da nichts bei dir?«

»Doch, doch, keine Panik. Da waren zwei im obersten Stockwerk von der Ruine schräg gegenüber. Die haben sich gestritten. Ein braunhaariger und ein blonder Typ. Kam mir bekannt vor.«

»Du kanntest Alwin?«, fragte Peter erstaunt.

»Nein, den Blonden. Der war früher bei der Streifen-HJ, hat mich mal ganz schön vermöbelt. Derninger oder so ähnlich hieß der.«

»Meinst du Berninger?«

»Genau, Berninger. Sein Bruder war bei meinem Bruder in der Klasse.«

Peter schaute Helga mit entsetztem Gesicht an. Auch ihr war sofort klar, was das bedeutete: Josef war am gleichen Tag nach Frankfurt zurückgekehrt und Alwin hatte ihn gefunden.

»Und dann?« Sie zitterte vor Aufregung. »Die beiden haben dagestanden und geredet. Was ist danach geschehen?«

»Die haben nicht geredet, sondern sich heftig gestritten und gestoßen. Ich weiß noch, wie ich dachte, dass das ganz schön gefährlich ist, so hoch oben. Aber wir haben dann weitergespielt und ich habe es vergessen. Mein Schüler hat eine Phrase einfach nicht hinbekommen und ich habe sie ihm wieder und wieder vorgespielt.«

»Aber das heißt ja …« Helga legte erstaunt die Hand an die Lippen.

»… Josef hat Alwin runtergestoßen«, beendete Peter ihren Gedanken.

»Du bist frei«, rief Helga. »Wir haben endlich den Beweis, dass du nicht der Mörder bist.«

Sie konnte sich nicht beherrschen, stürzte auf Peter zu und umarmte ihn vor Freude.

Er drückte sie an sich, und Helga glaubte, sein klopfendes Herz zu spüren.

»Wir haben es geschafft«, flüsterte er ins Ohr. »Wir haben es tatsächlich geschafft.«

Er löste sich leicht von ihr. »Danke, Helga! Ich wäre nie auf die Idee gekommen, dass Bobby einer der Trompetenspieler sein könnte.«

Helga schaute Peter voller Hingabe an. Sanft strich er ihr eine Strähne aus dem Gesicht, die sich aus der komplizierten Frisur gelöst hatte.

»Ich geh dann mal«, hörte sie Bobbys Stimme wie aus weiter Ferne.

Als die Tür ins Schloss fiel, konnten sie noch immer nicht den Blick voneinander abwenden. Ungeahnte Gefühle brachen sich in Helga Bahn. Freude und Erleichterung, aber da war noch viel, viel mehr. Freundschaft. Verbundenheit.

Zuneigung.

Wie ein helles, warmes Licht breiteten sich diese Empfindungen in ihr aus. Als würde sich ein Vorhang heben und ihr einen Bereich in ihr zeigen, von dem sie nichts geahnt hatte.

Sie konnte nicht anders. Sie stellte sich auf die Zehenspitzen, umfasste sein Gesicht mit ihren Händen und zog ihn zu sich heran. Sie wollte nicht schon wieder ewig warten wie bei Walter. Sie wollte ihn küssen, hier und jetzt, sie wollte mutig sein wie Elfie und Lizzy.

»Bist du dir sicher?«, fragte Peter.

»Ja«, hauchte sie.

Dann beugte er sich vor, ganz langsam, als ob er darauf warten würde, dass sie ihn ohrfeigte oder wegstieß.

Aber sie wollte nichts als seine Lippen auf ihren spüren, und dann, als es endlich geschah, explodierte vor lauter Glück ein Feuerwerk in ihr.

41 – Peter

Peter konnte gar nicht begreifen, wie ihm geschah. Schon eine Trennung von Helga und Walter hätte er nicht für möglich gehalten. Dass sie dann aber wie in seinen kühnsten Träumen in seinen Armen lag und ihn küsste … einfach unglaublich.

Zärtlich strich er ihr über die weichen Haare. Ihre bernsteinfarbenen Augen funkelten ihn an, ihr wohlgeformter Mund lächelte, und als sie seinen Namen flüsterte, war er so glücklich wie noch nie in seinem Leben.

Ein Geräusch, er schrak auf, aber es hatte nur der Auspuff eines Jeeps geknallt. Bobby war offensichtlich schon gegangen, der Rest seiner Zigarette qualmte auf dem Boden.

Aber Peter wollte noch nicht wieder runtergehen. Schnell umfasste er Helga an der Taille und küsste sie erneut. Seine Gefühle gingen mit ihm durch, immer leidenschaftlicher wurde sein Kuss, er presste sie an sich und spürte auf einmal, wie ihre Hände seinen Rücken entlangglitten.

Wieder die Tür, aber es war ihm egal. Schritte, die verschwanden. Keiner sagte etwas, bis sie nach einer gefühlten Ewigkeit atemlos voneinander abließen und sich erstaunt ansahen.

»Helga«, flüsterte er fassungslos und sie bot ihm erneut die Lippen für einen Kuss.

Als sie sich voneinander trennten, fasste sie seine Hand und gemeinsam stiegen sie die Treppe hinab. Bobby spielte gerade ein langsameres Stück, *Begin the Beguine*, das Peter früher in einer Aufnahme von Artie Shaw besessen hatte. Er liebte die eingängige Melodie der Klarinette, melancholisch und fröhlich zugleich, genauso, wie ihm zumute war. Melancholisch, wenn er an Alwin und Josef dachte, und fröhlich, sobald er in Helgas wunderschönes Gesicht sah.

Wieder zog er sie an sich und sie wiegten sich Wange an Wange im Takt.

Als das Lied zu Ende war, schaute er auf und erkannte Walter, der am Tresen wütend auf Herrn Frankenberger einredete. Was wollte der denn hier?

Ob Walter auch so ärgerlich reagierte, wenn er erfuhr, dass Peter Helga geküsst hatte? Immerhin hatte Peter ihm gleich am nächsten Tag seine ehemalige Freundin ausgespannt. Peter wusste nicht, wer Schluss gemacht hatte – Walter oder Helga. Ob er Helga lieber woanders hinbrachte, um ihr eine peinliche Szene zu ersparen?

Doch sie spazierte unerschrocken auf die beiden zu. Neben Walter und Herrn Frankenberger trank ein junger Mann ein Bier, den Peter von früher zu kennen glaubte. Einer der Swing-Freunde, deren Stammlokal ein Café an der Hauptwache gewesen war.

Notgedrungen folgte er Helga.

»Herr Frankenberger«, begrüßte sie Irenes Mann.

»Hier reicht Frank«, sagte der. »Und kein Wort zu meiner Frau, aber das weißt du ja schon, glaube ich.«

Wieso das denn? Erlaubte sie ihm nicht den Besuch eines

Musikkonzerts? Oder war das sein Swing-Spitzname? Aber dann hätte er es englisch ausgesprochen.

Aber bevor Peter etwas sagen konnte, bat Helga ihn mit einer kurzen Kopfbewegung zu schweigen.

»*Frank*«, sagte sie gedehnt. »Ich habe da noch eine Frage an Sie. Es geht um Alwin Decker.«

»Muss das jetzt sein?« Er tat gelangweilt.

»Ich kann Sie auch vorladen lassen, dann sehen wir uns am Montag im Präsidium.«

Herr Frankenberger blickte über die Schulter, als ob er prüfen wollte, ob sie jemand belauschte. Eigentlich nur Peter und der bleiche Kerl neben ihm, und der verschwand wie auf Kommando und mischte sich unter die Tanzenden.

»Was sagt denn der Kommissar zu meinem Alibi?«, fragte Herr Frankenberger.

»Mit dem werden wir morgen reden. Noch fehlen uns ja wichtige Details.«

Peter bewunderte Helga, weil sie einfach nicht lockerließ. Sie würde bestimmt einmal eine gute Anwältin werden.

»Wollen Sie uns nicht doch noch von Alwins Besuch am Tag seines Todes bei Ihnen zu Hause erzählen?«, fragte sie.

Erneut der Blick über die Schulter. Aber die anderen hingen wie gebannt an Bobbys Lippen, als dieser bei *Minnie the Moocher* auf einmal zu singen anfing und genau wie Cab Calloway eine Phrase vorsang, damit die anderen sie wie ein Echo wiedergaben.

»Ja, ich gebe es zu, er ist da gewesen. Am Tag nachdem ich aus der Gefangenschaft nach Hause kam. Muss wohl so vier Uhr gewesen sein. Wir waren gerade mit Kaffeetrinken fertig. Da steht der Kerl vor der Tür und hat die Dreistigkeit, nach Irene zu fragen. Er trug sogar einen Pullunder mit dem gleichen Muster wie sie! Mir war sofort klar, worum es ging, aber ich musste doch mein Gesicht wahren. Meine Eltern oder mein Sohn sollten nichts mitbekommen. Ich bin raus mit ihm auf den Flur. Da erzählt er mir, dass er früher bei uns im Haus gewohnt hat. Natürlich hab ich sofort kapiert, dass er Jude war. Sah ja auch so aus.« Er verzog angeekelt das Gesicht. »Das passt zu Irene. Die ist ja auf dem christlichen Büßerpfad. Ausgerechnet mit einem Juden muss sie mir Hörner aufsetzen.«

»Und dann?«, hakte Helga nach.

»Ich habe ihn davongejagt.«

»Einfach so? Und er ist gegangen?«

Herr Frankenberger leerte sein Bier. »Geschlagen habe ich ihn nicht, falls du das meinst. War gar nicht nötig. Der Feigling sagte, er will keinen Ärger und würde auch sofort verschwinden, wenn ich ihn kurz mal ins Adressbuch schauen lassen würde. Wollte die Eltern von irgendeinem Josef finden und hat unter *B* nachgeschaut.«

»Tja, unglaublich.« Peter schüttelte betrübt den Kopf. Auf die Idee, dass Josef der Mörder war, wäre er nie gekommen.

»Danke«, sagte Helga. »Das hilft uns weiter.«

Herr Frankenberger tippte auf den Tresen und sah zu Walter, der ihm jedoch keinen Blick schenkte, und verließ den Keller. Ein merkwürdiger Kerl, dachte Peter. Niemand hier schien ihn leiden zu können. Woher er überhaupt vom Keller wusste?

Da legte Helga ihren Arm um seine Taille. So eine vertraute Geste direkt vor Walter? Bestimmt gab es jetzt Ärger.

»Hallo, Peter«, sagte Walter.

Peter nickte. Zu mehr war er nicht fähig. Er mochte Walter eigentlich viel zu sehr und wollte ihn nicht verletzen.

Und als wäre nicht alles schon peinlich genug, lehnte Helga auch noch ihren Kopf an Peters Brust, damit auch der Letzte verstand, dass zwischen ihnen etwas lief.

»Willst du auch ein Bier? Geht aufs Haus.« Walter lächelte ihn freundlich an, als wäre Helga nicht vorhanden. »Aber versprich mir eines.«

Er machte eine theatralische Pause.

»Ja?«, fragte Peter verunsichert.

»Sei immer nett zu Helga oder du kriegst es mit mir zu tun.« Zischend öffnete er den Kronkorken und stellte die Flasche vor Peter hin.

»Walter, du bist peinlich«, meinte Elfie scherzhaft, die plötzlich neben ihnen stand.

Peter kam nicht mehr mit. Walter war gar nicht sauer auf ihn? Hatte er etwa schon eine Neue und ließ Helga deshalb so schnell ziehen?

Wie dumm von ihm. Er würde Helga jedenfalls niemals freigeben. Sie bedeutete für ihn sein größtes Glück.

»Na… natürlich«, stammelte er.

»Dann ist ja gut.« Walter schnappte sich ebenfalls eine Flasche und stieß mit Peter an.

Während das kühle Bier durch Peters Kehle rann, warf er einen Blick auf Helga, die ihn selig anlächelte. Da war sie wieder mal mutiger als er gewesen.

Schnell stellte er die Flasche zur Seite, strich ihr sanft über die Wange und küsste sie ein weiteres Mal.

42 – Helga

Helga schwebte im siebten Himmel. Ständig war sie mit ihren Gedanken bei Peter, während sie Fotos entwickelte. Sie konnte es noch immer nicht fassen, dass sie ein Paar waren.

Wie bei Walter hatten ihre Gefühle sie erneut überrascht. Von einem Moment auf den anderen hatte sich alles geändert. Und wieder empfand sie, dass sie sich richtig entschieden hatte. Wobei – eigentlich hatten doch eher ihre Gefühle für sie die Entscheidung getroffen, als sie Peter küsste.

Zum Glück.

Ein aufregender Sonntag lag hinter ihr. Viel Zeit hatten sie gestern nicht füreinander gehabt. Peter musste lernen und Helga gemeinsam mit Elfie putzen, um Mutter und Tante Alice zu entlasten. Aber später waren Helga und Peter Hand in Hand durch die Bockenheimer Wiesen flaniert, hatten sich auf eine geschützte Stelle hinter eine Hecke gelegt und geküsst.

Ihr wurde jetzt noch ganz anders, wenn sie daran dachte. Peter war viel leidenschaftlicher als Walter. Er wagte Dinge, die Helga sich früher gar nicht hatte vorstellen können. Und sie gefielen ihr. Oh ja, sie sehnte sich nach mehr, und als seine Finger ihren Busen streichelten, stand ihr ganzer Körper in Flammen. So fühlte sich also die Liebe an! Wenn sie das geahnt hätte … sie konnte gar nicht genug davon bekommen.

Peter verstand sie viel besser, er achtete ihre Meinung und manchmal machte er ihr sogar Komplimente. Sie wusste dann gar nicht, wie sie reagieren sollte.

Vielleicht war das mit Walter nie die wahre Liebe gewesen, sondern nur eine Schwärmerei, denn solche tiefen Gefühle und solche Leidenschaft, wie sie sie bei Peter empfand, hatte sie vorher nie erlebt.

Aber jetzt mussten sie erst einmal Peters Unschuld beweisen.

Sobald Peter aus der Schule kam, wollten sie Thieme ihre Ermittlungsergebnisse präsentieren. Sie hatten lange überlegt, wie sie bei dem Gespräch mit Thieme vorgehen sollten, und sich eine Strategie überlegt. Trotzdem bestand das Risiko, dass Thieme sie hochkant rauswarf, weil sie sich seinen Anweisungen widersetzt und eigenmächtig gehandelt hatte. Aber das war es Helga wert.

Direkt nach der Mittagspause, wenn allgemein die Laune am besten war, wollte Peter vorbeikommen. Um seine Ankunft nicht zu verpassen, trieb sich Helga bei Frau Kleinschroth im Sekretariat herum und versuchte, sie in ein Gespräch zu verwickeln.

Thieme las Akten in seinem Büro. Morgens hatte er sich wegen der ermordeten alten Dame lange bei einer Besprechung im Raubdezernat aufgehalten und war aufgebracht zurückgekommen. Helga hoffte sehr, dass das mitgebrachte Essen aus dem Henkelmann ihn besänftigt hatte.

Helga fiel schon fast nichts mehr ein, was sie der Sekretärin erzählen konnte, und war bereits beim Sauerampfer angelangt, den sie gestern in den Bockenheimer Wiesen entdeckt hatte und der in die Frankfurter Grüne Soße gehörte. Ob das Frau Kleinschroth überhaupt interessierte?

Da klingelte endlich das Telefon. Als Frau Kleinschroth den Hörer abnahm, schaute Helga sich demonstrativ die Fotos an, die sie zur Tarnung dabeihatte.

Einen Moment später klopfte die Sekretärin an Thiemes Tür. »Herr Winkler ist unten und möchte mit Ihnen sprechen.«

»Herr Winkler?«

Obwohl sie damit gerechnet hatte, erschrak Helga über die Wut in Thiemes Stimme. Das konnte nie und nimmer gut gehen!

»Was will der denn hier?«, blaffte Thieme. »Da steckt bestimmt wieder dieses Fräulein Sartorius dahinter.«

Mit hochrotem Kopf riss er die Tür auf und starrte sie erstaunt an.

»Es ist wichtig!« Beinahe hätte Helga geknickst, stattdessen verbarg sie die Fotos hinter ihrem Rücken.

»Wichtig«, äffte er sie herablassend nach. »Na gut, soll raufkommen. Und Sie gehen!«

Sie nahm all ihren Mut zusammen. »Nein, ich bleibe!«

»Also, das ist ja die Höhe, was denken Sie sich eigentlich?«

»Bitte.« Sie blickte ihm möglichst demütig in die Augen.

»Mahlzeit!« Mit einer durchdringenden Zwiebelduftwolke betrat Warnke das Sekretariat.

Thieme grüßte ihn unwillig, dann bat er Helga in sein Büro und beäugte sie misstrauisch.

Kurz darauf erschien Peter. Im weißen Hemd und mit Krawatte unter der karierten Jacke grüßte er höflich und lächelte Helga von der Seite an.

Thieme schloss die Tür hinter ihm. Was für ein Glück, Helga wollte nicht, dass die anderen mithören konnten.

»Wir haben den Mörder von Alwin Decker gefunden«, platzte sie triumphierend heraus.

»Was erlauben Sie sich eigentlich?«, schrie Thieme sie unvermittelt an und stellte sich vor sie. »Ermittlungen gegen meinen ausdrücklichen Befehl! Reicht es nicht, dass ich Sie deswegen eigentlich schon entlassen habe? Wenn Ihnen etwas passiert wäre! Sie wussten doch gar nicht, worauf Sie sich da einlassen! Ich habe mich weiß Gott weit aus dem Fenster gelehnt, als ich ein junges Fräulein wie Sie zur Polizei geholt habe. Allerhöchste Stellen interessieren sich für dieses Experiment. Da darf nichts schiefgehen, sonst kostet mich das meine Karriere!«

Seine Karriere? Und sie dachte, es ginge nur um ihre eigene.

»Dies ist bereits meine zweite Chance, nachdem mich die Nazis 33 entlassen hatten. Und ich will auf keinen Fall, dass so ein Professorentöchterchen wie Sie mir alles zunichtemacht. Ich habe schon von ihren waghalsigen Abenteuern in diesem Odeon-Club gehört. Also hören Sie auf, Detektiv zu spielen!«

»Nein, Herr Hauptkommissar, das ist auch gar nicht meine Absicht. Ich weiß, wie sehr Sie überlastet sind, und wollte nur helfen. Das war auch ganz ungefährlich, alle Zeugen sind Freunde von uns.«

»Ich hätte Fräulein Sartorius nie in Gefahr gebracht«, versicherte Peter mit hochrotem Gesicht.

»Das hoffe ich für Sie!«

»Hören Sie sich bitte erst einmal an, was und vor allem wie wir es herausgefunden haben«, sagte Helga.

Sein Blick machte Helga eindeutig klar, dass er sich von ihr keine Anweisungen wünschte, und setzte sich betont langsam hin. Helga und Peter bot er keinen Platz an. Er rückte sein Jackett zurecht und faltete die Hände über dem Bauch.

»Ich höre«, brummte er.

Helga bekam vor lauter Aufregung keinen Ton raus und musste sich räuspern.

»Herr Winkler und ich haben den Zeitraum zwischen dem Treffen von Peter und Alwin bei den Titania-Lichtspielen und dem Todeszeitpunkt rekonstruieren können.«

»Und für alles haben wir Zeugen.« Peter reichte dem Kommissar einen Zettel, auf den Helga mit Vaters Schreibmaschine die Namen und Adressen von Irene und Carl Frankenberger, Paul alias *Schneewittchen* sowie von Bobby und seinem Trompetenschüler getippt hatte.

»Wie Sie wissen, war Alwin zur Nachmittagsvorstellung bei den Titania-Lichtspielen mit seiner Freundin, bislang nur als *Flamme* bekannt, verabredet«, fasste Helga den Sachverhalt so neutral wie möglich zusammen. »Wir haben herausgefunden, dass es sich hierbei um Irene Frankenberger handelte.« Sie deutete auf den Anfang der Liste. »Als sie dort nicht erschien, suchte Herr Decker sie zu Hause im Kettenhofweg auf und hatte eine Auseinandersetzung mit Carl Frankenberger, dem Ehemann. Dabei bat er um ein Adressbuch, um die Eltern eines Josef zu finden. Er fand ihn beim Buchstaben *B*, es ging höchstwahrscheinlich um Josef

466

Berninger, den SS-Rottenführer und Lagerführer in Grauwald. Vermutlich hoffte er, Josef dort zu treffen.«

»Die Adresse seiner Eltern steht auch auf der Liste«, ergänzte Peter. »Um neun Uhr abends gab der bekannte Musiker Bobby, Sigismund Knorr, Trompetenunterricht in der Basaltstraße und beobachtete hierbei, wie sich das Opfer Alwin Decker gemeinsam mit Josef Berninger oben in der Ruine befand. Josef Berninger ist Sigismund Knorr persönlich bekannt, er hat ihn eindeutig erkannt. Alwin und Josef stritten sich.«

»Kurz darauf starb Herr Decker«, schloss Helga den Bericht ab. »Als Tatverdächtiger kommt für uns nur Josef Berninger infrage.«

»Und der gehörnte Ehemann?«, fragte Thieme nachdenklich.

»Der hat ein Alibi. Er hat die Nacht mit Paul verbracht.«

Thieme zog die Augenbrauen hoch. »Auf der Liste hat dieser Paul keinen Nachnamen und keine Adresse.«

»Wir können Ihnen Namen und Adresse geben, aber nur, wenn Sie uns versprechen, nicht die Sitte zu informieren.« Warnke hatte Helga gesagt, dass die verhafteten Homosexuellen alle ins Klapperfeldgefängnis kämen.

»Verstehe.« Thieme kratzte sich am Kopf. »Wir sind eigentlich nicht am Broterwerb unserer Zeugen interessiert, sondern nur, dass sie vertrauenswürdig wirken. Wenn dieser Paul ist, was ich vermute, könnte das aber schwierig werden. Was wollen die beiden Herren denn als Grund für die gemeinsame Nacht angeben? Briefmarken sammeln?«

Sein unverhohlener Spott traf Helga.

»Sie waren in der Schrebergartenkolonie am Lohrberg«, verteidigte sie sie. »Sie haben dort mit einer Zwille Füchse gejagt und sogar einen erwischt.«

Das hatten sie noch am Abend von Bobbys Konzert ausbaldowert. Paul besaß ein Fuchsfell, das er als Beweis mitbringen konnte, zudem gab es dort wirklich einen Fuchs, der bei den Hühnern sein Unwesen trieb.

»Das könnte gehen.« Thieme hob den Telefonhörer. »Warnke zu mir«, sagte er barsch in den Hörer.

Der schien hinter der Tür gewartet zu haben, so schnell, wie er im Büro stand.

»Was ergaben die Befragungen in der Basaltstraße Nummer …« Thieme schaute auf Helgas Zettel und nannte ihm die Hausnummer von Bobbys Trompetenschüler.

Warnke zog einen zerfledderten Notizblock hervor. »Dort war ich nicht. Nur im Haus des Ermordeten.«

»Das war ein Fehler«, wies Thieme ihn zurecht. »Fräulein Sartorius hat einen Zeugen aufgetrieben, der von diesem Haus aus in der Ruine den Ermordeten mit seinem mutmaßlichen Mörder beobachtet hat.«

Warnke schrumpfte zusehends.

»So etwas darf auf gar keinen Fall passieren!« Thieme wurde lauter. »Diese Befragungen der Anwohner sind sehr wichtig, egal, wie lange sie dauern oder wie langweilig sie sind. Zur Not schicken Sie einen Schupo.«

»Die waren alle beschäftigt, außerdem hatten wir schon einen Verdächtigen …«

»Die Ermittlungen einzustellen, ist meine Entscheidung und nicht ihre!«, sagte Thieme verärgert. »Solche Eigenmächtigkeiten gefährden unsere gesamte Arbeit! Sie werden das sofort nachholen. Auch die Nachbarhäuser, vielleicht gibt es ja noch mehr Zeugen. Aber dalli!«

Und schon verschwand Warnke mit lautem Türenknallen.

Triumphierend blickte Helga zu Peter. Ihre Recherche hatte sich gelohnt! Alleine wäre Thieme vielleicht nie auf Josef gekommen.

Der Kommissar winkte sie beide zu sich.

»Herr Winkler, freuen Sie sich nicht zu früh. Noch immer könnten Sie sich, von dem Zeugen unbemerkt, in der Ruine aufgehalten haben und nach dem Verschwinden dieses Berninger ihren Freund runtergestoßen haben. Wir werden sehen, was Warnke herausbekommt.«

»Aber er hat doch gar kein Motiv«, rief Helga aufgebracht.

Ihr Chef warf ihr einen erzürnten Blick zu.

»Vielleicht fällt es mir leichter, an Ihre Unschuld zu glauben«, lenkte er ein, »wenn Sie mir endlich erzählen, wieso Sie sich mit dem Opfer vor dem Kino gestritten haben, Herr Winkler.«

Peter atmete tief durch. Helga ergriff seine Hand und stockend beschrieb er Thieme die Geschichte von Josefs Brotgeschenken und dem erhofften Persilschein.

»Alwin glaubte, ich wollte den SS-Mann Berninger entlasten, obwohl dieser Herrn Ameling getötet hatte. Das war ein Nachbar von Alwin, mit dem er gut befreundet war.« Er hielt kurz inne. »Aber ich werde Berninger nicht mit einem positiven Zeugnis vor der verdienten Strafe retten. Niemals. Ich fand es einfach unsinnig, ihn an diesem Tag zu suchen, ich war der Überzeugung, dass wir ihn nicht finden würden.«

»Gut.« Thieme ging im Zimmer auf und ab. »Aber wieso kam dieser Berninger ausgerechnet auf Sie zu? Warum schenkte er Ihnen das Brot? Sind Sie nicht vielleicht doch auf ihn zugegangen, um Ihr Überleben zu sichern?«

»Nein«, fuhr Helga auf, so ungerecht fand sie diese Vorwürfe. Thieme sah sie sofort strafend an.

»Josef Berninger und ich sind Schulfreunde gewesen«, gestand Peter. »Früher waren wir unzertrennlich. Als ich ihn in Grauwald sah, bin ich fürchterlich erschrocken. Wir hatten zuletzt kein gutes Verhältnis.«

»Verstehe«, sagte Thieme und es klang wirklich so.

»Deshalb waren wir auch noch nicht bei Josefs Eltern. Vielleicht versteckt er sich noch immer dort.«

»Ach nein?« Thieme wedelte mit der Zeugenliste.

»Fräulein Sartorius und ich haben nur im Adressbuch überprüft, ob sich die Adresse geändert hat, wir sind nicht dort hingegangen. Wenn er Alwin umgebracht hat …«

Helga unterbrach ihn aufgebracht.

»… dann ist auch Peters Leben in Gefahr! Er ist schließlich ein Zeuge von Josefs Untaten in Grauwald.«

»Und sechzig andere Mithäftlinge. Alle aus Frankfurt übrigens«, erklärte Peter. »Vielleicht versucht er ja bei denen, sich ein gutes Leumundszeugnis zu holen.«

»Sie müssen Josef suchen.« Helga erntete wieder einen erzürnten Blick von Thieme. Sie schaffte es nicht, sich am Riemen zu reißen, Peter musste einfach von jeglichem Verdacht freigesprochen werden.

»Das hat bislang der überlastete CIC gemacht, ergebnislos. Aber jetzt als Mordverdächtigen darf auch die deutsche

Polizei ihn zur Fahndung ausschreiben.« Thieme zündete sich eine Zigarette an. »Oh, ich wünsche mir so sehr, dass wir ihn erwischen. Den Amis würde ich zu gerne zeigen, was echte deutsche Polizeiarbeit leisten kann! Ständig mischen die sich in alles ein, als wären wir völlig unfähig. Und für alles und nichts muss man Rechenschaft ablegen.« Genüsslich zog er an seiner Zigarette. »Kennen Sie die Namen und Adressen Ihrer Mithäftlinge, Herr Winkler?«

Helga reichte ihm einen zweiten Bogen Papier. »Hier, unser Bericht. Soweit Herr Winkler sich erinnern konnte, sind die Mithäftlinge am Ende aufgeführt.«

Interessiert las Thieme die ersten Zeilen. »Sie haben viel von mir gelernt, Fräulein Sartorius. Die richtigen Fachausdrücke, nur nachprüfbare Fakten, so soll es sein.«

»Danke, Herr Hauptkommissar.«

»Natürlich soll das nicht rechtfertigen, dass Sie meine Anweisungen nicht befolgt haben!«

»Natürlich, Herr Hauptkommissar.«

»Wenn die Kollegen vom Raub nur halb so gewissenhaft arbeiten würden wie Sie ...« Er ließ das Blatt sinken. »An Ihnen ist eine Polizistin verloren gegangen.«

»Sie will Rechtsanwältin werden«, warf Peter ein.

Thieme musterte Helga, als ob er sie das erste Mal richtig ansehen würde. »Rechtswissenschaften? Was hindert Sie daran? Am Geld wird es bei Ihnen wohl nicht mangeln.«

»Dafür aber am Studienplatz.« Sie hielt kurz inne. »Aber nur, weil ich eine Frau bin. Die heimkehrenden Männer müssen Ihre Familien ernähren, und ich würde ja sowieso heiraten, meinte der Beamte bei der Anmeldung.«

»Frechheit«, sagte Thieme. »Was Sie leisten können, haben Sie ja zur Genüge bewiesen. Außerdem werden unbelastete Juristen händeringend gesucht. Nicht lange, und sie stellen die alten Parteigenossen wieder ein, nur damit überhaupt wieder jemand Recht spricht.« Abrupt erhob er sich. »Wissen Sie was? Ich stelle Ihnen ein Empfehlungsschreiben aus. Vielleicht hilft das ja etwas. Und bis dahin sammeln Sie hier weiter Erfahrungen.«

»Wirklich? Sie schmeißen mich nicht raus?« Helga glaubte sich verhört zu haben.

»Nicht, solange ich es verhindern kann. Aber in Zukunft …« Er drohte ihr mit dem Zeigefinger. »Keine Alleingänge mehr! Und jetzt raus mit Ihnen!« Er grinste schelmisch.

Kaum standen Helga und Peter vor der Tür, fielen sie sich in die Arme. »Wir haben es geschafft«, rief Helga, und dann küsste sie Peter vor allen Kollegen, und es war ihr völlig egal, dass irgendjemand anzüglich pfiff.

Sie hatten endlich Peters Unschuld bewiesen.

»Danke«, flüsterte er ihr zärtlich ins Ohr. »Ohne dich hätte ich das nie hinbekommen.«

43 – Peter

Der Sommer hatte Einzug in Frankfurt gehalten, und der Palmengarten lag noch immer im *compound*, dem Sperrgebiet, den die Frankfurter mittlerweile *Little America* nannten. Obergärtner Lenze kämpfte zwar unerbittlich darum, dass wenigstens der Park wieder für die Deutschen geöffnet wurde, aber leider bislang vergeblich.

Und so blühten alle Blumen und ganz besonders die berühmte Seerose *Victoria amazonica* nur für die Amerikaner.

Ihre riesigen Blätter und die üppigen, erst weißen, dann rosafarbenen Blüten waren seit jeher die Lieblinge von Peters Mutter gewesen. Nachdem Elfie von der Seerosenblüte geschwärmt und er erzählt hatte, wie sehr seine Mutter diese Blume liebte, hatte Helga alle Hebel in Gang gesetzt und erst Elfie und diese dann ihre Vorgesetzten, Herrn Lenze und Sergeant Campbell davon überzeugt, dass die im Frankfurter Versteck überlebende Jüdin Sophie Winkler es verdient habe, sich ausnahmsweise ihre Lieblingsblume anzusehen.

Vier Wochen waren Helga und er jetzt ein Paar, vier der schönsten seines Lebens. Er hatte sogar seinen Eltern von ihrer Freundschaft erzählt, da sie Helga bereits kannten und wussten, dass sie ihn bei der Suche nach Alwins Mörder unterstützt hatte. Die Eltern hatten Helga in ihr Herz geschlossen, obwohl sie sonst nur wenig Vertrauen zu den Deutschen hatten.

Heute war es so weit. Peter war Helga so dankbar, dass sie das alles organisiert hatte. Auch wenn sie es in ihrer bescheidenen Art gerne kleinredete.

»Seid ihr fertig?«, fragte er seine Eltern.

»Wo ist denn mein guter Hut?« Mutter irrte durch die kleine Wohnung. »Für den Palmengarten will ich mich hübsch machen.«

»Hier!« Vater hielt ihr den hellen Flanellhut mit den filigranen Federn hin.

»Dann lasst uns endlich losgehen, sonst kommen wir zu spät!«

Vor lauter Vorfreude rannte seine Mutter fast. Peter fiel auf, wie sehr sie an Kraft und Gewicht und vor allem Zutrauen gewonnen hatte.

Am Checkpoint wartete bereits Helga auf sie. Sie hatte sich aufwendig die Haare hochgesteckt. Wie schön sie im Sonnenschein schimmerten und wie sie ihn anstrahlte! Wenn Peter sie nicht schon lieben würde, wäre es spätestens jetzt um ihn geschehen. Nur mit Mühe verkniff er sich einen Kuss vor seinen Eltern, das gehörte sich einfach nicht.

Kurz darauf erschienen Elfie und Klaus, sammelten von allen die Ausweise ein und zeigten sie dem wachhabenden Offizier gemeinsam mit einer *permit*. Dann brachten sie sie zu den Pflanzenschauhäusern. Elfie erklärte unterdessen seinen Eltern den Wiederaufbau im letzten Jahr.

»Klaus hat oben auf dem Dach gesessen und bei der neuen Verglasung geholfen.« Sie deutete auf das große Palmenhaus.

Währenddessen blieben Helga und Peter etwas zurück und nahmen sich verstohlen an der Hand.

»Möchtest du am Sonntag zu uns zum Kaffee kommen?«, fragte Helga leise.

»Zu dir – und deinen Eltern?«

»Ja!« Sie drückte seine Hand. »Die Gelegenheit ist günstig, bei uns herrscht eitel Sonnenschein. Vaters Aussage vor der Spruchkammer ist gut gelaufen, er darf wieder an die Universität zurück.«

»Wie hat er das denn hingekriegt?«

»Sein Kollege Stern aus Princeton hat ihm einen Persilschein ausgestellt und darin bescheinigt, sich 33 auf seine Seite gestellt zu haben, als er entlassen wurde.« Sie zupfte sich am Ohrläppchen, wie immer, wenn sie nervös war.

»Stimmt das denn oder ist das nur eine Ausrede?«

»Ich denke schon. Professor Stern war ein guter Freund meines Vaters. Vati sagt, er sei überhaupt nur in die Partei eingetreten, um dadurch die Entlassung zu verhindern.«

Das klang gut, aber ganz genau wussten das wohl nur die beiden Herren. Auch seine Eltern waren mittlerweile schon mehrfach von Nachbarn und Bekannten um günstige Aussagen gebeten worden, auch von denen, die sich nie einen Deut um ihr Wohlbefinden geschert hatten. Aber seine Eltern lehnten so gut wie immer ab, einen Persilschein auszustellen.

»Nicht trödeln dahinten«, rief Elfie laut und schaute amüsiert zu Helga und Peter hinüber.

Helga lief langsam weiter. »Ich wünsche mir so sehr, dass sie dich kennenlernen. Mutter redet ständig davon, diesem blöden Siebert zu schreiben. Du weißt schon, der ehemalige Doktorand meines Vaters. Alter Adel, mit dem sie mich verkuppeln will. Aber wenn sie dich erst einmal kennengelernt haben!«

Es schmeichelte ihn, dass sie ihn so sehr bewunderte. »Aber gegen den komme ich doch gar nicht an«, sagte er.

»Sag das nicht. Dein Vater war ein angesehener Finanzberater und ihr habt schließlich früher in der Rothschildallee in einer repräsentablen Wohnung gelebt. Größer als unsere wahrscheinlich. Und Vati stellt sich gerade so demonstrativ auf die Seite der Juden.«

»Ich soll das Leid meiner Mutter zu meinem Vorteil nutzen?« Entsetzt sah er sie an.

Erschrocken schlug sie die Hand vor den Mund. »Nein, so habe ich das nicht gemeint!«

Sie wirkte ehrlich zerknirscht und er war ihr nicht böse.

»Aber so ein Antrittsbesuch – das klingt doch schon fast nach einer Verlobung!«

Helga wurde rot.

Wieso wehrte er sich eigentlich? Mit Helga sein Leben zu verbringen, schreckte ihn nicht ab, im Gegenteil. Nur ihre Eltern … als was würden sie ihn betrachten? Wie würden sie ihn behandeln?

»Was hast du ihnen denn von mir erzählt?«, fragte er.

»Bis jetzt so gut wie gar nichts. Das wollte ich mit dir besprechen. Sie wissen nur, dass du im Odeon-Club warst und ich dich durch den Mord an Alwin wiedergetroffen habe. Und dass du unschuldig bist, natürlich.« Ein Lächeln breitete sich auf ihrem Gesicht aus. »Wenn du nicht willst, sage ich nichts über deine jüdische Herkunft. Das entscheidest du.«

Wie rücksichtsvoll sie war. Er war so froh, dass er Helga gefunden hatte.

Aber er musste darüber nachdenken. Und am besten mit seinen Eltern sprechen.

Sie hatten die anderen eingeholt und erreichten das Pflanzenschauhaus. Drei Männer warteten dort auf sie.

Der amerikanische Sergeant war sehr groß und hatte ein einschüchterndes breites Kreuz, aber ein mildes Lächeln. Und der hagere Obergärtner trug Schürze und Strohhut wie Elfie und Klaus. Der dritte Mann sprach Englisch mit Campbell und Deutsch mit Lenze. Klaus stellte ihn als Captain Rosenberger vor.

»Der ist vom CIC«, flüsterte Helga Peter zu.

Sofort musste Peter an Josef denken. Während der CIC ihn anscheinend gar nicht richtig gesucht hatte, weil es so viele und meist viel wichtigere Kriegsverbrecher gab, hatte die Frankfurter Polizei Josef schnell geschnappt. Er hatte bei einem anderen Lagerinsassen aus Peters Stube nach einem Persilschein gefragt. War ihm wohl nicht entgangen, dass Peter das Brot mit seinen Stubenkameraden geteilt hatte. Dieser hatte ihn festgehalten und die Streife gerufen.

Jetzt saß Josef im Klapperfeldgefängnis.

Peters Eltern wurden sehr freundlich begrüßt. Noch vor gut einem Jahr hatte seine Mutter den Palmengarten nicht betreten dürfen. Damals war das Vorschrift gewesen, und weder Lenze noch der frühere Leiter des Palmengartens, der von den Amis entlassen worden war, hatten damit etwas zu tun.

Ob er immer diese Gedanken haben würde? Immer darüber grübeln, wie sein Gegenüber sich während der Nazizeit verhalten hatte?

Wie sehr sich seine Mutter freute, als sie jetzt in die Gewächshäuser hineindurften. Die feuchte Wärme und der intensive Duft der Mittelhalle nahmen Peter fast den Atem. Jedes Gewächshaus hatte ein eigenes Klima, heiß und trocken wie die Savanne oder feucht und warm wie der tropische Regenwald. Von wegen es gab keine Kohle im amerikanischen Sektor.

Er musste diese Gedanken wirklich loslassen, das brachte doch nichts. Scheu sah er zu Helga, wie sie neben seiner Mutter den Vorträgen von Herrn Lenze lauschte, der zu jeder kleinsten Pflanze eine Geschichte erzählen konnte.

»Es sieht genauso aus wie früher«, sagte seine Mutter ständig, während sie das nächste Gewächshaus betraten. Als seine Mutter die riesige Seerose erblickte, wischte sie sich vor Freude mit dem Taschentuch über die Augen.

»Die Seerose *Victoria regia* wird nach ihrer Herkunft auch *Victoria amazonica* genannt. Die kreisrunden Blätter erreichen bei uns im Gewächshaus einen Durchmesser von zwei Metern, während sie in der freien Natur sogar vier Meter groß werden können. Dort könnten Sie sich auf den Teller legen, liebe Frau Winkler«, sagte Herr Lenze, »und würden nicht untergehen. Die Blätter sind durch ihre spezifische Art besonders tragfähig.«

Und während er von dem während der Bombardierungen geretteten Samen und der Anzucht der Seerosen in der Winterzeit redete, nahm Helga Peters Hand.

»Wie sehr deine Mutter sich freut«, sagte sie.

»In ihrem Ankleidezimmer hing früher ein Seerosengemälde, das war ihr Lieblingsbild. Und sie war früher so oft hier. Mindestens einmal die Woche. Danke, dass du ihr diesen Besuch ermöglicht hast.«

»Danke nicht mir, sondern Elfie und den Herren dort.«
Sie wies mit dem Kinn auf Lenze, der gerade erklärte, wie die
Seerose durch ihren Farbwechsel den bestäubenden Insekten
verdeutlichte, wann Pollen vorhanden war und wann nicht.

»Wie geht es Elfie eigentlich?«, fragte Peter. »Ist sie noch
immer mit ihrer Mutter zerstritten?«

»Ja. Vielleicht kann ja ihr Vater die beiden versöhnen. Er
wurde aus der britischen Kriegsgefangenschaft entlassen und
ist bereits auf dem Rückweg.«

»Wie schön für Elfie. Und Walter?«

»Der hat wieder ganz andere Probleme.«

Peter nickte. Sie hatten nie darüber geredet, aber Peter
hatte beobachtet, wie innig sich Walter und Paul anlächelten und scheinbar unbefangen berührten. Es bestand eine
bestimmte Chemie zwischen ihnen … Ob an den Gerüchten
über Freddy etwas dran gewesen war? Peter hatte das nie geglaubt. Aber jetzt war er sich da nicht mehr so sicher.

Es würde jedenfalls die Trennung erklären und auch,
wieso keiner von ihnen darunter gelitten hatte.

»Also, kommst du am Sonntag zum Kaffee?«, wollte Helga
wissen.

Er seufzte, aber als er ihr hoffnungsfrohes Gesicht bemerkte, gab er sich einen Ruck und antwortete: »Natürlich.
Aber ich möchte nicht, dass wir ihnen von meiner jüdischen
Herkunft erzählen. Die ist doch unwichtig. Ich möchte ein
ganz normales Leben führen, so wie alle. Die Zeiten, in denen
ich nicht weiß, wer ich bin, die sollen ein für alle Mal vorbei sein.«

»Und wer bist du?«, flüsterte sie.

»Der glücklichste Mann der Welt.«

Mit diesen Worten führte er sie etwas abseits, wo er sie verborgen hinter einer großen Palme endlich küssen konnte.

44 – Helga

Der Brief wog schwer in Helgas Hand. Sie brauchte nur den Stempel der Universität auf dem Umschlag zu betrachten, und schon trommelte ihr Herz, als ob Bobby Schlagzeug spielen würde. Was, wenn sie wieder abgelehnt und vor dem Scherbenhaufen ihrer Träume stehen würde?

Nein, da steckte sie den Umschlag lieber in eine Schublade und schlug ihr Französischbuch auf. Sie lernte für den Vorbereitungskurs, den die Oberschulen mittlerweile für all diejenigen anboten, die wie Helga nur ein Kriegsabitur gemacht hatten, aber trotzdem studieren wollten.

Weil Lehrer und Räume fehlten, fanden diese Kurse zum Glück abends statt, weshalb sie weiterhin bei der Polizei arbeiten konnte. Die Fotografie machte ihr immer mehr Spaß, vor allem, seitdem Thieme sie viel stärker in die Ermittlungen einbezog und ihr dabei das Strafrecht erklärte. Er hatte ihr sogar einen Gesetzestext mit der unter der amerikanischen Besatzung geltenden Fassung zum Lesen ausgeliehen.

Nach Josefs Verhaftung hatte Helga sich auch getraut, Thieme in einer ruhigen Minute zu fragen, wieso er 33 entlassen worden sei.

In der Rückschau eine völlig klare Sache. Thieme hatte die SPD unterstützt, sich vor der Machtergreifung gerne mal mit Braunhemden geprügelt und sogar gegen SA oder SS ermittelt, wenn diese an Straftaten beteiligt gewesen waren. So wie beispielsweise der alte Polizeifotograf. Aus Rache hatten sie ihn einige Jahre in ein wildes KZ gesteckt.

Was er dort wohl erlebt hatte, dass er sofort geahnt hatte, der Schlüssel für Alwins Tod liege in Grauwald?

Als das KZ geschlossen wurden, kamen die schweren Fälle nach Dachau oder Buchenwald, aber Thieme wurde halb tot entlassen und fand Unterschlupf bei Verwandten in Hanau. Dort hatte er Warnke kennengelernt und mit nach Frankfurt genommen, als die Amis neue Polizisten suchten.

Der alte Polizeifotograf musste noch immer auf seine Entnazifizierung warten. Wenn Helga keinen Studienplatz bekam, würde sie bei der Polizei bleiben. Aber schade wäre es schon.

Wieder holte sie den Brief aus der Tasche, wieder strich sie mit den Fingern über den Prägestempel.

Da klingelte es.

Helga lief hastig zur Tür, um ihrer neugierigen Tante Alice zuvorzukommen. Zwar durfte Peter seit seinem Antrittsbesuch Helga offiziell besuchen, aber nur, wenn noch ein Erwachsener dabei war, und nur im Wohnzimmer.

Die Eltern hatten zum Glück aber keinen Einfluss mehr darauf, was Helga außerhalb der Wohnung trieb. Und Minna, die vor ein paar Wochen wohlbehalten nach Frankfurt zurückgekehrt war, drückte beide Augen zu, wenn Peter klingelte. Aber sie war gerade beim Einkaufen.

Oft sprachen Helga und Peter über ihre gemeinsame Zukunft, als ob es irgendwann möglich wäre, sich ein eigenes Haus zu bauen, in denen Kinder glücklich leben könnten.

Kaum hatte sie die Haustür geöffnet, flog sie bereits Peter in die Arme. Zusammen gingen sie ein kleines Stück zu einer Ruine, deren Garten zu ihrem Treffpunkt geworden war.

»Oh, du hast Post!« Peter deutete auf den Brief in ihrer Hand. Zu spät, ihn zu verstecken, bestimmt hatte er den Absender bereits gelesen.

»Und?«, fragte er erwartungsvoll.

»Ich weiß es nicht.«

Fürsorglich legte er den Arm um ihre Schultern. »Liebling, soll ich ihn für dich öffnen?«

Helga schüttelte entrüstet den Kopf.

»Aber nur vom Anstarren wirst du nie erfahren, ob du dieses Mal fürs Studium zugelassen wirst!«

Noch war sie nicht so weit. Viel lieber wollte sie ihn ein weiteres Mal küssen. Um sich Mut zu machen.

Und weil es so schön war.

Sie wandte ihm ihr Gesicht zu und reckte sich, um seine Lippen zu berühren. Peters Umarmung wurde fester, der Kuss leidenschaftlicher, überall in Helgas Körper kribbelte es und sie konnte sich kaum beherrschen.

Plötzlich hörten sie Schritte hinter sich und lösten sich abrupt voneinander.

»Ertappt!«, rief Elfie, hinter ihr erschienen Klaus, Walter und Paul, lachten und kabbelten sich mit ihnen.

Paul hing jetzt häufiger mit Walter ab und half ihm im Jimmy's. Walter hatte letztens Elfie gesagt, Paul ginge nicht mehr in die Taunusanlage. Durch die Polizeiarbeit wusste Helga, dass sich dort der Schwulenstrich befand. Paul schien gemeinsam mit Walter auf dem richtigen Weg zu sein.

»Was hast du denn da?«, fragte Elfie und wies auf den Briefumschlag. »Komm, mach ihn auf!«

Verzweifelt blickte Helga zu Peter. Hier vor allen sollte sie von ihrer Schmach erfahren, wieder abgelehnt worden zu sein?

»Nicht Bange machen, Helga, dieses Mal hat es bestimmt geklappt«, sagte Elfie und wollte ihr den Umschlag wegnehmen.

Peter drückte Helga an sich und flüsterte: »Ich glaub an dich.«

Jetzt konnte Helga sich nicht mehr weigern. Mit einem Fingernagel riss sie den Umschlag auf und las hastig die ersten Zeilen, um dann in einen Jubelschrei auszubrechen.

»Geschafft!«, rief sie erleichtert und strahlte ihre Freunde an. »Im Wintersemester bin ich endlich eine Studentin!«

Nachwort

Es freut mich sehr, dass mein erster Roman über die Frank-
furter Swing-Jugend, *Wir tanzen in die Freiheit*, in dem Elfies
Schicksal die Hauptrolle spielt, mit *Wir fangen das Glück* eine
Fortsetzung bekommen hat.

Dies ist ein fiktiver Roman, der auf historischen Tatsachen
basiert. Soweit es möglich war, habe ich mich an diesen
orientiert, manches habe ich wissentlich abgeändert.

Swing und Jazz gab es in Frankfurt schon in den Zwanziger-
jahren, berühmte Jazzkapellen traten auf, und im Hoch'schen
Konservatorium gab es sogar eine Jazzklasse.

Als 1935 das erste Verbot von Swing und Jazz erlassen
wurde, konnte das die wahren Fans nicht abschrecken. Swing
war Bestandteil einer non-konformistischen Jugendkultur,
die Jugendlichen zogen sich mondän wie Fred Astaire und
Ginger Rogers an, die Mädchen schminkten sich und man
redete gerne Englisch. In Frankfurt gründete sich mit dem
Harlem-Club bereits 1936 der erste inoffizielle Verein musik-
begeisterter Jugendlicher. Der Name stammte vom *Harlem
Swing*, einem sehr beliebten Stück von Scott Wood, und sie
erkannten einander durch den Pfiff der Anfangsmelodie.
Auch die weiteren Gruppierungen, die sich in Frankfurt bil-

deten, so zum Beispiel die O. K.-Gang, der Ohio-Club oder Tarantella-Club, nutzten den markanten Harlem-Pfiff als Erkennungsmerkmal.

Die Gestapo und der Streifendienst der Hitlerjugend, eine Art Jugendpolizei, verfolgten die Swing-Begeisterten, schnitten ihnen in aller Öffentlichkeit die Haare ab (die es wagten, den Hemdkragen zu berühren!), konfiszierten Schallplatten und übergaben renitente Jugendliche dem Jugendamt. Vor allem jungen Frauen wurde schnell ein liederlicher Lebenswandel nachgesagt, der mit Erziehungslager bestraft wurde.

In anderen Städten wie Hamburg wurden die Swing-Jugendlichen sogar ins KZ gesteckt.

Die Frankfurter Swing-Fans Carlo Bohländer, Albert und Emil Mangelsdorff und Charly Petry bildeten bereits während des Krieges die Jazzband Hot Club und wurden später berühmte Jazzmusiker. Carlo Bohländer gründete nach dem Krieg den berühmten Jazzkeller. Wolfgang Lauinger, Mitglied im Harlem-Club, wurde als Halbjude von der Gestapo verfolgt und kämpfte später für die Rehabilitierung der nach dem § 175 StGB verurteilten homosexuellen Männer.

In Frankfurt entstand nach dem Ende der Schreckensherrschaft der Nationalsozialisten eine sichtbare Homosexuellenszene, so gab es zum Beispiel die Bar *Felsenkeller* mit der Lizenz, dass Männer dort miteinander tanzen durften. In der Taunusanlage entstand ein Schwulenstrich. Auch unter amerikanischer Besatzung genauso wie später in der jungen Bundesrepublik waren homosexuelle Handlungen jedoch weiterhin verboten. Aber die Polizei duldete damals die Szene, vermutlich wegen ihres eklatanten Personalmangels. Sie hatte schlicht größere Probleme zu bewältigen. In der Szene führte dies zu der irrigen Annahme, dass der § 175 nicht mehr gelten würde.

1950 kam durch die Aussage eines Kronzeugen eine große Verhaftungswelle in Gang, bei der gegen mehr als zweihundert Personen ermittelt und die Hälfte von ihnen verhaftet wurden. Die Homosexuellen standen durch die erneute Verfolgung unter Schock, in der Folge begingen einige Suizid.

Die *Frankfurter Homosexuellenprozesse* wurden überregional bekannt und kritisch aufgenommen, da es eine offizielle Kronzeugenregelung zu diesem Zeitpunkt noch nicht gab und der Zeuge sich außerdem als unzuverlässig erwies. Die Prozesswelle ebbte ab, die letzten Angeklagten, wie zum Beispiel Wolfgang Lauinger, wurden ohne Prozess aus der Untersuchungshaft entlassen.

Der § 175 wurde erst 1994 aus dem Strafgesetzbuch gestrichen.

Seit dem Erlass der Nürnberger Rassengesetze im November 1935 wurden Menschen jüdischer Herkunft in rassistische Kategorien eingeteilt und unterschiedlichen Diskriminierungen und am Ende sogar der Vernichtung ausgesetzt. Christlich erzogene *Mischlinge* wurden anfangs aus Rücksicht auf die *arischen* Elternteile nicht verfolgt, doch berichtet James F. Tent in seinem Buch *Im Schatten des Holocaust*, dass es sehr wohl Pläne gab, nach dem Endsieg auch diese Menschen zu töten.

Er dokumentiert auch das Schicksal der Frankfurter Halbjuden, die im Januar 1945 in Derenburg im Harz Zwangsarbeit leisten mussten. Sie erlebten dort aber ein ganz anderes Schicksal als meine fiktiven Helden im ebenso fiktiven Grauwald.

In Frankfurt-Bockenheim bildete sich rund um den Mediziner Fritz Kahl und seine Frau Margarete ein Netzwerk von Helfern, die jüdische Mitbürger versteckten oder mit gefälschten Papieren zur Flucht verhalfen.

Petra Bonavita dokumentiert in ihrem Buch *Mit falschem Pass und Zyankali* das Schicksal von sechzig geretteten Frankfurtern und Frankfurterinnen. Die Sicherung des Lebens in der Illegalität und die verschiedenen Fluchtwege klingen wie ein spannender Roman voller Angst und Schrecken, Einfallsreichtum, Mut und auch: Glück.

Fritz Kahl und seine Frau Margarete wurden später posthum von der Gedenkstätte Yad Vashem als *Gerechte unter den Völkern* dafür geehrt.

Die deutsche Polizei im Frankfurt von 1946 ist auf keinen Fall mit der gut funktionierenden Maschinerie zu vergleichen, die wir heute aus unzähligen Tatort-Krimis kennen. 1945 entließ die amerikanische Militärregierung sämtliche Mitarbeiter und stellte nur politisch unbelastete neue Polizisten ein, und das auch nur für einen Hungerlohn. Und sobald einer beim Bewachen von beschlagnahmter Schwarzmarktware an den Hunger seiner Kinder dachte und zugriff, wurde er sofort entlassen.

Im Oktober 1945 wurden vierundzwanzig Waffen an die deutsche Polizei ausgehändigt: für jedes Revier eine mit drei Schuss Munition. Wehrmachtsfahrzeuge wurden für Überfallkommandos weiß angestrichen, für die Mordkommission ein alter Feuerwehrwagen zur Verfügung gestellt. Und im Erkennungsdienst arbeitete tatsächlich eine junge Fotografin mit einer Leica, die aber abgesehen vom Alter und der Kamera keinerlei Ähnlichkeit mit meiner Helga aufweist.

Durch die intensive Recherche habe ich langsam eine ungefähre Ahnung davon, wie damals das Leben in Frankfurt ausgesehen haben muss. Bestimmt sind mir dabei Fehler unterlaufen. Sollten Sie welche entdecken, so bitte ich diese zu entschuldigen und würde mich sehr freuen, wenn Sie sie mir mitteilen. Ich lerne gerne jederzeit dazu.

Mehr zum Thema

Wenn Sie sich ein Bild der Swing-Jugend machen wollen, empfehle ich Ihnen den Film *Swing Kids* von 1993 mit Christian Bale und Robert Sean Leonard.

Durch eine Suche auf YouTube oder Google mit dem Stichwort *Swing-Jugend* finden Sie sehenswerte Zeitzeugeninterviews, Originalfotos und Dokumentationen.

Einen ersten Einblick in die Frankfurter Swing-Jugend bieten die Wikipedia-Artikel *Hotclub Combo, Wolfgang Lauinger, Emil Mangelsdorff oder Carlo Bohländer.*

Sehr viel Wissenswertes erfahren Sie auch aus dem Artikel *Jüdischer Mischling* oder *Fritz Kahl (Mediziner)* über das Bockenheimer Netzwerk zur Rettung Frankfurter Juden.

Ebenso lohnt sich ein Besuch im Frankfurter Kriminalmuseum im Polizeipräsidium Frankfurt.

Weiterführend möchte ich Ihnen folgende inspirierende Bücher besonders ans Herz legen:

Bonavita, Petra: *Mit falschem Pass und Zyankali – Retter und Gerettete aus Frankfurt am Main in der NS-Zeit.*

Günzler, Lilo: *Endlich reden.* Autobiographie einer Frankfurter Halbjüdin.

Hansert, Andrea C.: *Das Haus der Gestapo – Geschichte der Lindenstraße 27 und der Cronstetten-Stiftung in Frankfurt am Main.*

Hurra, wir leben noch! Frankfurt am Main nach 1945. Bildband von Fred Kochmann und Helmut Nordmeyer.

Lorei, Madlen und Kirn, Richard: *Frankfurt und die drei wilden Jahre. Ein Bericht.* Zwei Journalisten erinnern sich an die Jahre 1945–1948.

Schwab, Jürgen: *Der Frankfurt-Sound. Eine Stadt und ihre Jazzgeschichte(n).*

Tent, James F.: *Im Schatten des Holocaust. Schicksale deutsch-jüdischer Mischlinge im Dritten Reich.*

Tuckermann, Anja: *Ein Volk, ein Reich, ein Trümmerhaufen. Alltag, Widerstand und Verfolgung – Jugend im Nationalsozialismus* (Jugendbuch).

Tyrmand, Leopold: *Filip.* Roman über einen polnischen Widerstandskämpfer, der mit gefälschten Papieren in Frankfurt im Parkhotel arbeitete. Spannend und voller interessanter Details über das damalige Alltagsleben.

Dankeschön

Ich bin so dankbar, dass Sie jetzt *Wir fangen das Glück* in Händen halten und lesen können, denn manchmal zweifelte ich daran, ob ich es überhaupt zu Ende schreiben könnte.

Mitten in den Vorarbeiten erkrankte ich schwer. Zuerst glaubte ich, ich könnte den Roman trotzdem fertigstellen, doch meine Kräfte schwanden immer mehr und ich wurde so langsam wie eine Schnecke. Aber das Schreiben gab meinem Leben einen Sinn, eine Aufgabe und ein Ziel, und ich bin froh, nicht irgendwann aufgegeben zu haben.

Schaffen konnte ich das nur dank der Geduld meines Verlags. Mein herzlichster Dank geht daher an meine Lektorin Anna Baubin und alle Mitarbeiter:innen des Heyne-Verlags für ihre Geduld, ihr Verständnis und ihre Unterstützung. Ich bekam jede Zeit, die ich brauchte, Termine wurden verschoben, Ruhe verbreitet. Alles nichts Selbstverständliches in unserer hektischen Zeit. Das werde ich ihnen nie vergessen.

In diesen Dank miteinbeziehen möchte ich außerdem meine Redakteurin Friederike Arnold, ebenfalls natürlich für ihre Geduld, aber auch für die wie immer hilfreichen Anmerkungen und die akribische Durchsicht des Manuskripts.

Und natürlich bedanke ich mich auch ganz herzlich bei meinem Agenten Uwe Neumahr.

Bei meiner Testleserin Jannike bedanke ich mich tausend Mal für ihre Denkanstöße und offenen Ohren bei Problemen jeder Art.

Bei der Recherche halfen mir die Mitarbeiter:innen des Instituts für Stadtgeschichte Frankfurt, des Kriminalmuseums im Polizeipräsidium Frankfurt sowie der Universitätsbibliothek Würzburg. In Sachen Palmengarten hat mich besonders der ehemalige technische Leiter Dr. Billensteiner sowie Kirsten Grote-Bär aus der Palmengartenverwaltung unterstützt.
Ihnen allen ganz herzlichen Dank dafür.

Ein ganz besonders liebes Dankeschön gilt wie immer meinem Mann und seiner Unterstützung, auf die ich mich immer verlassen kann, genauso wie auf die Hilfe meiner gesamten Familie.

Besonders bedanke ich mich bei allen Ärzt:innen, Therapeut:innen und ihren Mitarbeiter:innen für ihre Betreuung.

Barbara und Silvia, ohne euch hätte ich nie den Weg der Heilung beschritten, ich bin euch unendlich dankbar 😊

Der größte Dank gebührt dem gesamten Team von *ReForm-Therapie* in Würzburg. Danke für eure Hoffnung, eure Zuversicht und eure Unterstützung. Amelie und Manuel, ihr seid die Besten!

Nur mit eurer Hilfe kann ich mein eigenes Glück fangen.